Anita

Weiter Himmel, wilder Fluss

Martina Sahler

Weiter Himmel, wilder Fluss

Roman

Weltbild

Besuchen Sie uns im Internet
www.weltbild.de

Copyright © 2016 by Martina Sahler
Copyright Deutsche Erstausgabe © 2016 by Weltbild GmbH & Co. KG,
Werner-von-Siemens-Str. 1, 86159 Augsburg
Dieses Werk wurde vermittelt durch die Michael Meller Literary Agency GmbH, München.
Projektleitung & Redaktion: usb bücherbüro, Friedber/Bay
Umschlaggestaltung: *zeichenpool, München
Umschlagmotiv: www.shutterstock.com
Satz: by avak, Iphofen
Druck und Bindung: CPI Moravia Books s.r.o., Pohorelice

Printed in the EU
ISBN 978-3-95569-470-8

2019 2018 2017 2016
Die letzte Jahreszahl gibt die aktuelle Ausgabe an.

Die Kolonie Waidbach sowie sämtliche Bewohner sind frei erfunden. Ähnlichkeiten mit den Menschen, die tatsächlich im 18. Jahrhundert in den deutschen Kolonien an der Wolga lebten, wären rein zufällig.

Die wichtigsten Figuren

In St. Petersburg 1800:
Christina Haber, 53, ehemalige Kolonistin, jetzt Modezarin in St. Petersburg
André Haber, Christinas Mann, durch den sie in den Geldadel der russischen Hauptstadt aufgestiegen ist
Anouschka, Christinas Hausmädchen
Oleg, Christinas Hausdiener
Alexandra, 34, Christinas ungeliebte leibliche Tochter und ihre Konkurrentin auf dem Modemarkt. Alexandra hat sich mit Christinas Rivalin Felicitas Haber zusammengeschlossen und ist verheiratet mit dem Gardeoffizier **Fjodor Michailowitsch.**
Daniel Meister, 59, Christinas langjähriger Freund und Geliebter. Ein Abenteurer, den es schon immer gereizt hat, die Welt zu bereisen
Felicitas Haber, Schwester von André Haber und Christinas schärfste Konkurrentin
Sophia, 37, Christinas Nichte, Tochter ihrer Schwester Eleonora. Sophia ist Kunstdozentin an der Petersburger Akademie der Künste.
Jiri Jegorowitsch Orlowski, 41, Sophias Ehemann und ein über die Landesgrenzen hinaus berühmter Maler
Marija Tomasi, zuverlässigste Mitarbeiterin Christinas in ihrem Modegeschäft am Newski-Prospekt

In der Kolonie Waidbach 1800:
Klara Mai, 42, jüngste der Weber-Schwestern und als einzige noch in der Kolonie verwurzelt, die sie mitgegründet hat
Sebastian Mai, 42, Klaras tüchtiger Ehemann mit einer von Geburt an verkrüppelten Hand
Amelia Mai, 24, die älteste Tochter der Mais. Vor 16 Jahren

wurde sie von den Kirgisen verschleppt und verbrachte zwei Jahre in Gefangenschaft, bevor sie mit Claudius Schmied fliehen konnte.
Henny Mai, 21, halb taub, aber blitzgescheit. Seit drei Jahren führt sie dem Pastor den Haushalt.
Martin Mai, 19, das dritte Kind der Mais. Als kleiner Junge verbrannte er sich die Beine, weil Frannek Müllau ein Feuer entfachte. Er ist verheiratet mit **Hilda** (18). Das Kind der beiden ist der Säugling Simon.
Luise Mai, 15, die leichtlebige Tochter der Mais, die den Männern in der Kolonie den Kopf verdreht
Philipp Mai, 13, jüngster Spross der Mais, der zu Klaras Leidwesen nichts als Flausen im Kopf hat
Claudius Schmied, 32, verbrachte mit Amelia Mai zwei Jahre in Gefangenschaft der Kirgisen. Seit 14 Jahren ist er verheiratet mit seiner großen Liebe Mathilda.
Mathilda Schmied, 32, lebt seit 20 Jahren in Waidbach, sieht sich aber immer noch als Fremde unter den Kolonisten der Gründergeneration. Sie fühlt sich zu Johannes Schaffhausen hingezogen.
Johannes Schaffhausen, 40, lebt als Witwer mit seinem Sohn Frieder (14) in der Kolonie. Er verehrt Mathilda Schmied.
Stephan Lorenz, 27, ältester Sohn von Eleonora und Matthias. Er lebt mit seiner Frau **Charlotte** und den Kindern Franz, Peter und Lara in Waidbach als Bauer.

Weitere Personen in Waidbach:
Pastor **Laurentius Ruppelin**
Dorfarzt **Dr. Cornelius Frangen**
Lehrer **Anton von Kersen,** Hebamme **Veronica** von Kersen und ihre Söhne Gustav (24), Hermann (22) und **Rudolf** (20)
Dorfschulze **Bernhard Röhrich** und Apothekerin **Anja**
Helmine Schmied, geborene Röhrich, Klatschtante und Besitzerin der Maulbeerplantage

In Saratow 1800:
Eleonora Lorenz, 55, gehört zur Gründergeneration der Kolonie Waidbach, lebt aber jetzt in Saratow mit ihrem Mann Matthias und ihrem zweiten Sohn Justus.
Matthias Lorenz, 57, ehemaliger Ackerknecht, nun erfolgreicher Tuchfabrikant in Saratow. Er trägt seine langjährige Ehefrau Eleonora noch immer auf Händen.
Justus Lorenz, 26, hilft seinem Vater Matthias in der Tuchfabrik und hofft darauf, endlich mehr Verantwortung übernehmen zu können.
Frannek Müllau, 30, floh im Jahr 1786 aus Waidbach nach Saratow. Nach seiner unglücklichen Kindheit wurde ihm sein jugendliches Spiel mit dem Feuer zum Verhängnis. In Waidbach weiß man nicht, was aus ihm geworden ist.
Valentina, herzensgute Saratowerin. In ihrem Haus wird jeder, der Schutz benötigt, willkommen geheißen.
Major Anatolij Danilowitsch, Valentinas Ehemann, der sich dem Militär verschrieben hat
Wanja, Hausdiener in Valentinas Stadtvilla
Inna, geheimnisvolle Schöne im Hafenviertel von Saratow

In Ellwangen 1805:
Christian Walter, 22, Schreiner, dem seine Heimat zu eng wird
Josefine Walter, Christians schwangere Frau
Elfriede Walter, Christians herrschsüchtige Schwester
Gottlieb Walter, Christians Vater
Ruppert, Lehrling in der Schreinerei
Helena Jagt, Hebamme

In den Armeen:
Gernot, 18, Sohn eines Pastors aus Ellwangen, verlobt mit Hedwig
Kaspar und Hans, zwei Leutnants im Württembergischen Regiment
Thomas von Ackeren, Oberstleutnant in der Grande Armée

ERSTES BUCH

Abschiede
1800–1803

1

St. Petersburg, Herbst 1800

Es war merkwürdig still in Andrés privaten Räumen.

Christina hob den Kopf und lauschte, als sie den Salon in ihrer Stadtvilla am Newski-Prospekt betrat. Ofenwärme und Parfümduft empfingen sie. Eine Wohltat nach der kühlen Brise auf ihrem Heimweg vom *Modegeschäft Haber,* dessen Räumlichkeiten sich nur wenige Gehminuten entfernt befanden.

Kein Geräusch drang aus den Zimmern ihres Gatten.

Sie ließ sich von ihrer Dienerin den Umhang mit dem Fuchspelzbesatz abnehmen und drückte ihr die Entwürfe einer französischen Modezeichnerin in die Hände. Grauenvoll dilettantische Machwerke. Kein Wunder, ihr Mann André hatte die Empfehlung ausgesprochen. Die unbegabte junge Frau war die Tochter eines Diplomaten, dem er offenbar einen Gefallen schuldete.

Christina schätzte es nicht, wenn ihr andere – schon gar ihr Gatte – ins Handwerk pfuschten. Wenn jemand frische Talente auf dem Modemarkt entdeckte, dann war sie das, niemand sonst.

»Bring dies in mein Bureau. Und sorg dafür, dass mich niemand stört.«

»Sehr wohl, Madame.« Anouschka verschwand fast unter dem üppigen Mantel, als sie einen Knicks machte.

Christina reagierte mit einer barschen Geste, als wollte sie ein Huhn verscheuchen. Ach, wie gingen ihr diese Lakaien auf die Nerven! Anouschka war die letzte in einer langen Reihe von Schwachköpfen, von denen keiner Christinas Ansprüchen genügen konnte. Entweder waren sie tollpatschig, begriffsstutzig, faul oder durchtrieben. In den zwanzig Jahren, in denen sie als deutsche Einwanderin in Russland über leibeigene Bedienstete verfügen konnte, hatte es nicht eine gegeben, die sie zufriedenstellte.

Anouschka gehörte zu der bangen Sorte, die aus Furcht, einen Fehler zu begehen, ihr devotes Verhalten auf den Höhepunkt trieb. Keine vor ihr hatte sich tiefer verneigt, keine vor ihr war schneller gelaufen, wenn Christina ihr einen Auftrag erteilte. Sie benahm sich wie eine Hündin, die auf ein Lob oder einen Knochen wartete.

Christina zog die Nadeln aus ihrem breitkrempigen Hut und warf ihn auf die Kommode zu ihrer Rechten. Anouschka sollte ihn später in die Schachtel legen. Sie außer mit Mantel und Mappe auch noch mit dem Hut gehen zu lassen, hätte die Kleine überfordert. Christina seufzte. Vielleicht sollte sie Anouschka so bald wie möglich verheiraten. Manche blühten in der Ehe auf. Im Geiste ging sie durch, welche ihrer Leibeigenen für eine Ehe mit Anouschka in Frage kamen. Auf Alter und Zuneigung würde sie dabei keine Rücksicht nehmen.

Christina hatte viel von ihrem Deutschtum bewahrt, aber die russische Tradition der Leibeigenschaft bedeutete einige Vorteile, zumindest in der Position der Herrin.

Sie zupfte sich die Finger der seidenen Handschuhe ab, bevor sie das Accessoire abstreifte. Der Fächer lag griffbereit neben dem Diwan. Mit geübtem Griff klappte Christina ihn auf. Ihre Löckchen flogen, als sie sich Luft zufächelte.

Zwar war die Hitze des Petersburger Sommers jetzt im September verflogen und in den Abendstunden waberten zartlila Nebel über die in Stein gefasste Newa, die Mojka und die Fontanka, aber seit einigen Monaten plagten Christina Schweißausbrüche, unabhängig vom Wetter.

Sie rupfte an ihrem Kleid, das unter der Brust gerafft war und in Wellen bis zu ihren Seidenschuhen fiel. Durch den Schweiß klebte der Stoff an ihrer Haut. Als wäre diese neue Mode nicht schon unvorteilhaft genug für eine Frau von dreiundfünfzig Jahren, die sich zwar Zeit ihres Lebens diszipliniert hatte, aber einem Praliné oder einem Kelch Ungarwein bei den gesellschaftlichen Ereignissen im Winterpalast gern zusprach. Diese neue Mode stand den blutjungen Mädchen gut, und sie besaß zweifellos ihre Vorteile. Nie zuvor konnten Frauen so viel Bewegungsfreiheit genießen. Aber was nützte der schönste Schwung, wenn sich bei jedem Schritt die Rollen an Bauch und Taille zeigten?

Bis zu ihrem fünfzigsten Lebensjahr hatte sich Christina ihre mädchenhafte Figur bewahrt, aber nun forderte das Alter seinen Tribut. Nicht nur geriet ihre Figur aus der Form, auch das strahlende Blond ihrer Haarpracht verblich.

An manchen Tagen beneidete Christina andere Frauen in ihrem Alter, die sich die Freiheit nahmen, das Modediktat außer Acht zu lassen, und sich weiterhin die Taillen schnüren und in die Reifröcke helfen ließen. Das konnte sich Christina, die Modezarin der russischen Weltmetropole, nicht leisten.

Seltsam, diese Ruhe aus Andrés Gemächern.

An anderen Tagen, wenn er sich die Gespielen kommen ließ, erklangen Gelächter, Geplauder und widerwärtiges Lustgeschrei aus den Zimmern. André kannte keine Scham mehr, seit Christina hinter sein Geheimnis gekommen war.

Ein Frösteln lief ihr über den Rücken, als das Bild in ihrem Verstand aufblitzte, wie ihr Gatte in einem Gartenpavillon einen Lustknaben bestieg. Damals traf sie die Wahrheit wie ein Faustschlag ins Gesicht: Der stets einfältig wirkende André Haber, durch den sie in den russischen Geldadel aufgestiegen war, benutzte sie nicht weniger als sie ihn. Unter dem Deckmantel ihrer Ehe frönte er seinen widernatürlichen Trieben. Christina schüttelte es bei dem Gedanken, welchen Preis sie dafür zahlte, zu den angesehensten Bürgerinnen dieser Stadt zu gehören. Sie wahrte sein Geheimnis, um ihn und damit auch sich selbst nicht dem Gespött preiszugeben. Abgesehen davon, dass André vermutlich die Reise nach Sibirien antreten konnte, wenn seine homosexuellen Neigungen an die Öffentlichkeit gelangten. Stillschweigend duldete man zwar solche Liaisons, aber ans Tageslicht kommen durften sie nicht.

Sie selbst war in romantischen Angelegenheiten bestens versorgt mit ihrem langjährigen Geliebten Daniel Meister – nicht nur ein Bettgefährte, sondern auch ihr bester Freund. In manch wehmütiger Stunde gestand sich Christina ein, dass dieser mittelloser deutsche Abenteurer, der damals in Lübeck bei der Ausreise nach Russland ihr Herz im Sturm erobert hatte, die Liebe ihres Lebens war.

Christina öffnete eines der Fenster, die auf den Newski-Prospekt hinausgingen, und ließ die herbstliche Brise herein. Das Rattern der Kutschräder, das Rufen und Hämmern der Maurer und Architekten gehörten zur Begleitmusik ihres Lebens im Zentrum der russischen Hauptstadt. Der Newski-Prospekt entwickelte sich in diesen Tagen von einer Repräsentationsmeile zu einer Geschäftsstraße, was Christina nur begrüßen konnte. In beide Richtungen – zur Admiralität und zum Alexander-Newski-Kloster – rumpelten die Equipagen vom ersten Hahnenschrei bis in die Nacht und in die frühen Morgenstunden hinein. Wer hier unter Seinesgleichen wohnen und leben wollte, duldete den Lärm. Die zahlreichen Gefährte wiesen auf den Wohlstand der St. Petersburger Gesellschaft, die sich in den letzten hundert Jahren an der Prachtstraße angesiedelt hatte.

Wer hätte das für möglich gehalten, damals, als Peter der Große auf dem sumpfigen Boden an der Newa auf der Haseninsel den ersten Spatenstich für den Bau seiner Festung befahl? Deutsche, Engländer, Holländer, Italiener und Franzosen mit Expertise waren auf seinen Wunsch hin herbeigeeilt, um den Bau dieser Metropole, das Tor zum Westen, voranzutreiben. Und dieser Tage schauten die Bojaren aus der Mitte des Reichs neiderfüllt auf St. Petersburg, das Moskau längst den Rang als bedeutendste Stadt Russlands abgelaufen hatte.

Die bodenlangen Gardinen wehten, und Christina sog den Duft der Stadt ein, dieses Gemisch aus salziger Meeresluft, der modrigen Newa und Mojka und dem Dung der Kutschpferde, den die Lakaien kaum schnell genug wegschaffen konnten, wollten sie nicht unter die Hufe des folgenden Gefährts geraten. Sie schenkte sich ein Glas Wasser aus einer auf einem Beistelltisch bereitstehenden Karaffe ein. Sie trank es in einem Zug leer und tupfte sich mit den Fingerspitzen die Schweißtropfen ab.

Andrés Gespiele musste noch da sein. Der Kutscher in dem Zweispänner wartete auf ihn unten auf der Straße vor ihrem dreistöckigen Stadthaus. Christina hatte ihn beim Hochkommen gesehen. In zusammengekrümmter Haltung hockte er auf dem Kutschbock, die Stirn berührte fast seine Oberschenkel, die Arme baumelten daneben bei jedem Schnarchen, das aus seinem Bart drang. Er war offenbar berauscht vom russischen Nektar, dem Wodka, den er und seinesgleichen mitunter schon zum Frühstück genossen.

Ob André mit seinem Knaben ebenfalls döste?

Normalerweise scheute ihr Mann das Risiko und schickte die Burschen, die er sich bei Besuchen auf seinen Ländereien vor den Toren der Stadt oder auch unter den jungen Werftarbeitern auswählte, umgehend zurück in ihre schäbigen Hütten, wenn er mit ihnen fertig war.

Christina fieberte der Begegnung mit André an diesem Nachmittag entgegen. Es bereitete ihr nach all den Jahren immer noch Freude, ihren Mann mit Sticheleien aus der Fassung zu bringen. Die Botschaft, dass sein untalentiertes Mentée besser Nachtwäsche für Leibeigene entwerfen sollte statt sich an den gehobenen Mode-Kreationen zu versuchen, würde sie ihm mit Vergnügen überbringen.

Augenscheinlich bereitete es André keine Schwierigkeiten, Lustknaben zu finden. Was weniger an seiner Attraktivität liegen mochte, eher an der großzügigen Entlohnung, für die er bekannt war.

Christina interessierte es nicht, wofür er seine Rubel verschleuderte, solange er sie in ihrem Mode-Imperium walten ließ, wie es ihr behagte. Sie verfügte nicht nur über einen vorzüglichen Geschmack in allen Stilfragen, sie besaß auch einen klingenscharfen Geschäftssinn.

Auf leisen Sohlen tappte sie zu der zweiflügeligen Tür, die den Salon von Andrés Reich trennte. Sie drückte das Ohr an den Türspalt, lauschte.

Totenstille.

Ein Lufthauch wehte an ihre Schläfe, so, als zöge der Wind durch die Ritzen. Er pfiff flüsternd in den Scharnieren. Die Gardinen an den Salonfenstern tanzten wie Nebelgeister. Christina zauderte selten, aber jetzt keimten in ihr Zweifel und Skrupel. Außerordentlich bemerkenswert, dass kein Ton aus diesen Räumen drang. Und dieser Durchzug ... Sollte sie klopfen? Nein, eleganter schien es ihr, die Tür einen Spalt zu öffnen und nachzusehen, was sich in Andrés Schlafzimmer abspielte. Sie schluckte trocken und wappnete sich für den beschämenden Anblick kopulierender Körper.

Mit beiden Händen umfasste sie den silbernen Knauf, drückte geräuschlos dagegen. Nur wenige Zentimeter öffnete sich die stuckverzierte Tür, aber dieser Zwischenraum reichte, um ihr eine Übersicht zu verschaffen. Sie entspannte sich und schob die Tür vollends auf.

Der Luftzug ließ ihre Haare wehen, die Gardinen im Schlafraum flogen an die mit Seidentapeten und Stuck verzierten Wände. Rasch trat Christina ein und schloss die Tür hinter sich.

Auf dem mit persischen Teppichen ausgelegten Boden lagen Herrenstrümpfe, Schuhe, knielange Hosen, ein mit Spitze verziertes Hemd und der bordeauxrote Brokatrock, den André bei nachmittäglichen Veranstaltungen bevorzugt trug.

Ihr Blick glitt zu dem mit einem Baldachin behangenen Bett. Sie sog die Luft ein. André lag quer über der Matratze, sein madenweißer Körper nur in der Mitte mit einem zerknäulten Laken bedeckt, Arme und Beine weit von sich gestreckt, seine rechte Hand hing locker über den Bettrand. Schwindel überkam sie, Ekel und Entsetzen würgten sie, als sie sein Gesicht betrachtete. Andrés Mund stand leicht offen, in seinen Mundwinkeln klebte weißer Schaum. Die Augen waren starr an die Decke gerichtet, als suchte er noch im Tod nach dem Richter, der ihn zu diesem erbärmlichen Ende verurteilt hatte.

Auf Zehenspitzen ging Christina auf den Körper zu. Sie fingerte ein Seidentüchlein aus ihrem Mieder, um es sich vor Mund und Nase zu pressen. Als wären die Umstände seines Todes nicht schon entwürdigend genug, hatte sich André mit seinen letzten Atemzügen erleichtert. Je näher sie an ihn herankam, desto beißender stach der Gestank in ihrer Nase. Ihre Beine fühlten sich an wie weiche Grütze, ihre Finger zitterten. O Gott, was war hier passiert? Sie zwang die Panik im Angesicht des Todes nieder.

Warum lag er hier allein? Wo war der Knabe?

Christina zwang sich, ruhig zu atmen. Dass das Fenster offen stand, ließ nur den Schluss zu, dass sich der junge Mann davongestohlen hatte. Auf Schleichwegen musste er geflüchtet sein, denn die Kutsche wartete noch vor dem Haus auf ihn.

War André im Liebesakt vor Erschöpfung gestorben und der junge Mann in Panik geflohen?

Christina beugte sich über den Leichnam. Kälte durchdrang sie wie ein plötzlicher Frost. Sie nahm erst seine linke, dann seine rechte Hand. Alle Ringe fehlten. André hatte es geliebt, sich mit Schmuck herauszuputzen, und stets mindestens sechs goldene Fingerreifen getragen, mit Smaragden und Rubinen besetzt. Ohne den Schmuck hätten seine Hände einem Bettelgreis gehören können, wenn man von den sorgfältig zu Halbmonden geschliffenen Nägeln absah. Ekel saß in ihrer Kehle, während sie das tote Fleisch seiner Hände hielt. Sie ließ sie fallen.

Vorsichtig lüpfte sie das Tuch vor ihrer Nase, als sie einen eigenartig bitteren Geruch bemerkte, der den Urin noch überlagerte. Sie verzog das Gesicht, als sie mit der Nase dicht an seine Lippen ging. Ja, eindeutig. In den Alkoholgeruch mischte sich ein Duft wie von zerstoßenen Mandeln. Es roch widerwärtig, wie etwas, das man sofort mit der Zunge aus dem Mund stoßen wollte, wenn es die Geschmacksnerven berührte.

Eine Kälte breitete sich in Christina aus, die jedes Gefühl betäubte. Ihr Verstand arbeitete glasklar, während ihr Herz in einem gleichmäßigen Takt pumpte.

Auf dem Nachttisch standen zwei Kelche mit dunkelrotem Wein, daneben die leere Flasche. Eines der Gläser war halb voll, das andere leer getrunken. Christina griff nach dem vollen und schnupperte daran. Es roch nach reifen süßen Trauben. Das leere

Glas hingegen … Christina steckte die Nase hinein. Tatsächlich! Der gleiche Geruch, der aus Andrés Mund strömte, schwach nur, aber deutlich bitter.

Der tote Mann, der vergiftete Wein, das offene Fenster – André hatte sich den Falschen ins Bett geholt. Über dessen Gründe, den alternden Liebhaber zu ermorden, konnte Christina nur spekulieren. Ob er tatsächlich nur die Ringe rauben wollte? Christina ließ den Blick im Zimmer umherschweifen. Die Schubladen der Kommoden, des Frisiertisches und der Nachtschränke waren verschlossen, hier hatte niemand nach Beute gewühlt.

Wahrscheinlicher war es, dass sich der Knabe aus der Not heraus dafür bezahlen ließ, mit André ins Bett zu steigen, und dass ihn der Widerwillen übermannte. Er schien die Tat gut vorbereitet zu haben, wie auch immer er in den Besitz der Giftmischung gekommen war. Nach vollbrachter Tat hatte er sich vermutlich besonnen, dass es schade wäre, den Schmuck nicht mitgehen zu lassen. Vielleicht sah er ihn als Entschädigung für das, was er mit André treiben musste.

Müßig, über seine Motive zu spekulieren. Was sollte sie jetzt tun? Die Polizei rufen? Einen Arzt benachrichtigen?

Überall würden sie herumschnüffeln und herauszufinden versuchen, wer sich für dieses abscheuliche Verbrechen verantworten musste. Und wenn sie den Kerl erwischten? Dann würde Andrés intimstes Geheimnis auffliegen. Nicht, dass sein Ruf post mortem Christina Kopfzerbrechen bereitete – ihr eigenes Ansehen stand auf einem wackeligen Podest. Sie mochte sich kein Leben als Witwe eines widernatürlich veranlagten Lüstlings vorstellen – das würde ihr als Person schaden und kein gutes Licht auf das weltweit exportierende *Modehaus Haber* werfen.

Bei diesem Gedanken angelangt, kam Leben in Christina. Sie musste handeln. Schnell. Sie eilte zum Fenster, spähte hinunter – ja, die Droschke stand immer noch an der Straße. Sorgfältig schloss sie das Fenster, bevor sie die Treppe hinuntersprang. Der Herbstwind pfiff über den Newski-Prospekt, als sei von einer Stunde auf die andere der Spätsommer zu Ende gegangen. Sie trat an den Kutschbock, auf dem der Fahrer immer noch zusammengekrümmt schnarchte wie eine Baumsäge. Sie überwand sich und berührte sein Bein, um es zu schütteln. »He! Ihr da!«

Der Kutscher zuckte und saß in der nächsten Sekunde stocksteif. »Madame?« Die Haare standen ihm wirr vom Kopf ab, eine Schlaffalte durchfurchte seine bärtige Wange. Seine Augen waren rot gerändert.

Aus den Taschen ihres Kleides zog sie ein Säcklein mit Kopeken und warf es ihm zu. »Ihr könnt fahren! Und Ihr wart niemals hier!« Christina fixierte ihn mit einem Funkeln.

Der Kutscher stutzte, starrte erst auf den Geldsack in seinen Pranken, dann in Christinas Augen. Ein Grinsen entblößte sein gelbes Gebiss zwischen dem krausen Graubart. »Sehr wohl, Madame. Stets zu Diensten.« Er ließ die Peitsche knallen, die Kutschpferde tänzelten und reihten sich in den Verkehr auf der Prachtstraße ein.

Von dem würde sie nichts mehr hören und sehen.

Bestechung war im russischen Reich vom niedersten Knecht bis zum kaiserlichen Sekretär gang und gäbe. Keiner konnte sich dem weit verzweigten Netz aus Bezahlung und Dienstbarkeit entziehen, alle spielten mit. Kaiserin Katharina persönlich – Gott hab sie selig – hatte noch vor ihrem Sterbejahr 1796 einen Ukas herausgegeben mit der ausdrücklichen Aufforderung, gegen die Käuflichkeit vorzugehen und sie auszumerzen. Aber ihre ehrenvollen Bemühungen zeitigten genauso wenig Erfolg wie die ihres Nachfolgers. Ihr von allen verachteter Sohn Paul schien ohnehin nichts Besseres zu tun zu haben, als alle Einwanderer in seinem Land mit Argusaugen zu beobachten. Zu seinen erklärten Zielen gehörte es, Russland von allem europäischen Einfluss fernzuhalten und sich auf die alten Traditionen zu besinnen. Christina trug sich mit der Hoffnung, dass seine Regierungszeit ein abruptes Ende finden würde. Gerne ein tragisches.

Doch jetzt war nicht die Zeit für die Fallstricke der Innenpolitik. Sie musste flink handeln, wenn sie mit heiler Haut aus dieser delikaten Angelegenheit herauskommen wollte.

Sie lief zurück ins Haus, die Stufen hinauf, durch den Salon und wieder in Andrés Gemächer. Hinter verschlossener Tür machte sie sich daran, die Spuren des Mordes zu beseitigen.

Sie spülte die Weinkelche an der Waschschüssel mit Krugwasser sorgfältig aus und platzierte sie auf der Anrichte bei den anderen Gläsern, als wären sie nie benutzt worden. Sämtliche am Boden verstreut liegende Kleidung sammelte sie ein, faltete sie und drapierte sie über einen Stuhl.

Der schwierigste Teil war, André in eine Liegeposition zu hieven, die keine Rückschlüsse auf sein nachmittägliches Treiben zuließ.

Sie ächzte, als sie den leblosen Körper zerrte und schob, bis der Kopf auf dem Kissen ruhte, würgte vor Anstrengung und Widerwillen, diesen Leib zu berühren. War er ihr schon zu Lebzeiten ein Gräuel gewesen, so steigerte sich im Angesicht des Todes ihre Abneigung ins Unermessliche.

Aber eine Viertelstunde später hatte sie es geschafft. Die Hände lagen gefaltet auf dem Bauch, die Beine dicht beieinander. Sie zog die beschmutzte Seidendecke von ihm, warf eine frische auf ihn und bedeckte ihn bis zum Hals. Das nasse Tuch würde sie persönlich in die Wäschekammer bringen.

Erst jetzt fuhr sie mit einer Hand über sein Gesicht, sodass sich die Lider über die Augen senkten. Dabei dachte sie darüber nach, wie sie es schaffen sollte, den verräterischen Geruch zu übertünchen.

Sie verließ das Zimmer, als ihr eine Idee kam, und eilte – das nasse Tuch unter dem Arm – in die Küche. Dort warf sie die Schmutzwäsche in einen bereitstehenden Korb und verbarg sie unter saucenfleckigen Schürzen und Topflappen. Keiner der Dienstboten würde es wagen, Fragen zu stellen.

Die Köchin und das Serviermädchen waren an diesem Abend bereits in ihren Unterkünften. Christina wusste, dass auch Anouschka darauf wartete, dass sie sie entließ. Aber die Zofe würde sie heute noch brauchen.

In der Küche fand Christina in einem Bastkorb, wonach sie

suchte. Sie nahm sich eine Zwiebel, griff nach einem scharfen Messer und schnitt sie in der Mitte entzwei. Die eine Hälfte warf sie in den Müll, mit der zweiten eilte sie in Andrés Schlafraum zurück.

Galle stieg in ihr auf, als sie mit einem Finger in seine Mundhöhle glitt und den Saft der Zwiebel auf seiner Zunge und in seinem Rachen verteilte. In ihrem Leben hatte sie nichts Widerwärtigeres getan.

Nach vollbrachtem Werk wusch sie sich die Hände unter dem Krugwasser und befeuchtete einen bereitliegenden Baumwolllappen. Mit diesem wischte sie André über Augen, Nase, Stirn, Wangen und Mund. Sein Teint nahm bereits die wächserne Farbe des Todes an, aber nichts deutete mehr auf einen gewaltsamen Tod.

Christina gestattete sich ein Lächeln, bevor sie ihr Werk ein letztes Mal überprüfte.

Alles perfekt.

Sie beschleunigte künstlich ihr Atmen, wie um Anlauf zu nehmen, und kreischte in der nächsten Sekunde gellend, während sie gleichzeitig aus dem Gemach hinaus in den Salon polterte. »Zur Hilfe! Zur Hilfe! Anouschka, schnell, ruf einen Arzt! Etwas Schreckliches ist geschehen!«

2

Wolgakolonie Waidbach, Herbst 1800

»Du warst wieder bei ihm.«

Mathilda hob den Kopf. Claudius' Blick traf sie wie ein Faustschlag. Wut, Schmerz und Enttäuschung glommen in seinen Augen. Im Lauf der vierzehn Jahre ihrer Ehe hatte sich seine Miene von der eines überschwänglichen Helden zu der eines verletzten Mannes gewandelt. Das jugendliche Funkeln war einem Ausdruck gewichen, der Mathilda Herzschmerzen bereitete. In den Falten auf seiner Stirn und zwischen seinen Brauen schien all die Verzweiflung darüber zu liegen, dass ihre Liebe den Stürmen des Lebens nicht gewachsen war.

Mathilda streifte das Tuch ab, dass sie sich gegen den Herbstwind um den Kopf geschlungen hatte, und legte es um ihre Schultern. Sie zog es am Hals zu, als fröstelte sie noch immer, obwohl sie nach dem Weg durchs Dorf jetzt in der beheizten Stube stand. Das Feuer loderte unter dem eisernen Wassertopf, der Geruch von brennendem Birkenholz erfüllte die Luft. Sie besaßen wie die meisten Waidbacher ein Haus mit Schornstein, sodass der Rauch abziehen konnte. Claudius war nicht nur in der Schmiede tüchtig, sondern auch bei allen anfallenden Handwerksarbeiten.

»Sie brauchen mich«, erwiderte Mathilda so gelassen, als wäre dies eine unumstößliche Tatsache.

Er mahlte mit dem Kiefer. »Ich brauche dich auch.«

»Ich bin da, wenn du abends heimkommst.« Sie hielt seinem Blick stand und versuchte sich in Erinnerung zu rufen, was ihr seine Augen einmal bedeutet hatten. Bei ihrem ersten Kuss hatte sie sich in ihnen verloren, aber das Gefühl war verblasst wie die einst sonnengelben Gardinen am Fenster.

Er trat mit zwei schnellen Schritten auf sie zu und packte sie an den Schultern, schüttelte sie. »Das reicht mir nicht, Mathilda. Du gehörst hierher, in dieses Haus, an meine Seite. Ich kann hier nicht atmen, wenn du fehlst.«

Sie senkte die Lider halb. »Fehle ich dir wirklich als Frau, oder verleidet es dir dein Heim, wenn die Betten nicht aufgeschüttelt sind und keine Suppe auf dem Feuer dampft?«

Tief sog er die Luft durch die Nase ein. Eine Ader an seiner Schläfe schwoll an. Es schien ihm Mühe zu bereiten, sich zu beherrschen. Mathildas Fingerspitzen begannen zu zittern. Sie wollte vor ihm zurückweichen, aber er packte sie am Ellbogen. »Treib mich nicht zur Weißglut, Weib«, sagte er heiser. »Ich weiß nicht, was du bei Schaffhausen noch zu suchen hast. Der soll sich eine Frau nehmen oder eine Haushälterin. Deine Arbeitskraft bist du unserem Haus und Gut schuldig. Die Leute reden schon! Und komm mir nicht mit mütterlichen Gefühlen!«, spie er aus. »Sein Frieder ist inzwischen, lass mich rechnen, vierzehn Jahre alt! Der braucht keine mehr, die ihm den Hintern pudert und den Brei vorkaut.«

Mathilda hob das Kinn. »Die Leute reden immer. Egal was ich tue: Sie zerreißen sich die Mäuler. Weil sie mich nie akzeptiert haben. Erst recht nicht, seit Frannek verstoßen wurde.«

Wie oft hatten sie diesen Disput schon geführt? Es ermüdete und bekümmerte sie zugleich, vor allem, wenn Claudius in Rage geriet, so wie jetzt. Wann würde er seine Beherrschung verlieren? Bislang hatte er nur einmal die Hand gegen sie erhoben und sich in letzte Sekunde besonnen. Aber sie fürchtete, sein Zorn staute sich auf, bis er gewaltsam ausbrach. Sie hätte gerne etwas gesagt, was ihn beschwichtigte, aber Worte waren längst genug gewechselt. Es nagte an ihm, wie sehr sie sich zu Johannes und seinem Sohn Frieder hingezogen fühlte, und dass kein Tag verging, an dem sie den beiden nicht wenigstens einen Napfkuchen, Klöße oder einen Topf *Soljanka* brachte. Dann saß sie an dem hölzernen Küchentisch und trank einen Becher Kwass mit Johannes. Während sie an dem trüben Gebräu aus gebackenem Brot, Hefe,

Honig und Gewürzen nippte und der Duft seiner Tabakpfeife sie umwehte, ließ sie sich von ihm berichten, was ihn bewegte. Frieder reichte ihr manchmal Hosen oder ein Hemd, damit sie einen Riss nähte oder einen Flicken aufsetzte, und manchmal half sie Johannes, das Unkraut in seinem Gemüsegarten zu zupfen. Nichts Großes, nichts, wofür es sich lohnte zu streiten, aber Claudius sah rot, wann immer sie mit leuchtenden Augen und vom Wind geröteten Wangen heimkehrte.

»Frieder sieht mich wie eine Mutter an«, sagte sie, obwohl sie wusste, dass dies genau die falschen Worte waren.

Tatsächlich sprühten seine Augen Funken, seine Nasenflügel bebten. Mit einem Ruck warf er sich die Haare aus dem Gesicht. Das Weizenblond aus früheren Tagen war einem hellen Grau gewichen. Aber immer noch waren seine Züge anziehend, sein Kinn energisch, seine Haut von der Sonne gebräunt. »Vielleicht verwehrt der Herrgott deshalb deinem Leib ein eigenes Kind, weil er sieht, dass du woanders gebraucht wirst.«

Mathilda biss die Zähne aufeinander, befreite sich aus seinem Griff. Sie wies mit dem Finger auf ihn. »Dass ich keine Kinder mehr bekommen kann, ist noch lange nicht bewiesen! Immerhin habe ich bereits ein Kind geboren.« Ein Zittern lief über ihr Rückgrat, wie immer, wenn sie sich an jenes unglückselige Wesen erinnerte, das sie auf die Welt gebracht hatte, als sie selbst noch ein Kind war. Der eigene Vater hatte sie geschwängert, und ihre Mutter nahm das Kind an wie ihre eigenen: kühl und lieblos. »Vielleicht bist du derjenige mit dem toten Samen?«, fügte sie noch hinzu.

Er trat so dicht vor sie, dass sie seinen Atem riechen konnte, den Geruch von Ruß und Arbeitsschweiß nach einem Tag in der Schmiede. Er senkte die Stimme zu einem zischelnden Flüstern: »Du probierst es wahrscheinlich längst mit deinem Johannes aus und treibst es mit ihm, um mir nachher das Balg unterzuschieben.«

In einem Impuls hob sie die Hand, um ihn zu ohrfeigen, doch er fing ihr Handgelenk ab, drückte so fest zu, dass sie vor Schmerz aufschrie und in die Knie ging. Endlich ließ er sie los und wirbelte herum, um sich aus dem Küchenschrank die Flasche Wodka zu holen. Er schenkte sich ein Glas halb voll und trank es in kleinen Schlucken leer.

Mathilda rappelte sich auf. Tränen liefen über ihr Gesicht.

»Was ist nur aus uns geworden?«, zischte sie in seine Richtung.

»Das frag dich selbst«, gab er zurück. Die Kälte in seiner Stimme ließ sie innerlich frieren.

Sie musste hier raus. Keine Stunde länger ertrug sie die vergiftete Luft zwischen ihnen. Ihre Augen brannten, in ihrer Kehle würgte es. Sie eilte in die Schlafkammer, die die Ehebetten und einen offenen Schrank beherbergte, griff sich ein Tuch aus grob gewebtem Leinen und packte einen Kanten Brot aus der Küche, eine Handvoll Äpfel und eine Trinkflasche hinein. Das Tuch schnürte sie zu einem Bündel, bevor sie in ihre Stiefel schlüpfte und ihren wollenen Umhang vom Haken neben der Tür riss. Noch wehte zwar der Spätsommer übers Land, aber in diesen Tagen konnte der Wind über dem Steppenland jederzeit drehen und den ersten Frost mitbringen. Es war früher Abend, bis zum Einbruch der Dunkelheit konnte sie das nächste Dorf erreicht haben.

»Was hast du vor? Wo willst du hin?« Claudius stellte das Glas so hart auf den Tisch, dass es scheppernd zerbrach. Er stapfte auf sie zu, wollte sie wieder packen, aber sie wehrte sich mit beiden Armen. Strähnen lösten sich aus den Flechten, mit denen sie ihr Haar zusammenhielt.

»Lass mich! Ich muss hier raus! Ich ertrage deine Nähe nicht, deine bösen Worte. Und auch nicht das Getuschel der Leute.«

»Wo willst du hin?«

»Nach Saratow.«

»Bist du verrückt?«, schrie er sie an. »Die Dunkelheit bricht bald herein, in der Gegend lauern Straßenräuber, Kirgisen, in den Wäldern Wölfe …«

»Sorg dich nicht.« Sie hob das Kinn. »Nach deinem Empfinden bin ich dort draußen wohl sicherer als in Johannes' Küche.«

Damit wandte sie sich um, stürmte aus dem Haus und eilte zu der Scheune, in der die beiden Steppenponys dicht beieinander standen, schnoberten und nickten, als Mathilda sich ihnen näherte. Sie sattelte das stärkere der beiden robusten Pferde, befestigte ihr Bündel und schwang sich auf seinen Rücken.

Mit einem Schnalzen hieb sie die Fersen in die Flanken des Tieres und galoppierte wenige Minuten später über die Wiesensteppe, während die Häuser, der Kirchturm und der Grenzwall der Kolonie Waidbach hinter ihr im Dunst zurückblieben.

Die Leute reden schon.

Taten sie je etwas anderes? Als sie mit ihrer Familie vor zwanzig Jahren in die Kolonie Waidbach gekommen war, hatte die Gründergeneration bereits einen vierzehnjährigen Kampf ums Überleben hinter sich. Aus dem Nichts heraus, mitten in der Steppe, hatten sie die ersten Erdhöhlen gegraben, bauten später die Holzhäuser. Sie lernten, dem fruchtbaren schwarzen Boden unter der trockenen Sandschicht Früchte abzuringen, und sie schufen sich ihr eigenes Dorfgefüge, in dem jeder mit seinem Geschick und seinem Handwerk zum Gemeinwohl beitrug. Misstrauisch hatten sie die Neuankömmlinge beäugt, als Mathilda – klapperdürr, verlaust, mit Haut wie Pergament – mit ihrer Familie am ersten Tag durch die Siedlung geschlichen war. Unverhohlene Ablehnung schlug ihnen entgegen. Sie waren Außenseiter, ungeliebt und missachtet.

Es trug nicht zum Dorffrieden bei, als ihr Bruder Frannek sich als Zündteufel entpuppte. Nicht nur versuchte er, das Gemeindehaus abzufackeln, sondern er trug auch die Schuld daran, dass Klaras Sohn Martin fast verbrannte.

Manchmal fühlte sich Mathilda, als würde eine Wand aus Feuer zwischen ihr und den anderen Waidbachern lodern.

Neben dem Pastor hatten nur der Dorfschulze Bernhard Röhrich und seine Frau Anja sie mit Respekt behandelt, seine Schwester Helmine gab ihr ohne zu murren Arbeit auf ihrer Maulbeerplantage.

Und Johannes Schaffhausen verehrte sie.

War es ein Wunder, dass sie sich an seiner Zuneigung wärmte, wenn überall um sie herum Bitterkeit und Verachtung die Luft zum Atmen vergiftete?

Vielleicht litt ihre Ehe mit Claudius wegen ihres geringen Ansehens im Dorf? Claudius selbst hielt ihre Empfindlichkeit gegenüber dem Gerede für Einbildung. So tüchtig er in seinem Handwerk war, so mutig er sich bei der Flucht vor den Kirgisen bewiesen hatte – mit seinem Einfühlungsvermögen war es nicht weit her. Er verstand nicht, wenn Mathilda litt, und brummte nur, wenn sie sich von ihm trösten lassen wollte. Wie anders war da Johannes mit seiner Sanftmütigkeit und seinem Feingefühl.

Würde sich etwas in ihrer Ehe mit Claudius ändern, wenn ihnen die anderen mehr Achtung entgegenbrachten? Wenn sie sich mit Frannek versöhnten und sie nicht länger als die Schwester eines Geächteten ansahen? Vielleicht würde alles ein gutes Ende nehmen, wenn es zu einer Versöhnung kam und sie ein vollwertiges Mitglied der Dorfgemeinschaft werden konnte. Hoffentlich gelang es ihr diesmal, Frannek zu einem Besuch in Waidbach zu überreden!

Die gleißende Sonne neigte sich bereits dem Horizont zu, aber bis sie unterging, würde sie die nächste Kolonie erreichen. Dort kannte sie Wirtsleute, die ihr Quartier bis zum nächsten Morgen geben würden.

Zwischen Waidbach und den direkt angrenzenden Nachbarkolonien herrschten immer mal wieder Reibereien, kleine Streitigkeiten wegen des Viehs oder der Grenze. Es gab Keilereien, wenn die Burschen von einer Kolonie zur anderen schlenderten, um mit den Mädchen anzubändeln. Manche dachten sich Schimpfwörter für die Nachbarn aus. Die einen riefen sie die Äpfeldiebe, die anderen die *Hosenspättel*. Aber in den weiter entfernten Dörfern wurden Reisende generell freundlich aufgenommen.

Auffällig war, dass in jeder Kolonie ein eigener Dialekt gesprochen wurde. Hochdeutsch konnte kaum noch ein Kolonist. Aber verstehen konnte man sich, ob man *hoschte, kannschte, willschte* sagte, oder *hoste, kannste, willste,* ob man die Straße *nob und rob* oder *naaf und runner* ging.

Mathilda sehnte die nächste Unterkunft herbei. Am Abend des folgenden Tages müsste sie Saratow erreichen.

Ihr Bruder Frannek würde sie, wie all die Male, die sie ihn in der Stadt an der Wolga besucht hatte, mit Freude empfangen.

Vom Frühstück gaben die grundguten Wirtsleute Mathilda noch eine Scheibe Speck mit, bevor sie sich von ihr verabschiedeten und versicherten, dass sie sich jederzeit auf ihre Gastfreundschaft verlassen konnte. Mathilda dankte ihnen mit Wangenküssen, bevor sie bei Sonnenaufgang ihren Weg fortsetzte. Bis zum Abend würden die Mauern der Stadt am Horizont auftauchen, wenn sie keine Rast einlegte.

Eine Frau sollte sich den Gefahren allein in der Steppe nicht länger als nötig aussetzen. Aber Mathildas größte Furcht galt weder den Wölfen noch russischen Wegelagerern. Schaudernd erinnerte sie sich an den letzten Überfall der räuberischen Kirgisen auf Waidbach vor sechzehn Jahren. Man hörte allerorten von weiteren Heimsuchungen der Wilden, die glaubten, ein Anrecht auf dieses Land zu haben. Obwohl in dem Wolgagebiet inzwischen an mehreren Orten Kosakenabteilungen stationiert worden waren, die die Bewohner vor den Nomaden schützen sollten, gab es immer noch Überfälle. Entführung, Ausplünderung und Ermordung der Menschen auf der Landstraße waren alltägliche Plagen.

Die Angst vor den *Kirgis-Kaisachen,* wie die Wolgadeutschen die räuberischen Nomaden nannten, war tief verwurzelt. Sie würden sie an die nächsten Generationen weitergeben, allein dadurch, dass ungehorsame Kinder landläufig mit »*Die Kirgisen kommen!*« eingeschüchtert wurden, oder dadurch, dass sie ihnen zum Einschlafen das Wiegenlied sangen: *Herrgottsvögelche, flieg fort. Komme drei Kirgise, wolle dich totschieße.*

Mathilda hatte den Raubzug damals in der Schäferhütte – ihrem Liebesnest – nur am Rande mitbekommen und war, als sich die Horde dem Dorf näherte, auf Claudius' Anweisung in den Wald geflitzt, um sich unter Reisig und Laub zu verstecken.

Claudius selbst lief den heranpreschenden Angreifern voran ins Dorf, um die Bewohner zu warnen, aber sein Mut wurde ihm zum Verhängnis. Die Kirgisen fingen ihn mit einem Lasso ein und schleppten ihn erbarmungslos hinter sich her. Ein Dutzend anderer Menschen aus Waidbach ereilte dieses Los der Versklavung, darunter die achtjährige Amelia, Tochter von Mathildas Ziehmutter Klara.

Erst zwei Jahre später gelang Claudius, gemeinsam mit Amelia, die Flucht über die Berge und die Steppe, eine wochenlange Tortur, die beide an die Grenze ihrer Leidensfähigkeit brachte. Mathildas Herz pochte, wann immer sie sich an den magischen Moment erinnerte, da Claudius wieder vor ihr stand. All die Wochen, Monate seiner Abwesenheit hatte sie sich Tag für Tag aufs Neue geschworen, keinen anderen Mann zu ehelichen und an der Verlobung mit ihm festzuhalten. In jener Stunde schienen all ihre Hoffnungen und Wünsche in Erfüllung zu gehen. Sie hielt ihn umschlungen, ließ sich von ihm streicheln und küssen, und auch in der Erinnerung fiel Mathilda kein anderer Moment so reinen Glücks ein.

Sie spürte ein Stechen in der Brust und zog die Zügel, um das Pony in einen Trab zu führen. Hatte sie wirklich geglaubt, das Glück ließe sich anbinden? War fortdauerndes Glück überhaupt möglich? Oder war es stets nur ein flüchtiger Moment, ein Lichtflackern in der düsteren Wirklichkeit?

Ob Claudius sie noch liebte?

Liebte sie ihn noch?

Vielleicht wäre alles anders gekommen, wenn sie Kinder bekommen hätten. Eine Träne löste sich aus Mathildas Augen, der Wind trieb sie ihre Schläfe entlang bis zu ihrem Flechtkranz.

All die Jahre hatte sich Mathilda damit getröstet, dass sie sich wenigstens um Frieder kümmern durfte.

Der Pfad, auf dem ihr Pony trabte, führte nun durch ein Wäldchen. In der Mittagshitze boten die Bäume erholsamen

Schatten. Ihr Hinterteil schmerzte vom langen Reiten. Sollte sie eine Rast einlegen? Sie entschied sich dagegen. Nein, sie musste vorankommen. Besser, sie ruhte sich in der nächsten Kolonie aus. Rund um Saratow, auf der Wiesen- und auf der Bergseite, gab es inzwischen mehr als hundert Kolonien und Tochterkolonien von Deutschen. Ihre Gebräuche und Sitten aus der Heimat bewahrten sie sich, die russische Sprache beherrschten nur die wenigsten. Man konnte in diesem Steppengebiet tagelang reisen, ohne ein russisches Wort zu hören. Die gemeinsame Heimat verband diese Menschen, sie halfen sich gegenseitig aus und öffneten einer Durchreisenden gern die Tür. Sie wussten nichts von Mathildas Leben, freuten sich nur, eine Frau aus der alten Heimat zu bewirten.

Der Wind raschelte in den Bäumen, vereinzelte Vögel stießen ihre Laute aus, die Hufe des Ponys tockerten in einem gleichmäßigen Rhythmus über die trockene Erde. Die Luft war erfüllt von dem Duft der Wildkräuter und dem modrigen Aroma der Blätter, die bereits von den Bäumen gefallen waren und eine dünne Schicht auf dem Waldboden bildeten, um zu neuer Erde zu werden. Mathilda ließ den Blick nach rechts und links schweifen, um eine mögliche Gefahr sofort zu erkennen und dem Pony die Fersen in die Flanken zu stoßen. Sie war eine gute Reiterin. Wenn es sein musste, konnte sie im gestreckten Galopp flüchten. Aber das Wäldchen wirkte friedlich, und Mathilda konnte sich ihren Erinnerungen an vergangene Zeiten hingeben.

Nachdem ihre Eltern auf tragische Weise ums Leben gekommen waren, hatte sie sich als Kind wie eine Ertrinkende an Klara Mais Schürzenzipfel gehängt. Klara gehörte zu den ersten Siedlern in Waidbach, war hoch angesehen und kümmerte sich um einen ganzen Stall voller eigener Buben und Mädchen. Damals malte sich Mathilda aus, dass eine Frau mit so vielen Kindern doch ein nobles Gemüt haben musste. Zwei Esser mehr – sie und ihr kleiner Bruder Frannek – würden einfach mitlaufen und dann und wann von der Liebe profitieren, die ein solches Mütterchen zu geben imstande war.

Doch es war nicht alles nach Mathildas Wunsch gelaufen. Klara hatte sich lange gesträubt, sie und ihren Bruder zu akzeptieren. Frannek hatte sich die Abneigung selbst zuzuschreiben. Er war ein schwieriges Kind mit einem gefährlichen Hang zum Zündeln gewesen. Seine Neigung wurde ihm letztlich zum Verhängnis, als er beim Spiel mit dem Feuer den kleinen Martin Mai in Brand setzte, der schwer verletzt überlebte. Vor dem Zorn seiner Zieheltern flüchtete Frannek hinaus in die Wälder mit nichts als einem Beutel Münzen, den Mathilda ihm in aller Hast noch zusteckte. Mathilda hatte mit dem Schlimmsten gerechnet, aber es war anders gekommen. Ein Lächeln glitt über ihr Gesicht, wann immer ihr einfiel, wie sich Frannek aus seiner trostlosen Lage hinausgestrampelt hatte.

Nachdem Frannek mit sechzehn Jahren zu Fuß aus Waidbach geflüchtet war, schien die Familie Mai aufzuatmen. Eines der fremden Kinder waren sie losgeworden. Wie sie Mathilda vertreiben wollten, offenbarte sich in den Wochen danach. Klara Mai präsentierte ihr einen Heiratskandidaten nach dem anderen und schimpfte und schob es auf ihre Verbohrtheit, wenn sich Mathilda den jungen Männern gegenüber stur wie ein Maultier verhielt. Nie ließ Mathilda einen Zweifel daran, dass sie zu Claudius gehörte, der allerdings zu diesem Zeitpunkt bereits von den Kirgisen verschleppt worden war. Ihre Ziehmutter schalt sie eine Närrin. Claudius und ihre eigene Tochter Amelia würden niemals heimkehren, behauptete sie, aber Mathilda gab die Hoffnung nicht auf. Und hatte sie nicht Recht behalten? Was für ein Freudentag, als Claudius mit Amelia auf den Armen in das Haus der Mais stolperte.

Mathilda hatte nur noch Augen für ihn gehabt in diesen Stunden ihres Wiedersehens, obwohl genau an diesem Abend Johannes mit dem Säugling Frieder zum ersten Mal Gast im Hause Mai war. Klara hatte ihn eingeladen, wohl in der Hoffnung, dass Johannes Mathildas Zuneigung mit Hilfe des Buben gewinnen würde. Ein geschickter Schachzug.

Aber obwohl Kalkül dahintersteckte – der herzige, in ein Rusenleibchen gekleidete Frieder mit den abstehenden Ohren und den lockigen Haaren verzauberte sie. Als Johannes angesichts des Freudentaumels der Liebenden stillschweigend mit seinem Söhnchen das Haus verlassen wollte, hatte Mathilda ihm hinterhergerufen, dass sie sich um ihn kümmern werde. Und sie hatte ihr Versprechen gehalten.

So sehr sie das Zusammensein mit Claudius in den ersten Tagen und Wochen nach ihrer Wiedervereinigung genoss, sie vergaß nie, mindestens einmal am Tag bei Vater und Sohn nach dem Rechten zu sehen. Im Lauf der Zeit wuchs ihr Frieder ans Herz wie ein eigenes Kind. Sie fütterte ihn mit Hingabe, küsste seine Füßchen, wenn sie ihm die Windel wechselte, koste seine runden Wangen und klatschte vor Begeisterung, als er zu krabbeln und später auf wackeligen Füßen zu laufen begann.

So blieb es nicht aus, dass sie in all der Zeit, die sie sich um das Kind kümmerte, eine gewisse Zuneigung zu Johannes entwickelte. Nicht so himmelstürmend wie ihre Liebe zu Claudius, nicht so hingebungsvoll. Es war eher ein stilles Gefühl von Freundschaft, auf das Mathilda aber niemals mehr verzichten wollte.

Über ihre Kinderlosigkeit war sie sich mit Claudius immer häufiger in die Haare geraten. Sie wusste, dass er sich nicht weniger als sie wünschte, dass Kinderlachen durch ihre Hütte erklang. Aber erzwingen konnte man es nicht, und sie mussten ohnmächtig mit ansehen, wie angesichts dieser Umstände ihre Liebe zerfiel. Dennoch hielten sie aneinander fest. Sie waren gebunden an den Treueschwur und das Hochzeitsgelübde gegenüber Pastor Laurentius Ruppelin, der mit seinen inzwischen achtzig Jahren mit krummem Rücken, morschen Knochen und schlohweißem Haar immer noch über Ordnung, Sitten und Moral in den Familien und in der Gemeinde wachte.

Nein, sie war nicht die einzige im Dorf, der der Kindersegen verwehrt blieb. Die alte Helmine, die zu der Gründergeneration von Waidbach gehörte, hatte auch keinen Erben für ihre riesige Maulbeerplantage, die durch die Seidenproduktion einen erheblichen Beitrag zum Wohlstand der Kolonie leistete. Aber Helmine litt nicht unter ihrer Kinderlosigkeit. Sie fand Erfüllung in ihrer Arbeit für die Gemeinschaft. Irgendwann, wenn sie nicht mehr war, würde sie ihr Lebenswerk der Dorfgemeinschaft hinterlassen.

Die Apothekerin Anja hatte über ihre Unfruchtbarkeit eine besondere Liebe zu Tieren entwickelt, wie sie ihr erzählt hatte. Die Hunde in ihrem Haus waren immer mehr als Wachhunde – Anja liebte sie wie Freunde, wobei sie stets ins Schwärmen geriet, wenn sie von ihrem ersten Hund Lambert erzählte, der ihr bei der Einreise im Jahr 1766 zugelaufen war.

Den wenigen kinderlosen Ehepaaren standen mehrere hundert Familien gegenüber, die sich fast im Jahresrhythmus vermehrten. Das Überleben der Wolgakolonie war gesichert, wenn auch nur ein Bruchteil des Nachwuchses überlebte, daheim blieb und das fortführte, was die Eltern geschaffen hatten.

Mathilda seufzte, während die eintönige Landschaft aus Wiesen und Feldern an ihr vorbeizog. Sie griff an die Seite des Sattels und fingerte sich aus dem Leintuch ein Stück von dem knusprigen Bauernbrot hervor, das die Frauen der Kolonie im Gemeinschaftsofen gebacken hatten. Sie kaute den Brocken langsam, genoss es, wie er nach einem Schluck Wasser aus dem Lederbeutel in ihrer Mundhöhle aufquoll.

Das Pony wackelte mit dem Kopf und setzte brav Huf vor Huf. Die Sonne stand schon am Horizont und wandelte sich in einen Feuerball, der orangerotes Licht über die Salzwiesen warf. Sie beschattete die Augen mit der Hand. Ihr Herz machte einen Hüpfer, als sie weit in der Ferne die ersten Dächer und Kirchtürme von Saratow erspähte. Davor glitzerten die Wasser der Wolga wie ein silberner See. Hier trennte der gewaltige Fluss Europa von Asien. Noch zwei Stunden, dann würde sie die Brücke überqueren und die Tore der Stadt passieren.

Mathilda schüttelte sich, wie um die Erinnerungen loszuwerden. Ihr Elternhaus, die Auswanderung, die Ablehnung der Dörfler in den ersten Jahren ... Nein, ihr Leben hatte eigentlich erst mit Claudius begonnen. Seit sie Claudius liebte, hatte ihr Leben einen Sinn. Umso schmerzvoller, wenn diese Liebe verlorenging.

Sie schluckte. Nicht wieder weinen. Sie wollte ihrem Bruder nicht aufgelöst gegenübertreten. Sie wollte sich ablenken, ein paar entspannte Stunden mit ihm und der Familie verbringen, die ihn aus seinem Elend gerettet und ihn angenommen hatte wie ihr eigen Fleisch und Blut.

Sie machte einen tiefen Atemzug, beugte sich über die Mähne des Ponys und flüsterte in sein Ohr. »Komm, mein Junge, bald haben wir es geschafft.« Sie schnalzte und drückte die Unterschenkel gegen den Pferdeleib. Das Pony wieherte. Der Staub hinter ihm wirbelte auf, als es in einen zügigen Trab fiel.

3

In Saratow

Die Dämmerung war bereits hereingebrochen, als Mathilda das Stadttor passierte. Sie nannte dem kahlköpfigen Wächter ihren Namen, ihren Gastgeber und den Grund ihres Besuchs. Er winkte sie, ohne eine Miene zu verziehen, durch. Man war es gewohnt, dass Deutsche aus den umliegenden Kolonien nach Saratow kamen. Viele hatten hier Verwandte oder trieben Geschäfte. Vor allem Weizen, aber auch Kartoffeln und Rohseide lieferten die Kolonisten, manche handelten mit Pferden.

Mathilda schwang sich aus dem Sattel, als sie die engen Gassen und Winkel der betriebsamen Stadt erreichte. Hier am Rande fand man noch einige schäbige, eng aneinandergebaute Bauernhäuser, aber je weiter sie in die Stadt vordrang, desto breiter präsentierten sich die Straßen und desto herrschaftlicher die Häuser, alles überragt von der Kathedrale und mehreren Kirchen, darunter eine lutherische für die protestantischen Einwanderer.

Das schönste Gebäude im Zentrum bewohnte der Gouverneur. Es war fast ein Palast, in dem ihm mehr als dreihundert Angestellte zur Hand gingen. In unmittelbarer Nähe befanden sich das Polizeigebäude und der betriebsame Basar mit einheimischen Waren und Kostbarkeiten aus Persien und der Türkei. Über all den fremdartigen Gerüchen nach Gewürzen und Proben von rotem Wein aus Astrachan sammelte sich eine Duftwolke nach dem Fisch, von dem die Wolga in und um Saratow übervoll war. Die Fischer holten zum Bersten volle Netze mit fetten, silbrig schimmernden Fischleibern aus dem Fluss. Der größte Fisch war der Beluga, dessen festes Fleisch Mathilda einmal hatte probieren dürfen. Den Kaviar verschifften die Saratower Händler bis nach St. Petersburg.

Das Stadtbild prägten wohlhabende Kaufleute. Der Wohlstand zeigte sich nicht nur an den reich verzierten, gepflegten Fassaden der Wohnhäuser, sondern auch an den zahlreichen Droschken und den rassigen kirgisischen Pferden, die allerorten an ihr vorbeitrabten und stolz nickten. Mathildas kalmückisches Pony fiel äußerlich gegen diese Prachtpferde ab, aber was dem kleinen Pferd an Schönheit mangelte, das machte es mit Ausdauer wett. Mathilda tätschelte ihrem treuen Gefährten die Flanke und schnalzte.

Modisch gekleidete Passanten strömten über die Wege und wichen vor den Einspännern der Händler zurück, die ihre Waren in den Hafen brachten. Die Rufe der Kutscher, das Zischen der Peitschen, das Tockern der Hufe auf den Wegen mischten sich mit den heiseren Rufen der Seevögel, die sich um Fischreste balgten, und mit den melancholischen Gesängen eines Wandermusikers, um den sich auf dem Marktplatz mehrere Zuhörer drängten.

Mathilda nahm all diese verwirrenden Eindrücke staunend in sich auf. Schon häufig hatte sie die Stadt besucht, aber das Lärmen und bunte Treiben überwältigte sie jedes Mal aufs Neue.

Die Wolga hatte sich zu einem der wichtigsten Handelswege des Landes entwickelt, wovon auch die Kolonisten profitierten, die ihren Überschuss an Getreide bis nach Moskau und St. Petersburg lieferten. Das Anwachsen der Metropolen hatte dazu geführt, dass sich die Städte nicht mehr allein versorgen konnten: ein Glücksfall für die deutschen Bauern in den Kolonien in dieser Gegend. Getreideanbau war von jeher ihre Lebensgrundlage gewesen, und mit Fleiß und Tüchtigkeit gegen alle Widrigkeiten des Wetters und Überfälle marodierender Steppenvölker hatten die Deutschen im Laufe der Jahre ihre Erträge vervielfältigt.

Neben jeder Straße verliefen Rinnsteine, durch die die Abwässer aus den Haushalten zum Fluss hin sickerten. Der letzte Regenguss hatte den Unrat aus den Bahnen geschwemmt, und Mathilda musste aufpassen, wo sie hintrat. In Waidbach leerten die Menschen ihre Nachttöpfe und das Spülwasser in Gruben in ihren Gärten, aber hier in der Stadt, wo viele Menschen auf engstem Raum lebten, besaßen die wenigsten ein eigenes Stück Land, und so sammelte sich der Unrat in Kloaken. Mit dem ersten Frost wäre dieses Problem gelöst, nur um im Frühjahr nach der Schneeschmelze wieder auszubrechen. An manchen Tagen vermochte man keinen Schritt auf die Straße zu setzen, ohne bis zu den Knien im Morast zu stehen.

Mathilda passierte die Deutsche Straße, in der sich nur deutsche Einwanderer niedergelassen hatten. Einige kannte sie, so zum Beispiel Klaras Schwester Eleonora, die mit ihrem Mann und ihrem zweitgeborenen Sohn Justus hier wohnte. Ihren ältesten Sohn Stephan hatte es der Liebe wegen zurück nach Waidbach gezogen.

Ob sie hier glücklich waren? Sicher, das Kulturangebot in der Handelsstadt war überwältigend, nicht vergleichbar mit dem, was man in der Kolonie geboten bekam. Einige begabte Musiker unter den Bediensteten des Gouverneurs hatten sich zu einem Orchester zusammengeschlossen, dessen Aufführungen Berühmtheit erlangt hatten. Es gab die deutsche Gesellschaft in Saratow, die Veranstaltungen organisierte. Eleonora Lorenz, die Schwester von Mutter Klara, hatte hier einen Literatursalon ins Leben gerufen, dem zahlreiche vornehme Frauen angehörten.

Aber machten das mannigfaltige Vergnügungsangebot, die Vielfalt der Waren und das regenbogenbunte Treiben die Herzlichkeit und Geborgenheit wett, die die Gemeinschaft in einer Kolonie ihnen schenkte?

Mathilda genügte es, sich hin und wieder die Stadtluft um die Nase wehen zu lassen, sofern sie nach wenigen Stunden oder Tagen in ihr Heimatdorf zurückkehren durfte. Obgleich in Waidbach nicht jeder Tag friedlich und harmonisch verstrich, bevorzugte Mathilda doch das beschauliche Landleben.

Zur Wolga hin, dort, wo die wachsenden hölzernen Getreidespeicher von dem aufblühenden Handel kündeten, zeigte die Stadt ihr schäbigeres Gesicht. Dort fanden sich die Spelunken und verruchten Gassen, in denen Frannek vor nunmehr vierzehn Jahren umhergeirrt war.

Major Anatolij Danilowitsch und seine Frau Valentina – eine Deutsche – bewohnten ein prachtvolles Stadthaus mit einem Dutzend Zimmern und allem Komfort. Frannek hätte nichts Besseres passieren können, als genau diesen beiden Menschen in die Arme zu fallen und von ihnen aufgenommen zu werden.

Endlich erreichte Mathilda das pastellgelb gestrichene Gebäude und legte den Kopf in den Nacken, um an der dreistöckigen Front nach oben zu schauen. Vor den Fenstern hingen duftige Stoffe; Ornamente und schmiedeeiserne Balkone schmückten die Simse. Aus dem Schornstein quoll grauer Rauch. Man heizte in diesen Tagen, wenn man es sich leisten konnte. Holz war kostbar und begehrt in der Stadt.

Sie nickte dem Stallburschen zu und reichte ihm die Zügel, bevor sie die zwei Stufen zum Eingangsportal hochstieg. Das Pony würde im Innenhof bei den anderen Pferdeställen versorgt werden. Sie richtete ihr Mieder, zupfte an ihrem Rock und tastete mit den Händen nach ihrer Flechtfrisur. Vermutlich gab sie einen erbärmlichen Anblick ab: eine Frau, die zwei Tage lang durch die Wolgawiesen geritten war, vom Wind zerzaust, von Staub bedeckt. Egal.

Sie betätigte den silbernen Türklopfer und strahlte, als ihr der alte Diener Wanja in seiner schwarzen Livrée öffnete. Das wettergegerbte kantige Gesicht des Leibeigenen mit den buschigen Brauen stand im krassen Gegensatz zu seiner tadellosen Uniform. Welchen Putz er auch trug, er würde in diesem Leben nicht mehr verbergen können, dass er die meisten Jahre als mittelloser Leibeigener auf der Scholle geackert hatte, bevor ihn der Gutsherr mit Schimpf und Schande vertrieben hatte. Die Liebe zur koketten Tochter des Gutsherrn war Wanja zum Verhängnis geworden, die Narben von Peitschenhieben auf seinem Rücken legten Zeugnis davon ab. Madame Valentina hatte ihn als halb verhungerten Bettler im Hafenviertel der Stadt aufgelesen, ihn aufgepäppelt und ihm ein Zuhause gegeben. Einen treueren

Diener als den alten Wanja konnte sie sich nicht wünschen. Dankbarkeit war stärker als alle Fesseln.

Er verneigte sich vor Mathilda, gestattete sich ein kleines Schmunzeln der Wiedersehensfreude und bat sie mit einer Geste einzutreten.

»Ich hoffe, ich komme nicht ungelegen«, sagte Mathilda. »Ich konnte diesmal meinen Besuch nicht ankündigen.«

»Gewiss nicht, Madame, ich werde gleich Bescheid geben.« Er besaß nicht die Eleganz eines ausgebildeten Dieners, wie er sprach, wie er davonstapfte, um die Herrschaft zu benachrichtigen, aber sein Bemühen reichte der Hausherrin, um ihm eine Unterkunft und Versorgung auf Lebenszeit zuzusichern.

»Mathilda, meine Liebe!« Über Valentinas breites Gesicht ging ein Strahlen, als sie mit wehenden Röcken aus dem Salon heraneilte, angelockt vom Klopfen und den Stimmen.

Valentina war so breit in ihrem ausladenden Rock, dass kaum eine Hand zwischen den Türrahmen und ihre Hüfte passte, als sie auf Mathilda zuflog.

Mathilda seufzte beglückt, als die füllige Frau sie an ihre Brust zog, sie drückte und wiegte wie ein Kind. Es tat gut, so willkommen zu sein. In Valentinas Nähe blühten alle vom Schicksal benachteiligten Menschen auf. Sie gab jedem das Gefühl, sie würde es schon richten, man solle sich bloß auf sie verlassen. Es tat gut, umhegt und beschützt zu werden. »So schön, wieder bei euch zu sein«, murmelte Mathilda.

Valentina rückte ein Stück von ihr ab, umfasste ihre Schultern und betrachtete ihr Gesicht. »Gottchen, Kind, wie ausgezehrt du aussiehst. Warum hast du dich nicht angemeldet? Ich hätte etwas vorbereiten lassen. Aber wir schauen gleich, was die Küche hergibt, ja?« Sie zwinkerte ihr zu.

Mathilda lächelte matt. »Ich bin gar nicht so hungrig.«

Valentina musterte ihr Gesicht. »Benutzt du die Salbe, die ich dir gegen die Sommersprossen gegeben habe? Und fang bloß nicht mit Schminke an! Unter der Schlachtbemalung altert deine Haut schneller als die einer Greisin! Schau dir die Äffinnen auf den Gesellschaften an, die die Schminke zentnerweise verschleudern. Wie übertünchte Gräber kommen sie daher!«

Mathilda schüttelte den Kopf. »Ich halte mich an deine Ratschläge. Und die Creme trage ich jeden Abend auf.« Für Mathildas Sommersprossen hatte sie ihr eine Lotion aus zerstoßenen Mandeln, Eiweiß und Zitronensaft bereitet. Die Sommersprossen verblassten darunter allerdings nur gering, aber es tat gut, sich abends damit zu pflegen.

Valentina tätschelte ihre Wange. »So ist es recht.« Sie selbst sah zehn Jahre jünger aus, als sie mit ihren fast fünfzig Jahren tatsächlich war. Darauf legte sie besonderen Wert. Sie half mit allerlei Hausmittelchen nach, stets makellos aufzutreten. Eitelkeit gehörte vermutlich zu Valentinas Schwächen, aber Mathilda mochte sie so. »Was führt dich nach Saratow, meine Liebe? Hoffentlich nur Gutes?«

»Ich hatte Sehnsucht nach Frannek. Und nach euch natürlich.«

»So plötzlich?« Valentina zog eine Augenbraue hoch. Ihr rundes Gesicht verzog sich wie ein schrumpeliger Apfel. »Aber komm erst mal herein in den Salon. Mach dich frisch, ich lasse eine Platte Pasteten bereiten und einen Kaffee aufbrühen.«

»Ist Frannek daheim?«

»Ich erwarte ihn gleich zurück. Er ist zu einer Teegesellschaft geladen.« Sie hielt beim Lachen die Hand vor den Mund, sodass man nur ihre zusammengekniffenen Augen sehen konnte. »Ich bin froh, dass ich ihn überreden konnte, hinzugehen. So ein Hagestolz! Verkriecht sich am liebsten über seinen Büchern oder mit seinen Zinnsoldaten. Manchmal meine ich, er wird nie erwachsen, obwohl er inzwischen fast dreißig ist. Ach, ich wünschte, er würde endlich ein passendes Weib finden. Die Leute reden schon, weißt du«, setzte sie flüsternd hinzu.

Ein etwa zehnjähriges Mädchen mit kleinen rosa Schleifen in den erdbraunen Zöpfen eilte heran, um die Besucherin zu beäugen. Ihr folgte etwas langsamer eine vielleicht zwei Jahre ältere Freundin, deren Gesicht von Pockennarben entstellt war. Sie schmiegten sich links und rechts dicht an Valentina, die die Arme um sie legte. »Das sind Dunja und Galina«, stellte sie die beiden Mädchen vor. »Sie sind seit zwei Monaten bei uns. Ich habe sie einem schrecklichen Kerl, einem zwielichtigen Schiffer, abgekauft. Sie sprechen noch kaum ein Wort Deutsch, aber das lernen wir noch, nicht wahr?« Sie strich der Jüngeren liebevoll über den Scheitel.

Mathilda lächelte die beiden Kinder an. Sie musterten sie aus mandelförmigen dunklen Augen, als wollten sie abschätzen, ob diese fremde Frau Gefahr bedeutete oder nicht. Schutz und Geborgenheit kannten die jungen Leibeigenen in Russland nicht. Sie konnten jederzeit auch ohne Einwilligung der Eltern verkauft werden. Wenn ein Kind Pech hatte, landete es bei einem grausamen Herrn. Gute Valentina, die stets ein Auge für das Leid der Kleinen und Armen hatte und half, wo immer es ihr möglich war.

»Sie sind noch sehr scheu«, erzählte Valentina, als sie die Mädchen mit einem liebevollen Klaps verscheuchte und Mathilda in den Salon geleitete.

Im Kamin brannte ein Feuer, davor döste ein sandfarbener Mischlingshund auf einem Fell. Er humpelte auf drei Beinen auf Mathilda zu und beschnupperte sie, bevor er sich an seinem warmen Plätzchen einrollte.

Wenn es einen wirklich guten Ort auf Erden gab, dann war es dieses Stadthaus in Saratow. Valentina schloss alle Kreaturen, die der liebe Gott vergessen zu haben schien, in ihr Herz, schenkte ihnen nicht nur ein Dach über dem Kopf und Brot, sondern vor allem unendlich viel Liebe, sodass es Mathilda manchmal fast übermenschlich erschien. Diese Frau hatte so viel zu geben. Wer immer in ihrer Nähe Bedürftigkeit vermittelte, den drückte sie an ihre ausladende Brust und umsorgte ihn, bis er auf eigenen Füßen stehen konnte.

Manche, wie Frannek, blieben länger.

War es ein Wunder, dass es Mathilda in dieses Haus zog, wann immer ihr das eigene Zuhause kalt erschien? Sicher, ihre Ziehmutter Klara hatte ihr nach all den Jahren, in denen sie sie abgelehnt hatte, bei ihrer Versöhnung versprochen, sie würde immer für sie da sein. Auch Klara war Herrin in einem Haus, das von Liebe erfüllt war. Aber von dieser Zuneigung hatte Mathilda so lange nicht profitieren können, dass es ihr am Ende, als sie die Schwelle zum Erwachsensein überschritt, nicht mehr gelingen wollte, das Maienhaus in der Wolgakolonie als ihr Heim anzusehen. Nein, der Bruch mit Klara ließ sich nicht rückstandslos kitten, nachdem Klara sie über all die Jahre behandelt hatte wie ein lästiges Haustier, das ihr nicht vom Bein weichen wollte.

Valentina drapierte ihr ein frisch gewaschenes Kleid hinter einem Paravent, der gleich neben dem Waschtisch stand, und ließ sie allein, bis sie sich umgezogen hatte. Wie herrlich war es, sich den Schmutz der Reise abzuwaschen und in die duftende Kleidung zu schlüpfen. Das leinene Gewand war ein bisschen zu weit in den Hüften, aber das machte nichts. Valentina besaß einen Fundus an ausgemusterten, aber reinlichen Kleidern in den unterschiedlichsten Größen und Moden. Jeden ihrer Schützlinge kleidete sie neu ein.

Wenig später saßen sich die beiden Frauen im Salon auf zwei gemütlichen Polstersesseln gegenüber. Mathilda langte zu, als eine Bedienstete ein Tablett mit köstlich duftenden Fleischpasteten brachte. Jetzt knurrte der Hunger in ihrem Magen.

»Wo ist der Major?«, erkundigte sie sich zwischen zwei Bissen und wischte sich einen Krümel aus dem Mundwinkel. »Haben wir heute Abend das Vergnügen seiner Gesellschaft?«

Valentina nickte. »Gerade gestern ist er aus St. Petersburg heimgekehrt. Er wurde in die Hauptstadt zur Konferenz gerufen. Zar Paul holt sich gerne die verdienten Feldherren zu Tische, um sich zu beratschlagen. Dabei weiß doch jeder, dass nichts Gutes dabei herauskommt. Ein Mann wie er hätte niemals den Thron besteigen dürfen. Gott habe unsere liebe Katharina selig«, fügte sie hinzu.

»Er hat kein leichtes Erbe«, sagte Mathilda. »In Zarin Katharinas Fußstapfen zu treten ist eine undankbare Aufgabe.«

»Sie hätte niemals gewollt, dass ihr Sohn das Land regiert«, fügte Valentina hinzu. »Ach, wie ich sie vermisse, unsere große Katharina. Vier Jahre ist sie nun schon unter der Erde.«

»Wir haben ihr viel zu verdanken«, stimmte Mathilda zu. »Ohne sie wären die deutschen Kolonisten niemals an die Wolga gezogen.« Mathilda wusste, mit welchen Versprechungen Katharina die Große die Elterngeneration ins Land gelockt hatte. Günstige Kredite, Land, Befreiung von der Wehrpflicht … Sie hatte sich an all ihre Zusicherungen gehalten, auch wenn sie sich nach der ersten Einwanderungswelle in den Siebzigerjahren des vergangenen Jahrhunderts kaum mehr um die Deutschen gekümmert hatte. Wie sollte sie das auch bewerkstelligen in einem unermesslich großen Land wie Russland? Das Reich ist groß, der Zar ist weit – ein geflügeltes Wort unter den Einheimischen. Manch einer Bevölkerungsgruppe – wie den Kolonisten – fehlte der Schutz eines stets präsenten Herrschers. Andere – bestechliche Beamte, Polizisten und Kaufleute beispielsweise – rieben sich die Hände ob der mangelnden Kontrolle durch das russische Oberhaupt.

Über Zar Paul wusste Mathilda nicht viel, nur dass er nicht so gut gelitten war wie seine charismatische Mutter. Nach dem Willen Katharinas wäre Paul niemals an die Macht gekommen. Sie hatte ihren Enkel Alexander bevorzugt. Aus gutem Grund vermutlich. Zar Paul war misstrauisch gegenüber allem Fremden, auch gegenüber den revolutionären Wellen, die aus Frankreich über ganz Europa geschwappt waren, und er schottete Russland zusehends vom Rest der Welt ab.

Valentina beugte sich vor, um sie besser anschauen zu können. »Meine Liebe, es ist schön, dass du da bist. Du bist hier jederzeit herzlich willkommen. Gibt es einen besonderen Grund für deinen Besuch? Wie geht es deinem lieben Mann?«

Mathilda senkte den Blick. »Ach«, sagte sie tränenerstickt.

Valentina griff in ihren Ärmel und zog ein Seidentuch hervor, das sie ihr reichte. »So schlimm? Hattet ihr Streit?«

Mathilda nickte. Sie hatte nicht beabsichtigt, sich von Valentina trösten zu lassen, aber in der Nähe dieser Frau schütteten die meisten Menschen ihr Herz aus. Mathilda konnte sich dieser Aura nicht entziehen. »Ich habe es nicht mehr ausgehalten«, gestand sie. »Er macht mir Vorwürfe, weil ich mich um Frieder kümmere.«

»Und um Johannes?« Valentina wusste von Mathildas Zuneigung zu dem alleinstehenden Waidbacher und seinem Sohn. Bislang hatte Mathilda nur geschwärmt, wenn sie von den beiden berichtete. Es war das erste Mal, dass sie im Zusammenhang mit den Schaffhausens ins Weinen geriet.

Mathilda schnäuzte sich und wiegte den Kopf. »Ich war Claudius immer eine gute Frau. Er hat keinen Grund, an meiner Treue zu zweifeln.«

Valentina nahm ihre Hand und streichelte darüber. Ihre Haut fühlte sich kühl und weich an. Ein süßer Duft wehte Mathilda in die Nase. Valentina pflegte ihre Hände mit Rosenwasser, in das sie Eigelb hineinmischte. Das Aroma der reifen Blüten würde Mathilda stets mit Valentina in Verbindung bringen.

»Das glaube ich dir aufs Wort, Mathilda. Du bist keine Frau, die ihren Mann hintergeht. Sag, liebst du Claudius noch?«

Mathilda antwortete nicht sofort, senkte erneut den Kopf. Die Frage schien zwischen ihnen zu schweben. Es überraschte sie selbst, dass sie nicht sofort die Worte herausbrachte, dass sie der mütterlichen Freundin nicht mit aller Inbrunst versicherte, wie sehr sie ihren Mann liebte.

Sie wurde einer Antwort enthoben, als in diesem Augenblick die Salontür aufschwang und der Major hereinspazierte. In seinem Schatten hielt sich Frannek, der nun allerdings, als er seine Schwester erkannte, hervortrat. Das Erkennen glitt wie ein Sonnenstrahl über seine Züge. Mathilda sprang auf, knickste vor dem Major und lief ihrem Bruder entgegen. Sie fiel ihm um den Hals. Er blieb steif stehen und führte nur sanft die Arme um sie, als sei ihm die Berührung unangenehm.

Mathilda ertastete seine Schulterblätter, roch den Tabaksduft, der in seinem Rock hing. Frannek war lang aufgeschossen, aber dünn wie ein Stock. Kein Rock wollte ihm passen, immer sah es aus, als müsste er erst noch hineinwachsen. Sein Gesicht war schmal und lang, die Augen lagen in den Höhlen, als wollte er sie abschirmen vor allen, die seine Seele zu ergründen suchten. Seine Haut wirkte unrein von den Pocken, mit denen er sich als Jugendlicher im Hafenviertel von Saratow angesteckt hatte. Die Haare, obwohl sehr kurz geschoren, standen mit vielen Wirbeln immer noch kreuz und quer vom Kopf ab. Nein, er war kein attraktiver Mann, aber kam es denn auf Schönheit an? Mathilda fragte sich, wann sich endlich eine Frau auf ihn einließ. Ob er überhaupt je um eine warb?

»Wie schön, dich zu sehen, Schwester.« Er löste sich von ihr und lächelte ihr zaghaft ins Gesicht. »Was führt dich nach Saratow?«

Mathilda lachte. »Ich hatte Sehnsucht nach dir. Ist das nicht Grund genug?« Sie wandte sich zu ihren beiden Gastgebern um. »Und ich genieße die Gesellschaft deiner Zieheltern so sehr.« Der Major zog einen Mundwinkel hoch und neigte leicht den Kopf. Valentina führte die gefalteten Hände an den Mund. Ihre Augen blitzten. Sie liebte anrührende Begegnungen wie diese, bei der sich Bruder und Schwester nach langer Zeit wiedersahen.

Frannek schnalzte, als könnte es nur eine höfliche Lüge sein. Er hielt sich selbst nicht für wert, dass jemand eine Zwei-Tages-Reise auf sich nahm, um ihn zu sehen. Mathilda wusste, wie minderwertig Frannek sich fühlte. Selbst Valentina war es nicht gelungen, ihm zu mehr Stabilität und Selbstvertrauen zu helfen. Vielleicht war er zu dem Zeitpunkt, als er ihr begegnet war, schon zu weit herangewachsen, als dass man den Schaden noch gutmachen konnte.

Mit einem Schaudern erinnerte sich Mathilda an ihre gemeinsame Kindheit, von Entsetzen und unendlicher Qual geprägt. Ihr Vater hatte nicht nur sie vergewaltigt und ihr ein Kind gemacht, er hatte sich auch an Frannek vergriffen und ihm schlimmere Wunden zugefügt, als ein Mensch sich vorzustellen vermochte. Die äußeren Verletzungen waren geheilt, die Wunden auf der Seele schienen an manchen Tagen so frisch, als wären sie ihnen erst gestern zugefügt worden.

Wie durch ein Wunder blieb Frannek in den Schlachten, die Russland mit den verbündeten Briten und Österreichern gegen die großmäuligen Franzosen führte, unverletzt. Als hätte er in diesem Leben bereits genug Elend abbekommen. Der Kriegsdienst hatte ihn nach Italien, Süddeutschland, in die Niederlande und sogar nach Konstantinopel geführt. Mathilda konnte sich vorstellen, mit welchem Heldenmut ihr Bruder sich in die Schlacht stürzte, um Russland zu verteidigen. Seine Liebe zum Militär verdankte er seinem Ziehvater, Major Anatolij Danilowitsch.

»Wann musst du wieder in den Krieg ziehen?«, fragte Mathilda, nachdem sich Frannek über Valentinas Hand gebeugt und einen ehrfürchtigen Kuss darauf gehaucht hatte.

Frannek ließ sich auf dem Diwan nieder, der zwischen den beiden Sesseln stand. Anatolij wählte den Platz direkt neben seiner Frau. Der Major war kein eloquenter Gesellschafter, aber Mathilda schätzte seine Zuverlässigkeit und dass er sich in allen menschlichen Belangen nach seiner Frau richtete. Er ließ Valentina in diesem mildtätigen Haus nach eigenem Gutdünken schalten und walten, und das war möglicherweise das Beste, was er tun konnte. Dass er bei den Feldzügen die Kavallerie mit Mut und Durchsetzungskraft anführte, daran hegte Mathilda keinen Zweifel. So sehr er seine Frau und das Zuhause, das sie ihm bot, liebte – seine Leidenschaft galt dem Militär. Wollte man mit ihm ins Gespräch kommen, brauchte man nur ein Wort zur Innenpolitik oder Kriegsführung in Europa zu verlieren – darauf sprang der Major immer an. Seine Begeisterung hatte er an Frannek weitergegeben. Mathildas Bruder war Wachs in den Händen dieses Mannes gewesen, nachdem Frannek einmal erkannt hatte, dass der Major zwar streng, aber gerecht und mitfühlend war. Einen solchen Vater hatte sich der Junge immer gewünscht.

Frannek legte die Arme auf die Lehne und überkreuzte die Beine. »Ich würde lieber heute als morgen gehen«, sagte er. »Ich brauche keine Erholung, auch wenn der Major«, er nickte dem grauhaarigen Mann zu, »darauf gedrängt hat.«

Valentina nickte ihm zu. »Aber er hat recht, Frannek. Du warst zuletzt an dreihundertfünfzig Tagen des Jahres mit der Kavallerie unterwegs. Lass die anderen sich bekriegen und such dir eine Frau.«

Frannek grinste. »Die ich übermorgen zur Witwe mache? Nun, stimmt, es wäre ein Jammer, wenn meine Pensionsansprüche nicht an eine Erbin übergehen würden.«

Valentina schnalzte verärgert mit der Zunge. »Red nicht so, Frannek. Das Leben ist leichter, wenn eine Frau dir das Bett wärmt, dir ein liebevolles Heim schafft und deine Kinder aufzieht.«

»Ein liebevolleres Heim als dieses hier kann ich mir nicht wünschen, Maman, und auf alles andere verzichte ich lieber.«

»Du wirst noch ein komischer alter Kauz werden«, versprach Valentina spöttisch und hob mahnend den Zeigefinger.

Frannek lachte auf. Es klang wie scheppendes Metall und schmerzte Mathilda.

Der Major hob das Wodkaglas. Wanja hatte den Herrschaften, ohne dazu aufgefordert zu werden, auf einem silbernen Tablett Kristallgläser gebracht, die fast bis zum Rand mit dem klaren Schnaps gefüllt waren. Die Ankunft eines Gasts war Grund genug, die Gläser zu heben. Frannek tat es seinem Ziehvater nach und auch Valentina griff zu. Mathilda wollte nicht unhöflich erscheinen, nippte daran und zog die Lippen nach innen, während die anderen drei das Getränk in ihre Kehlen laufen ließen.

Mathilda beobachtete ihren Bruder, wie er nach dem Trinken seufzte und sich mit der Hand über die Lippen fuhr. Manchmal war er ihr fremd. Er war immer schon verschlossen gewesen, aber was er als erwachsener Mann fühlte, konnte sie nicht einmal erahnen. Im Grunde verband Mathilda nichts mit ihm, abgesehen davon, dass in ihren Adern das gleiche Blut floss. Aber er war ihr einziger lebender Verwandter. Der Vater war in den Steppenwäldern von Wölfen zerrissen worden, die Mutter war – gemeinsam mit dem Kind, das Mathilda geboren hatte – bei dem Brand ihres Hauses ums Leben gekommen. Es bedeutete Mathilda viel, die Beziehung zu ihrem Bruder aufrecht zu erhalten. Manchmal erschien er ihr in diesen Tagen, da die Ehe mit Claudius bröckelte, wie das letzte Stück Sicherheit in ihrem Leben.

»Wann wirst du endlich nach Waidbach zurückkehren und dich mit den Kolonisten aussöhnen?«, fragte sie ihren Bruder jetzt.

Franneks Gesichtsfarbe veränderte sich von einem Aschgrau zu einem satten Rot. Die Pockennarben traten hell hervor. Mit einer fahrigen Geste wischte er sich über die Stirn. »Hör auf damit, Mathilda. Das Kapitel ist abgeschlossen.«

»Du bist kein kleiner Junge mehr, Frannek, sie werden dir verzeihen, wenn du jetzt, als gestandener Offizier, Reue zeigst. Vielleicht würde es deiner Seele Ruhe geben, wenn du wüsstest, dass du mit den Kolonisten im Reinen bist.«

»Woher willst du wissen, dass meine Seele aufgewühlt ist?«, fuhr er sie an. »Glaubst du, ich spaziere einfach ins Dorf und werde mit Jubel empfangen? Wahrscheinlich stellen sie heute noch einen Trupp mit Forken und Knüppeln zusammen, wenn ich es wage, einen Fuß über die Dorfgrenze zu setzen.«

Mathilda schüttelte den Kopf. »Das werden sie nicht. Du warst damals ein verstörtes Kind, das gern mit Feuer gespielt hat. Es war ein Unfall, dass sich Klaras kleiner Sohn an den Beinen verbrannt hat. Und außer Narben hat er nichts zurückbehalten. Martin ist wie die meisten Jungen Bauer in Waidbach geworden und ackert Tag für Tag auf seinem Stück Land.«

»*Ich schlag ihn tot, den Teufel*«, flüsterte Frannek, während er auf den Teppich zu seinen Füßen stierte.

Valentina und Mathilda wechselten einen beunruhigten Blick. Mathilda war sich nie sicher, wie weit sie Franneks Verstand trauen konnte. Seine Kriegslust war wie eine Besessenheit, und manchmal flackerte in seinen Augen ein Irrsinn, der sie schaudern ließ.

»*Ich schlag ihn tot, den Teufel*«, wiederholte Frannek. Über seinen Augen schien ein dunkler Schleier zu liegen, hinter dem es wie glühende Kohlen glomm. »Das hat mir Vater Sebastian damals hinterhergerufen.«

Mathilda holte zitternd Luft. »Das ist so lange her, Frannek. Vierzehn Jahre sind es nun, die du Waidbach ferngeblieben bist. Die Dinge haben sich geändert. Es wird Zeit, Frieden zu schließen.«

Frannek schüttelte den Kopf. »Lass mich, Mathilda. Ich bin froh, dass ich hier wohlwollender aufgenommen wurde als jemals in der Kolonie. Dort waren wir immer nur verhasste Fremde, die sich ins gemachte Nest setzen wollten.«

Mathilda senkte den Kopf. Es würde ihr vieles erleichtern, wenn sich die Waidbacher mit Frannek aussöhnten. Wie oft hatte sie die Blicke beim Besuch des Kramladens gespürt, wenn die Weiber hinter ihrem Rücken tuschelten. *Die Zugereiste mit dem missratenen Bruder …*

Der Major schlug sich auf die Oberschenkel und erhob sich. Die silbernen Knöpfe der Uniform spannten über seinem Bauch. Er hatte ein Kreuz wie ein Schrank. »Lasst uns über Erfreulicheres reden. Was gibt es zum Abendessen, mein Herz?« Er lächelte Valentina an, die sich ebenfalls erhob.

»Das verrate ich dir nur, wenn du mir erzählst, wem ihr bei der Teegesellschaft begegnet seid. War ein adrettes Frauenzimmer dabei, das unserem Jungen schöne Augen gemacht hat?«

Der Major zog die Brauen zusammen, als müsste er über diese Frage nachdenken. Mathilda unterdrückte ein Kichern. Es war offensichtlich, dass sich der Major für jedes andere Thema mehr interessierte als für adrette Frauenzimmer mit schönen Augen. Frannek lachte auf. Diesmal klang es tatsächlich amüsiert. »Und wenn es so gewesen wäre, wäre es mein süßes Geheimnis.« Er drückte Valentina einen Kuss auf die Wange.

Der Major hieb ihm auf die Schulter. »Lass dich von den Weibern nicht aushorchen, Sohn. Sie brauchen nur was zum Tratschen.«

Mathilda erhob sich und folgte den dreien in die Küche, in der

Valentina manchmal noch selbst den Kochlöffel schwang. Andere Herrschaften setzten keinen Fuß in das Revier der Köchin, aber wie in vielen Dingen ihres Lebens handelte Valentina auch in diesem Fall nach ihren eigenen Vorstellungen. Mathilda beneidete sie um die Möglichkeit, ihr Leben so zu führen, wie es ihr gefiel.

Nach einem köstlich-deftigen Mahl aus Rindfleisch, Kohl und Kartoffeln und süßen türkischen Früchten zum Dessert nahm Mathilda mit ihrem Bruder und den Gastgebern den Kaffee vor dem Kamin ein. Die Holzscheite knisterten, der Rauch aus den Birkenstämmen mischte sich mit den gekräuselten Wolken der Tabakpfeifen, die sich die beiden Männer ansteckten. Der Mischlingshund rollte sich neben Valentinas Füßen ein. An der Wand, die der Tür gegenüberlag, flackerte eine Kerze unter einem goldgerahmten Heiligenbild. In der sogenannten roten Ecke lag auch das Tüchlein, mit dem man über das Glas wischte, bevor man die Ikone küsste. Ihrem Mann zuliebe war Valentina zum russisch-orthodoxen Glauben übergetreten.

»Genießt euer Zusammensein«, murmelte der Major, der nach dem Wodka dem roten Wein zugesprochen und eine ganze Flasche allein geleert hatte. Seine Stimme schwankte, aber sein Verstand schien scharf zu arbeiten. Häufig erstaunte es Mathilda, welche Unmengen an Alkohol die Russen in sich hineinzuschütten vermochten, ohne die Besinnung zu verlieren. Auch Franneks Augen wirkten verhangen, aber seine Aufmerksamkeit richtete sich auf seinen Ziehvater, als der weitersprach: »Es brechen andere Zeiten an, jetzt, da sie in Frankreich die Revolution zerschlagen und ihren König geköpft haben.«

Frannek machte eine wegwerfende Handbewegung, bevor er an seiner Pfeife zog. »Ach, der planlose Haufen. Die können nichts weiter als ihr eigenes Land verwüsten.«

»Du täuschst dich, mein Sohn. Merk dir den Namen des Mannes, den die französischen Teufel zum ersten Konsul ernannt haben.«

»Napoleon Bonaparte?« Frannek gluckste. »Der wird so schnell in der Versenkung verschwinden, wie er aufgetaucht ist. Ein Großmaul und Haudrauf.«

»Unterschätz ihn nicht«, erwiderte der Major. »Das ist ein kluger Kopf, der – wenn er es strategisch geschickt genug anstellt – Europa verändern kann.«

Mathilda sog die Luft ein. »Was geht das dann uns an? Uns droht keine Gefahr. Frankreich ist weit.« Ihre Wangen erglühten, als der Major sie mit blitzenden Augen musterte. War sie zu weit gegangen? Es war schon eine Ehre, dass sie als Frauen an der Männerunterhaltung teilnehmen durften. Vermutlich wurde von ihnen erwartet, dass sie den Mund hielten.

Aber der Major zeigte sich nicht empört. Im Gegenteil, Mathildas Interesse ermunterte ihn zu einem temperamentvollen Monolog, bei dem Frannek an seinen Lippen hing und die beiden Frauen immer tiefer in ihren Sesseln versanken.

»Ich schätze Napoleon als gefährlichen Emporkömmling ein, der keine Skrupel hat, die Weltherrschaft anzustreben. Er ist erst dreißig Jahre alt, hat bereits erfolgreiche Feldzüge in der westlichen Welt absolviert und sich mit allen Rechten eines Alleinherrschers ausgestattet. Glaubt mir, der will mehr als König von Frankreich sein.« Sein Gesicht nahm einen verbissenen Ausdruck an. »Und ich habe keine Ahnung, was ihm Zar Paul entgegensetzen soll, falls er sich mit uns anlegt.«

Frannek richtete sich auf. »Die russische Armee ist an kräftigen Soldaten gewiss eine der vorzüglichsten der Welt.«

Der Major nickte und brummte. »Doch wie viel mehr könnte sie sein, wenn die Rekrutierung nicht so äußerst fehlerhaft wäre. Jeder Edelmann und Gutsherr schickt nur diejenigen Leibeigenen, die er am ehesten entbehren kann.«

Frannek erhob sich. »Dennoch«, widersprach er. »Ich fühle mich mit unserem Heer jeder Herausforderung gewachsen.«

Der Major nickte ein paar Mal. »So ging es mir in deinem Alter auch«, sagte er mit einem Anflug von Wehmut.

Mathilda schaute zwischen den beiden Männern hin und her.

Erstaunlich, dass das Schicksal diese beiden zusammengeführt hatte. Der Major verkündete seine Bedenken in dem harten, gebrochenen Deutsch, das er sich durch seine Frau angeeignet hatte, und Franneks Stimme hallte fast knabenhell in dem Salon. Wie tief er sich mit Russland verbunden fühlte. Nichts mehr war von dem Deutschtum geblieben, das man in ihrer Heimatkolonie pflegte. Frannek war nicht nur äußerlich, sondern auch in seiner Seele ein Russe geworden. Es stand außer Frage, auf welcher Seite er stehen würde, falls sich Napoleon mit den Preußen verbündete und Russland den Krieg erklärte. Aber wie sah es bei den Kolonisten aus? Auf welcher Seite würden sie stehen, wenn es zum Äußersten käme?

Mathilda dröhnte der Kopf, als sie in dieser Nacht in das weich gepolsterte Gästebett plumpste. Zu viel Wein, zu viel große Politik. Als hätte sie in ihrer eigenen Familie nicht schon genug Sorgen. Aber wenigstens hatte sie sich für ein paar Stunden von daheim abgelenkt und sich davon überzeugt, dass es ihrem Bruder gut ging. Obwohl er ihr nach wie vor ein Rätsel war, ahnte sie doch, dass Frannek sein Glück als Offizier in der russischen Armee gefunden hatte. Sie wünschte nur, sie wüsste, welche Bestimmung das Schicksal für sie vorgesehen hatte. Wohin mochte ihr Weg sie führen?

4

St. Petersburg, Oktober 1800

Als sechs muskulöse Männer im dunklen Rock Andrés Leichnam im offenen Sarg vom Stadthaus über die Prachtstraße zum Lazarus-Friedhof am Alexander-Newski-Kloster trugen, bildete sich im Nu eine Menschenmenge hinter Christina. Alle stapften mit würdevollen kleinen Schritten hinter dem Sarg her und gaben dem Modezar der Hauptstadt sein letztes Geleit.

Der traditionsreiche Friedhof im Schatten der klassizistischen Klosterkathedrale, gebaut in Form eines Kreuzes und benannt nach dem Schutzheiligen der Stadt, bot eine noble letzte Ruhestätte für den angesehenen Deutschen. Der Gottesacker bildete den östlichen Abschluss des Newski-Prospekts, während im Westen die goldene Turmspitze der Admiralität wie ein Speer in den Himmel wies.

Hier lagen Mitglieder der Zarenfamilien, verdiente Architekten und Edelmänner oder russische Gelehrte wie Michail Lomonossow.

Genau wie Christina war André während seiner Jahre in der Hauptstadt zum russisch-orthodoxen Glauben gewechselt.

Christina trug ein nachtschwarzes Kleid mit einer pelzgefütterten Jacke darüber, obwohl der Wind noch mild durch die Straßen wehte. Sie fühlte sich geschützter in der Herbstjacke vor all den Blicken und Fragen. Ein Schleier aus französischer Spitze verbarg ihr Gesicht.

Nahe kommen durfte ihr in diesen Tagen nur einer. Doch Daniel ging zwei Reihen hinter ihr. Es hätte pietätslos gewirkt, wenn sie an der Seite ihres Geliebten hinter ihrem toten Ehemann schritt.

Vor drei Tagen hatte der Arzt, nachdem Anouschka hysterisch

wie ein aufgescheuchtes Huhn nach ihm gerufen hatte, in den privaten Gemächern Andrés Tod festgestellt. Christina hatte sich händeringend an seiner Seite gehalten. Ihre Nervosität hatte sie nicht verbergen müssen. Als plötzliche Witwe hatte sie wohl allen Grund, aufgewühlt zu sein. Dass ihre Aufregung in Wahrheit mit ihren Zweifeln zusammenhing, ob sie bei der Herrichtung des Toten nichts Verräterisches vergessen hatte, würde niemand erfahren. Der Medicus notierte, genau wie Christina es gehofft hatte, den Tod durch Herzstillstand.

»Es gibt schlimmere Todesarten, als friedlich im Bett einzuschlafen und nicht mehr aufzuwachen«, glaubte er Christina besänftigen zu müssen.

Christina tupfte sich mit einem Tüchlein die Augen und nickte ehrfürchtig. »Danke, Doktor.«

Zwei Tage lang lag André im offenen Sarg im Salon des Stadthauses. Der Bestatter leistete erstklassige Arbeit und putzte den Leichnam prächtig heraus. So kannte man André Haber, so verehrte man ihn.

Zwei Tage lang durfte Andrés Seele nach russisch-orthodoxem Glauben ihre Freiheit genießen, doch am dritten Tag musste sie die Erde verlassen und zu Gott in den Himmel gehen, um ihn zu grüßen, so wie Jesus Christus am dritten Tage auferstanden war. Auf seinem letzten Weg begleiteten André an diesem Morgen nicht nur Christina und ihr Liebhaber, sondern auch Andrés Schwester Felicitas, mit der er sich zu Lebzeiten überworfen hatte. Felicitas trug ein modisches schwarzes Kleid, das ihre mädchenhafte Figur gut zur Geltung brachte. Sie wusste vermutlich, dass man es ihr ankreiden würde, wenn sie ihren Bruder an diesem letzten Tag auf Erden nicht begleiten würde. Dass sie sich aus echter Trauer der Gemeinschaft anschloss, bezweifelte Christina. Sie bedauerte Andrés Tod genauso wenig wie Alexandra, Christinas Tochter, die inzwischen zur Teilhaberin in Felicitas konkurrierendem Modegeschäft aufgestiegen war.

Christinas und Alexandras Blicke trafen sich, als Christina kurz den Kopf umwandte. Für einen Moment starrten sie sich an, aber sie waren nicht mehr als zwei Fremde in der großen Stadt. Nichts verband die beiden Frauen miteinander, außer, dass die eine der anderen im Herbst 1766 in einer Mulde in der Steppe an der Wolga das Leben geschenkt hatte.

In sechs Tagen – also neun Tage nach Andrés Tod – würde es eine Trauerfeier im Kreis der Familie geben. Christina hoffte, dass sowohl Felicitas als auch Alexandra dieser Feierlichkeit fern bleiben würden. Ein weiteres Mal kamen die Feiernden im russisch-orthodoxen Glauben nach vierzig Tagen zusammen, wenn das Gottesgericht abgehalten wurde. Christina würde sich an alle Traditionen halten, obwohl sie in keinem Glauben einen Halt fand. In der Gesellschaft ging es darum, die Tradition zu pflegen und kein Gerede aufkommen zu lassen. Dafür würde Christina sorgen, ob André nun im Paradies landete oder in der Hölle schmorte.

Sie gingen fast eine Stunde über den Newski-Prospekt, überquerten die Fontanka, die die Fontänen des Peterhofs speiste. Auf einer der Brückenpfeiler saß eine schwarz-weiße Katze und schien Christina zuzuzwinkern. Ein gutes Omen? Katzen galten in der Stadt als Glücksbringer.

Schließlich erreichten sie über das Kopfsteinpflaster die hoch aufragenden Mauern des Klosters, zu dem der Friedhof gehörte. Nicht alle Straßen der Stadt waren gepflastert, an manchen Stellen versank man im Matsch, aber Zar Peter I. hatte klug vorausgedacht, als er den Befehl herausgab, dass jeder, der das auf Morast gebaute St. Petersburg besuchte, einen Stein mitbringen musste. Reiter sollten sogar zwei Steine abgeben, Schiffsfahrer fünf.

Nackte Bäume reckten ihre schwarzen Äste wie Gichtfinger in den Himmel. Zwischen den Stämmen befanden sich überall Granitplatten, einige umzäunt, andere mit frischen Blumen und Kerzen geschmückt. Der Weihrauch fing sich zwischen den Sträuchern und Büschen und mischte sich mit dem erdigen Geruch des frisch ausgehobenen Grabes.

Wie Raben bildeten die schwarz gewandeten Gestalten einen

Halbkreis um den Priester und den Sarg, der an Stricken in die Vertiefung sank.

Christina sog die Luft ein und zuckte, als ihr dabei ein Stich wie von einer langen Nadel durch die Rippen fuhr. Sie schnappte nach Atem und presste die Hand auf die Brust. Hausdiener Oleg, der sich neben ihr hielt, fasste ihren Arm, als sie leicht taumelte. Die Menschen um sie herum tuschelten. »Dass es ihr so nah geht …«, hörte sie jemanden flüstern.

Da hastete Daniel an ihre Seite. Er umfasste ihre Schultern und lüpfte den Schleier vor ihren Augen. »Wird es gehen?«, murmelte er.

Christina nickte mit gesenkten Lidern. Sollten die anderen ruhig vermuten, die Trauer würde sie überwältigen. In Wahrheit peinigten sie diese Herzstiche nicht zum ersten Mal. Häufig in den vergangenen Monaten hatte sie sich gekrümmt, wenn der Schmerz durch ihre Brust jagte, aber es hatte stets nur wenige Minuten gedauert.

So stand sie auch nun wieder mit durchgedrücktem Rücken, trat zwei Schritte vor an das offene Grab, senkte den Kopf und warf den Strauß gelber Rosen, die André geliebt hatte, auf den eichenen Sarg. Der Duft der Erde stieg ihr in die Nase, als sie mit einer Schaufel in den bereitgestellten Bottich fuhr und ein paar Brocken auf das Holz kullerten.

Als sie sich in Richtung Kathedrale wandte, um zu Fuß durch den Park nach Hause zu schlendern, hörte sie Schritte hinter sich, dann Stimmen. Sie wandte sich um und sah, wie Daniel Oleg auf die Schulter klopfte und ihn wegschickte. »Ich führe Madame nach Hause«, sagte er.

Oleg blickte treu ergeben zu Christina und hob die Augenbrauen. Christina nickte ihm zu. Dann war sie mit Daniel allein. Sie entfernten sich von der Menschenmenge, die sich nach und nach zerstreute. Der Kies zwischen den Rasenflächen knirschte unter Christina Schnürschuhen. Sie hatte sich bei Daniel eingehakt und ihre Hände ineinander verschlungen. Schwer hing sie an ihm und sog genießerisch seinen Duft nach Sandelholz ein.

»Was willst du tun?«, fragte er, als sie die Kathedrale umrundet hatten und auf der Straße ankamen, wo der Betrieb weiterlief, als wäre nichts geschehen.

Christina hob die Schultern und schürzte die Lippen. »Frei sein?« Kokett sah sie zu ihm auf.

Er schmunzelte. »Wann warst du jemals unfrei, Christina? Du hast immer das getan, was du wolltest.«

»Nicht immer«, widersprach sie. »Ich habe es immer gehasst, dass wir uns nur heimlich treffen konnten. Das ist jetzt vorbei. Sobald die Trauerzeit beendet ist, können wir offiziell ein Paar sein.«

Daniels Miene erstarrte. »Wie stellst du dir das vor?«

Christina blieb so abrupt stehen, dass Daniel kurz stolperte. Sie befreite sich aus seinem Arm. »Ich dachte, du wünschst dir das auch?«

Daniel hob die Schultern. »Ich fand unser Arrangement bisher erquicklich. Es hat einen besonderen Reiz, etwas Verbotenes zu tun. Meinst du nicht, wir langweilen uns, wenn alles erlaubt ist?«

Christina starrte ihn an. Hinter ihrer Stirn jagten sich die Gedanken. Dass Daniel ihre Pläne in Zweifel ziehen könnte – damit hatte sie nicht gerechnet. Und was die Langeweile betraf … Christina war in jungen Jahren eine wilde, unersättliche Geliebte gewesen, die nicht genug von seinen Berührungen und geflüsterten Koseworten bekommen konnte, aber mit den Jahren hatte sich etwas verändert. Die geschlechtliche Vereinigung erschien ihr weniger bedeutsam als die Freundschaft, die sich in all den Jahren aufgebaut hatte. Es gab nicht viele wahre Vertraute in Christinas Leben, aber Daniel Meister war einer davon. Sie hatte sich vorgestellt, dass sie gemeinsam alt werden und sich gegenseitig stützen konnten, wenn die Knochen morsch wurden und das Lebenslicht schwächer.

»Nein, ich denke, wir haben uns genug zu sagen. Uns verbindet eine gemeinsame Geschichte, und wir lieben die Kostümbälle am Zarenhof. Wir könnten es uns gemeinsam gut gehen lassen.«

»Du klingst wie eine steinalte Frau, Christina«, erwiderte er, fasste sie am Arm und ging mit ihr weiter. »Ich setze mich noch lange nicht zur Ruhe. Ich verspüre immer noch, wie Zeit meines Lebens, den Hunger nach Abenteuern.«

Christinas Puls fiel in einen unregelmäßigen Rhythmus. Sie atmete schwer und fasste sich erneut an die Brust. Aber der Anfall ging rasch vorbei. Sie wehrte Daniels Hände ab, als er nach ihr fassen wollte. »Abenteuer? Du meinst, junge Geliebte?«

Er schmunzelte, nachdem er sich vergewissert hatte, dass sie wieder bei Kräften war. »Danke für das Kompliment, aber um die Liebe geht es mir gar nicht. Ich bin jahrelang durch das russische Reich gereist, ich habe viel gesehen und gelernt. Mich zieht es zu neuen Ufern. Weißt du noch, wohin ich unterwegs war, als wir uns damals 1766 in Lübeck trafen?« Er zwinkerte ihr zu.

Christina hatte das Gefühl, als wiche alles Blut aus ihrem Kopf. Das konnte er nicht ernst meinen, oder? Er foppte sie, das musste es sein. »Du führst mich an der Nase herum, stimmt's?« Sie wackelte mit dem Zeigefinger. »Du willst mir nicht wirklich sagen, dass es dich mit deinen fast sechzig Jahren nach Amerika zieht?«

Daniels Miene wurde ungewöhnlich ernst. »Doch, Christina, genau das habe ich vor. Ich weiß nicht, wie viel Zeit mir noch bleibt, aber ich will sie nutzen, um so viel von der Welt zu sehen wie möglich. Die deutschen Lande habe ich hinreichend auf meiner Wanderschaft durchstreift, vom russischen Reich kenne ich die mächtigsten Städte, nun zieht es mich über den Atlantik, um mir am Ende meines Lebens einen Jugendtraum zu erfüllen.«

Christina fühlte Schwindel. Sie presste sich die Handfläche an die Stirn und taumelte.

»Na, das wird dir doch nicht den Boden unter den Füßen wegziehen, meine Liebe, oder?«, fragte Daniel mit freundlichem Spott. »Du hast wahrscheinlich schärfere Klippen in deinem Leben umfahren.«

Es hätte so schön, so einfach sein können, jetzt, wo André unter der Erde war. Daniel musste wissen, dass er die Liebe ihres Lebens war. Wie konnte er sie allein lassen?

»Wir haben uns nie etwas vorgemacht, Christina. Ich weiß, aus welchem Holz du geschnitzt bist. Du wirst jetzt, da André dich in keiner Weise mehr einschränken kann, dein Modehaus noch erfolgreicher führen. Kundinnen aus der ganzen Welt werden sich um deine Kreationen reißen. Vielleicht wird es dir sogar gelingen, Felicitas und Alexandra mit ihrem Konkurrenzgeschäft vom Markt zu vertreiben. Ist es nicht das, was du immer wolltest?«

»Ich ... ich weiß nicht, was ich immer schon wollte«, erwiderte sie ungewohnt sanft. Ihre Stimme klang müde und gebrochen. »Manchmal bin ich diesen Kampf so leid. Ich hätte mir vorgestellt, dass wir beide, du und ich, es uns in den letzten Jahren unseres Lebens gutgehen ließen.«

»Ach, komm schon, Christina.« Er drückte für einen Moment ihre Schulter. »Solche Reden passen nicht zu dir. Du wirst doch nicht im letzten Drittel deines Lebens auf einmal müde werden?«

»Doch, manchmal fühle ich mich schwach«, gestand sie. Sie sah mit nassem Blick zu ihm auf. »Ohne dich wird St. Petersburg ein trauriger Ort für mich sein.«

Er lachte schallend auf. Das Geräusch schmerzte Christina in den Ohren. Er nahm sie nicht ernst. Er glaubte ihre Worte nicht, hielt sie für salbungsvoll und berechnend. Wie sollte Christina ihm nach all der Zeit, da sie mit ihm und den Menschen ihrer Umgebung ihre Spiele getrieben hatte, zu verstehen geben, dass sie es diesmal ernst meinte? Dass ihr niemand mehr bedeutete als Daniel und dass sie ihn schmerzlich vermissen würde, wenn er sie verließ? »Für wann planst du die Abreise? Noch für dieses Jahr?«

Er hakte sie unter, als sie weitergingen. »Ich will versuchen, in zwei Wochen eine Passage nach Lübeck zu bekommen. Von Hamburg aus geht es dann nach New York.« Er seufzte. »Ich kann es kaum erwarten.«

»Wirst du jemals heimkehren?« Angst würgte sie.

Wieder grinste er. »Heimkehren? Wo ist denn meine Heimat, Christina? Ich bin da zu Hause, wo ich von Menschen freundlich aufgenommen werde. Mein Zuhause ist die ganze Welt. Das war mein Kindheitstraum, wie du weißt, und mir bleibt nicht mehr viel Zeit, ihn zu verwirklichen.«

Abrupt blieb Christina stehen. Ein paar Passanten murmelten Flüche, als sie fast in das Paar hineinliefen. Christina beachtete sie nicht. Sie umschlang ihn und bettete ihren Kopf an seine Brust. Sie spürte seine Nase in ihrer Halsbeuge und den zärtlichen Druck seiner Hände. Alles würde kalt und grau werden, wenn er sie verließ. »Ich werde dich sehr vermissen, Daniel. Und ich werde auf dich warten, damit wir endlich wie Mann und Frau leben können, wie wir es uns immer gewünscht haben.«

Er löste sich von ihr. »Du klingst wunderlich, Christina«, sagte er, wieder kühl und mit diesem leisen Spott, den sie immer geliebt hatte, der sie aber an diesem Tag zum Verzweifeln brachte. »Ich kenne diese melodramatische Seite gar nicht an dir«, fuhr er fort. »Wann haben wir uns je gewünscht, wie Mann und Frau zu leben? Für uns hatten die heimlichen Rendezvous stets einen besonderen Reiz. Es würde nicht gutgehen, wenn wir zusammen wohnen würden.«

Christina ließ ihren Tränen freien Lauf.

»Na, na.« Er nestelte ein Schnupftuch aus seiner Jackentasche und tupfte die Tränen von ihrem Gesicht. »Du wirst es überwinden, meine Liebe.«

Eine stille Wut verdrängte Christinas Trauer, der altbekannte Trotz. Stur wie das Vieh verhielt sich Daniel ihr gegenüber. Selbst ihr Weinen vermochte ihn nicht zu erweichen. In diesen Minuten, die sich wie ein Abschied anfühlten, merkte sie auf einmal, was im Leben wirklich zählte. Immer hatte sie geglaubt, die Anhäufung von Reichtümern, das Austricksen von Rivalen, die Vermehrung ihres Ruhmes – diese Dinge würden ihr im Leben Befriedigung bringen. Nun klaffte auf einmal eine Lücke bei der Aussicht, Daniel für immer zu verlieren.

Sie schlug nach seiner Hand, als er sich erneut mit dem Tuch näherte, trat einen Schritt zurück, ballte die Hände zu Fäusten. »Dann geh doch!«, stieß sie hervor. »Zieh hinaus in die Welt und stirb einsam irgendwo, wo dich keiner kennt und liebt.«

Sie wirbelte herum und wehrte Daniel ab, als er sie am Ellbogen fassen wollte. Dann eilte sie den Newski-Prospekt entlang, vorbei an den Passanten, die sich nach ihr umdrehten. Sie hörte noch, wie er ihr hinterherrief: »Lass uns nicht so auseinandergehen, Christina!« Sie spürte die Blicke und das Getuschel der Leute, aber es war ihr gleichgültig.

Daniel wollte sie verlassen, und nichts auf der Welt schien ihn davon abbringen zu können.

Es fühlte sich wie ihre größte Niederlage an.

5

Saratow, Oktober 1800

Frannek hob die Hand zum Abschiedsgruß, als Mathilda unten auf der Straße noch einmal zu seinem Fenster hinaufsah. Wanja führte sie mit dem Pony zum Stadttor. Von da aus würde sie über die Steppe zurück nach Waidbach reiten.
Seine mutige Schwester.
Mathilda hatte sich vehement dagegen gesträubt, dass jemand sie bis in die Kolonie begleitete, und schließlich hatte Frannek klein beigegeben. Schon oft genug hatte sie bewiesen, dass sie den Weg allein bewältigen konnte.
Nur seinetwegen nahm sie diese Mühe auf sich.
Frannek ließ die Gardine sinken und biss einen Moment lang versonnen an seinen Fingernägeln. Dabei musste seine Schwester doch am besten von allen Menschen auf der Welt wissen, dass er es nicht wert war. Gerade sie müsste erkennen, dass ihm die Offiziersuniform viel zu weit war. Dass sein makelloser Rock mit den militärischen Abzeichen nur die Hülle für einen durch und durch liederlichen Menschen war.
Frannek trat vor den mannshohen Spiegel in seinem Zimmer, das mit wenigen schmucklosen, aber praktischen Möbeln eingerichtet war. Maman versuchte stets, mehr Zierrat bei ihm unterzubringen, aber er hielt sie davon ab. Er schätzte es, wie sehr sie ihn verwöhnte und hätschelte, aber er fühlte sich in einer kühlen Umgebung wohler als in einer reich dekorierten.
Die drei Tage mit Mathilda waren ein Fest gewesen, obwohl er die Stunden gezählt hatte, wann er sie verabschieden konnte.
Alles zog ihn zu Inna.
Wenn er sie drei Tage nicht sah, schmerzten seine Muskeln und Nerven, angespannt wie die Saiten einer Geige. Es vibrierte

in ihm, und von dieser süßen Qual vermochte ihn niemand anderer als Inna zu erlösen.

Ob Maman ihn noch lieben würde, wenn sie von seinem pikanten Geheimnis wüsste? Wahrscheinlich würde sich ihre Liebe zu ihm ins Gegenteil verkehren. Angewidert würde sie sich von ihm abwenden, wie es die meisten Menschen in seinem Leben getan hatten.

Außer Mathilda. Mathilda wusste alles – fast alles – über ihn. Sie wusste, was der Vater damals in Waidbach mit ihm getrieben hatte, dass er ihn vergewaltigt und ihm Wunden zugefügt hatte, die niemals vernarben würden. Sie wusste, wie sich seine Wut auf die Welt in seiner Leidenschaft fürs Feuer Bahn gebrochen hatte. Dass er Menschen Leid zugefügt hatte in seinem krankhaften Wahn.

Dem Major war es zu verdanken, dass er seine Lust am Zerstören jetzt in andere Bahnen lenken konnte.

Er trat auf die Holzplatte zu, auf der seine Zinnsoldaten in Angriffsstellung standen. Es bereitete ihm auch als Erwachsenem noch Vergnügen, sich Strategien zu überlegen und die Spielfiguren in klugen Formationen gegeneinander antreten zu lassen. Irgendwann würde er es auf dem echten Schlachtfeld zu einem siegreichen Feldherrn bringen, so wie es sein Ziehvater war. Ihm eiferte Frannek in allen Belangen nach. Ein Lob aus seinem Mund, ein Streicheln über seinen Scheitel, bedeutete ihm mehr als all die Desserts und Suppen, mit denen Maman ihn aufpäppelte.

Trotz der hoch ansteckenden Pocken hatten sie ihn damals bei sich aufgenommen. Als er genesen und gefestigt war, erklärte ihm Valentina, alle ihre Pflegekinder seien gegen die Pocken geimpft und deshalb geschützt. Frannek verstand nicht, was das bedeuten sollte. Wie sollte man sich vor dieser hoch ansteckenden Seuche schützen?

Er durfte zusehen, wie Valentina ein fünfjähriges Mädchen, das sie aus dem Armenhaus geholt hatte, vor den Blattern schützte. Dabei hob sie ein kleines Stück Haut an und führte unter diese Höhlung ein mit dem Eiter von Kuhpocken getränkten Faden, der dort für mehrere Stunden verbleiben musste. So bekam die kleine Patientin eine milde, wesentlich gefahrlosere Form der Pocken.

Frannek sah voller Faszination zu; Madame Valentina schien ihm einmal mehr wie ein Engel auf Erden. Er küsste ihre Hände, doch sie wehrte ab. Diese Prozedur würden viele Ärzte und Geistliche vornehmen, und wenn sich alle impfen ließen, wären die Pocken bald ausgerottet.

Frannek, selbst dem Pockentod nur knapp entronnen, glaubte ihr jedes Wort.

War Valentina diejenige, die Frannek den Glauben an das Gute im Menschen wiedergab, so war der Major der Mensch, der ihm Ziele vermittelte.

Major Antolij hatte die große Katharina vergöttert, aber auch ihrem Sohn Paul war er ergeben, obgleich mit Vorbehalten und einer Spur weniger Esprit. Kein Russe fand, dass es Paul verdient hatte, Katharinas Erbe anzutreten. Alle wünschten sie sich, dass statt seiner Katharinas Enkel Alexander den Thron bestiegen hätte.

Als Frannek siebzehn Jahre alt gewesen war, hatte der Major seinen Ziehsohn in die Armee geholt. Russland hatte keinen treueren und mutigeren Soldaten als den Deutschen Frannek Müllau hervorgebracht. Er stürzte sich in die Schlacht, ohne Rücksicht auf die eigene Unversehrtheit, als würde der liebe Gott persönlich seine Hand über ihn halten. Niemals hatte ihn auch nur ein Streifschuss erwischt. Er metzelte in vorderster Front und brüllte den Kameraden Mut zu, wenn der Gegner übermächtig und ein Rückzug sinnvoll erschien. Frannek wollte ein Feldherr werden, der in die Geschichtsbücher einging. Der Krieg war seine Welt, das Militär sein Spielfeld.

Und für das, was übrig blieb, hatte er Inna.

Ein Kribbeln fuhr sein Rückgrat hinab, als ihr herb-schönes Gesicht mit den kalten Zügen vor seinem inneren Auge aufstieg. Ihre aufrechten Brüste, die strammen Schenkel.

Ob Maman an eine solche Frau dachte, wenn sie ihn drängte, den Damen Komplimente zu machen?

Frannek stieß ein Lachen aus. Er war seinen Zieheltern ein guter Sohn, gehorsam, fügsam, dankbar, aber diese eine Sache, die betrieb er hinter ihrem Rücken und würde sie so lange wie irgend möglich geheim halten. Es sei denn, Inna kam seinem Drängen nach und entschied sich für ein bürgerliches Leben.

Er trat vor den Frisiertisch, tunkte den Finger in ein Döschen Pomade und verteilte sie in seinen Haaren, die sich jedem Kamm widersetzen. Aber wenigstens dufteten sie nun gut. Das würde Inna gefallen.

Er überprüfte den Sitz seines Schals und seiner Jacke, fuhr sich mit der flachen Hand über die Haare und eilte dann aus seinem Zimmer, die Treppen hinab in das Entree. Valentina hatte ihn gehört. Natürlich. Ihr entging nichts.

Er lächelte sie an.

»Es war schön mit Mathilda, nicht wahr?«, sagte sie.

Frannek nickte, trat auf sie zu und küsste sie auf die Wange. »Es war wundervoll. Du bist eine bezaubernde Gastgeberin. Wer sollte sich bei dir nicht wohlfühlen?«

Valentinas Wangen nahmen einen rosigen Schimmer an. Sie winkte ab. »Alter Schmeichler. Hoffen wir nur, dass sie heil in ihrem Dorf ankommt.«

»Das wird sie. Sie ist zäh.« Frannek setzte sich auf den bereitstehenden Hocker und zog sich die Stiefel an, indem er an der hinteren Seite des Leders kräftig zog.

»Willst du noch weg?« Valentina machte runde Augen.

»Wie sieht es denn aus, Maman?« Er zwinkerte ihr zu, als er mit Nachdruck in die Schuhe trat, bis sie richtig saßen. »Ja, ich gehe mir noch ein wenig die Beine vertreten.«

Valentina wackelte mit dem Zeigefinger. »Aber ich erfahre es beizeiten, wenn du einer jungen Dame den Hof machst, oder?«

Frannek grinste sie an. »Du wirst die Erste sein, Maman. Noch vor der Dame selbst.«

»Dann bin ich beruhigt.«

Wenig später eilte Frannek über den Kirchplatz am Basar vorbei in Richtung des Hafens. Er hielt den Kopf gesenkt. Zum einen, weil der Wind heftig vom Fluss her wehte, zum anderen, weil er nicht aufgehalten werden mochte. Die Zeit, die er in Saratow statt auf den Schlachtfeldern verbrachte, wollte er auskosten, ohne in unerquickliche Gespräche verwickelt zu werden, obwohl ihm mitunter keine Wahl blieb. Seiner Maman zuliebe besuchte er hin und wieder Teegesellschaften, um sich in der deutsch-russischen Gesellschaft zu zeigen. Er wusste nicht, was er mit den Leuten reden sollte, obwohl durchaus angenehme Zeitgenossen darunter waren. Er hob den Kopf, als eine Traube älterer Damen mit Hüten und weiten Seidenröcken an ihm vorbeiflanierte in Richtung der Handelsstraße. Ein Blick aus himmelblauen Augen traf ihn, und Frannek erkannte Eleonora Lorenz, deren ehemals schwarzes Haar inzwischen von silbernen Fäden durchsetzt war. Eine der einflussreichsten deutschen Frauen in Saratow. Wer zu ihren Lesungen geladen wurde, gehörte zum obersten Kreis der hiesigen Gesellschaft. Er mochte sie, obwohl sie die Schwester seiner früheren Ziehmutter Klara war, die er in wenig angenehmer Erinnerung hatte. Eleonora nickte ihm kurz zu, er erwiderte den Gruß, und stapfte dann weiter. Ob sie ihm nachschaute? Er spähte über die Schulter. Nein, die Damen waren bereits hinter der nächsten Ecke verschwunden. Gut so. Niemand sollte ihn dabei beobachten, wie es ihn in die dunkelsten Winkel von Saratow zog. Aber so weit würden die Damen ihm sowieso nicht folgen. Kaum ein ehrbarer Bürger, der es vermeiden konnte, trieb sich bei den Hafenspelunken herum.

Ein Geruch nach Moder, faulendem Holz und Fischabfällen wehte Frannek entgegen, als er die Hafenpromenade erreichte. Er drückte sich an den Wänden entlang bis zu dem schmalen Haus, das sich zwischen einer Kneipe und einem zwielichtigen Handelskontor verbarg. Die Holztür war rot angemalt, ansonsten wies kein Schild auf dieses Etablissement hin. Wer hierherkam, der wusste auch so, was ihn erwartete.

Frannek klopfte das vereinbarte Zeichen gegen die Tür. Wenig später öffnete ihm ein bärtiger Mann im ausgeblichenen Schnürhemd. Frannek drückte sich hinein, die Tür fiel hinter ihm ins Schloss.

»Ist Inna da?«, erkundigte er sich. Der Mann war lang und dürr und hielt sich gebeugt, als sei er es gewohnt, geduckt und im Verborgenen durch die Welt zu schleichen.

»Wo soll sie denn sonst sein?«, kläffte der Kerl zurück und wies mit dem Kopf die schiefe Treppe hinauf. Gleichzeitig hielt er die Hand auf.

Frannek griff in seine Rocktasche und legte ihm ein paar Kopeken hinein, dem alten Halsabschneider. Als wäre es nicht genug, dass die Frauen ihm Miete bezahlten, knöpfte er jedem Freier einen Beitrag ab. Nun gut, solange er dafür das Maul hielt und nicht mit den Namen der Männer hausieren ging, war es Frannek die Ausgabe wert.

Die Stufen knarrten zum Gotterbarmen, als er hinaufstieg. Das Haus war so baufällig, als drohte es jeden Augenblick einzustürzen. Aber es bot Schutz und geheime Plätze, an denen die intimsten Sehnsüchte erfüllt werden konnten.

Frannek fühlte die Anspannung bis in die Fingerspitzen. Vorfreude kribbelte in seinem Bauch wie Perlwein. Er klopfte an die letzte Tür zu dem Zimmer mit dem Fenster in den Hof und trat ein.

Inna erhob sich von dem zerschlissenen Polsterstuhl vor ihrem Frisiertisch. Sie trug ihre Arbeitskleidung, und Frannek ergriff die alles versengende Erregung.

Ein Mieder schnallte ihre nackten Brüste hoch. Es reichte ihr nur bis zur Taille, an der die Strumpfhalter befestigt waren. Ihre langen, kräftigen Beine kamen in den dunklen Seidenstrümpfen perfekt zur Geltung. An den Füßen trug sie hohe Schnürschuhe.

Ihr Gesicht wirkte wie zu einer Maske erstarrt. Kein Lächeln milderte die Härte ihrer Züge. Die Lippen schillerten in einem Karmesinrot, die Augen waren schwarz umrandet. Die nachtschwarzen Haare trug sie zu einem strengen Zopf am Hinterkopf geflochten.

Frannek schloss die Tür hinter sich. Das Spiel konnte beginnen.

»Hab ich dich hereingebeten?«, fragte sie frostig.

Oh, wie er ihren herrischen Ton liebte. Die Lust pulste bereits durch seine Adern, doch er würde es so lange wie möglich auskosten. Er sank auf die Knie.

Sie befahl ihm, sich auszuziehen. Mit zitternden Fingern riss sich Frannek die Kleider vom Leib, bis er nackt vor ihr kniete. Er stöhnte vor Lust, als sie begann, ihn aufs Unflätigste zu beschimpfen und zu treten.

Frannek wand sich auf dem Boden, während sie über ihm aufragte, und verbarg seine Erregung nicht, während sie ihn demütigte. Er stieß ein Stöhnen aus, als sie nach der Peitsche griff und diese einmal durch die Luft knallen ließ, bevor sie sich ihm zuwandte.

Die ersten Schläge trafen auf seinen Rücken und seine Schultern, bevor sie sich seinem nackten Hintern zuwandte. Das liebte Frannek besonders.

Inna verstand es meisterhaft, ihr Liebesspiel aus Demütigung und Dominanz auszudehnen. Nach all den Jahren, in denen Frannek zu ihr kam, wusste sie genau, was ihm gefiel und was ihn um mehr betteln ließ.

Als sie nach mehr als einer Stunde mit ihm fertig war, vermochte er kaum mehr zu sitzen vor roten Striemen an seinem Rücken und Hinterteil, aber seine Augen schillerten im Nachklang der Lust.

Inna stand für alles, was er sich in verbotenen nächtlichen Visionen je erträumt hatte. Er bezahlte sie großzügig genug, dass er nach erfolgtem Erguss noch eine Weile in ihrer Nähe sein durfte, nachdem er sich angezogen und hergerichtet hatte.

Behutsam setzte er sich auf ihr Bett, ließ den Blick über die Wände gleiten, an denen ihre Liebeswerkzeuge hingen. Ach, welche Freuden sie ihm damit noch bescheren konnte!

Mindestens zweimal die Woche besuchte Frannek sie. Auf dem Schlachtfeld sehnte er sich nach ihr mit jeder Faser. Sie war der Hauptgrund, warum es ihn nach Saratow zog, statt von einem Kriegsschauplatz zum nächsten zu ziehen. Eine Frau wie Inna gab es für Frannek kein zweites Mal. Ihr würde er sich unterwerfen bis zum Tod.

»Hast du dir mein Angebot noch einmal durch den Kopf gehen lassen?«, fragte er, während er seine Manschetten richtete. Im Zimmer roch es nach seinem Schweiß und ihrem herben Parfum. Obwohl es früher Nachmittag war, erhellte kein Sonnenstrahl die Liebeshöhle.

Das Fenster ging nach Norden raus und bot eine Aussicht auf den schäbigen Hinterhof, in dem fette Wasserratten über Müll, ausrangierte Bretter und Bottiche trippelten und das Unkraut meterhoch wucherte.

Inna nahm wieder auf dem Hocker vor dem Frisiertisch Platz, betrachtete ihre langen Fingernägel und lächelte dabei hintergründig. »Du meinst es wirklich ernst, nicht wahr?«

Er beugte sich vor und starrte sie an. »Selbstverständlich meine ich es ernst, Innotschka. Ich will dich mit niemandem mehr teilen.«

Sie stieß ein Lachen aus. »Was glaubst du, wie lange wir geheimhalten könnten, was ich vor unserer Ehe getrieben habe? Die Leute werden sich darauf stürzen wie eine Meute blutrünstiger Wölfe.«

»Was scheren mich dich Leute«, erwiderte Frannek voller Trotz.

Einen kurzen Moment lang glomm ein Funken Zuneigung in Innas kohlschwarzen Augen. »Das sagst du jetzt. Und was wird aus mir, wenn deine Liebe erkaltet? Wenn du genug hast von mir? Seit meinem sechzehnten Lebensjahr bin ich eine freie Frau, die ihr eigenes Geld verdient. Eine Heirat würde bedeuten, dass ich mich in deine Hände begebe. Ich wäre auf Gedeih und Verderb deinem Wohlwollen ausgesetzt.«

»Ich schwöre dir, dass du es niemals bereuen wirst«, versprach

Frannek. »Ich wäre dein ergebener Diener bis zu meinem Tod«, fügte er andächtig hinzu.

»Ich brauche noch Zeit«, sagte sie. »Ich lasse dich wissen, wenn ich eine Entscheidung getroffen habe.«

»Ich zähle die Stunden bis dahin«, flüsterte er und schmiegte seine Wange in ihre Hand.

6

Waidbach, Sommer 1802

Die Sonne strahlte hoch am milchig blauen Himmel über dem Weizenfeld und ließ die Ähren schimmern wie gesponnenes Gold. Ein Gutteil des Feldes war bereits abgemäht, aber die Waidbacher würden bis zum Sonnenuntergang weitermachen, bevor ihnen die am Horizont drohenden Regenwolken die Arbeit eines Jahres zunichtemachen konnten. Die Männer schwangen im gleichmäßigen Takt die Sensen. Die Frauen stapften ihnen hinterher und sammelten den geschnittenen Weizen ein, um ihn zu Garben zu binden und auf den hölzernen Wagen zu stapeln, den sie am Abend in die Gemeindescheune bringen würden. Wenn sich das Wetter hielt, droschen sie die Weizenbündel gleich auf dem Feld, aber heute war Eile geboten. Die Waidbacher arbeiteten zügig und mit stoischer Gelassenheit. Oft fingen die Weiber an zu singen, wenn sie sich bei der Ernte Meter um Meter voranarbeiteten, aber an diesem Tag trugen ihre Mienen verbissene Züge. Keinem war nach fröhlichem Gesang zumute. Es galt, die Einnahmen für den Winter zu sichern, und der Weizen war neben der Seide, die Helmine Röhrich auf der anderen Seite des Dorfes auf ihrer Maulbeerplantage produzierte, ihre Lebensgrundlage. Einige Kolonisten hatten sich auch für den Kartoffelanbau entschieden oder pflanzten Tabak an. Aber diese Felder deckten in Waidbach nicht viel mehr als den Eigenbedarf, während der Handel mit dem Weizen florierte.

Wie die meisten anderen Frauen trug Klara Weber ein bequem geschnittenes leinenes Trägerkleid ohne Bluse. Der Schweiß lief ihr den Nacken hinab und vom Hals in den runden Ausschnitt, vorbei an den winzigen Teilen der Spreu, die überall auf ihrer nackten Haut klebten. Ihre kräftigen Arme waren vom

Wetter gegerbt und braungebrannt, ihr Gesicht runzelig, aber von gesunder Farbe. Die langen grauen Haare trug sie zu einem Knoten geschlungen, über den sie ein Kopftuch gegen die Sonne gewickelt hatte.

Die Luft war erfüllt vom Duft nach Kamille und Heu und vom Surren der Gewitterfliegen. Klara wischte sich übers Gesicht und schlug auf ihren Arm, wenn die Insekten sie plagten. Eine Locke löste sich unter ihrem Kopftuch und fiel ihr feucht in die Stirn. Klara schob die Unterlippe vor und pustete die Haare fort.

Gemeinschaftssinn schrieb man in Waidbach groß. Sie hatten die Kolonie vereint gegründet, und sie sorgten vereint dafür, dass sie gedieh. Die hohe Nachfrage in den Städten nach Weizen brachte ihnen den verdienten Wohlstand, die Jahre des Hungerns waren vorbei.

Niemand hätte es ihr verübelt, wenn sie sich von der Weizenernte ausschloss. Klara hatte mit der Geburt von fünf Kindern mehr zum Anwachsen der Kolonie beigetragen als so manche andere. Und alle hatten sie überlebt. Das war durchaus ungewöhnlich in diesen Zeiten, in denen eine Frau sich glücklich schätzen konnte, wenn die Hälfte ihrer Kinder sich bis zum Erwachsenenalter durchbiss. Am schlimmsten wüteten die Pocken, aber auch Brechdurchfälle schwächten manche Buben und Mädchen zu Tode. Dorfarzt Dr. Cornelius Frangen tat sein Möglichstes, studierte die Bücher und traf sich in Saratow mit anderen Medizinern, um sein Wissen über tödliche Krankheiten und deren Behandlungsmöglichkeiten zu mehren. Aber letztlich galt nach wie vor nur der Aderlass als bewährtes Mittel gegen alles, was die Menschen befallen konnte. Manch einem tropfte das Blut aus dem Schnitt, während er sein Leben aushauchte.

Klara vermutete, dass sie einfach Glück gehabt hatte, wenn ihr keines der Kinder wegstarb. Die beiden Fehlgeburten, die sie erlitten hatte, nahm sie dafür in Kauf.

Nach all den Jahren, in denen sie durch die Kinder ans Haus gebunden war, genoss sie es nun, mit den anderen auf dem Feld zu arbeiten, wenngleich sie sich immer wieder ächzend aufrichtete und die Hand in den schmerzenden Rücken stemmte.

Sobald ihre Enkelkinder sie brauchten, würde Klara daheim bleiben, in ihrem Steinhaus, das sie in all den Jahren Stück für Stück vergrößert hatten und das inzwischen fast zu weiträumig war für Sebastian und sie und ihre zwei noch zu Hause lebenden Kinder Luise und Philipp.

Ihr Sohn Martin hatte sich mit seiner Frau Hilda ein eigenes Haus gleich in Nachbarschaft zu den Eltern errichtet. Hilda hatte gerade ihr erstes Kind geboren und kümmerte sich hingebungsvoll um den kleinen Simon. Auf die Dienste der Großmutter verzichtete sie, was Klara ein bisschen bekümmerte, aber es war nur eine Frage der Zeit, bis genug Enkel geboren wurden, die ihrer Betreuung bedurften. Sie hatte den Duft der Säuglinge immer geliebt. Ihre Freude an den Kindern hatte manche Mühe ausgeglichen.

Klara seufzte schwer. Sie wünschte, ihre eigenen Töchter wären gebärfreudiger. Aber von eigenen Kindern waren Amelia, Henny und Luise weit entfernt. Was bezüglich Amelia und Henny zu bedauern war. Im Fall von Luise machte Klara drei Kreuze, dass sich an ihrem Zustand in den nächsten Jahren nichts änderte. Luise, gerade mal fünfzehn Jahre, kokettierte mit den jungen Männern, himmelte sie mit runden Augen wie ein Murmeltier an, als könnte sie es nicht erwarten, endlich mit dickem Bauch herumzulaufen.

Jeden zweiten Abend schalt Klara, unterstützt von Sebastian, ihre leichtfertige jüngste Tochter. Doch die Reue, die sie nach den Ermahnungen der Eltern zeigte, verflog bereits am nächsten Tag. Dann sprang sie wieder los, um gemeinsam mit den anderen jungen Mädchen der Kolonie den Kerlen den Kopf zu verdrehen. Klara fürchtete um ihre Ehre und das gute Ansehen der Familie Mai, aber was sollten sie tun? Einsperren konnten sie das flatternde Huhn nicht.

Was Luise zu viel an Koketterie besaß, fehlte zu Klaras Leidwesen den beiden älteren Töchtern. Henny hatte vor drei Jahren die

Stelle einer Haushälterin bei dem alten Pastor Ruppelin angenommen und ging in dieser Tätigkeit auf. Ihr schien es an nichts zu mangeln, und vielleicht sollte sich Klara damit zufriedengeben, dass sie das fast taube Mädchen so gut untergebracht hatte. Vielleicht war mehr nicht möglich für eine junge Frau mit einem solchen Makel.

Zu ihren Sorgenkindern gehörten auch Amelia und Philipp. Ihr jüngster Sohn hatte mit seinen dreizehn Jahren nichts als Flausen im Kopf. Ständig entwischte er dem Unterricht von Schulleiter Anton von Kersen. Statt auf dem Feld mitzuarbeiten, wo ihm der Ungehorsam verziehen worden wäre, trieb er sich mit einer Handvoll übler Gesellen in der Steppe herum. Klara wusste nicht, was sie da anstellten, aber ihr schwante nichts Gutes. Manches Mal war ihr in den Sinn gekommen, dass ihn eine gehörige Tracht Prügel zur Vernunft bringen würde, aber das widersprach ihren und Sebastians Prinzipien. Erziehung mit dem Stock war durchaus gang und gäbe in der Kolonie, aber Klara hatte sich von jeher geweigert, ihren Kindern Schmerzen zuzufügen. Vielleicht war das in Philipps Fall ein Fehler gewesen.

Den größten Kummer jedoch bereitete ihr Amelia. Klara richtete sich auf, im Arm ein Bündel voller Halme, und starrte auf den Rücken ihrer Tochter, die sich ein paar Meter vor ihr nach dem geschnittenen Weizen bückte. Ihre Taille war wespenschlank, die herbstroten dichten Haare in einem taudicken Zopf gehalten, der unter ihrem grauen Kopftuch hervorlugte. Sie trug ein graubraunes Arbeitskleid wie die meisten Feldarbeiterinnen, dennoch ahnte man unter dem unförmigen Schnitt ihren erblühten Körper. Den nach Klaras Wissen noch kein Mann zu Gesicht bekommen hatte, geschweige denn berührt.

Was für ein Jammer.

Auf Knien hatte sie dem Himmel gedankt, als Amelia nach zwei Jahren in Gefangenschaft bei den Kirgisen zu ihr zurückgekehrt war. Ihr kleines Mädchen, damals gerade einmal zehn Jahre alt. Zwei Sommer lang hatte sie als Sklavin bei dem Steppenvolk ausharren müssen, bis ihr gemeinsam mit Claudius Schmied die

Flucht gelungen war. Klara hatte Höllenquallen gelitten, während sie Tag für Tag über die Steppe lief und bis zum Horizont spähte, immer in der Hoffnung, ihre Tochter kehre heim nach Waidbach.

Vielleicht war es der schönste Tag ihres Lebens gewesen, als Claudius sie – zu Tode erschöpft, aber unversehrt – in ihr Elternhaus trug.

In den Wochen danach fiel Klara auf, wie sehr sich ihr Kind verändert hatte. Aus ihrer fröhlichen erstgeborenen Tochter, die die Familie mit ihrem Gesang unterhalten hatte, war ein in sich gekehrtes Mädchen geworden. Als hätte sie in der Zeit bei den Kirgisen viel zu schnell erwachsen werden müssen.

In den ersten Monaten hatte Klara Amelias Verschlossenheit darauf geschoben, dass sie die Gefangenschaft erst noch verdauen musste, dass ihr die Erinnerungen wie Blei im Magen lagen. Irgendwann würde sich die Anspannung schon lösen. Aber Amelia war in den Jahren danach nicht munterer geworden, die Melancholie schien zu ihrem Wesen zu gehören. Selten sah man sie lachen, manchmal erhellte ein zaghaftes Lächeln ihre Züge, aber meistens hockte sie in sich gekehrt über ihrer Handarbeit, auch abends und an den Wochenenden, wenn die anderen jungen Leute sich auf den Dorffesten vergnügten.

Unverdrossen suchte Klara das Gespräch mit ihr, um herauszufinden, was sie bedrückte, aber Amelias Lippen blieben versiegelt, als kerkere sie in ihrem Inneren ein Geheimnis ein.

Es schmerzte Klara, dass sie sich ihr nicht anvertraute, aber sie konnte ihr nur anbieten, mit ihr zu reden, oder sie ermuntern, sich den anderen jungen Leuten aus Waidbach anzuschließen. Mehr konnte sie nicht tun.

Als hätte Amelia gespürt, dass Klara an sie dachte, drehte sie sich zu der Mutter um und schenkte ihr ein leises Lächeln. Klara traf es wie ein Stich in den Leib, wenn sie die traurigen Augen dabei sah. Sechsundzwanzig Jahre war Amelia nun, doch die zwei Jahre in der Gefangenschaft schienen ihr junges Leben zerstört zu haben.

Klara, Amelia und die anderen Frauen richteten sich auf und stemmten die Hände in die schmerzenden Rücken, als von drüben bei den Zelten das Klappern von Holzgeschirr zu hören war. Zeit für die Mittagsmahlzeit.

Die Männer ließen die Sensen fallen, die Frauen streiften sich die Hände an den Röcken ab. Gemeinsam stapften sie auf die Spitzzelte zu, die am Rand des Feldes errichtet waren. Mittlerweile hatte sich das gemeinschaftlich bestellte Ackerland so weit ausgedehnt, dass manche Bauern in der Erntesaison hier in den Zelten übernachteten. Die meisten Frauen jedoch rollten morgens im Bretterwagen über den holprigen Pfad hierher und am Abend zurück. Sie konnten es sich nicht leisten, ihren Hausstand zu vernachlässigen. Daheim warteten die hungrigen Mäuler der Kinder, und auch das Vieh musste versorgt werden.

Zwei Dutzend Erntehelfer hockten sich im Kreis auf den Boden oder lehnten sich gegen die Räder des Wagens, als Brot, Speck, Ziegenkäse und Kwass von Hand zu Hand ging. Sie langten hungrig zu und rissen mit den Zähnen Brocken von dem dunklen Brot. Ein paar Minuten lang hörte man nichts als das Schmatzen und Kauen, das sich mit dem Sirren der Insekten vermischte. Die Wolkenfront am Horizont stieg höher und trieb einen leichten Wind über die Reste des Weizenfelds.

Klara beobachtete, wie sich der junge Balthasar, Sohn des Dorfkrämers, einen Platz neben Amelia suchte. Ein feiner Kerl, befand Klara, stattlich und tüchtig. Amelia beachtete ihn nicht, senkte den Kopf über ihre Holzschüssel und rückte ein paar Handbreit von ihm weg. Als Klara Balthasars Blick auffing, zuckte der nur die Schultern. Im Dorf war bekannt, dass Amelia niemanden an sich heranließ. Ihr abweisendes Verhalten hatte ihr den Ruf eines *Blümchens Rührmichnichtan* eingebracht.

Die Gespräche der Erntehelfer drehten sich um den bevorstehenden Wetterumschwung und wie lange sie an diesem Tag noch schaffen mussten, um die Fuhre in die Scheune zu bringen, wo sie am nächsten Tag gedroschen wurde. Klara hörte nur mit halbem Ohr zu, ihre Gedanken drehten sich um Amelia.

Da vernahm sie das helle Rufen einer Frauenstimme. Alle wandten die Köpfe. Klara kniff die Augen zusammen. War das tatsächlich Henny, die da angerannt kam?

»Das ist Henny«, stellte Amelia fest, deren Augen noch scharf wie die eines Adlers waren. »Sie trägt etwas bei sich und wedelt damit.«

Tatsächlich, nun erkannte Klara es auch.

»He ho«, klang es ihnen munter entgegen.

Die anderen wandten sich wieder ihrer Mahlzeit zu, aber Klara erhob sich mit einem Ächzen und stellte ihre Schüssel auf dem Boden ab. Sie stemmte die Fäuste in die Hüften, als sie Henny entgegenblickte. Du lieber Himmel, war sie etwa vom Dorf aus hierhergelaufen? Da war sie mindestens eine Stunde lang unterwegs gewesen. Das musste ja etwas Wichtiges sein, wenn es nicht bis zum Abend warten konnte.

Henny flog heran. Die weizenblonden Zöpfe hatten sich aus dem Kranz gelöst und flogen um ihre Wangen. Fast sah sie aus wie ein kleines Mädchen, dabei war Henny inzwischen auch schon dreiundzwanzig. Schwer atmend kam sie vor ihrer Mutter zu stehen.

»Kind, was ist denn?«, empfing Klara sie. »Warum läufst du die weite Strecke hierher? Was sagt denn der Pastor dazu, wenn du dich einfach davonstiehlst?« Sie betonte jedes Wort und ging nah an Hennys Ohr heran. Henny verstand nur einen Bruchteil, aber Klara wusste, dass sie im Lauf der Jahre gelernt hatte, das meiste von den Lippen zu lesen.

Ihre Aussprache war undeutlich, da sie nie gehört hatte, wie die Laute richtig klangen, aber Klara verstand alles. Es war, als hätte sie mit ihrer zweitgeborenen Tochter eine eigene Sprache entwickelt.

»Ein Brief aus Saratow für dich«, sagte Henny. Ihre Augen blitzten, die Wangen schimmerten rot vom Steppenwind. Eine hübsche junge Frau, die im Dorf nur die »Tumbe« genannt wurde. Dabei besaß sie einen Verstand, der den der meisten Kolonisten vermutlich übertraf. Anders war es nicht zu erklären, dass sie nicht nur perfekt von den Lippen las, sondern sich selbst das Lesen und Schreiben beigebracht hatte – gut genug, um dem Pastor nicht nur im Haushalt, sondern auch im Amtszimmer zur Hand zu gehen.

»Zeig her!« Klara riss ihr den Brief aus den Fingern und führte sich das Blatt dicht vor die Nase. Sie hatte gelernt zu lesen und zu schreiben, aber es gab wenig Gelegenheit, ihre Kenntnisse anzuwenden. Es war ein mühsames Buchstabieren, wenn Briefe sie erreichten.

»Er ist von Tante Eleonora!«, jubelte Henny. »Ist das nicht fabelhaft? Sie hat so lange nicht geschrieben.«

Klara nickte und betrachtete den Umschlag von allen Seiten. Tatsächlich, ihre Schwester. Viel zu selten sahen sie sich, aber hin und wieder schickte Eleonora Briefe, in denen sie schilderte, wie es ihr und ihrem Mann mit der Tuchfabrik erging und wie sich ihr Sohn Justus entwickelte. Ihr anderer Sohn Stephan hatte vor einigen Jahren nach Waidbach geheiratet und gehörte zur Kolonie. Aber er führte sein eigenes Leben und verschwendete nicht seine Zeit damit, Tante Klara mit Neuigkeiten über die Saratower Verwandtschaft zu versorgen.

Klara brach das Siegel auf der Rückseite, zog zwei gefaltete Blätter hervor und kauerte sich, gegen ein Wagenrad gedrückt, auf den Boden. Sie nahm den Finger zur Hilfe, um jedes einzelne Wort zu entziffern.

»Soll ich vorlesen?«, fragte Henny, die links neben sie gesunken war.

Klara schüttelte den Kopf. Amelia ließ sich zu ihrer Rechten nieder. Beide jungen Frauen starrten der Mutter ins Gesicht, während sie las, und versuchten ihre Miene zu deuten. Gute oder schlechte Neuigkeiten?

Endlich ließ sie die Blätter auf ihre angewinkelten Beine sinken. Die anderen Erntehelfer hatten sich wieder an die Arbeit begeben, nur Klara mit ihren Töchtern saß noch bei den Zelten.

Klara starrte in die Ferne, die Stirn gefurcht, den Mund verbissen. »Es geht Eleonora nicht gut«, brachte sie heiser hervor und spürte im selben Moment die Hände der beiden jungen Frauen rechts und links, die sie tröstend streichelten. »Es geht ihr sehr, sehr schlecht«, fügte sie hinzu, und dann stahl sich ein Schimmer der Hoffnung auf ihre Züge, als sie erst Henny, dann Amelia anschaute. »Und sie will heimkehren. Heim nach Waidbach.«

7

Saratow, Frühjahr 1803

»Muss das wirklich sein, Doktor Lanskoi?« Eleonora hob die Stimme und versuchte, sich in ihrem Bett aufzurichten.

Der Medicus drückte sie in die Kissen zurück, in denen ihre zierliche Gestalt fast verschwand. »Es wird die Atemnot lindern«, versprach er, als er dem Wundarzt zunickte, den er mitgebracht hatte.

»Es lindert nie die Atemnot«, widersprach Eleonora. »Der Aderlass ermüdet und erschöpft mich. Die Schmerzen in der Brust bleiben.«

Der Medicus schnalzte. »Der Aderlass wird seit mehr als tausend Jahren erfolgreich angewandt, und ausgerechnet bei Ihnen soll er wirkungslos sein? Glauben Sie mir, auch wenn die Wirkung nicht fühlbar eintritt, das ins Stocken geratene Blut fließt wieder und treibt all die giftigen Säfte aus dem Körper.«

Eleonora seufzte schwer. Leichenblass lag sie in den Laken und streckte ergeben ihren rechten Arm aus, als sich der Wundarzt – ein vierschrötiger Russe, der kein Wort Deutsch oder Französisch sprach – mit seinen Instrumenten näherte. Dr. Lanskoi nickte ihm zu.

Eleonora wandte den Blick ab. Sie wollte nicht sehen, wie das zweischneidige Klappmesserchen, dessen Klinge von einer Feder in die Ader gedrückt wurde, in ihre Haut fuhr, und sie wollte nicht sehen, wie ihr Blut in den gläsernen Behälter tröpfelte.

Was blieb ihr anderes übrig, als dem Arzt zu vertrauen? Immerhin hatte sie in den letzten zwei Jahren, da sie die Schmerzen in Brust und Lunge an manchen Tagen ans Bett fesselten, überlebt. Aber ob das auf Dr. Lanskois Behandlung zurückzuführen war?

Während sich der Wundarzt dem Aderlass widmete, wandte sich Eleonora dem Doktor zu. »Seien Sie ehrlich zu mir, Dr. Lanskoi. Wie schlimm steht es um mich?«

Der Arzt seufzte und hob die Schultern. »Es liegen zu wenige Erfahrungswerte bei Lungenentzündungen vor. Ich wünschte, wir Mediziner würden uns gegenseitig von unseren Behandlungen und den Ergebnissen besser in Kenntnis setzen. Dann könnte man zuverlässigere Aussagen treffen. Sie leiden nun schon seit zwei Jahren in unregelmäßigen Abständen an einer entzündeten Lunge. Während andere Patienten eine einfache Erkältung bekommen, wächst es sich bei Ihnen aus unbekannten Gründen aus. Ich will Ihnen nichts vormachen: Sie sind nicht mehr die Jüngste, Madame, ohne Ihnen zu nahe treten zu wollen. Siebenundfünfzig Jahre alt zu werden ist ein Segen in dieser Zeit, da allerorten die Pocken und die Ruhr wüten. Ihr Körper ist nicht mehr so widerstandsfähig wie noch vor zwanzig Jahren. Jede neue Schwächung durch eine Entzündung kann zum Tode führen, obwohl mir andererseits Ihr Herzschlag Grund zur Hoffnung gibt. Er ist kräftig und gleichmäßig wie bei einer sehr viel jüngeren Frau.« Ein Schmunzeln stahl sich auf sein bärtiges Gesicht. Die Augen hinter den Brillengläsern funkelten.

»Was kann ich tun, um mich zu schützen?«, fragte Eleonora mit schleppender Stimme. Der Blutverlust machte sich bereits bemerkbar, ihre Lider fühlten sich an wie aus Stein.

»Nun, in erster Linie sollten Sie sich Ruhe gönnen und sich nicht überanstrengen. Legen Sie so oft wie möglich die Beine hoch und lassen Sie die Dienerschaft alle Belange um Ihren Haushalt regeln.«

Eleonoras Herz begann schneller zu schlagen, obwohl die Müdigkeit sie fast überwältigte. »Bedeutet das auch, dass eine Luftveränderung von Vorteil wäre? Wenn ich aus der Stadt herauskäme und auf dem Land leben würde?«

Dr. Lanskoi stieß ein Lachen aus. »Nun, solche Umstände würde ich mir an Ihrer Stelle nicht machen. Es ist nicht klar, ob die Landluft günstig auf die Entzündungen wirkt, und Sie haben es hier exquisit.« Er ließ den Blick in dem stilvoll eingerichteten Gemach mit den Mahagonimöbeln, den persischen Teppichen und den Vorhängen aus Brokat schweifen. Kunstvolle Ornamente schmückten die Decke, die Türgriffe schimmerten, mit feinem Blattgold überzogen. »Ich vermute eher, dass es Ihnen zum Nachteil gereichen würde, wenn Sie Ihr schmuckes Heim aufgeben. Hier sind Sie bestens aufgehoben.«

Eleonora schloss für einen Moment die Augen und schüttelte den Kopf. »Sagen Sie mir einfach, ob eine Luftveränderung meine Gesundheit stärken könnte.«

Dr. Lanskoi stutzte und rieb sich dann mit der Hand übers Kinn. »Denkbar wäre es, aber versprechen kann ich es Ihnen nicht.«

»Würden Sie dies bitte genauso meinem Gatten sagen? Dass eine Luftveränderung günstig wäre?« Eleonora legte ein Flehen in die Stimme. Ihr Atem ging ein bisschen schneller. Der Wundarzt beendete seine Arbeit und drückte ein Stück Mull auf die kleine Wunde, die er mit einem Verband umwickelte, um die Blutung zu stillen.

Dr. Lanskoi zog die Brauen bis zum Ansatz seiner grau-braunen Locken nach oben. »Selbstverständlich. Wenn Sie es so wünschen ...«

Eleonora nickte. »Sie würden mir damit einen großen Gefallen tun.«

Vielleicht würde ja das Urteil des Arztes Matthias dazu bewegen, über einen Umzug nachzudenken? Eleonora hob kraftlos die Hand, um sich von den beiden Ärzten zu verabschieden. Sie verbeugten sich und verließen lautlos das Gemach, um draußen von der Dienerin in Empfang genommen und die Treppen hinab zur Tür geleitet zu werden. Hoffentlich vergaß Dr. Lanskoi nicht, worum sie ihn gebeten hatte!

Seit zwei Jahren wurde Eleonora fast jeden zweiten Monat von dieser Lungenkrankheit heimgesucht, deren Ursache im Dunklen lag. Sie dachte mit Schaudern daran, welche Versuche Dr. Lanskoi und sein Helfer in den ersten Monaten unternommen hatten, um eine Heilung herbeizuführen. Die Anwendung des »Haarseils« hatte sie in scheußlicher Erinnerung. Dabei hatten die beiden Ärzte in eine Hautfalte im Nacken ein Loch gestoßen und durch dieses hindurch ein dünnes haariges Seil gezogen. Die nachfolgende Entzündung und Vereiterung sollte genau wie der Aderlass zu einer zusätzlichen Ableitung giftiger Körpersäfte führen. Sie selbst hatte keine Linderung verspürt, nur eine entsetzlich schmerzhafte Verletzung, die noch wochenlang erst gebrannt, dann gejuckt hatte.

Gegen die Blutegel, die Dr. Lanskoi auf ihrer Brust zum Einsatz bringen wollte, hatte sie sich so vehement gesträubt, dass der Arzt schließlich seufzend sein Vorhaben aufgegeben hatte. Eleonora hatte das kalte Würgen bekommen bei der Vorstellung, lebendige Tiere würden ihr das Blut absaugen. Wenn die Lungenentzündung nicht zu ihrem Tod führte, dann gewiss der Widerwillen gegen diese Viecher.

Einmal hatte der Arzt ihr einen Krug Wasser aus dem städtischen Gesundbrunnen gebracht, aber mehr als eine Erfrischung hatte es nicht bewirkt.

Vielleicht war es ihr Schicksal, am Ende ihres Lebens Stück für Stück von dieser Krankheit dahingerafft zu werden. Alles, was der Arzt versuchte, schien ihr Leiden nur zu vergrößern. Die Krankheitsschübe jedenfalls wurden immer schlimmer, und schon im vergangenen Winter hatte Eleonora geglaubt zu ersticken. Sie war stets ein lebensfroher Mensch gewesen, aber sie spürte, wie das Alter und das Leiden sie schwächte.

Schlimmer noch als die Entzündung empfand Eleonora das Herzweh, das sie an dem Tag ergriffen hatte, als der Arzt zum ersten Mal eine Lungenentzündung diagnostiziert und mit ernster Miene den Kopf geschüttelt hatte. »Das sieht nicht gut aus, Madame. Leider«, hatte er in seinen Bart gemurmelt.

Eleonora war der Schrecken in die Glieder gefahren. Sollte sie hier in Saratow, wo in den letzten Jahren ihr Zuhause gewesen war, einsam sterben? Sicher, sie hatte ihren geliebten Mann Matthias bei sich, und an manchen Tagen schaute Justus, ihr zweitgeborener Sohn, auf einen Tee vorbei. Sie hatte all die deutschrussischen Damen, die zu ihrem Lesezirkel gehörten und sich einmal im Monat zur Besprechung der neuesten Werke in ihrer Bibliothek trafen. Oh, welch eine Freude hatte ihr schon Johann Wolfgang von Goethe, jenes Genie aus dem fernen Weimar, mit seinen Romanen und Gedichten bereitet! Wenn sie seine Verse las, fühlte es sich an, als hätte sie ein Stück vom Besten ihrer deutschen Heimat hierhergeholt.

Aber die Beziehungen zu den belesenen Damen und ihren Ehemännern waren flüchtig. Eleonora fand unter ihnen keine Freundin, keine, die ihre Liebe zur Literatur tatsächlich teilte. Die meisten ihrer Besucherinnen wollten nur Teil eines exklusiven Zirkels sein.

Wie anders dagegen die Kolonisten in Waidbach, mit denen sie auf der Reise nach Russland vor fast dreißig Jahren durch die Hölle gegangen war. Das Leid von damals, die erlittenen Qualen, der Aufbau mit den eigenen Händen – das alles schweißte mehr zusammen als feine Poesie und edle Kolonialwaren, die sie aus den Tee- und Kaffeelagern am Hafen bezog und ihren Besucherinnen kredenzte.

In Waidbach lebten ihre engsten Freunde. Anja und Bernhard Röhrich, die Apothekerin und der Dorfschulze. Veronica und Anton von Kersen, die die Schule und das Kinderhaus führten. Ihre Schwester Klara mit ihrem Mann Sebastian und all ihren Kindern. Und nicht zuletzt Stephan, ihr erstgeborener Sohn, der vor sechs Jahren der Liebe gefolgt war und nach Waidbach geheiratet hatte. Dort führte er ein Leben als Bauer mit seiner Frau Charlotte und seinen drei Kindern. Ach, wie gern würde sie jetzt, im Alter, ihre Enkelkinder um sich herumspringen sehen. Wie gerne würde sie abends auf der Bank eines Holzhauses sitzen, Kwass trinken und ein Schwätzchen mit den Nachbarn halten, Matthias mit der Pfeife und einem gutmütigen Schmunzeln im Gesicht neben sich. Wie gerne würde sie einen kleinen Obstgarten pflegen, im Juli die Kirschen ernten, im September die Äpfel und köstliche Marmeladen und Mus daraus kochen.

Eleonora schrak zusammen, als es sanft an der Tür pochte. Erst jetzt bemerkte sie, dass sie offenbar in einen leichten Schlaf gefallen war. In ihren Träumen hatte sie das Dorf Waidbach gesehen mit der Holzkirche, dem Krämerladen, der Schmiede, dem Schneider am Kirchplatz, den Maulbeerplantagen auf der Ostseite, den Weizenfeldern auf der Westseite und der weiten, weiten Steppe drumherum, auf der Murmeltiere tollten und wo am Horizont manchmal die Karawanen der Nomadenvölker mit ihren schwer beladenen Kamelen vorüberzogen, von einem Fluss zum anderen.

Eleonora richtete sich auf die Ellbogen auf und lächelte Matthias entgegen, als er eintrat. Wie immer führte ihn sein erster Gang nach dem langen Tag in der Tuchfabrik zu ihr ans Krankenlager. Er ließ sich auf die Bettkante nieder, umfing ihr Gesicht mit einem liebevollen Blick und streichelte eine silberne Locke von ihrer Schläfe weg. »Weißt du eigentlich, dass ich dich liebe wie am ersten Tag?«, sagte er statt einer Begrüßung.

Eleonora schloss die Augen und genoss seinen zärtlichen Kuss. »Selbst die Krankheit kann deiner Schönheit nichts anhaben«, flüsterte er.

Eleonora stieß ein Lachen aus. »Du bist ein Schmeichler, Matthias. Ich bin eine alte Frau.«

»Du bist wie eine Rose, die im Herbst erst zu voller Blüte kommt«, sagte er und grinste schief. »Könnte das so von einem deiner Dichter sein?«, fragte er mit einem Zwinkern. »Verzeih, wenn ich die Worte nicht so schön zu setzen vermag.«

»Die schönsten Worte sind die, die von Herzen kommen.« Eleonora hob die Hand und streichelte über seine stoppelige Wange. Er schmiegte für einen Moment sein Gesicht in ihre Hand, schloss die Augen.

Auch an Matthias waren die Jahre nicht spurlos vorbeigegangen. Um seine Augen standen Kränze von Falten, zwischen Nase und Lippen hatten sich zwei Kerben eingegraben, sein Haar war grau, aber immer noch so dicht wie in seiner Jugend. Seine Augen blitzten, als wäre er keinen Tag älter als dreißig. Eleonora schluckte, als ihr bewusst wurde, dass diese Lebensfreude nicht nur auf sie und ihre gute Ehe zurückzuführen war, sondern auch auf die Arbeit, die ihn voll und ganz befriedigte. Matthias ging auf in seiner Tuchfirma, vergrößerte laufend den Kundenkreis, stellte mehr Mitarbeiter ein und erweiterte sein Handelsgebiet allmählich bis nach Asien.

»Hat dich der Arzt wieder zur Ader gelassen?«, fragte er und klingelte nach dem Mädchen, damit es ihnen Tee am Bett servierte.

Eleonora nickte. »Es hilft aber nichts«, sagte sie verbittert. Sie holte Luft und zuckte in derselben Sekunde zusammen, weil ein Schmerz wie ein Feuerblitz durch ihre Lunge zuckte.

Matthias beugte sich besorgt über sie, zog die Decke bis zum Hals. »Du musst dich schonen, Eleonora. Das ist gewiss das Beste.«

Eleonora nickte. Schweiß perlte auf ihrer Stirn. Die Müdigkeit drohte sie zu überwältigen. »Der Arzt sagt, eine Luftveränderung könnte Wunder wirken«, flüsterte sie mit geschlossenen Augen.

An dem Schweigen erkannte sie, wie sehr ihre Bemerkung Matthias aus der Fassung brachte. Gleich zu Beginn ihrer Krankheit hatte sie einmal vorsichtig das Thema angeschnitten, dass sie sich zurück nach Waidbach sehnte. Matthias hatte das kategorisch abgelehnt. Aber damals war nicht abzusehen gewesen, wie lange sich ihre Schwäche hinziehen würde. Ob er ein Einsehen hätte, dass es das Beste für sie beide wäre?

Sie hob die Lider, betrachtete sein Gesicht und sah an seiner Miene, wie sehr er innerlich mit sich rang. Fast freudig empfing er das Mädchen und nahm das Tablett mit den Porzellantassen. Er stellte das Geschirr auf Eleonoras Nachttisch, schüttelte die Kissen auf und reichte seiner Frau eine Tasse, bevor er seine eigene ansetzte. Mit gespitzten Lippen trank er kleine Schlucke, als wollte er Zeit gewinnen für seine Antwort.

»Was wir uns hier aufgebaut haben, Eleonora, ist alles, wovon wir je geträumt haben. Weißt du noch, unsere Hoffnungen und Träume damals in Hessen vor der Ausreise? Wir wollten ein besseres Leben, ohne Hunger, ohne Kriege. Und haben wir das nicht geschafft?«

»Wir wollten auch unser eigenes Land«, fügte Eleonora hinzu. Matthias machte eine weit ausholende Geste mit der Linken. »Dieses Stadthaus ist mehr wert als jedes Stück Ackerland und jede Hütte, die man darauf errichten könnte.«

»War es damals schon dein Traum, dich mit goldenen Türklinken und Vorhängen aus Brokat zu umgeben?«

Matthias biss sich auf die Lippe. Eine fleckige Röte stieg in seine Stirn. »Du hast unser Zuhause eingerichtet, ich habe dir freie Hand gelassen. Deinen vorzüglichen Geschmack habe ich stets bewundert. Ja, ich fühle mich hier wohl, Eleonora.«

»Vermisst du nicht manchmal unsere Freunde? Die Menschen, die sich mit uns eine gemeinsame Geschichte teilen? Außer dem Vorbesitzer der Firma – Gott hab ihn selig – hattest du niemals engeren Kontakt zu den Menschen hier. Kommst du dir nicht manchmal furchtbar einsam vor?«

Matthias hob die Brauen und musterte sie. »Ich habe dich. Wir haben Justus.«

»Und uns fehlen Stephan, unsere Schwiegertochter, die Enkel, dann Klara, Anja, Bernhard, Veronica ...« Eleonora richtete sich noch ein Stück weiter auf, während sie eindringlich auf ihn einsprach.

Matthias wiegte den Kopf. »Wir können sie besuchen, wann immer uns danach ist.«

»Das ist nicht das Gleiche! Wir sind Außenseiter, wenn wir in Waidbach zu Besuch sind. Wir gehören nicht dazu. Ich will wieder dazugehören, Matthias, jetzt, wo uns noch wenige Jahre bleiben.«

Er presste die Lippen zu einem schmalen Strich zusammen, stellte die Teetasse ab und stapfte im Raum auf und ab. Eleonora hatte Mühe, ihn mit Blicken zu verfolgen, so schwer waren ihre Lider. Aber ihr Wille, ihn jetzt und hier zu überzeugen, war übermächtig.

»Du verlangst, dass ich das Geschäft aufgebe«, sagte er gepresst.

Eleonora sog zitternd die Luft ein. »Ich weiß, was dir der Tuchhandel bedeutet, Matthias! Vom einfachen Knecht hast du es zu einem der angesehensten Unternehmer in der Stadt gebracht. Ein großartiges Meisterstück. Aber du bist in diesem Jahr sechzig geworden. Willst du so lange arbeiten, bis du eines Tages umfällst? Willst du mit deinen Büchern und den Stoffproben in der Hand aus dem Leben gerissen werden? Ich möchte die Jahre, die uns noch bleiben, genießen, Matthias. Ich möchte dich öfter sehen als die wenigen Minuten am Abend, wenn du todmüde heimkehrst.«

»Ach, du stellst dir das so einfach vor.« Er senkte den Kopf und wischte sich mit dem Daumen über die Stirn.

»Du könntest dich endlich wieder der Malerei widmen. Wann hast du dein letztes Bild gemalt? Wie lange ist das her?«

Für einen Moment trat ein Leuchten in seine Augen. Sie spürte, dass sie einen wunden Punkt getroffen hatte.

»Du bist nicht unersetzlich, Matthias«, sagte sie sanft. »Das weißt du. Dich hat immer mehr ausgemacht als dein Geschäftssinn. Justus ist längst so weit, dass er deine Nachfolge antreten kann.«

»Justus? Der hat nichts als Flausen im Kopf.« Er machte eine wegwerfende Handbewegung und runzelte die Stirn. Er wandte sich dem Fenster zu, legte die Hände in den Rücken und starrte nach draußen auf den Kirchplatz. »Der muss erst einmal mit sich selbst ins Reine kommen, bevor er die Verantwortung für mehr als hundert Arbeiter übernimmt.«

»Du tust ihm unrecht«, erwiderte Eleonora. »Er kommt seinen Pflichten tadellos nach, das hast du stets betont.«

»Ja, in meinem Auftrag.«

»Du lässt ihn sich nicht beweisen! Du traust ihm nicht zu, dass er allein Entscheidungen trifft.«

»Wie sollte ich das? Schau dir an, wie flatterhaft er lebt. Jeden Monat ein anderes Liebchen. Er treibt sich in den Spielsalons herum, anstatt eine Familie zu gründen.«

Eleonora schnalzte mit der Zunge. »Du bist zu streng mit ihm.

Lass ihn die Hörner abstoßen. Wenn die Richtige dabei ist, wird er zur Ruhe kommen. Er ist tüchtig, fleißig und pflichtbewusst. Das kannst du ihm nicht absprechen, oder?«

Matthias drehte sich mit einem Seufzen um. Seine Züge wurden weicher, als er auf sie zukam, sich erneut auf den Bettrand setzte und sie an sich zog. »Lass mir noch etwas Zeit, Eleonora. Ich kann nicht von heute auf morgen alles aufgeben, was mein Leben hier ausgemacht hat.«

»Hoffentlich reicht die Zeit«, murmelte sie in sein Haar und barg ihr Gesicht in seiner Halsbeuge.

Sie wusste, dass Justus die Geschäfte seines Vaters mit Bravour übernehmen würde. Ihr jüngerer Sohn hatte viel von seiner Tante Christina – ihren Scharfsinn und die Leichtlebigkeit. Sicher hätte sich auch Eleonora für ihren Zweitgeborenen gewünscht, dass er eine Familie gründete. Aber es ging nicht immer nach den Wünschen der Eltern. Und jeder musste selbst entscheiden, was im Leben wirklich zählte.

Dass sie Klara bereits geschrieben hatte, wie gern sie nach Waidbach zurückkehren würde, behielt sie lieber für sich. Sie wollte Matthias nicht das Gefühl geben, über seinen Kopf hinweg zu entscheiden. Alleine umzuziehen kam für sie nicht in Frage. Ohne Matthias würde sie nirgendwohin gehen, selbst wenn das bedeutete, dass sie den Rest ihres Lebens in Kummer und Sehnsucht verbrachte.

»Ich liebe dich, Eleonora«, sagte Matthias und küsste sie. »Ich will, dass du glücklich bist.«

8

Waidbach, Sommer 1803

Amelia drückte sich gegen die Hauswand aus roh gezimmertem Holz und versuchte, lautlos zu atmen. Das Fenster zur Küche stand offen. Erneut spähte sie hinein. Da hockten sie am Tisch wie eine Familie: Johannes Schaffhausen, sein Sohn Frieder und – Mathilda.

Die beiden Männer griffen kräftig bei der Suppe und den Gurken zu, die Mathilda ihnen gebracht hatte. Zwischendurch nahm Johannes mit einem Lächeln immer wieder Mathildas Hand. Einmal hauchte er sogar einen Kuss in ihre Handinnenfläche, als verehrte er sie wie eine Heilige. Lachen und friedvolles Geplauder drangen nach draußen und mischten sich mit dem Brausen des Windes, der durch das Salzkraut rund um das Dorf strich. Von drüben am Marktplatz erklang das Hämmern aus der Schmiede, aus dem Schulhaus wehten die hellen Stimmen singender Kinder.

Schon oft war Amelia Mathilda heimlich gefolgt, wenn diese sich zu den Schaffhausens schlich. Was zog Claudius' Frau zu den zweien?

Wie gelöst und glücklich sie hier wirkte, ganz anders als in ihrem eigenen Haus, aus dem Amelia schon häufig erbitterten Streit gehört hatte.

Amelia trieb sich in ihrer freien Zeit oft auf Schleichwegen im Dorf herum. Sie hatte sich zu einer Schattengestalt entwickelt, die kaum ein eigenes Leben führte, sondern sich insgeheim mit dem Alltag der anderen beschäftigte. Ihr Lieblingsplatz war eine Mauer hinter der Schmiede, wo sie sich verstecken und Claudius beobachten konnte, wie er an den heißen Tagen in seinen Beinlingen und der Schürze über seinem nackten Oberkörper Messer, Werkzeuge, Hufe und Nägel aus der glühenden Asche hob und mit einem Hammer bearbeitete. Sie liebte es, wie sich sein schweißnasses Haar im Nacken kräuselte, das Spiel seiner Muskeln unter den Schulterblättern, wenn er zuschlug.

Amelia liebte alles an ihm.

Die Geschichte ihrer Gefangenschaft und der gemeinsamen Flucht vor den Kirgisen hatte sich für alle Zeit in ihre Seele gebrannt. Niemals würde sie einen anderen Mann so lieben wie ihren Retter Claudius. Sie war damals erst zehn gewesen und hatte ihre starken Gefühle für ihn nicht einordnen können, aber sie war herangewachsen, zur jungen Frau erblüht. Mit den Jahren wuchs die Gewissheit, dass es Liebe war.

Die unglücklichste Liebe im russischen Reich, vermutete Amelia.

Claudius gehörte zu Mathilda. Vor seiner Gefangenschaft und danach erst recht. Mathilda hatte treu auf ihn gewartet, obwohl sie nie sicher sein konnte, ob er tatsächlich zurückkehrte. Und Claudius hatte nur die Hoffnung in die Kolonie zurückgezogen, dass dort seine Verlobte auf ihn wartete.

In den ersten Jahren hatte Amelia begonnen, sich damit abzufinden, dass ihre Zuneigung für immer unerwidert bleiben würde. Wenn überhaupt, dann empfand Claudius für sie brüderliche Gefühle, aber als Frau nahm er sie nicht wahr. Im Dorf tuschelte man, dass er Mathilda auf Händen trage vor Glück.

Später aber lästerte man darüber, dass sich kein Nachwuchs bei den beiden einstellen wollte, und zeitgleich wandelte sich die Stimmung im Hause von Claudius und Mathilda. Amelia auf ihrem Lauschposten erlebte das hautnah mit. Nicht, dass sie den beiden Unglück wünschte, aber wenn sie sich auseinanderlebten, bedeutete das nicht eine Chance für sie?

An diesem Nachmittag, als sie Mathilda so einträchtig bei den Schaffhausens beobachtete, beschloss Amelia, Claudius endlich zu zeigen, was sie für ihn empfand. Sie hatte nicht die geringste Ahnung, ob er ihre Gefühle erwiderte, aber er musste wissen, dass es in Waidbach eine Frau gab, die ihr Leben für ihn geben würde. Er musste wissen, dass eine Zukunft jenseits seiner Ehe mit Mathilda auf ihn wartete. Vielleicht fasste er dann den Mut, sich von seiner Frau zu trennen, die mehr in der Nachbarschaft als in ihrem eigenen Zuhause anzutreffen war, die immer wieder allein nach Saratow reiste und die nicht imstande war, ihm Söhne und Töchter zu gebären.

Die hölzerne Flügeltür zur Schmiede stand weit offen, das Klimpern und Hämmern drang bis auf die Straße. Hitze flirrte heraus, Rauch kräuselte sich aus dem Schornstein in den mattblauen Himmel. Amelias Herz klopfte in einem schnellen Rhythmus.

Sie trat näher und linste um die Tür herum in das Dunkel des Gebäudes. Claudius stand in der Mitte am Feuer und zog gerade mit einer Zange eine glühende Eisenstange hervor, die er auf einen Amboss warf, um sie mit dem Hammer zu bearbeiten. Einer seiner Helfer presste den Blasebalg, der das Feuer aufheizte, ein anderer band sich gerade die Schürze los. Sie würden die Arbeit für heute beenden, aber wie Amelia wusste, blieb Claudius länger als seine Helfer. Weil ihn nichts nach Hause zog?

Die Wolke aus Ruß und Männerschweiß verschlug Amelia fast den Atem. Aber sie sammelte sich und trat schließlich hervor. Die beiden Helfer grinsten in ihre Richtung. Claudius wandte sich ihr zu. »Gott zum Gruß, Amelia.« Nicht ungewöhnlich, dass sich Besucher zu einem Schwatz in die Schmiede verirrten. Die meisten hielten es allerdings in Hitze und Rauch nicht lange aus.

War sein Lächeln besonders warmherzig? Glitzerten seine Augen? Amelia hätte viel darum gegeben, Claudius' Gedanken lesen zu können. Selbstverständlich bedeutete sie ihm mehr als die anderen Dorfbewohner, wie sollte das anders sein nach dem Abenteuer, das sie gemeinsam durchgestanden hatten? Aber sah er in ihren Augen die Zuneigung und Zärtlichkeit?

Claudius' Helfer hoben die Hand und stapften aus der Schmiede. »Morgen in alter Frische, Männer!«, rief Claudius ihnen hinterher.

Dann waren Claudius und Amelia allein. Amelia hob sich mit einem Satz auf die niedrige Mauer, die das Lager von der Werkstätte trennte. Sie ließ die Beine baumeln. Claudius hatte zu pfeifen begonnen, ein deutsches Lied, wie die Alten es den Jungen in der Kolonie beibrachten. Als Kind hatte Amelia selbst gern gesungen. Alles vorbei und vergangen.

»Na, so missmutig, Ammi?« Claudius zwinkerte ihr zu. Er war der einzige Mensch auf der Welt, der sie bei diesem Kosenamen nannte. Amelia lauschte dem Klang seiner Stimme hinterher, die sich mit dem Zischen und Knacken der brennenden Holzscheite und dem stetigen Klopfen des Hammers mischte.

»Nicht wenn ich bei dir bin«, erwiderte sie.

Claudius warf Sand über die Feuerstelle und hängte den Hammer an den dafür vorgesehen Haken. Er band sich die Schürze ab und trat an den Wasserbottich. »Ich freue mich auch immer, dich zu sehen«, sagte er unbekümmert. Dann wusch er sich die Hände und warf sich prustend Wasser ins Gesicht, auf den Hals und die Brust.

Amelia beobachtete jede Bewegung, jedes Muskelspiel. Was für ein Bild von einem Mann. Aber selbst wenn er buckelig und warzig wäre, würde sie ihn vermutlich lieben. Was sie für ihn empfand, ging über die bloße äußere Anziehungskraft weit hinaus. Für Amelia fühlte es sich an, als wären ihre Seelen für immer und einen Tag miteinander verbunden.

Sie schluckte, als er auf sie zutrat. Seine Zähne leuchteten strahlend weiß in seinem stoppelbärtigen Gesicht. Die Haare standen in alle Richtungen vom Kopf ab, während er sich mit einem schwarzfleckigen Leintuch trockenrubbelte.

Sie sah zu ihm auf, als er direkt vor ihr stand. Er fasste ihr ans Ohr und zog daran. »Du bist hübscher, wenn du lächelst«, sagte er dabei.

Amelia befreite sich mit einem Ruck. Sie hasste es, wenn er sie behandelte wie eine Göre. »Warum sollte ich mich bemühen, hübsch zu sein, wenn du es sowieso nicht siehst?«, erwiderte sie mutig.

Claudius stutzte und kniff dann ein Auge zu, während er sie betrachtete. »Du wirst für mich immer der kleine Wildfang sein, der mit mir vor den Kirgisen geflohen ist. Weißt du noch, wie du auf mich losgegangen bist, als du geglaubt hast, ich hätte dich vergessen?« Er stieß ein Lachen aus, aber Amelia spürte jetzt noch überdeutlich das Gefühl von Verlust und Verrat, als Claudius seinen ersten Fluchtversuch ohne sie unternahm.

»Du *hattest* mich vergessen«, erwiderte sie kühl, bevor ihr Blick wieder zärtlich wurde. »Aber nur einmal.«

»Ich danke dem Herrn, dass wir es geschafft haben. Es ist vorbei und vergessen«, sagte Claudius.

»Für mich nicht«, erwiderte sie, sprang von der Mauer und stellte sich dicht vor ihn. Er wich nicht zurück, sah auf sie herab. Staunen zeichnete sich auf seiner Miene ab. »Ich denke Tag und Nacht daran, was wir miteinander erlebt haben, Claudius.«

Er fasste sie an den Schultern und drückte ihr einen Kuss auf die Stirn. Aber das war nicht das, was Amelia wollte. Einen Wimpernschlag später hatte sie sich ihm an den Hals geworfen. Sie schmiegte sich an ihn und barg ihren Kopf an seiner Brust.

Claudius erwiderte ihre Umarmung, erst zögernd, dann innig. Durfte sie sich wirklich Hoffnung machen? Sie fühlte ihn von der Brust bis zu den Zehen und atmete tief ein, um dieses Gefühl auszukosten. Seine Hände glitten streichelnd über ihren Rücken, für einen Moment drückte er das Gesicht in ihre Halsbeuge und atmete den Duft ihres Haares ein.

»Ach, Claudius«, seufzte Amelia. »Weißt du es wirklich nicht? Weißt du wirklich nicht, dass ich dich liebe, seit ich ein Mädchen war? Niemals werde ich einen anderen Mann so lieben wie dich, Claudius.«

Claudius verharrte in der Bewegung, löste sich eine Handbreit von ihr, um ihr ins Gesicht zu blicken. Sie versuchte in seiner Miene zu lesen, entdeckte aber weder Freude noch Ablehnung. Nur Verwirrtheit und etwas wie Trauer.

»Warum sagst du das jetzt? Warum bist du nicht viel früher zu mir gekommen?«, fragte er.

»Hätte es was genutzt? Du bist ein verheirateter Mann, du hast nie einen Zweifel daran gelassen, wie treu ergeben du Mathilda bist. Das ist es, was dich ausmacht, Claudius. Einer der Gründe, warum ich dich liebe, ist deine Zuverlässigkeit und dass du zu deinem Wort stehst.«

»Ich habe immer geahnt, dass du mehr für mich empfindest, als du bereit bist zu zeigen, Amelia. Vielleicht … vielleicht habe ich es deshalb gespürt, weil du immer etwas Besonderes für mich warst. Aber ich kann diesem Gefühl nicht nachgeben. Es wäre nicht recht. Mathilda ist meine Ehefrau, in guten wie in schlechten Tagen.«

»Bist du glücklich mit ihr?«

Claudius schluckte. »Darum geht es nicht. Wer ist schon einfach nur glücklich. Ich habe ihr Treue bis ans Lebensende geschworen.«

»Und ist Mathilda glücklich damit?«, wagte Amelia zu fragen.

Claudius presste für einen Moment die Lippen aufeinander, sodass sie einen blassen Strich bildeten. »Ich weiß es nicht«, sagte er mit rauer Stimme und löste sich von Amelia. Er drehte ihr den Rücken zu, nahm sein Hemd von dem Haken, streifte es sich über den Kopf. »Dass unsere Ehe kinderlos geblieben ist, darüber zerreißt man sich im Dorf das Maul. Ich kann damit leben.«

Amelia hörte eine Verbitterung heraus, die ihr wie ein kaltes Messer durchs Fleisch fuhr. »Ich werde immer auf dich warten«, sagte sie und senkte den Kopf.

Da trat er wieder auf sie zu, riss sie an sich. Sie hob den Kopf, und im nächsten Moment lagen seine Lippen auf ihren. Sein Kuss war wild und überwältigend. Amelia klammerte sich an ihn wie eine Ertrinkende, erwiderte seine Liebkosung. Es war ein Kuss voller Schmerz über das, was nicht sein durfte, und voller Sehnsucht nach dem, was ihre Herzen sich wünschten.

Atemlos lösten sie sich voneinander. Amelias Lippen waren vom Kuss geschwollen, ihr Innerstes quoll über vor Gefühlen. Sie sahen sich in die Augen, versanken ineinander, aber die Zweifel in seinem Blick blieben. »Ich habe immer geglaubt, dass man nur einmal im Leben lieben kann«, sagte Claudius, während er ihr eine Strähne hinters Ohr strich. »Aber ich habe mich geirrt. Du bist wie ein Teil von mir, Amelia.«

Sie stellte sich auf die Zehenspitzen, um ihn erneut zu küssen. »Ich werde immer für dich da sein, Claudius«, sagte sie dicht an seinem Mund. »Ich warte auf dich.«

Erneut packte sie das Verlangen und ließ sie taumeln in ihrem Kuss. Amelia presste ihren Leib an seinen, wollte eins mit ihm werden.

Schwer atmend löste sich Claudius von ihr. »Ich brauche Zeit, Amelia«, brachte er schließlich hervor. »Ich will kein Mann sein, der seine Ehefrau betrügt. Ich könnte mich selbst nicht mehr im Spiegel ansehen.«

Amelia umfing sein Gesicht mit beiden Händen. »Wir haben alle Zeit der Welt, Claudius, jetzt, wo wir wissen, dass wir zusammengehören.«

Claudius biss sich auf die Lippen und nickte schließlich zögernd. Amelia sah ihm an, wie sehr er mit sich rang. Würde er seinem Herzen folgen? Oder blieb er seinem Eheversprechen treu?

Zum Abschied umarmten sie sich, dann eilte Amelia davon. Ihre Wangen glühten, ihre Lippen brannten, in ihrem Innersten loderten Flammen.

Sie hatten sich zueinander bekannt.

Nach all den Jahren.

Jetzt lag es in Claudius' Hand, wann sie ihre Liebe miteinander leben konnten. Amelia würde die Tage bis dahin zählen.

9

Waidbach im Dezember 1803

Die Kufen der Schlitten knirschten durch den verharschten Schnee, die Glöckchen am Kutschbock klimperten silberhell. Über die verschneite Steppenlandschaft spannte sich ein eisgrauer Himmel. Die kalte Sonne leuchtete schwach am Horizont. In der Ferne ragte der Kirchturm von Waidbach auf.

Matthias legte den Arm um Eleonora und drückte sie, um sie darauf aufmerksam machen, dass es nicht mehr weit bis zu ihrem Ziel war. In ihrer Droschke waren sie dick in Fuchspelze eingewickelt, sibirische Mützen wärmten ihre Ohren. Eleonora zog sich den Fellschal bis zur Nase hoch. Nur ihre Augen, blau wie Saphire, lugten hervor. Sie schimmerten hell in dunklen Höhlen.

Matthias litt, wann immer er seine Frau ansah. Wie klein sie geworden war, wie mager und gebrechlich.

»Wir haben es gleich geschafft, Liebling«, sagte er und küsste sie auf die Lider, als sie die Augen schloss. An den Fältchen, die sich an den Schläfen bildeten, erkannte er, dass sie lächelte. Sie nickte nur.

Durch die Fensterritzen und Türen der Droschke zog der eisige Winterwind. Ein Stück weit waren sie von Saratow aus über die gefrorene Wolga gefahren, bevor sie den Fahrweg in Richtung der Kolonien eingeschlagen hatten. In der ersten Stunde hatte Matthias sich aus dem Fenster gelehnt und zurückgesehen zu der Stadt, die dreißig Jahre lang ihr Zuhause gewesen war.

Als wäre es gestern gewesen, erinnerte er sich daran, wie er Weihnachten 1772 seine Frau davon zu überzeugen versuchte, dass sie nach Saratow ziehen mussten. Die Entscheidung war ihr so schwer gefallen. Schon einmal hatten sie eine Heimat hinter sich lassen müssen, als sie sich zu der Ausreise nach Russland entschlossen, und für entwurzelte Menschen wie sie war nichts wichtiger, als sich eine neue Existenz aufzubauen, die ihnen Sicherheit und Geborgenheit bot. Dies alles war Waidbach für sie gewesen, aber wären sie dort geblieben, hätten sie niemals den Wohlstand erreichen können, der in den letzten Jahrzehnten ihr Leben geprägt hatte. Nun, im Alter, erkannte Eleonora jedoch, dass es am Ende des Tages nicht um Wohlstand ging, sondern darum, die Zeit mit den Menschen zu verbringen, die einem viel bedeuten. Matthias konnte das nachempfinden, aber für ihn war stets Eleonora der Mittelpunkt gewesen. Wo sie war, ging es ihm gut. Und er war stolz auf das, was er in Saratow erreicht hatte. In seiner Tuchfabrik steckte all sein Ehrgeiz, all seine Tatkraft, die, wäre er in Waidbach geblieben, auf den Weizenfeldern verpufft wäre. In der Stadt konnte er sich entfalten, konnte zeigen, was in ihm steckte. Dies alles zurückzulassen bedeutete einen herben Einschnitt für ihn. Doch das Leuchten, das in Eleonoras Augen zurückgekehrt war, als er endlich dem Umzug zustimmte, entschädigte ihn für vieles.

In den letzten Wochen hatte er täglich Dispute mit Justus geführt. Sicher, Matthias schätzte seinen Zweitgeborenen als findigen Geschäftsmann und klugen Kopf, aber seiner Ansicht nach war ein Mann erst komplett, wenn eine Familie als Rückhalt zu ihm gehörte. Das sah Justus anders, und er ließ sich nicht um des lieben Friedens willen zu einer offiziellen Bindung überreden. Er würde sich diesbezüglich keine Vorschriften machen lassen und gedachte seine Eltern aus seinem Privatleben herauszuhalten.

Ausschlaggebend für Matthias' Einlenken war die Auftragslage, die Justus ihm in einem bemerkenswerten Vortrag präsentierte, nachdem er für einige Wochen nach Persien gereist war. Er hatte unzählige wertvolle Kontakte geknüpft, die besten Bedingungen ausgehandelt und ein Auftragsbuch voller neuer Lieferanten und Abnehmer präsentiert.

»Sieh doch ein, dass Justus die Firma in deinem Sinne fortführt«, hatte Eleonora ein ums andere Mal gedrängt. Matthias wusste, dass es ihr nicht nur darum ging, ihn im Alter zur Ruhe zu bringen. Ihr lag viel daran, ihrem Sohn eine Existenz zu übergeben, die ihn über kurz oder lang zu einem angesehenen Geschäftsmann aufsteigen ließe, sodass er sich aus dem Schatten der väterlichen Lichtgestalt befreien konnte.

Beim Abschied küsste sie Justus und wollte ihn gar nicht loslassen. Tränen rollten ihr über die Wangen. Eine Ära ging zu Ende, ein neues Leben begann.

Matthias' Abschied von seinem Sohn fiel kühler auch, doch auch er spürte die Enge im Hals. Wer wusste, wie lange es dauern würde, dies alles hier tatsächlich loszulassen.

»Ich danke dir für dein Vertrauen, Vater«, sagte Justus mit ernster Miene beim Abschied und drückte seine Hand. Matthias schaute ihm lange in die Augen und nickte dann mit zusammengepressten Lippen.

Ein Käufer für ihre herrschaftliche Stadtwohnung – für Justus allein war sie zu geräumig, er bezog lieber ein Appartement – fand sich innerhalb weniger Tage. Matthias konnte den Preis bestimmen, die Interessenten übertrumpften sich in ihren Geboten. Einen Teil der Möbel ließen sie zurück, aber persönliche Dinge – das kostbare Porzellan aus Meißen, Eleonoras Bibliothek, handbestickte Wäsche, Silberbesteck – verluden sie auf insgesamt fünf Schlitten, die von je einem Pferd gezogen wurden. In einer Reihe trabten sie hinter der Droschke her. Ihren Kutscher, einen jungen Russen mit breiten Wangenknochen und nussbraunen Augen unter dem Rand seiner Pelzmütze, nahm Matthias vorab ins Gebet und schärfte ihm ein, dass er eine schwerkranke Frau transportierte. Er möge sich mäßigen und die Pferde nicht in den gestreckten Galopp peitschen, den die Einheimischen grundsätzlich bei ihren Fahrten bevorzugten. Tatsächlich hielt der Mann die beiden Gäule in einem gemütlichen Trab. Hin und wieder brummte er ein Liedchen in wohlklingendem Bass.

Ihre leibeigenen Bediensteten hatten sie in gute Hände vermittelt. Dabei spielte nicht der Preis, den sie erzielten, die Hauptrolle, sondern das Umfeld, in das die Leute kamen. Sie sollten auch in Zukunft mit Respekt und Menschlichkeit behandelt werden. In Waidbach würden sie keine Diener brauchen, und das System der Leibeigenschaft hatten die Deutschen in ihren Kolonien sowieso nicht übernommen, wie so vieles andere, was sie in Russland befremdete.

Dass die Kolonien ihr Deutschtum nicht nur nicht vergessen hatten, sondern es noch lebten, war einer der Hauptgründe, warum es Eleonora so unwiderstehlich in ihre ursprüngliche Gemeinschaft zog.

Die meisten ihrer Sitten und Gebräuche hatten sich die Wolgadeutschen bewahrt. Auffällig war, wie viel Aufwand sie mit ihren Häusern und Einrichtungen betrieben. Den Wolgadeutschen ging ein sauberes Heim über alles, mehr noch als ein reinlicher Körper. Während die Russen ihre Zeit gern in Badstuben verbrachten, putzten und fegten und schmückten die Deutschen ihre Hütten. So waren fast sämtliche Kolonien zu reizenden Ortschaften herangewachsen, die sich vermutlich durchaus mit den Dörfern im Hessischen, im Bergischen oder im Hannoveraner Land messen konnten.

Russen und Deutsche hatten hier gelernt, nebeneinander zu leben und sich zu respektieren. Freundschaftliche Verhältnisse zwischen Einwanderern und Einheimischen fand man allerdings selten. Das verhinderte schon die Sprache. Den Deutschen fiel es schwer, das Russische zu lernen, und die Russen, die sich viel leichter mit dem Deutschen tun würden, sahen keine Notwendigkeit, die Sprache der Zugereisten zu erlernen.

Matthias selbst sprach Russisch, wenn auch nicht fließend. Justus war ihm da um Längen voraus, er verhandelte mit den einheimischen Geschäftsleuten genauso eloquent wie auf Deutsch oder Französisch mit den anderen. Allein deswegen schien es an der Zeit, ihm die Verantwortung zu überlassen.

Bei diesem Gedanken angekommen seufzte Matthias und strich sich mit der Hand über die Augen. Eleonora wandte sich ihm zu, musterte sein Gesicht. Schmerz schwamm in ihren Augen. »Du bereust es jetzt schon«, flüsterte sie erstickt.

»Nein, mein Liebling, nein.«

»Ich will mit dir gemeinsam wieder glücklich sein, Matthias.«

»Das werden wir, Eleonora. Ich habe gerade daran gedacht, dass es der richtige Entschluss war, die Firma Justus zu überschreiben.«

Ein Leuchten trat in ihre Augen. »Wirklich?«

Er nickte. »Es ist der rechte Zeitpunkt«, sagte er, »obwohl es mir schwerfällt, mich aufs Altenteil zurückzuziehen.«

Ein Schmunzeln kräuselte die Haut an ihren Schläfen. »Vor uns liegen noch viele gute Jahre, Matthias. Im Kreise unserer Verwandten und Freunde.«

»Wenn du nur bald gesund wirst«, fügte er bedrückt hinzu. »Hoffentlich behält der Arzt Recht und die Luftveränderung trägt zu deiner Genesung bei.«

»Davon bin ich überzeugt«, sagte sie, und so, wie sie es aussprach, keimte Hoffnung in ihm. Er mochte sich ein Leben ohne Eleonora nicht vorstellen.

»Hoooo«, erklang die Stimme des Kutschers vom Bock. Matthias und Eleonora flogen auf der Bank hin und her, als der Pferdelenker auf den letzten Metern doch noch an Fahrt aufnahm. Er sehnte sich offenbar genau wie seine Fahrgäste danach, anzukommen.

Matthias verzichtete darauf, ihn zu ermahnen, und steckte stattdessen den Kopf aus dem Fenster. Der eisige Wind ließ seine Augen tränen. Verschwommen erkannte er am Rand von Waidbach die Menschen mit ihren braungrauen Mänteln, den Kopftüchern, Mützen, Handschuhen und Stiefeln. Sie hatten sich trotz der Kälte versammelt, um sie willkommen zu heißen, stapften mit den Füßen, um sich aufzuwärmen. Die Kunde, dass die Eheleute Lorenz mit ihren hoch beladenen Schlitten gesichtet worden waren, musste sich wie ein Lauffeuer im Dorf herumgesprochen haben.

Matthias winkte ihnen zu. Die Waidbacher schwangen die Arme, Jubelschreie erklangen aus der Menge.

Die Fahrt verlangsamte sich wieder, als sie die Kolonie erreichten. Matthias ließ die Rechte ausgestreckt, die Menschen schüttelten ihm die Hand, strahlende Gesichter zwischen Fellen und Schals. Kinder sprangen um die Schlitten herum, als der Kutscher die Dorfstraße passierte und schließlich am anderen Ende vor einem neu gebauten Haus hielt, das sich in direkter Nachbarschaft zu einem Bauernhof befand.

Ihr Sohn Stephan hatte gemeinsam mit seinem Schwager Sebastian dafür Sorge getragen, dass es ihm und Eleonora bei ihrer Übersiedelung in die Kolonie an nichts fehlte. Als Matthias ausstieg und den Blick an dem Gebäude herauf und herunter gleiten ließ, zog ein Schmunzeln über sein Gesicht. Sie hatten gute Arbeit geleistet. Das Haus wirkte solide mit mehreren Fenstern in der Vorderfront und einer dunkelgrün gestrichenen Eingangstür. Matthias ging um die Kutsche herum, streckte sich und atmete durch, während Klara und Stephan Eleonora aus dem Wagen halfen. Er legte den Arm um seine Frau. »Da sind wir«, sagte er zu den Kolonisten.

Applaus brandete auf, dann drängelten sich die Menschen, um sie persönlich begrüßen zu dürfen: Stephan und seine Frau Charlotte umarmten sie, die Enkelkinder sprangen um sie herum und zupften an ihren Mänteln, eifrig um ihre Aufmerksamkeit bemüht. Eleonoras Schwester Klara liefen unablässig die Tränen über die Wangen vor Freude, ihr Mann Sebastian schlug Matthias auf die Schulter und verbarg seine Rührung in einem gemurmelten Willkommen. Pastor Ruppelin hob zu einer Willkommensrede an, bei der ihn der Dorfschulze Bernhard Röhrich unterstützte. Bernhards Frau Anja hielt sich die Hände vor dem Mund und schüttelte unablässig den Kopf, als könnte sie es nicht fassen, dass die beiden Verlorenen der ersten Generation heimgekehrt waren. Veronica von Kersen eilte mit einer Platte voller dampfender *Blinnsies* heran, die sie zur Begrüßung gebacken hatte, und Dorflehrer Anton von Kersen verteilte kleine Tonkrüge und ließ eine Flasche Wodka kreisen, aus der sich alle bedienten, um sich zuzuprosten. So standen die Kolonisten mitten im Schnee, lachten und plapperten alle durcheinander. Von der

Kälte spürten sie in diesen Minuten nichts. Die Wiedersehensfreude und das Zusammengehörigkeitsgefühl wärmte sie von innen.

»Ihr habt hier immer gefehlt«, rief Klara.

»Ohne euch waren wir nicht vollständig«, bestätigte Veronica von Kersen.

»Es ist gut, wenn man noch rechtzeitig zu seinen Wurzeln zurückfindet«, verkündete Pastor Ruppelin salbungsvoll.

»Aber jetzt lassen wir euch erst einmal ankommen«, erklärte Stephan. Matthias betrachtete seinen Sohn, dessen wettergegerbtes Gesicht und breites Kreuz von der harten Arbeit erzählten, die ein Wirtschaftshof, wie er ihn führte, mit sich brachte. Ein kraftstrotzender junger Mann, und das Blitzen in den Augen seiner Frau Charlotte, als er sie an sich zog, verriet, wie glücklich sie miteinander waren. Mit Wehmut erinnerte sich Matthias daran, wie er selbst mit Eleonora in diesem Alter um ihre Existenz gerungen hatte. Es waren harte Jahre gewesen, aber vielleicht die schönste Zeit seines Lebens, weil es immer nur besser werden konnte, nachdem sie das Schlimmste – die Umsiedelung – ja bereits hinter sich hatten.

»Schaut, hier haben wir das Haus für euch errichtet«, sagte Stephan und machte eine weit ausholende Geste in Richtung des schmucken Gebäudes. Die Menge trat zur Seite und gab den Blick frei auf den verschneiten Vorgarten und den dunkelrot gestrichenen Zaun, der sich bis hinter das Haus zog. Das Giebeldach war tatsächlich mit Ziegeln gedeckt, und aus dem Schornstein ringelte sich Rauch in den frostigen Himmel.

Matthias nickte ein paar Mal. Ja, sie machten es ihnen leicht, die Waidbacher, sich willkommen zu fühlen.

Eleonora weinte. Sie fühlte sich an wie eine Puppe in seinem Arm, schwach und dünn, und ihre Schultern zitterten. »Alles gut, meine Liebe?«, flüsterte er ihr ins Ohr.

Sie wischte sich mit der behandschuhten Hand über die Nase. »Ich bin so glücklich, wieder bei euch zu sein«, sagte sie mit erhobener Stimme, der man dennoch die Schwäche anmerkte.

Ihr Sohn Stephan war sofort an ihrer Seite, stützte sie am Ellbogen. Dann wandte er sich an die Willkommensschar. »Wir lassen meine Eltern jetzt erst einmal hier ankommen. Mein Mütterchen braucht Ruhe. Wir richten ein Fest aus, sobald sie sich eingerichtet haben. Wer hilft, die Schlitten zu entladen?«

Im Nu kam Bewegung in die Menge, viele tätschelten noch einmal Eleonoras Schulter, bevor sie sich daranmachten, die Kisten und Säcke von den Schlitten loszuzurren. Jemand kümmerte sich um die Pferde; den Kutscher, den sie hier *Jämpschik* nannten, führten sie in die Gaststätte am Gemeindehaus, wo ihm die Wirtsleute ein deftiges Mahl servierten.

Matthias nickte Stephan dankbar zu. Dann schritt er mit Eleonora auf ihr neues Zuhause zu.

Eleonora hatte recht gehabt. Von Anfang an. All der Wohlstand und Luxus in Saratow verlor an Bedeutung angesichts der Güte und Wärme der Menschen, die zu ihnen gehörten. Hier waren sie zu Hause. Hier würden sie die letzten Jahre ihres Lebens geborgen sein.

Das Haus war nach Art der übrigen Kolonistenbauten errichtet. Es reichte genau für zwei Bewohner: eine Schlafkammer, in der bereits ein hölzernes Bett stand, eine gute Stube und eine Küche um den mittig platzierten Ofen. An den Holzwänden klebte bunt gemustertes Papier, wie Eleonora mit einem Lächeln bemerkte, während ihre Enkelkinder Franz, Peter und Barbara um sie herumsprangen. Matthias und Sebastian holten den Hausrat herein, und ihre Schwiegertochter Charlotte bereitete mit Kissen und Laken das Bett vor.

Die Holzdielen blinkten sauber gefegt, in der Stube lag sogar ein blau gemusterter Webteppich. Vor den Fenstern hingen Gardinen im selben Muster. Sie hatten alles so hübsch wie möglich gestaltet. Im Geiste verteilte Eleonora bereits ihre eigenen Möbel, Kissen, Kerzenständer und Bilder in den Räumen. Es würde eng werden mit den Bücherschränken und Vitrinen, aber gemütlich. Über dem Ofen hingen Kirschbaumzweige, die in der

Wärme austrieben und wohl pünktlich zu Weihnachten in voller Blüte stehen würden.

Weihnachten in Waidbach. Ihr Herz schlug freudig bei dem Gedanken, aber in diesem Moment fühlte sie einen Hitzeschub durch ihren Körper jagen. Gleichzeitig fröstelte sie. Ihre Hände zitterten wie Zweige im Sturm.

»Spielst du mit uns, Babuschka?«, trällerte die dreijährige Barbara und zupfte an ihrer Hand.

Alles um Eleonora herum begann sich zu drehen. Sie wankte, suchte Halt.

»Mütterchen, komm schnell! Babuschka geht es nicht gut!«, rief der sechsjährige Franz, der mit seinem dunkelblonden Kraushaar dem Großonkel, seinem Namensvetter, wie aus dem Gesicht geschnitten war. Der alte Franz war schon lange gestorben, aber die Erinnerung an die erste Generation Aussiedler blieb.

Charlotte eilte mit schnellen Schritten zu Eleonora, packte sie an der Taille und führte den Arm der Kranken um ihre eigenen Schultern. So geleitete sie sie zum Bett, das nach Kernseife und Lavendel duftete, half ihr aus den Schuhen. Bis zum Kinn deckte Charlotte sie zu und streichelte ihr einmal über die Wangen. Ihre Hände waren schwielig und rau von der Arbeit auf den Feldern und mit dem Vieh, aber ihre Gesichtshaut schimmerte wie Samt. Eine starke junge Frau in der Blüte ihres Lebens.

Eleonora gelang ein Lächeln. »Danke, Charlotte, ich muss mich nur ein bisschen ausruhen. Die lange Reise, weißt du ...«

»Pssst«, machte Charlotte. »Du musst dich jetzt schonen. Ich lasse dich allein und bringe dir später eine Rindersuppe, damit du wieder auf die Beine kommst.«

Eleonora stieg das Würgen hoch beim Gedanken an Essen, sie wollte nur schlafen. Dennoch nickte sie dankbar.

Als sich hinter ihrer Schwiegertochter die Tür schloss, kam ihr der bange Gedanke, ob der Herrgott sie vielleicht hierher zurückgeführt hatte, um sie kurz nach der Ankunft sterben zu lassen.

Sie wollte leben.

Sie wollte Stunden in Gesellschaft ihrer Freunde verbringen, ihren Enkelkindern gemeinsam mit ihrer Schwester Klara Geschichten erzählen und Lieder vorsingen. Sie wollte die ersten Vorboten des Frühlings willkommen heißen und barfuß laufen, wenn die Sonne die Pfade erwärmte.

Bitte, Herr im Himmel, gib mir diese Zeit, betete sie, bevor sie in einen Schlaf der Erschöpfung fiel.

ZWEITES BUCH

Irrwege
1805–1806

10

Ellwangen, Württemberg, Juni 1805

»Folge deinem Herzen, Christian, hörst du? Werde glücklich, versprich mir das.«

Christian Walter beugte sich herab, um seine hochschwangere Frau zu umklammern. Josefine lag auf dem Sofa in der Wohnstube, ein Bein hing herab, ihr Bauch wölbte sich unter dem leinenen Kleid. Ihre Augen glänzten wie zwei dunkle Seen in ihrem bleichen Gesicht. Auf ihrer Stirn liefen Schweißperlen, die sich zu Rinnsalen verbanden und ihre Schläfen hinabrannen. Ihr dunkles Haar im Nacken und an der Stirn schimmerte feucht. Sie atmete mit geöffnetem Mund, die Lippen rissig. In diesem Moment verzog sich ihr Gesicht, als eine weitere Wehe sie zu zerreißen drohte. Hilflos hielt Christian ihre Hand, die ihn so hart umklammerte, dass die Knochen knackten. Er wünschte, er könnte mehr tun, als ihr nur die Hand zu reichen. Der Anblick seiner leidenden Frau fuhr ihm wie ein kaltes Messer durch die Brust.

Als die Wehe abebbte, tupfte er ihr mit einem feuchten Tuch über Stirn und Mund und küsste sie auf die Wange, während sie keuchend nach Luft schnappte. »Ich werde mit dir glücklich«, flüsterte er in ihr Ohr. »Mit dir und unserem Kind. Wir werden es Friedrich nennen, wenn es ein Junge ist. Ein Mädchen soll Marie heißen.«

Josefines Miene blieb unbewegt, während sie mit Panik in den Augen auf die nächste Schmerzwelle wartete. »Ich spüre es, Christian, so sollte eine Geburt nicht sein. Da stimmt etwas nicht.«

»Pst, Geliebte, es ist deine erste Geburt. Du kannst nicht wissen, wie es sein sollte. Es ist immer die Hölle, sagt man. Du wirst es durchstehen. Du bist kräftig und gesund. Unser Kind wird sich den Weg ans Licht der Welt erkämpfen. Es hat ein starkes Herz.«

Wieder verzogen sich die Züge der jungen Frau. »Wo bleibt die Hebamme bloß ...«, presste sie zwischen den Zähnen hervor, bevor ihre Worte in einen langgezogenen Schmerzensschrei übergingen.

Christians Nerven flatterten. In seinem Magen schienen Wespen zu rebellieren, hinter seiner Stirn stach ein Schmerz wie von tausend Nadelstichen. Es gelang ihm kaum, Ruhe und Gelassenheit auszustrahlen. Dabei war es wichtig, dass er für Josefine der Fels in der Brandung war, dass sie sich an seiner eigenen Kraft aufrichten konnte.

»Ich habe Ruppert schon vor einer halben Stunde geschickt. Er müsste jeden Augenblick mit der Hebamme zurückkommen. Gleich wird alles gut, Liebes.« Nichts würde gut werden, die Geburt hatte gerade erst begonnen, aber Christian war jede Floskel recht, um nur irgendetwas zu sagen und seiner Frau Hoffnung zu geben. Der vierzehnjährige Ruppert arbeitete seit wenigen Wochen als Lehrling im Schreinerbetrieb. Er war pfiffig und flink, er würde die Geburtshelferin schon heranschaffen.

Ein Knarren an den Eingangsdielen und das Klappen der Tür ließen Christian frohlocken. Endlich nahte Rettung! Er wusste zwar nicht, wie eine Hebamme seine Frau erlösen sollte, aber es würde eine Erleichterung sein, nicht mehr allein mit ihr auszuharren. Wenn er sich bloß nicht so entsetzlich machtlos fühlen würde! Ohne zu zögern hätte er die Schmerzen seiner Frau übernommen, wenn ihm jemand einen solchen Tausch angeboten hätte.

Er wandte den Kopf, als die Tür zur Wohnstube aufflog. Seine Kinnlade fiel herab, als er statt der Hebamme seine Schwester Elfriede sah. Ein graues Kopftuch rahmte ihr faltiges Gesicht mit der gebogenen Nase und den schmalen Lippen. An ihrem Ellbogen baumelte ein Korb. Reste von Federn und ein blutig getränktes Stück Papier wiesen darauf hin, dass sie auf dem Markt ein Huhn ergattert hatte. Lauchstangen und ein Brot ragten ebenfalls über den Rand des Weidenkorbes hinaus. »Geht's jetzt endlich los?« Elfriedes Stimme klang wie immer ein wenig zu schrill. Beim Sprechen mahlte sie auf eine spezielle Art mit dem Unterkiefer, wobei man ihre gelblichen unteren Zähen sah. Ihre kleinen hellbraunen Augen schossen Blitze in Christians Richtung. »Jetzt kannst du sehen, was du mit deiner Lüsternheit anrichtest«, zischte sie ihm zu. »Schau genau zu, wie dein Weib leidet. Dann überlegst du es dir vielleicht demnächst drei Mal, bevor du dich zu ihr ins Bett wirfst und ihr beiliegst. Für diese Qual seid nur ihre Kerle verantwortlich, weil ihr die Finger nicht von den Röcken lassen könnt.« Sie warf einen Blick auf Josefine, die sie mit weit aufgerissenen Augen anstarrte. Als sie den Mund öffnete, um erneut vor Schmerzen aufzuschreien, machte Elfriede auf dem Absatz kehrt und schlug die Tür hinter sich zu.

So war Elfriede, er kannte sie nicht anders. Und er war ihr trotz ihrer barschen Art zu großem Dank verpflichtet. Sie hatte ihm die Mutter ersetzt, die vor acht Jahren verstorben war. Damals war Christian selbst noch fast ein Kind gewesen mit seinen vierzehn Jahren. Elfriede hatte von Anfang an dafür gesorgt, dass ihr Zuhause am Marktplatz von Ellwangen ein warmer Ort blieb. Sie putzte und kochte, kaufte ein und kümmerte sich um ihn und den Vater, wenn sie kränkelten. Elfriede war in dieser Rolle aufgegangen. Christian und sein Vater waren Nutznießer ihres Fürsorgedrangs, obwohl von klein auf eine Unruhe in ihm brodelte, eine vage Ahnung, dass dies nicht alles im Leben sein konnte: das kleine Backsteinhaus, das immer nach Zwiebeln und Kohl roch, die Werkstatt mit dem satten Aroma von frischem Holz, Sägemehl und Leim. Je größer er wurde, desto enger schienen ihm seine Grenzen.

Als er älter wurde, kam ihm manches Mal in den Sinn, ob Elfriede nicht eine eigene Familie vermisste, einen Mann und eine Schar Kinder, aber er wagte nicht, die Schwester darauf anzusprechen, aus Angst, ihre Erwiderung könnte so grob ausfallen, dass er sich die Hände auf die Ohren pressen musste. Christian passte sich an; er wusste, wann es ratsam war, der Schwester aus dem Weg zu gehen. Von klein auf war er ein Meister darin, Konflikten aus dem Weg zu gehen, auch wenn ihm ein dumpfer Druck auf der Brust lastete.

An Josefine ließ Elfriede von Anfang an kein gutes Haar. Die Frau, die seit der Hochzeit mit Christian in ihrem Haus lebte, war ihr ein Dorn im Auge, ein Störfaktor in ihrem Hoheitsgebiet. Stets musste Christian Josefine besänftigen, seine Schwester brauche eben eine Weile, um sich an die neuen Verhältnisse zu gewöhnen, aber Josefine spürte, dass sie niemals die Achtung oder gar die Zuneigung ihrer Schwägerin erringen würde. Es war ein Graus, mit ihr unter einem Dach zu leben. Christian verzweifelte schier an der Rivalität der beiden Frauen und mühte sich ein ums andere Mal, zu vermitteln, doch vergeblich. Elfriede weigerte sich, auszuziehen. Sie empörte sich, als Christian ihr den Vorschlag unterbreitete, sie könne ein Haus am Ortsrand beziehen, wo sie ihre Ruhe hätte, und dass er ihr neues Heim von den Einnahmen aus der seit vielen Generationen im Familienbesitz befindlichen Schreinerwerkstatt finanzieren würde. Nein, Elfriede würde man aus diesem Haus mit den Füßen voran heraustragen müssen. Sie sah ihren Lebensmittelpunkt in diesem Fachwerkbau im Schatten der Kirche an dem belebten Marktplatz, um den sich allerlei Handwerker und Geschäfte angesiedelt hatten.

Als Josefine merkte, dass sie schwanger war, rang sie Christian das Versprechen ab, aus dem gemeinsamen Haus auszuziehen. Sie wollte ihr Kind nicht unter der Fuchtel dieser Frau großziehen, sie hielt es nicht mehr aus mit dieser keifenden Hexe!

Christian begann, auf dem Gartengrundstück hinter der Werkstatt die Stützpfeiler für ihr gemeinsames Haus zu errichten. Aber die Arbeit ging nur schleppend voran, in der Schreinerei herrschte dieser Tage viel Betrieb. Elfriede beobachtete den Hausbau missgünstig und sparte nicht an Unkenrufen und Verwünschungen.

Christian erschien zu diesem Zeitpunkt genau wie Josefine ein

Zusammenleben mit Elfriede nicht länger erträglich. Elfriedes rabenschwarze Laune verschlimmerte sich von Tag zu Tag. Aber mit Frau und Kind in einer noch kleineren Hütte hausen? Allein bei dem Gedanken zog sich eine Schlinge um seinen Hals, die ihm das Atmen erschwerte.

Jetzt hielt Christian seine Frau in den Armen, nachdem sie sich aufgerichtet hatte. Sie klammerte sich an seinen Hals, als eine weitere Wehe sie peinigte. Christians Blick ruckte zur Tür, als im Eingangsbereich Getrampel erklang. Dann stürzte Ruppert herein, mit hellroten Wangen, schwer keuchend, die lockigen fuchsfarbenen Haare standen ihm vom Kopf ab. Er trug noch die Schürze aus der Werkstatt. »Da bringe ich Euch die Hebamme, Meister.«

Hinter ihm trat die groß gewachsene, hagere Helena Jagt hervor. Sie trug ein schlichtes graues Kleid mit einer schmucklosen Bluse, die bis zum Hals zugeschnürt war. In der Rechten hielt sie eine lederne Beuteltasche mit Henkeln.

»Du bist zwei Wochen zu früh, Josefine«, begrüßte sie die Gebärende.

»Es tut so unselig weh«, heulte Josefine. »Hilf mir, Helena. Bitte hilf mir. Ich glaube, ich muss sterben.«

Ein Schreck fuhr Christian in die Glieder. Mit grützeweichen Knien erhob er sich, klammerte sich einen Moment an die Sofalehne, aus Angst, umzukippen. Helena nickte ihm zu. Dann tastete sie den Leib der Gebärenden ab, presste das Hörrohr auf die gespannte Bauchdecke und runzelte die Stirn. Ihr spitzes Gesicht wurde weiß wie Kreide.

»Was stimmt nicht, Helena?«, presste Christian hervor.

»Das Kind liegt falsch«, erwiderte sie ohne eine Spur von Regung in der Stimme. »Es muss sich in den letzten Tagen gedreht haben.«

»Was bedeutet das?«, fragte Christian tonlos.

»Das werden wir sehen«, presste die Hebamme zwischen zusammengebissenen Zähnen hervor. »Hilf mir, sie in den Schlafraum zu bringen. Und hol heißes Wasser und saubere Tücher.«

Erleichtert, endlich etwas tun zu können, hob er Josefine auf und trug sie nach nebenan, um sie auf das Ehebett zu legen. Die Hebamme ließ sich auf dem Bettrand nieder, während Christian davoneilte, um das Gewünschte zu besorgen.

Drei Stunden lang konnte Christian nichts anderes tun als zu warten. Die Schreie aus dem Schlafgemach brannten wie Glut in seinen Ohren. Als er es nicht mehr ertragen konnte, tappte er in die Werkstatt. Es war dunkel in dem Arbeitsraum, die Fensterläden geschlossen, das zweiflügelige Tor zum Marktplatz hin verriegelt.

Er schaffte es nicht, sich mit dem Sägen der Bretter, die er für die neue Kommode des Pfarrers brauchte, abzulenken. Die Schreie seiner Frau hallten bis zu ihm hinunter.

Dann plötzlich: Stille.

Christian hob den Kopf und lauschte. Aber er hörte nur sein eigenes Herz schlagen und das Getrappel von Pferdehufen draußen auf dem Kopfsteinpflaster. Er streifte sich die Handschuhe ab und eilte durch die Hintertür über die drei Treppen ins Haupthaus zurück. Freudige Erwartung durchdrang ihn. Hatte Josefine es überstanden? Würde er gleich seinen Sohn krähen hören?

Nein, im Haus war es still wie in einem Grab.

Regungslos blieb Christian vor der Tür zum Schlafraum stehen, die Hand an der Klinke. Da wurde sie von innen geöffnet und die Hebamme trat heraus. Christian wich einen Schritt zurück. Braune Schatten umgaben die Augen der Frau. Ihr Mund war verkniffen, in ihrer Miene lag Mitgefühl. Sie schluckte, als sie auf Christian zutrat und ihre dünnen Finger auf seine Schulter drückte. Sie fühlten sich an wie Vogelkrallen. »Es tut mir leid, Christian.«

Christian atmete schwer, er glaubte zu ersticken. Er starrte die Hebamme an.

»Sie haben es nicht geschafft«, sagte sie mit rauer Stimme. »Deine Frau und deine Tochter sind gestorben.«

Christian taumelte rückwärts, bekam den Stubentisch zu fassen und klammerte sich daran. Er kniff die Augen zu. Ein Traum, ein böser Albtraum, aus dem er gleich erwachen würde. Aber als er die Lider hob, blickte er in die tieftraurige Miene der Geburtshelferin.

Josefine und das Kind waren tot.

Christian und Josefine kannten sich von Kindesbeinen an. Sie hatten zusammen die Schulbank gedrückt, obwohl Christian zwei Jahre älter als sie war. Im Sommer sprangen sie durch die Felder und über die Bäche, im Winter rauschten sie mit den Schlitten, die Christians Vater in seiner Werkstatt herstellte, die Abhänge hinunter. So wie andere Jungen in seinem Alter einen besten Freund besaßen, war für Christian Josefine die einzige Vertraute. Die anderen ließen ihn in Ruhe, nannten ihn nur hinter seinem Rücken *weibisch*, wenn er mit Josefine durch die Straßen von Ellwangen lief. Abgesehen von seiner Schwester, die an keinem Menschen ein gutes Haar ließ, fanden aber später alle, dass sie beide ein wunderbares Paar abgaben. Es bestand nie ein Zweifel daran, dass sie irgendwann vor den Traualtar treten würden. Sie gehörten zusammen.

Die Freundschaft bekam allerdings einen Riss, als Christian sich mit siebzehn Jahren für das Militär zu begeistern begann. Josefine fühlte sich von den hölzernen Soldaten und Kanonen abgestoßen und fand es irrsinnig, sich ernsthaft damit zu beschäftigen. Sie brachte kein Verständnis dafür auf, dass Christian Zeit darauf verwendete, anstatt mit ihr zusammen die gemeinsame Zukunft zu planen. Etwas war in Christians Leben geplatzt, das nur ihm allein gehörte, etwas, das ihn von der weiten Welt träumen ließ und Visionen von Freiheit, Stärke und Triumphen heraufbeschwor.

Seine erwachende Vorliebe fürs Militär hing eng mit dem Aufstieg des größten Feldherrn zusammen, den die Welt nach Christians Überzeugung je gesehen hatte: Napoleon Bonaparte. Wie ein Schwamm saugte Christian alles auf, was über den Kaiser zu hören war und geschrieben stand. Er belauschte Soldaten, wenn sie sich über Napoleons Erfolge unterhielten, und verschlang alle Schriften, Zeitungen und Bücher, die Auskünfte über seine Kriegsstrategien enthielten. Allein dafür hatte es sich für Christian gelohnt, das Lesen zu lernen. In rauschhaften Tagträumen ritt er in den Armeen dieses Mannes und kämpfte in der Kavallerie für seine hehren Ziele.

Die wenigsten jungen Männer in seinem Alter teilten seine Kriegsbegeisterung; sie fürchteten den Tag, an dem die Wehrpflicht sie erfassen würde. Josefine wollte von blutigen Gefechten und übermenschlichen Triumphen nichts hören, und sein Vater … Nun, sein Vater war Christians schwerste Last in diesen Zeiten, in denen er sich Nacht für Nacht als Held auf den Schlachtfeldern wähnte und seinen achtzehnten Geburtstag herbeisehnte.

Der alte Gottlieb Walter hatte in den letzten Tagen des siebenjähriges Krieges in den Siebzigerjahren des vergangenen Jahrhunderts sein Bein verloren. Dass er versehrt heimkehrte, machte aus ihm einen verbitterten zornigen Mann, der für nichts inbrünstiger betete als dafür, dass die Menschen in Frieden miteinander lebten. In seinen Augen waren Kriege an allem Unglück der Welt Schuld. Auf dem Sterbebett 1799 umklammerte er die Hand seines damals sechzehnjährigen Sohnes: »Du musst es mir versprechen, Christian: Verlass Josefine niemals. Lass sie nicht allein, indem du auf die Schlachtfelder ziehst. Führt ein redliches Leben mit ihr hier in Ellwangen, bekommt Kinder und haltet euch von allem fern, das eurem Glück zuwiderläuft. Ich hätte damals nie in den Krieg ziehen dürfen. Ich hätte auf deine Mutter hören und daheim bleiben sollen. Vielleicht hätten wir dann ein gutes Leben gehabt.«

Christian erschrak angesichts der Verzweiflung im Gesicht seines Vaters. Er hatte gewusst, wie sehr der alte Gottlieb Kriege verabscheute, aber dass er zeit seines Lebens, von seinem letzten Gefecht schwer gezeichnet, unglücklich gewesen war, hatte er nicht geahnt. »Ich werde mich nicht drücken können, Vater. Ich bin verpflichtet, mich genau wie alle anderen dem Dienst zu stellen.« Er verschwieg, wie sehr er sich selbst danach sehnte. Wie sehr es ihn hinausdrängte aus der Stadt zu neuen Ufern.

Der Vater umklammerte seine andere Hand. »Du musst nicht gehen. Du warst immer ein schwächliches Kind. Erinnerst du dich an deine Hustenanfälle, bei denen wir fürchteten, du würdest uns unter den Händen ersticken? Ich habe einflussreiche Kontakte, ich habe bereits bei den Verantwortlichen der Rekrutierungsbehörde verbreitet, dass mein Sohn für den Dienst an der Waffe nicht geeignet sein wird.«

Christian schrak zusammen. »Du hättest mit mir reden müssen, Vater.«

Gottlieb schüttelte den Kopf, was ihn sichtlich schwächte. Die von Altersflecken übersäte Haut an seiner Stirn schimmerte schweißnass. »Du musst es mir versprechen, Christian. Zieh nicht in den Krieg, bleib bei Josefine. Führ die Werkstatt weiter und werde glücklich. Lass die Schwachköpfe sich krüppelig und tot schießen, aber bleib du daheim. Wenn sie dich einberufen wollen, sag ihnen, dass du keine gute Brust hast. Huste ein paar Mal, und sie werden sich an meine Worte erinnern. Sie werden dich freistellen. Du bist mein einziger Sohn, die einzige Freude in meinem Leben. Lass mich nicht in dem Wissen sterben, dass du deine Haut zu Markte trägst. Lass mich das Bild von dir und Josefine und wie ihr eure Familie gründet mit ins Grab nehmen. Nur um diesen Gefallen will ich dich bitten.« Seine Stimme versagte. Christian beugte sich über seine Hand, berührte sie mit der Stirn. »Ich will es dir versprechen, Vater«, presste er hervor und wischte sich eine Träne aus dem Augenwinkel, die nicht nur dem Schmerz über den Verlust des Vaters geschuldet war, sondern auch dem Abschied von seinem Traum.

Als sein Vater den letzten Atemzug tat, wusste Christian, dass sein Schicksal besiegelt war.

Nicht dass er Josefine, die Freundin aus Kindertagen, nicht innig liebte. Aber er hatte sich immer vorgestellt, dass sie daheim auf ihn wartete, während er endlich die Grenzen seiner Stadt hinter sich ließ, um ruhmreich über die Felder zu marschieren.

Als er zur Einberufung befohlen wurde, tat er gegen seine Überzeugung genau das, was sein Vater vorgesehen hatte. Er erklärte mit gepresster Stimme und einem kräftigen Husten, wie schwach er seit seiner Kindheit auf der Brust war und dass er dem Militär kein großer Kämpfer sein würde, sondern vielmehr eine Last, die die Kameraden zu tragen hätten. Vielleicht brachte er diese Scharade gegen seine Überzeugung hinter sich, weil die württembergische Garnison ohnehin nicht die Einheit war, in die es ihn mit aller Macht zog. Sein Wunsch war es immer gewesen, unter dem Befehl Napoleons zu stehen. Seine Vorbilder waren die großartigen Züge eines Alexander, eines Hannibal und eines Julius Cäsar, in deren Nachfolge er Napoleon sah. Er wollte denselben Boden berühren, auf dem die großen Männer der Vorzeit einst gewandelt waren, den siegreichen Adler Napoleons bis an das Ende der Welt tragen.

Von Anbeginn hatte Christian den Aufstieg des Kaisers verfolgt: Wie die Franzosen unter seiner Führung beim Italienfeldzug die Gegner schlichtweg überrannten. Schon damals zeichnete sich ab, dass Napoleon nicht nur im Militär, sondern auch in der Politik eine entscheidende Rolle spielen würde. So hatte er etwa in den deutschen Landen aus vielen kleinen Herrschaften größere, mächtigere Staaten erschaffen wie Bayern, Westfalen, Hessen-Darmstadt, Württemberg und andere. Seine Entschlussfreude, seine Popularität, seine Genialität – Christian hatte die Berichte und die Propaganda in den Zeitungen mit wachsender Ehrfurcht gelesen. Später die Expedition nach Ägypten, bei der Napoleon zwar hohe Verluste hinnehmen musste, die aber dennoch seinen immensen Mut und eine Geisteshaltung bewies, die weit über die Grenzen des eigenen Landes hinausreichte. Wie gern wäre Christian damals schon Teil der Truppen gewesen, hätte die Schlacht bei den Pyramiden miterlebt und wäre mit den Kameraden in Kairo einmarschiert. Die Welt war so unendlich groß und bunt und vielfältig, und er versauerte hier in seiner Schreinerwerkstatt, gebunden an das Versprechen, das er seinem Vater am Sterbebett gegeben hatte. Sicher, Josefine war ein wundervolles Weib, aber das wäre sie als Soldatenfrau ja auch. Christian führte nicht das Leben, das er sich wünschte, verwickelt in einem Netz aus familiären Verpflichtungen.

Er berauschte sich im stillen Kämmerlein an den Schilderungen, die allerorten zu hören und zu lesen waren, nachdem Napoleon mit dreißig Jahren als erster Konsul faktisch zum Alleinherrscher wurde und seine Macht ausbaute. Wie er mit seiner Armee nach dem Vorbild Hannibals über die Alpen marschierte, mit welchem Trotz er sich selbst zum Kaiser krönte. Da zitterten die anderen Großmächte, allen voran England und Russland, rüsteten auf und fürchteten, Napoleon wolle die Weltherrschaft an sich reißen. Aber für Christian gab es keinen Zweifel, dass der Kaiser sie verdient hatte. Er sehnte den Tag herbei, an dem die Welt Napoleon zu Füßen lag.

Ohne die mindeste Sorge, sein Leben zu verlieren, hätte sich Christian dem napoleonischen Heer angeschlossen. Nicht einmal zur Hälfte bestand die *Grande Armée* aus Franzosen. Spanier, Österreicher, Deutsche, Dänen, Holländer, Italiener, Polen traten als Söldner in die Dienste des Kaisers, alle in der Gewissheit, die Geschicke der Welt siegreich zu gestalten.

Wenn Christian nachts neben seiner Frau im Ehebett lag und nicht in den Schlaf fand, weil er einmal mehr von der vertrauten Unruhe ergriffen wurde, dann erwuchsen in seinem Verstand die Bilder, wie er sich die napoleonische Armee vorstellte: Er sah goldene und silberne Helme mit wehenden Pferdeschweifen, die blitzenden Säbel, das Gewimmel der Infanterieregimenter mit den voranschreitenden Musikchören. Trompeten schmetterten, Trommeln rasselten und dazwischen ertönten das Läuten aller Glocken, Kanonendonner und das Vivatrufen der Volksmenge, wenn der Kaiser in Sichtweite kam. Was gäbe er darum, ein Teil dieses Spektakels zu sein!

Mit Josefine sprach er selten über seine Träume. Sie dankte ihm, dass er die Rekrutierung in die württembergische Garnison abgewehrt hatte, und freute sich, wenn die Schreinerwerkstatt von der Auftragslage rund um das Kriegstreiben profitierte.

Transportkisten wurden täglich nachgefragt und sicherten der Familie das Einkommen. »So leistest du auch deinen Beitrag«, sagte sie nur halb im Scherz zu ihrem Mann, bevor sie ihn auf die Wange küsste.

Christian empfand es als demütigend und zynisch, aber er biss die Zähne zusammen und versuchte sich halbherzig mit dem Gedanken zu trösten, dass er sein Kind aufwachsen sehen würde, als Josefine ihm mitteilte, dass sie schwanger war.

Und nun waren beide tot, Frau und Tochter, und er fühlte sich wie gefesselt. Niemand war ihm mehr geblieben, nur seine herrschsüchtige Schwester, die darüber aufzublühen schien, dass sie ab jetzt allein das Regiment im Schreinerhaushalt führen durfte.

»Iss«, raunzte Elfriede Christian an, drei Monate, nachdem sie Josefine und das Kind beerdigt hatten. Christian starrte auf seine Holzschüssel mit den gebackenen Kartoffeln und Bohnen. Elfriede hatte einen Kanten Speck dazugegeben, weil sie hoffte, damit seinen Appetit zu wecken. Sie mühte sich redlich, Christian ins Leben zurückzuholen, und fand offenbar, die Zeit sei reif für ein Ende der Trauer.

Sie ahnte nicht, wie es tatsächlich in Christian aussah: Natürlich vermisste er seine Frau, sie fehlte ihm nachts im kalten Bett, und ihr Lächeln hatte seine Tage versüßt. Nun war sie fort, und mit ihr schienen das Licht und die Wärme aus seinem Leben verschwunden zu sein.

Während er auf seine Mahlzeit starrte, fiel von draußen ein gleißender Strahl herein, als die Sonne sich zwischen den dunklen Wolken hervorkämpfte. Vom Marktplatz unten drangen die Marschschritte einer Truppe, das Säbelklirren und Pferdegetrappel zu ihm herauf. Vereinzelt erklangen Jubelrufe und übermütiges Grölen. Und auf einmal wusste Christian, was er tun musste, wenn er noch am Leben teilhaben wollte.

Was hatte er seinem Vater versprochen? Er würde Josefine nicht allein zurücklassen, um in den Krieg zu ziehen. War er da noch länger an sein Versprechen gebunden, nun, da Josefine nicht mehr unter den Lebenden weilte?

Er schob mit einem geräuschvollen Kratzen die Holzschüssel von sich und hob mit einem Ruck den Kopf. Eine Strähne seiner sandfarbenen, halblangen Haare fiel ihm in die Stirn; er strich sie mit einer energischen Bewegung weg.

Elfriede, die am Feuer die Reste aus dem Topf kratzte, um sie für das Nachtessen bereitzustellen, fuhr zu ihm herum. Sie sah aus wie ein Raubvogel, der zum Angriff überging, noch bevor Christian den Mund aufgemacht hatte.

Christian hielt ihrem Blick stand. Auf einmal loderte ein Feuer in ihm, das ihn mit Kraft erfüllte, ein Hunger, der nichts mit Kartoffeln oder Graupensuppe zu tun hatte. Seine Zukunft lag klar umrissen und leuchtend vor ihm. »Ich werde mich Napoleons Armee anschließen«, sagte er.

»Das kannst du nicht tun!«, keifte Elfriede, wischte sich die Hände an ihrer Schürze ab und trat mit zwei schnellen Schritten auf ihren Bruder zu. Sie packte ihn an den Schultern, schüttelte ihn. »Du hast es Vater versprochen! Du hast dein Versprechen gegeben, dass du deine Haut nicht zu Markte tragen wirst wie all die anderen, mit deren Blut die Schlachtfelder getränkt sind.«

Christians Miene versteinerte. Er hatte gewusst, dass Elfriede sich gegen seine Entscheidung stemmen würde, aber dies war der erste Kampf, den er gewinnen musste. Es gab kein Zurück mehr für ihn. »Ich habe ihm versprochen, Josefine nicht allein zu lassen. Daran habe ich mich gehalten. Jetzt bin ich frei, zu tun, wovon ich mein Leben lang geträumt habe.«

»Und was ist mit mir? Mich darfst du so einfach allein lassen?«, schrie Elfriede verzweifelt. »Was soll ich hier ohne dich?«

»Ich bin nicht für dein Glück verantwortlich, Elfriede. Ich hinterlasse dir die Werkstatt, die wird dein Auskommen sichern. Such dir einen fleißigen Gesellen, der die Schreinerei übernimmt, oder verkaufe sie. Von dem Geld wirst du ein ruhiges Leben führen können. Das ist mein Abschiedsgeschenk an dich. Ich werde nichts mehr brauchen, wenn ich hinaus in die Welt ziehe.«

»Aber … aber sie werden dich nicht wollen! Du bist nicht so kräftig wie die anderen!«, machte sie einen letzten verzweifelten Versuch, ihn zum Bleiben zu überreden.

Christian erhob sich. »Doch, sie werden mich wollen. Napoleons Armee braucht jeden Mann, der bereit ist, für die große Sache zu kämpfen. Napoleon wird keinen treueren, ergebeneren Soldaten in seinen Truppen haben als mich.«

Tränen sprangen aus Elfriedes Augen, doch als sie Christian an sich drücken wollte, wich er zurück, weil es sich anfühlte, als wollte sie ihm Fesseln anlegen. Christian straffte die Schultern und reckte die Brust. Stolz durchdrang ihn wie ein helles Licht, das ihn von innen heraus zum Glühen brachte. Endlich würde er das Leben führen, zu dem er bestimmt war. Er wusste, er würde seiner Schwester und seiner Heimat keine Träne nachweinen.

Und Christian behielt Recht: Als er sich in der französischen Garnison meldete, nahmen die Formalitäten nur wenige Stunden in Anspruch, dann war aus dem Schreinergesellen aus Ellwangen der Infanteriesoldat Christian Walter geworden, der neben Kameraden aus ganz Europa marschierte.

Die Ausbildung ging zügig vonstatten. Im September auf dem Weg von Ellwangen in Richtung Ulm lernte Christian Disziplin, Gehorsam und auch, welche körperlichen Herausforderungen ihm abverlangt wurden beim Marschieren und Biwakieren im freien Gelände. Bereits bei dieser ersten Prüfung knickten manche ein. Christian nicht. Für Jammerlappen und Deserteure hatte er nichts als Verachtung übrig. Er selbst würde die Zähne zusammenbeißen und bis zum letzten Atemzug kämpfen.

Die Feinde des Kaisers arbeiteten an einer neuen anti-französischen Koalition. England und Russland hatten im April in St. Petersburg ein Abkommen gegen Napoleon beschlossen, und im August war Österreich dieser Koalition beigetreten. Diese Österreicher gebärdeten sich besonders dreist, fand Christian. Sie waren Anfang September in Bayern einmarschiert und bis Ulm an der Donau vorgerückt. In weiser Vorausplanung schickte Napoleon seine in Nordfrankreich und Belgien stationierten Truppen, die ursprünglich England angreifen sollten, an die österreichische Front. Er würde seine Dominanz an Land beweisen, wenn er schon die Schlacht von Trafalgar verloren hatte und zähneknirschend die daraus resultierende Vorherrschaft der Engländer auf See hinnehmen musste. Napoleon wandte sich also gegen die Österreicher, die sich genau wie Schweden und Neapel den Russen und Engländern angeschlossen hatten, um Frankreich auf die Grenzen von 1792 zurückzuwerfen. Die bewährte Taktik des Kaisers war es, die feindlichen Armeen voneinander zu trennen und nacheinander zu schlagen.

Christian war bereit. Mit Stolz erfüllte es ihn, als man ihn einkleidete und ihm eine Waffe gab. Die Uniform, obwohl nicht wirklich bequem, saß wie maßgeschneidert. Christian vertraute darauf, dass er sich an die *culotte*, das Unterzeug und die Gamaschen gewöhnen würde. Der Uniformrock wärmte leider den Bauch nicht, der nur von einer Weste geschützt wurde, aber beim strammen Marschieren würde er wohl kaum ins Frieren geraten. Am meisten beeindruckte Christian der mit Leder eingefasste zylindrische Tschako, der ihn größer und furchterregender wirken ließ. An den Füßen trug er genagelte Halbschuhe zum Schnüren, nur Offiziere und Kavallerie besaßen Stiefel. In seinem Tornister befand sich ein zweites Paar Sohlen, außerdem drei Paar Socken, Nähzeug, zwei Hemden, eine Unterhose, Gamaschen, Rasierzeug, Essbesteck, ein Taschenmesser, ein Kamm, ein Holzteller, ein Zinnbecher, Pfeife und Tabaksbeutel. Das Gewehr an seiner Schulter blitzte im Sonnenschein.

Er lernte, in Reih und Glied zu marschieren und auf Kommando mit den anderen Infanteristen Formationen zu bilden. Sie brachten ihm bei, wie das Bajonett zu benutzen war und wie er seine Muskete zu laden hatte. Sicher, manchmal ging es an die Nerven, stundenlang mit geschultertem oder angeschlagenem Gewehr zu stehen, und manch einer maulte vor sich hin. Aber Christian verlor niemals seine beherrschte Miene und die Freude darüber, der guten Sache zu dienen.

Mit Ehrfurcht blickte er zur blau-weiß-roten Trikolore, auf der ein Adler mit ausgebreiteten Flügeln zu sehen war, und ärgerte sich über die Spötter, die den mächtigen Raubvogel abfällig den »Kuckuck« nannten. Für Christian war die Regimentsfahne ein Symbol der Unbezwingbarkeit. Er würde sie bis zum Letzten verteidigen.

Es gefiel ihm, in einem Heer zu dienen, das den Namen *Grande Armée* trug. Das klang nach Stärke, nach Größe, nach Unbesiegbarkeit. In früheren Jahren waren die napoleonischen Truppen mit geografischen Bezeichnungen unterschieden worden: *Armée d'Italie, Armée du Rhin, Armée d'Angleterre*. Aber diese neue Kampfeinheit mit mehr als zweihunderttausend Soldaten war nicht nur zahlenmäßig die größte, sie würde auch zu Schlachten auf der ganzen Welt eingesetzt werden.

Er freute sich auf den Tag, an dem er von Napoleon persönlich gelobt werden würde und vielleicht würde er ihm sogar ins Ohr kneifen, was ein besonderes Zeichen von Anerkennung darstellte, wie die altgedienten, kampferprobten Soldaten – die Gascogner – grummelten.

Christian hegte von der ersten Stunde an, da er mit der Infanterie die Grenzen seiner Heimatstadt hinter sich ließ, keinen Zweifel daran, dass sie die Schlachten gewinnen würden. Und dann würde der Einnahme Wiens und später dem Siegeszug gen Osten nichts mehr im Wege stehen.

Neben sich links einen Holländer, rechts einen Italiener, marschierte Christian seinem ersten Kampf entgegen. Sein Gesicht leuchtete, seine Augen blitzten, das Gewehr an seiner Schulter richtete den Lauf wie ein Zeigefinger in den von Wölkchen betupften Spätsommerhimmel. Endlich war er da, wo er immer sein wollte. »Wohl auf, Kameraden, aufs Feld!«, fiel er in den Schlachtgesang der Truppe ein.

11

St. Petersburg, Sommer 1805

»Guten Abend, Maman.«

Christina schrak zusammen, als sie angesprochen wurde. In Gedanken versunken, den Blick auf das Straßenpflaster geheftet, ging sie vom *Modehaus Haber* zu ihrem Stadthaus wie an jedem Abend. Die Sonne stand noch hoch, aber die Zeit der Weißen Nächte war vorüber. Bald würde die Dämmerung über die Kirchtürme und Dächer der Stadt herabsinken, das Mondlicht die Newa versilbern und den Winterpalast in seiner ganzen Pracht zum Strahlen bringen.

»Alexandra.« Christina blieb stehen, mehr aus Reflex denn aus Freude über die unerwartete Begegnung.

Einen Moment lang musterten sie sich gegenseitig. Alexandras wässrig blaue Augen schimmerten über feisten Wangen. Den Mund hatte sie zu einem schiefen Grinsen verzogen. Es schien nicht direkt an Christina gerichtet, eher sah es aus, als wäre dies ihr alltäglicher Gesichtsausdruck. Die Miene einer verbissen strampelnden jungen Frau.

»Wie laufen die Geschäfte?«, erkundigte sich Alexandra und neigte den Kopf mit funkelndem Interesse im Blick.

Christina musterte ihre Tochter von Kopf bis Fuß. Seit sie in der Hauptstadt lebte, hatte sie mindestens noch zwanzig Pfund zugenommen, das vermochte selbst der Schnitt ihres eleganten Kleides aus rosa Seide nicht zu verhüllen. Kein Zweifel, Alexandra genoss das gesellschaftliche Leben am Zarenhof und zügelte sich nicht. Warum auch, da sie seit einigen Jahren mit dem Gardeoffizier Fjodor Michailowitsch verheiratet war. Christina hatte ihn bei einem Empfang in Zarskoje Selo, etwas außerhalb der Stadt, kennengelernt und gleich erkannt, dass dieser gutmütige

Kerl der Raffinesse ihrer Tochter nichts entgegenzusetzen hatte. Was die Auswahl ihrer Männer anging, waren sich Mutter und Tochter ähnlicher, als ihnen offenbar bewusst war. Ihre Gatten sollten vor allem dafür Sorge tragen, dass sie selbst alle Freiheiten genießen konnten. So hatte es Christina mit André gehalten, und so wiederholte es sich bei Alexandra und diesem Offizier. Zu ihrer Hochzeit im Spiegelsaal des Winterpalasts war Christina zwar geladen, um dem Klatsch und Tratsch keine weitere Nahrung zu geben, aber sie hatte einen Migräneanfall vorgetäuscht und sich entschuldigen lassen. Ihre dickliche, dünnhaarige Tochter im Brautkleid sehen? Felicitas Haber für die Ausrichtung des pompösen Hochzeitsfestes Respekt zollen? Niemals.

»Nun, ich will nicht klagen«, beantwortete Christina Alexandras Frage. »Die einzige Sorge bereitet mir der englische Markt. Wie es heißt, versucht Kaiser Napoleon die Briten von allem Handel abzuschneiden. Lässt sich Zar Alexander darauf ein, dann könnte das schlimme Folgen für den Welthandel haben.«

Die Herrschaft Zar Pauls hatte nur fünf Jahre gedauert. 1801 war er ermordet worden, was den Weg auf den Thron freigemacht hatte für Alexander, Katharinas Enkel, den die große Zarin von Anfang an als ihren Nachfolger favorisiert hatte. Alexander hatte nicht nur mit König Friedrich Wilhelm III. von Preußen einen Freundschaftsbund geschlossen, ihm traute man auch zu, Napoleon in seinem Machtstreben und seinen Restriktionen gegenüber der Seemacht England Einhalt zu gebieten.

Alexandra winkte ab. »Ach, was scheren mich die Engländer. Wir liefern inzwischen bis nach Asien. Dort hat Napoleon keine Macht.« Sie kam ein Stück näher heran, sodass Christina ihren Atem riechen konnte. Der Teegeruch aus ihrem Mund verursachte ihr Übelkeit. »Davon abgesehen, haben wir einen neuen italienischen Schneider, der die Mode der nächsten Saison bestimmen wird. Die russischen Damen stehen Schlange, um ihre Vorbestellungen aufzugeben.« Alexandra lachte gekünstelt.

Christina spürte den Stachel des Ehrgeizes, doch in der nächsten Sekunde fuhr ein schneidender Schmerz durch ihre Brust.

Sie krümmte sich für einen Moment. Als Alexandra nach ihrem Ellbogen greifen wollte, schüttelte sie sie ab. »Es geht schon, nur ein Muskelschmerz. Vermutlich habe ich etwas falsch gehoben.«

Alexandra sah ihr forschend ins Gesicht. Christina entdeckte darin nicht die Spur von Mitgefühl, sondern eher eine Art von Sensationsgier. Ob sie gleich zu ihrer Mentorin laufen und berichten würde, dass Christina kränkelte?

Christina richtete sich wieder auf. Gerade hatte ihr noch eine scharfe Erwiderung auf der Zunge gelegen, aber jetzt schien es der Anstrengung nicht wert. Wen interessierte es, ob sie einen Schneider aus Rom oder Florenz beschäftigten oder ob sie den Scheich von Persien einkleideten? Christina hatte stets auf allen Ebenen siegen wollen, aber inzwischen fragte sie sich, ob diese Art von Erfolgen wirklich so etwas wie Lebensglück bedeutete.

Sie lächelte ihre Tochter an, ohne Hohn, ohne Überheblichkeit. »Ich wünsche dir weiterhin viel Erfolg«, sagte sie. »Das Glück ist mit den Tüchtigen.« Damit nickte sie ihr zu und wollte weitergehen.

Alexandra hielt sie an der Schulter zurück. »Stimmt es, dass Daniel nach Amerika gegangen ist?«

Christina fühlte Schwindel hinter der Stirn, wie immer, wenn jemand sie daran erinnerte, dass Daniel nicht mehr da war. Sie sah ihrer Tochter in die Augen, und zum ersten Mal seit ihrer Begegnung erkannte sie darin einen warmen Schimmer. Eine Zeitlang hatten sie die Liebe zu Daniel geteilt, obwohl er nie einen Zweifel daran gelassen hatte, dass seine Liebe der Mutter gehörte, nicht der Tochter.

»Ja, es ist wahr. Und er kommt auch nicht zurück.« Sie befreite sich von Alexandra und schritt davon. In ihrem Rücken brannten die Blicke der Tochter. Christina fragte sich, was in ihrem Kopf vorging. Mitleid mit der Mutter, die um ihren langjährigen Freund und Geliebten trauerte, würde sie wohl kaum empfinden. Eher gönnte sie ihr einen solchen Verlust, wie sie ihr überhaupt alles Schlechte auf der Welt wünschte. Christina konnte es ihr nicht einmal verübeln.

Nie hatte sie ihrer Tochter einen Funken Liebe entgegengebracht. War das ein Wunder? Noch heute erinnerte sich Christina mit Grausen daran, wie das Kind entstanden war: aus einer lieblosen Beziehung zu dem alten Röhrich, damals in Hessen, als sie für sich und ihre Schwestern Klara und Eleonora sorgen musste und sich dem alten Flickschuster für Eier, Milch und ein paar Groschen hingab. Auf dem Weg nach Russland hatte sie die Schwangerschaft bemerkt. Von der ersten Sekunde an empfand sie das neue Leben, das in ihr wuchs, als Last. Alexandra kam mitten in der Steppe zur Welt, dort, wo jetzt die Kolonie Waidbach lag. Es war eine Erlösung für Christina, das ungeliebte Kind aus sich herauszupressen und es den anderen Frauen zu überlassen. Später war es ihr zu eng geworden in der Kolonie und sie floh nach St. Petersburg. Sie wusste noch, mit welch traurigen Augen Alexandra sie angeschaut hatte, als hätte sie geahnt, dass die Mutter sie im Stich ließ. Alexandra wuchs bei Christinas Schwester Eleonora in Saratow auf, doch als sie alt genug war, um sich an ihrer Mutter zu rächen, reiste sie ihr nach. Der Tag, als Alexandra ihr in ihrem Modehaus gegenübersaß und sie mit Briefen zu erpressen versuchte, in denen sie die wahren Gründe ihrer Hochzeit mit André schilderte, war als rabenschwarzer Tag in Christinas Lebensgeschichte eingegangen. All die Jahre ihrer Kindheit hatte Alexandra um Mutterliebe gebettelt; am Ende hatte sie zurückgeschlagen. Nun lebten sie seit mehr als zwanzig Jahren in der Metropole an der Newa als Konkurrentinnen auf dem russischen Modemarkt, nur wenige Häuser voneinander entfernt. Mehr als gelegentliche spröde Begegnungen verband Mutter und Tochter nicht.

Hätte es anders kommen können? Eine liebevolle Beziehung zwischen Mutter und Tochter?

Christina schüttelte den Kopf, während sie gleichzeitig aus ihrem Ridicule den Schlüssel für das Stadthaus zog. Sie war nicht zum *Mütterchen* geboren. Sie schlug aus der Art, wenn sie sich mit ihren Schwestern Eleonora und Klara verglich. Eleonora hatte schon immer ein Herz voller Liebe für alle Schwächeren und Schutzbedürftigen gehabt und ihren beiden Söhnen genauso viel Zuneigung und Wärme geschenkt wie ihrer Tochter Sophia und ihrem Pflegekind Alexandra. Und Klara hatte laufend Kinder geboren, die mit nackten schwarzen Füßen über die Pfade der Kolonie und das Steppengras streunten. Die Geburtsanzeigen waren im Lauf der Jahre bei ihr eingetroffen. Mehr als einen flüchtigen Blick hatte sie nie darauf geworfen, bevor sie sie in den Kamin warf.

Aus ihrer ursprünglichen Familie bedeutete ihr nur Eleonora etwas. Ihren Scharfsinn und ihre Gelassenheit hatte Christina immer mehr bewundert als ihr Charisma. Eleonora jetzt im Alter an ihrer Seite zu haben, ja, das hätte Christina gefallen. Vor zwei Jahren war Eleonora mit ihrem Mann aus Saratow in die Kolonie Waidbach zurückgekehrt, die sie vor fast vierzig Jahren gegründet hatten. Auch zu ihr nach St. Petersburg hätte Eleonora reisen können, sie hätte sie gern bei sich aufgenommen, aber das stand nie zur Debatte. Eleonora wollte im Alter dahin zurück, wo sie ihr Herz zurückgelassen hatte.

Eilfertig trippelte Anouschka heran, als die Herrin das Haus betrat. Sie nahm die Beuteltasche entgegen und wollte ihr den Umhang abstreifen, den sich Christina trotz der sommerlichen Temperaturen um die Schultern gelegt hatte. Doch Christina wies sie ab. In ihren Gliedern steckte seit einiger Zeit ein Frösteln, das sie beim leisesten Lufthauch zittern ließ. St. Petersburg war ein kälterer Ort geworden, seit Daniel vor zwei Jahren nach Amerika aufgebrochen war.

Im Kamin in ihrem Bureau gleich links neben dem Eingang brannten die Birkenscheite. Der Raum mit seiner Fensterfront auf den Newski-Prospekt war mit einem zierlichen Schreibtisch und zwei Kommoden nur spärlich eingerichtet. Nichts zog Christina in die Wohnräume in den oberen Etagen. Dort oben fühlte sie die Einsamkeit nur zentnerschwer auf ihrer Seele lasten; hier unten konnte sie sich zumindest mit der Buchführung und der Post ablenken.

Sie seufzte, als sie sich auf den Samtstuhl vor ihrem Schreibtisch fallen ließ. Der Rücken schmerzte, und wenn sie die Brust krümmte, fühlte sie einen dumpfen Druck an der linken Seite. Aber Christina ließ sich von solchen Unpässlichkeiten nicht beeinträchtigen. Sie würde heute, wie an jedem Abend, die Papiere sichten und ordnen und die Tageseinnahmen verbuchen. Die Begeisterung für den Modebetrieb und ihr Arbeitsfieber waren allerdings verflogen. Inzwischen empfand Christina all ihre geschäftlichen Tätigkeiten als notwendiges Übel. Die Freude am Geldverdienen war irgendwann einem Gefühl der Notwendigkeit und Selbstverständlichkeit gewichen. Es schien nichts mehr zu geben, für das es sich zu kämpfen lohnte.

Einige Male schon hatte sie abgewägt, ob sie die Geschäfte in die Hände ihrer langjährigen Mitarbeiterin Marija Tomasi übergeben sollte. Die zierliche Marija mit der spitzen Nase und den bezaubernden Grübchen besaß mit ihren fünfundvierzig Jahren alles, was eine Nachfolgerin benötigte: Disziplin, Erfahrung, Ansehen und Loyalität.

Aber was sollte dann aus ihr werden? Womit sollte sie die langen Stunden zwischen Sonnenaufgang und -untergang füllen? Nur ihre Geschäfte verliehen ihrem Leben Sinn. Mit Daniels Auswanderung war eine Leere eingekehrt, die sie an manchen Tagen in die Schwermut trieb.

Sie zog sich das silberne Tablett heran, auf dem Anouschka die Post abgelegt hatte. Rechnungen, Auftragsanfragen, Einladungen zu Bällen, in die Kunstkammer und zu einer Vernissage … Mit spitzen Fingern nahm sich Christina den untersten der Briefe. Ein dicker Umschlag aus billigem Papier, darauf in ungelenker Schrift ihre Adresse. Der Absender stammte aus Waidbach. Ihre Schwester Klara.

Christina betrachtete den Brief, hielt ihn sich an die Nase und meinte, den Duft von Heu und warmer Milch wahrzunehmen. Ein weiteres Enkelkind für Klara? Eine Taufe, eine Hochzeit, ein Todesfall in Waidbach? Dieser Brief in ihren Händen fühlte sich an wie ein Relikt aus vergangenen Zeiten, aus einem anderen Leben. Dennoch griff Christina nach dem silbernen Brieföffner und riss den Umschlag als ersten auf. Sie faltete die Seite gelbliches Papier auf, die Klara mühsam mit Worten gefüllt hatte. Lesen und Schreiben fiel ihrer Schwester schwer, wie Christina wusste. Es hatte nie die Notwendigkeit bestanden, ihre geistigen Fähigkeiten zu verfeinern. Klara brauchte keine gedrechselten Worte und keine Schönschrift in ihrem Leben. Ihre Hände waren zum Zupacken da, ihr Geist kreiste um nichts als die Versorgung ihrer Familie.

Christina strich sich eine der silbernen Locken, die sich aus ihrer gesteckten Frisur gelöst hatte, aus dem Gesicht und begann zu lesen.

Liebe Christina,
es ist nötig, Dir zu schreiben, obwohl ich es im Geheimen tue. Unserer Schwester Eleonora geht es leider sehr, sehr schlecht. Dr. Frangen hat sie angewiesen, das Bett nicht mehr zu verlassen. Nachts hustet sie sich die Lunge aus dem Leib, und tagsüber nimmt sie nicht mehr als ein dünnes Gemüsesüppchen zu sich. Ich bin in großer Sorge, und ich glaube, es ist richtig, Dich darüber in Kenntnis zu setzen. Eleonora ist auch Deine Schwester, und wie es scheint, sind ihre Tage gezählt. Sie hat mir verboten, Dir Bescheid zu geben, und will Sophia nicht unnötig in Sorge versetzen. Aber ich möchte gern Dir und unserer Nichte die Möglichkeit geben, eine eigene Entscheidung zu treffen. Ich fürchte, in meinem nächsten Brief werde ich keine guten Nachrichten mitzuteilen haben. Wir rechnen jeden Tag mit dem Schlimmsten.
In Liebe
Klara

Christinas Herz fiel in einen panischen Schlag, als bereitete sich ihr Körper auf drohende Todesgefahr vor. Einen Moment lang stierte sie aus dem Fenster, wo die Droschken vorbeiratterten und die Passanten geschäftig hin und her eilten. Die sinkende Sonne warf ein warmes Licht über die Prachtstraße. Ein Frösteln lief Christina über den Rücken und ließ ihre Hände zittern.

Bilder aus der Vergangenheit blitzten hinter ihrer Stirn auf. Wie sie mit Eleonora damals in Hessen am Webstuhl gearbeitet hatte, sie mit einem lustigen Lied auf den Lippen, Eleonora mit konzentrierter Miene. Die Tränen in Eleonoras Augen, als sie ihre Mutter beerdigten, ihr Tanz vor dem Häuschen, als sie erfuhren, dass sie nach Russland ausreisen durften.

Ohne das Für und Wider lange abzuwägen, wusste Christina sofort, was sie zu tun hatte. Keinen Tag länger würde sie vergeuden, um nicht zu spät zu kommen. Sie gehörte jetzt an die Seite ihrer Schwester. Und nicht nur sie.

»Anouschka!«, rief sie und zog gleichzeitig an dem Faden, der das Glöckchen im Salon bimmeln ließ. Trampelnde Schritte hallten im Flur, bevor das Mädchen die Bureautür aufriss. »Gib dem Stallmeister Bescheid. Er soll eine Droschke vorfahren. Ich muss zu meiner Nichte Sophia. Sofort.«

12

Waidbach, Sommer 1805

»Ich bin schwanger, Mama.«

Klaras Kopf ruckte hoch. Sie hatte in ihren Kräutertee gestarrt und darauf gewartet, was Luise ihr zu sagen hatte. Jeder Muskel in ihrem Körper war zum Zerreißen gespannt. Normalerweise ging ihre Tochter jeder Begegnung aus dem Weg, führte ihr eigenes liederliches Leben, ohne sich von Mutter oder Vater einschränken zu lassen. Nun hatte sie sie um ein Gespräch am Tisch gebeten und fiel sofort mit der Tür ins Haus.

»Herr im Himmel, das musste ja irgendwann soweit kommen!«, entfuhr es Klara. Zorn wallte in ihr auf wie lodernde Flammen. Als sie aufsprang, flog der Stuhl krachend zu Boden. Sie marschierte in der Küche auf und ab, während ihre ungezügelte Wut auf Luise einprasselte. »Seit Jahren verdrehst du den Kerlen im Dorf mit deinem koketten Augenaufschlag und deinen freizügigen Miedern den Kopf. Es war nur eine Frage der Zeit, wann sich einer das holte, was du allen versprichst.«

Luise hielt die Arme auf dem Tisch gekreuzt und bettete die Stirn darauf. An ihren bebenden Schultern erkannte Klara, dass sie lautlos schluchzte. Aber für Mitleid war in dieser Stunde wenig Platz in Klaras Herzen. »Wer ist denn der Kerl, der dir den Bastard angedreht hat?«, fragte sie voller Hohn. »Wird er dich heiraten?«

Luise schüttelte den Kopf, ohne ihn zu heben. Als sie aufsah, waren ihre Augen rot gerändert, ihre Lippen verquollen. Sie war kein besonders schönes Mädchen mit ihren dunkelblonden Haaren, den schmalen Gesichtszügen und dem leichten Überbiss. Aber welcher Mann brauchte einen Kussmund und seidige Wimpern, wenn ihn die Lust überkam? Luises Ruf im Dorf war bekannt, alle wussten, dass sie leicht zu haben war, und manch einer tobte sich nach einer Flasche Wodka und reichlich Bier auf einem der zahlreichen Dorffeste an einem verschwiegenen Plätzchen mit ihr aus.

In früheren Jahren hatten sowohl Sebastian als auch Klara mit allen Mitteln versucht, Luise von ihrem unschicklichen Treiben abzubringen. Wenn sie sie in ihr Zimmer einsperrten, entwischte sie nachts durch das Fenster, sobald das Lachen und Gläserklirren aus der Wirtschaft herüberschallte.

Und nun saß sie da mit einem Balg im Leib. Was erwartete sie? Hoffte sie, Klara würde das Kind mit durchfüttern? Nein, dazu war sie nicht bereit.

»Was soll ich denn jetzt tun, Mutter?« Luise schniefte und sah sie mit tränennassen Augen an.

Klara schob die Unterlippe vor. »Das hättest du dir früher überlegen sollen!«

»Ich wollte das nicht«, verteidigte sich Luise. »Ich wollte nur tanzen und ein bisschen Spaß haben, doch dann haben sie mich zu dritt in die Scheune gelockt, und da …«

»Drei Männer sind über dich hergefallen?« Klaras Herzschlag setzte für einen Moment lang aus. Im ersten Impuls wollte sie auf Luise einschlagen, aber dann beherrschte sie sich gerade noch rechtzeitig. In der Tiefe ihrer Seele liebte sie Luise genau wie alle ihre Kinder, obgleich sie es ihr schwer machte. Jetzt stand sie da, verloren ohne die Hilfe der Eltern.

Bis heute hatte Klara noch die Hoffnung gehegt, dass Luise irgendwann zur Ruhe käme, dass sie einen tüchtigen Kolonisten fände, der sie an die Zügel nahm und mit dem sie gemeinsam einen Hausstand hier im Dorf aufbauen konnte. Doch sie hatte sich getäuscht. Die drei Kerle würden damit prahlen, was sie mit Luise getrieben hatten, und würden ihr die Schuld dafür geben. Eine wie sie wollte es doch nicht anders und forderte die Männer heraus. Ja, so redeten die Leute.

Ob mit oder ohne Kind, Luises Ruf im Dorf war hinüber. Hier würde sie nie mehr über die Straße gehen können, ohne dass die Leute hinter ihrem Rücken lästerten. Die jungen Männer würden sie verspotten und ihr zweideutige Angebote machen, aber jeder würde einen weiten Bogen um sie machen, wenn es darum ging, sie zur Frau zu nehmen. Ihre Zukunft in Waidbach war verpfuscht. Und sie hatte es sich selbst zuzuschreiben.

Hatte Klara sich dafür ein Leben lang den Buckel krumm geschuftet, hatte sie dafür diese Kolonie zusammen mit den anderen aus der Gründergeneration erschaffen, dass ihre Kinder jeden Anstand, jede Tüchtigkeit, jedes Verantwortungsgefühl vermissen ließen?

Jäh hob sie den Arm, aber da spürte sie, wie ihr Handgelenk umfasst wurde, bevor sie zuschlagen konnte. Sie fuhr herum und blickte Sebastian in die Augen, der noch die Stiefel und die Jacke vom Feld trug. »Was tust du denn, Klara!«, herrschte er sie an.

Innerhalb eines Wimpernschlags verwandelte sich ihr Zorn in Traurigkeit. Sie flog Sebastian entgegen, umschlang seinen Nacken und weinte an den rauen Stoff seiner geflickten Jacke. Es fühlte sich tröstlich an, wie er ihre Umarmung erwiderte. Groß und kräftig ruhte seine gesunde Hand in ihrem Rücken, die verkrüppelte baumelte im Ärmel. »Luise erwartet ein Kind«, brachte Klara schließlich unter Tränen hervor.

Sebastian nahm die Nachricht und Luises Erklärungen mit unbewegter Miene auf. Ob er innerlich so gelassen war, wie er sich verhielt, bezweifelte Klara. Aber Sebastian war schon immer ein Meister darin gewesen, die Wogen durch seine ruhige Art zu glätten.

»Was willst du tun?«, fragte er am Ende. Luise war kein Kind mehr mit ihren zwanzig Jahren, andere Frauen in ihrem Alter hatten längst geheiratet und Familien gegründet. Auf einmal kam sie Klara vor wie eine Übriggebliebene, eine Außenseiterin, die keinen Platz in der Gemeinschaft mehr finden würde.

Luise zuckte die Schultern, ohne den Blick von ihrem Vater zu nehmen. Dabei liefen ihr die Tränen unablässig über die Wangen.

»Du weißt es nicht? Dann sage ich dir, was du tun wirst«, erklärte Sebastian. »Gleich morgen bringe ich dich nach Saratow. Es gibt da eine Frau, die helfen kann, die Schwangerschaft zu beenden, wenn sie noch nicht zu weit fortgeschritten ist.«

Klara holte zitternd Luft. Es tat gut, Sebastian an ihrer Seite zu haben, der mit nüchternem Verstand Auswege fand. Sie wischte sich mit dem Blusenärmel über die Augen und drückte das Kreuz durch. »Hier in Waidbach wirst du nicht mehr glücklich werden, Luise«, sagte sie. »Nicht nach diesem Vorfall. Ich werde mit Eleonora reden, ob sie dich als Hausmädchen an eine Bekannten in Saratow vermitteln kann.«

Luise biss sich auf die Lippen. »Ich will aber nicht weg von hier.«

Klara beugte sich vor. »Du hast keine Wahl, Mädchen. In Saratow einen Neuanfang zu machen ist deine einzige Chance. Hier in der Kolonie hast du alles verspielt.«

Sebastian nickte, griff aber gleichzeitig über den Tisch, um Luises Hände zu nehmen. Klara sah, dass die Finger ihrer Tochter zitterten.

»Geh jetzt auf dein Zimmer. Denk in Ruhe über alles nach. Morgen bringe ich dich in die Stadt.«

Luise machte runde Augen. Klara sah die Panik darin. »Morgen schon?«

Sebastian nickte. »Je eher, desto besser. Und jetzt geh.«

Luise gehorchte. Sie zog den Kopf zwischen die Schultern, als sie sich umwandte. Klara sah ihr mit wehem Herzen nach.

Für alle ihre Kinder war sie zeit ihres Lebens wie eine Glucke gewesen. Sie hatte sie gehätschelt, getröstet und gleichzeitig mit Liebe und Strenge erzogen. Sie hatte ihnen Arbeitsdisziplin beigebracht, Respekt vor den Alten und die Regeln des guten Benehmens. Immer hatten sie einen warmen Platz am Ofen und in den meisten Jahren genug zu essen gehabt. In den Hungerjahren verteilte Klara ihr eigenes Brot an die Kinder. Dies alles in der Gewissheit, dass ihre Nachkommen das Erbe übernehmen würden, das sie ihnen hinterließen. Doch die Kinder entglitten ihr.

Als einziger hatte Martin den Weg gewählt, den Klara für ihre Kinder vorgesehen hatte. Er hatte geheiratet, bewirtschaftete mit seiner Familie den Nachbarhof und war mit seiner Scholle verwachsen. Mit seinen Händen trug er zum Gedeihen der Kolonie bei. Solche Männer brauchte das Dorf. Es gab genügend Stinkstiefel, die tagaus, tagein mit der Pfeife im Mund und der Mütze auf dem Kopf auf der Bank vor dem Haus saßen und den lieben Gott einen guten Mann sein ließen. Und es gab die Trunkenbolde, die morgens schon der Stunde entgegenlechzten, wenn die Wirtshaustür entriegelt wurde, um sich zu besaufen. Martin und Sebastian gehörten nicht dazu.

Sebastian dachte noch lange nicht daran, sich zur Ruhe zu setzen. Er vollbrachte ohne Klagen sein Tagwerk. Andere Männer in seinem Alter ließen sich inzwischen von ihren Kindern ernähren. Manche vermieteten ihre Mädchen und Jungen als Knechte und Mägde, um von deren Verdienst zu profitieren.

Nun, sie selbst hatten auch eines ihrer Kinder »vermietet«, aber Henny brauchte von dem Geld, das sie vom Pastor erhielt, keine Kopeke abzugeben. Sie durfte alles selbst behalten, um sich die kleine Wohnung im Anbau des Pfarrhauses so schmuck wie möglich zu gestalten. Welch andere Freude sollte eine wie sie schon haben? Klara hatte nie erlebt, dass sich einer der jungen Kerle für Henny interessierte, und je älter sie wurde, desto geringer die Aussicht, dass sie einen fand, der sie trotz ihrer Taubheit zur Frau nahm. Klaras Herz blutete, wann immer sie an das einsame Leben ihrer zweitältesten Tochter dachte.

Sebastian klapperte mit einem Holzlöffel in dem Topf, der auf dem Ofen stand, und kehrte mit einer Schüssel voller Klöße an den Tisch zurück. Die aus Kartoffeln und Ei gepressten und gekochten Klopse gehörten zur Leibspeise aller Wolgasiedler. Er krempelte sich die Ärmel auf, bevor er mit der Gabel zulangte.

»Iss nur«, sagte Klara, auf einmal unendlich müde. »Es sind genügend Klöße da. Später bringe ich noch einen zu Eleonora. Vielleicht hat sie ja darauf Appetit. Die Lauchsuppe gestern hat sie ausgespuckt.«

Sebastian nickte. »Hast du selbst keinen Hunger?«
Klara schüttelte den Kopf. Normalerweise waren die Mahlzeiten wichtig, um zur Ruhe zu kommen und die Gedanken zu ordnen, aber heute fühlte sie sich, als läge ihr ein Findling im Magen. Jetzt auch noch Luise. Als hätte sie nicht Sorgen genug. »Hoffentlich geht alles gut, wenn du sie zu dieser Frau bringst«, murmelte sie aus ihren Gedanken heraus. »Was das wohl kostet?«
»Wir nehmen es von dem, was wir für unsere Beerdigungen gespart haben. Und mach dir keine Sorgen, die Frau kennt sich aus. Ich weiß das von Knöbels Heinrich. Seine Ursula ist zu ihr gegangen, als sie zum siebten Mal schwanger war. Danach konnte sie allerdings keine Kinder mehr bekommen, heißt es. Aber das war ihr nur recht.«
Klara schluckte. »Ja, das steht zu befürchten, dass Luise auf eigene Kinder verzichten muss. Ach, Sebastian …« Sie strich sich mit beiden Händen durch das Gesicht. »Haben wir wirklich alles falsch gemacht mit unseren Söhnen und Töchtern? Mir sitzt noch der Schock von letzter Woche in den Knochen, darüber, dass Philipp offenbar zu den Räubern gehörte, die in der Nachbarkolonie in die Häuser gestiegen sind. Da offenbart mir Luise heute das nächste Unglück. Manchmal weiß ich nicht mehr, wie ich das alles aushalten soll. Wir waren einmal eine große glückliche Familie. Kinderlachen und Lieder sind durch unser Haus gezogen. Nun haben die Sorgen Einzug gehalten, und alles erscheint mir grau in grau.«
»Ach, Klärchen.« Sebastian wischte sich den Mund mit dem Jackenärmel ab und schob den Teller mit den restlichen Klößen von sich weg. Er rückte mit seinem Stuhl vom Tisch ab und klopfte sich auf den Schenkel. »Na, komm mal her.«
Klara erhob sich zögernd, trat auf ihn zu, und ehe sie sich versah, hatte er sie auf seinen Schoß gezogen. Da saßen sie, zwei alte Leutchen mit der Last der Jahre in den Knochen, aber ihre Liebe zueinander hatte sie alle Höhen und Tiefen des Lebens gemeinsam durchstehen lassen. Sebastian umfing ihr pausbäckiges, faltiges Gesicht mit beiden Händen und drückte ihr einen Kuss auf

den Mund. »Das Leben war nie einfach«, sagte er. »Es erscheint uns nur in der Erinnerung rosig, weil wir die schlechten Zeiten vergessen. Wir haben so viel geschafft, wir werden uns nicht unterkriegen lassen. Luise wird eine Anstellung in Saratow finden, und Philipp wird sich schon noch die Hörner abstoßen. Er ist jung und wild und hungrig nach Abenteuern. Das wächst sich aus, sobald ihm nur das richtige Mädchen begegnet. Henny hat es gut beim Pastor, und Amelia ...« Er unterbrach sich, um sich für einen Moment auf die Lippe zu beißen.

Klara beugte den Kopf, um ihm in die Augen zu schauen. »Ja? Was weißt du über Amelia?«

»Nun, ich glaube ja, sie hat längst den Mann gefunden, den sie liebt.«

Klara erstarrte. Dann befreite sie sich und baute sich in ganzer Fülle vor ihrem Mann auf, legte die Hände auf seine Schultern und zwang ihn, sie anzusehen. »Was weißt du, was ich nicht weiß?«

»Ich habe sie gesehen, ein paar Mal.« Sebastian hielt den Blick auf die Bodendielen geheftet.

»Wo? Mit wem?«

Er hob den Kopf. In seinen Augen spiegelte sich Klaras eigener Kummer. »Beim Claudius in der Schmiede. Sie besucht ihn da offenbar jeden Abend.«

Ein Stöhnen entrang sich Klaras Kehle, als sie sich ermattet umwandte. »Der Claudius ist verheiratet. Nur wegen Mathilda ist Claudius damals von den Kirgisen geflohen. Eine solche Liebe ist unsterblich. Das muss Amelia wissen.«

»Ich hoffe, sie weiß es«, erwiderte Sebastian mit rauer Stimme.

Klara trat an die Garderobenhaken und griff nach ihrem Umhangtuch. Am Abend konnte es kühl werden, wenn der Wind auffrischte. Sie nahm einen Deckeltopf und füllte mit der Holzkelle einen Kloß hinein. Sie musste jetzt raus aus ihrem Haus. Alles um sie herum schien auf sie einzustürzen. Dass der Besuch bei ihrer kranken Schwester Eleonora sie aufheitern würde, war allerdings fraglich.

In Eleonoras Schlafzimmer roch es nach der Minzsalbe, die Apothekerin Anja vorbeigebracht und mit der sie ihr die Brust eingerieben hatte. Der scharfe Geruch mischte sich mit dem Duft der Kornblumen, die Eleonoras Enkelkinder ihr geschenkt hatten und die in einer Keramikvase auf ihrer Nachtkommode standen.

Klara hob die Nase und schnüffelte. Noch etwas schwebte in der Luft, ein herber Geruch nach Krankheit und … Tod. Sie schluckte schwer und trat auf ihren Filzpantoffeln näher an Eleonoras Bett heran.

Wie klein sie wirkte in diesem riesigen Bett, das sie nachts mit ihrem Mann teilte. Das Federbett hüllte sie wie eine Wolke ein. Nur ihr schmales Gesicht lugte hervor, die hervorstehenden Wangenknochen, die tief in den Höhlen liegenden Augen, die spitze Nase. Ihre Haut hatte die Farbe von Asche, in ihren Wangen schien kein Tropfen Blut zu sein.

Klara spürte in ihrem Innersten, dass Eleonoras Tage gezählt waren. Mit Matthias durfte sie darüber nicht sprechen. Der wollte nichts davon hören, wenn sie versuchte, ihn darauf vorzubereiten, dass er bald Abschied würde nehmen müssen. Auch Klara quälte der Gedanke, aber sie war durch und durch realistisch und neigte nicht dazu, sich die Welt schönzureden oder ihren Träumen mehr Gewicht zu geben als der Wahrheit.

Zwei Sommer lang hatte Eleonora noch das Leben in Waidbach genießen dürfen. Sie hatte im Mai den langsamen Walzer getanzt und beim Erntefest den frischen Most probiert, sie hatte Taufen und Hochzeiten mit den anderen Kolonisten begangen, und stets hatte sie dabei so zufrieden gewirkt, wie man im Alter nur sein konnte. Hier war ihre Heimat, hier war sie unter all ihren Lieben. An den milden Sommerabenden saß sie mit Matthias auf der Bank vor dem Haus und beobachtete, wie die Sonne hinter der Steppe versank und ihren glühenden Schein über das Salzkraut und die Dächer des Dorfes warf. Selten blieben sie allein, meist fand sich ein Nachbar, der vorbeischlenderte und zu einem Schwätzchen stehen blieb.

Tagsüber war sie umringt von ihren Enkelkindern, las ihnen

deutsche und russische Märchen vor und brachte ihnen russische Wörter bei. Die Kinder der Kolonie lernten nur das dialektgefärbte Deutsch von ihren Eltern, das sich in all den Jahren zwar mit russischen Bezeichnungen durchsetzt hatte, aber letztlich immer noch das Hessische der Großeltern war. Eleonora fand es wichtig für die Zukunft, dass die nachfolgende Generation die Sprache des Landes lernte, dessen Gastfreundschaft sie genossen. In anderen Kolonien unterrichteten sogar Privatlehrer, die den Kleinen das Russische beibrachten, aber in Waidbach hatte sich noch kein Lehrer dafür gefunden. Weder Anton von Kersen noch Pastor Ruppelin sprachen Russisch.

Klara bewunderte Eleonora für ihre Fähigkeiten. Allein wie viele Bücher sie gelesen haben musste! Klara hatte mit offenem Mund gestaunt, wie viele Regale voller Romane die Wohnstube füllten. In Saratow hatte Eleonora einen Literaturzirkel betrieben, wie Klara wusste, und hier in Waidbach ließ sie keine zwei Wochen verstreichen, bis sie das erste Treffen für Bücherliebhaber einberief. Nur eine Handvoll Frauen erschienen, aber Eleonora war glücklich mit den Gleichgesinnten, die an ihren Lippen hingen, wenn sie vorlas.

Vermutlich wusste Eleonora gar nicht, dass ihre eigene Schwester Klara zäh um jede Silbe ringen musste, wenn sie mit dem Mittelfinger unter den Zeilen las.

Ob ihre Nachricht an Christina inzwischen angekommen war? Vor drei Wochen hatte sie den Umschlag dem Boten mitgegeben, der die Briefe der Waidbacher nach Saratow zur Postkutsche brachte. Die Reise über Moskau nach St. Petersburg dauerte eine halbe Ewigkeit.

Auch Christina verfügte über einen wachen Verstand, dachte Klara, aber Eleonora war ihr an Gescheitheit um Längen voraus. Christina besaß eher eine Art Lebensklugheit. Sie wusste immer, wie sie ihren Vorteil herausholte und in welche Richtung sie ihr Fähnchen hängen musste.

Die Gedanken an ihre zweite Schwester vergifteten Klaras mitfühlende Stimmung, während sie die schlafende Eleonora betrachtete. Zart strich sie ihr eine Haarsträhne aus der Stirn. Eleonoras Augenlider zuckten, aber sie rührte sich nicht.

Es gab vieles zwischen Klara und Christina, das ihre Beziehung zerrüttet hatte. Schon in jungen Jahren hatte Christina mit ihrer forschen Art die jüngere Klara drangsaliert und wie eine Magd behandelt. Wenn Eleonora nicht dazwischengegangen wäre, hätte sie sie womöglich sogar verprügelt in der irrigen Annahme, sie müsste mütterliche Strenge ersetzen. Doch niemals würde ihr Klara verzeihen, dass sie ohne ihre Tochter Alexandra in die russische Hauptstadt gezogen war. Dass sie ohne Rücksicht auf die Gefühle anderer Menschen ihren Weg gegangen und zu allem Überfluss dabei erfolgreich war.

Klara konnte gut darauf verzichten, Christina jemals wiederzusehen. Aber sie hatte es als ihre Pflicht angesehen, die Schwester darüber zu informieren, dass Eleonora bald sterben würde. Wenn etwas Klara und Christina einte, dann war es ihre Liebe zu Eleonora.

Außerdem konnte sie davon ausgehen, dass Christina Eleonoras Tochter Sophia über den Stand der Dinge unterrichten würde. Matthias weigerte sich hartnäckig, die Schwere der Krankheit anzuerkennen, wollte nicht sehen, wie Eleonora mehr und mehr verfiel und dass sie schon jetzt dem Tod näher als dem Leben war.

Insgeheim rechnete Klara nicht damit, dass Christina die weite Reise gen Süden auf sich nehmen würde. Wahrscheinlich hielten sie ihre ach so wichtigen Geschäfte in St. Petersburg davon ab, die Schwester auf ihrem letzten Weg zu begleiten. Aber sie würde Sophia in Kenntnis setzen, und die würde sich gewiss ein Bein ausreißen, um bei ihrem Mütterchen zu sein.

Eleonoras Lider zitterten und hoben sich schließlich. Klara blickte in die Augen ihrer Schwester. Selbst in ihrem jetzt faltigen und von der Krankheit gezeichneten Gesicht leuchteten sie noch wie Sterne und verliehen ihr eine fast überirdische Schönheit. Klara streichelte Eleonoras Hand.

»Da bist du ja«, sagte sie.

»Wie lange habe ich geschlafen?« Eleonoras Stimme klang wie ein Hauchen.

»Sehr lange. Ich sitze schon fast eine Stunde hier und bewache dich.« Klara lächelte sie an.

Eleonoras Gesicht entspannte sich, als sie für einen Moment wieder die Lider senkte. »Du musst dich nicht immer um mich kümmern, Klara, du hast doch auch so schon alle Hände voll zu tun. Ich halte dich nur von Wichtigerem ab.«

»Es gibt nichts Wichtigeres in diesen Tagen als dich«, erwiderte Klara, nahm einen Lappen vom Nachtschränkchen, tunkte ihn in die Wasserschüssel und betupfte damit das Gesicht der Kranken. »Komm nur bald zu Kräften, Eleonora. Die Apfelernte dieses Jahr hat Rekordmengen gebracht. Wir kommen mit dem Einwecken gar nicht hinterher und brauchen jede helfende Hand. Du hast immer den besten Apfelkuchen gebacken«, fügte sie mit einem Schmunzeln hinzu.

Eleonora lächelte. »Was gäbe ich darum, noch einmal Apfelkuchen für die Enkel zu backen.«

»Das wirst du bald, Eleonora, ganz gewiss«, beeilte sich Klara zu versichern. »Ich habe dir einen Kloß mitgebracht. Ich musste ihn Sebastian fast vom Teller stibitzen. Er ist kaum zu bremsen, wenn es Klöße gibt«, erzählte sie mit einem aufgesetzten Lachen. Es lag ihr viel daran, die Stimmung der Kranken zu heben. Ihrer Meinung nach war die Seele stärker an Heilungsprozessen beteiligt, als die Ärzte ahnten.

Sie hatte oft genug in ihrem Leben mitbekommen, wie Menschen sich durch einen starken Willen und eine enorme innere Kraft aus Miseren befreiten. Ohne Lebenswillen war man ein hilfloses Opfer des Schicksals.

»Ich habe von Sophia geträumt«, verriet Eleonora. Sie öffnete den Mund leicht, als Klara ihr ein Stück Kloß auf einem Holzlöffel anbot. Klara sah ihr an, dass sie keinen Appetit hatte. Eleonora kaute und schluckte und sah dabei aus, als kostete es sie alle Kraft, die sie noch besaß. Aber sie öffnete den Mund ein zweites Mal, als Klara ihr eine weitere Portion zum Mund führte.

Klara frohlockte und tupfte die Mundwinkel der Kranken mit dem Tuch ab.

»Ich habe Sophia an meinem Grab stehen sehen. Sie hat bitterlich geweint«, fuhr Eleonora fort.

Klaras Hals fühlte sich an, als hätte sie Sand in der Kehle. »Du hast Angst, dass du sie zu spät benachrichtigen könntest?«

Eleonora wiegte leicht den Kopf. »Ich bin hin und hergerissen. Einerseits will ich sie nicht unnötig beunruhigen, und die Reise von St. Petersburg hierher ist so gefährlich in diesen Zeiten. Andererseits würde es sie in tiefste Trauer stürzen, wenn sie kein Abschied nehmen könnte. Sag, Klara, was soll ich tun?« Die Verzweiflung stand ihr ins Gesicht geschrieben.

Klara biss sich auf die Lippen. »Ich habe dir die Entscheidung abgenommen, liebe Schwester«, gestand sie und senkte für einen Moment den Kopf. Sie spürte Eleonoras Blick auf ihrem Scheitel und sah wieder auf. In ihre Miene malte sich die Überzeugung ab, zwar eigenmächtig, aber richtig gehandelt zu haben. »Ich habe einen Brief an Christina geschrieben. Ich fand, unsere Schwester müsste unterrichtet werden, wenn du so leidest. Es gehört sich nicht, dass sie rauschende Feste im Zarenpalast im Glanz von Spiegelsälen und Kronleuchtern feiert, während du Tausende Meilen entfernt mit dem Tod ringst. Ich habe ihr auch aufgetragen, Sophia zu unterrichten.«

»Danke, Klara.« Eleonora schloss für einen Moment die Augen. »Matthias hätte längst an Sophia schreiben müssen.«

»Dein Mann will nicht wahrhaben, wie schlecht es um dich steht. Ich bin deine Schwester, und ich war immer offen zu dir. Das will ich auch jetzt sein. Für Dr. Frangen ist es ein Rätsel, wie du es geschafft hast, so lange gegen deine Krankheit anzukämpfen.« Sie schmunzelte. »Ich weiß natürlich, dass dir die Rückkehr in die Kolonie die nötige Kraft verliehen hat. Du bist hier über viele Monate aufgeblüht, Eleonora, aber nun …« Sie räusperte sich. »Nun bist du schwach und kommst kaum noch aus dem Bett heraus.«

Eleonora drückte Klaras Hand. »Ich hätte mir keinen schöneren Abschied vom Leben vorstellen können als hier in der Kolonie. Und ich bete zu unserem Herrgott, dass ich noch einmal meine Tochter sehen kann.«

Klara rechnete sich aus, wann sie im günstigsten Fall mit der Ankunft von Sophia rechnen konnte. Zwei Wochen würde Eleonora gewiss noch durchhalten müssen. Zum Glück hatte sie in diesen Zeiten ihren Mann um sich, wenn er nicht gerade – wie an diesem Tag – in Saratow weilte, wo er sich über die Entwicklung seines Tuchbetriebs Auskünfte einholte. Die Produktion lief auf Hochtouren, wie Klara wusste, die russische Armee benötigte gewaltige Mengen an Stoffen für Uniformen. Dieser gewissenlose französische Kaiser verwickelte die Russen ein ums andere Mal in Schlachten. Russland hatte sich mit Österreich verbündet und kämpfte an der deutsch-österreichischen Grenze. Klara hatte sich ihr Leben lang wenig für die große Politik interessiert, aber da Matthias durch die deutsche Zeitung in Saratow stets über alle Kriegshandlungen informiert war, blieb es nicht aus, dass sie sich Sorgen machte. Noch waren die Schlachtfelder weit, aber dieser wahnsinnige Napoleon schien sein Herrschaftsgebiet über die ganze Welt ausbreiten zu wollen. Was, wenn er seine gewaltigen Truppen nach Russland schickte? Noch lebten sie in dem Wolgagebiet wie in einem Kokon, selbst Saratow blieb von den Kriegshandlungen verschont, abgesehen davon, dass aus dem Umkreis laufend junge Soldaten rekrutiert wurden, die die Armee verstärken sollten. Man musste diesem Mann Einhalt gebieten. Nicht nur, dass er sich selbst im Beisein des Papstes in Paris zum Kaiser gekrönt hatte, er stellte sich inzwischen auf eine Stufe mit Karl dem Großen! Was für eine Anmaßung.

Wenn bei einem Fest in der Kolonie an einem der langen Tische über die Franzosen geschimpft wurde, stimmte Klara laut mit ein – und merkte gar nicht, wie sehr sie sich inzwischen mit ihrer neuen Heimat Russland identifizierte. Sie sollten es nur wagen, die Franzosenlumpen, Russland anzugreifen! Allein die Weite des Landes würde herangaloppierende Horden in die Knie zwingen, da war sich Klara sicher.

Sie fütterte Eleonora mit dem letzten Stück Kloß. Die Kranke seufzte behaglich. »Ich fühle mich schon viel besser, Klara. Du bist eine erstklassige Pflegerin.«

»Ich bin dankbar, dass ich ein bisschen was gutmachen kann von dem, was du in meiner Kindheit für mich getan hast. Du hast mir die Mutter ersetzt. Ich wusste immer, dass ich mich auf dich verlassen kann.«

Eleonora rückte ein Stück im Bett nach oben. Klara war sofort zur Stelle, um ihr das Kissen aufzuschütteln und es in eine bequeme Position zu bringen.

»Matthias hat versprochen, Justus mitzubringen, wenn er aus Saratow heimkehrt. Wenigstens für zwei Tage will er bleiben. Ist das nicht wundervoll?«

Klara nickte. »Manchmal frage ich mich, ob nicht zu viel Trubel um dich ist. Dein ältester Sohn ist jeden Tag hier, seine Frau, deine Enkelkinder. Dann schaut noch jeden zweiten Tag Anja vorbei, Dr. Frangen, und war nicht gestern Helmine zu Besuch?«

Eleonora lachte auf. »Ich liebe diese Besuche. Sie geben mir das Gefühl, noch am Leben teilzuhaben.« Ein Hustenanfall ließ sie die Schultern zusammenziehen und den Kopf senken. Es rasselte und fiepte in ihrer Brust, Schweißperlen tropften ihre Schläfen hinab. Klara sprang sofort auf und stützte sie. Der Schleim in Eleonoras Brust brodelte, während sie um Luft rang. Klara litt mit ihrer Schwester und machte sich Vorwürfe, dass sie ihr nicht helfen konnte. Schon häufig hatte sie gedacht, sie hauche genau in einem solchen Moment ihr Leben aus. Mehrere Minuten rang Eleonora, dann endlich beruhigte sich ihr Atem. Erschöpft lehnte sie den Kopf zurück.

Klara griff nach einem Wasserglas und führte es ihr an die Lippen. Sie trank in kleinen Schlucken. Dann nickte sie mehrmals und zauberte irgendwie dieses wunderschöne Lächeln auf ihre Züge. »Alles gut, Klara. Es geht schon. Wo waren wir stehengeblieben? Ah, die Besuche, ja. Ich freue mich über jeden einzelnen. Sie lenken mich ab und versüßen mir die langen Stunden hier im Bett. Wusstest du übrigens, dass auch Henny schon mehrmals da war, um mir deutsche Gedichte vorzulesen? Es ist ein Genuss, sie lesen zu hören, auch wenn manche Laute aus ihrem Mund ungewohnt klingen. Sie hat ein so feines Gefühl für Sprache und Stil! Bei jedem Wort, das sie vorträgt, merkt man, dass es in ihrem Innersten ein Echo findet. Und Amelia habe ich gebeten, mir die alten Lieder vorzusingen. Sie hat eine glockenklare Stimme, ich liebe es, ihr zu lauschen.« Mit dünner, aber geübter Stimme hob Eleonora an: »*Im Wald und auf der Heide, da such ich meine Freude* ...«

Klara senkte den Kopf, starrte einen Moment auf ihre Hände.

»Du hast wunderbare Kinder, Klara«, sagte Eleonora warmherzig.

Klara kamen die Tränen. Das fehlte noch, dass sie die Schwerkranke mit ihrem eigenen Kummer behelligte. »Ich ... ich mache mir viel Gedanken um die Kinder. Ich habe mir das nicht so vorgestellt, weißt du. Ich dachte, wenn sie erst erwachsen sind, dann gehen sie ihren Weg und ich blicke zufrieden darauf zurück, dass ich ihnen die Zukunft bereitet habe. Manchmal denke ich, ich habe alles falsch gemacht mit meinen Söhnen und Töchtern.«

»Um Himmels willen, Klara! Wie kannst du so etwas sagen?«, entfuhr es Eleonora. In ihre Wangen kehrte die Farbe zurück, in ihre Augen der Glanz. Das Essen hatte ihr gutgetan.

Die Sonne schickte an diesem Spätsommertag goldene Strahlen in das Krankenzimmer. Von draußen hörte man die Schritte der Bauern, das Rattern der Leiterwagen, das Trampeln des Viehs. Der Tag auf dem Land neigte sich seinem Ende zu, die Menschen strömten in ihre Hütten, um sich bei Kwass und *Schie* – so nannten sie die russische Krautsuppe – zu stärken und die Füße hochzulegen.

»Schau dir *deine* Kinder an«, erwiderte Klara. »Justus ist ein erfolgreicher Geschäftsmann, Stephan ein tüchtiger Bauer mit Ehefrau und Kindern, Sophia lebt in der Hauptstadt als Dozentin an der Akademie der Künste ... Du kannst auf alle drei stolz sein. Und ich? Amelia läuft seit Jahren rum wie ein Trauerkloß.

Es wundert mich, dass sie in deiner Gegenwart singt, denn ich habe es lange nicht mehr gehört. Dabei war sie ein so fröhliches Kind. Dass sie die Kirgisen verschleppt haben, hat sie nie verwunden. Sie ist schon achtundzwanzig Jahre, wer will sie denn in diesem Alter noch zur Frau? Und es heißt, sie laufe dem Claudius nach. Einem verheirateten Mann!«

»Irgendwann haben wir keinen Einfluss mehr, Klara. Du solltest billigen, dass Amelia diesen Lebensweg gewählt hat.«

»Und Henny«, fuhr Klara unbeirrt fort, froh, sich endlich einmal die trübsinnigen Gedanken von der Seele reden zu können, »das ist doch kein Leben, immer nur im Schatten des Pastors! Eine Frau sehnt sich nach … nun, nach Wärme und hin und wieder Zärtlichkeit. Sicher, sie hört nicht gut, das ist ein schlimmer Makel, aber warum findet sich keine mitleidige Seele, die sie dennoch zur Frau nimmt? Sie ist adrett und klug und ein feiner Mensch.« Klara spürte, wie ihre Augen nass wurden, und schnäuzte sich in ein Tuch, das sie aus ihrem Ärmel zog.

»Ich glaube, das wäre das Letzte, was Henny wollte: dass jemand sie aus Mitleid zur Frau nimmt. Auf mich wirkt sie wie ein junger Mensch, der mit sich im Reinen ist. Lass sie los, Klara, lass sie ihr Leben so führen, wie es ihr gefällt. Wer weiß, was das Schicksal für sie bereithält, und solange es ihr Freude macht, dem Pastor zu dienen, gibt es keinen Grund für dich als Mutter, einzugreifen und sie unter Druck zu setzen. Ich finde deine Henny – genau wie Amelia – wundervoll. Ich wäre dankbar für solche Töchter.«

Klara seufzte. »Dafür habe ich dich schon immer bewundert, Eleonora, dass du genau die richtigen Worte zum Trost findest. Danke dafür.« In ihre Züge trat ein Ausdruck von Wehmut. »Von Philipp will ich gar nicht erst anfangen. Was aus dem Luftikus werden soll, steht in den Sternen. Ich warte auf den Tag, da er sich zu einer Tat hinreißen lässt, die ihn auf direktem Weg nach Sibirien in die Bergwerke bringt. Er hat nichts als Schandtaten im Kopf und kann von Glück sagen, dass er noch nicht vor Gericht gekommen ist.«

»Er ist in dem Alter, in dem sie ihre Grenzen ausprobieren«, erwiderte Eleonora. »Ich wünsche dir, dass er es bald auf den rechten Weg schafft, dass er sich ein Beispiel an seinem Bruder Martin nimmt, der dir ja sicher nichts als Freude macht. Bleib nur treu an seiner Seite und verstoße ihn nicht.«

Klara nickte. »Das will ich schon tun«, sagte sie leise. »Aber was Luise betrifft ...« Sie seufzte und wandte den Kopf, um aus dem Fenster zu sehen. Sollte sie die geplagte Eleonora damit belasten? Es blieb nicht viel Zeit, um die Angelegenheit zu regeln. Sie musste es jetzt tun. »Ich brauche da deine Hilfe, Eleonora«, sagte sie leise und sah ihr wieder in die Augen.

Eleonora zog die Brauen hoch. »Ich will alles tun, um dir einen Teil deiner Last zu nehmen, Klara, aber wie könnte ich dir bloß helfen? Was ist denn passiert?«

Klara starrte auf ihre im Schoß verkrampften Hände. Es war so furchtbar peinlich, aber wen, wenn nicht ihre Schwester, konnte sie schon ins Vertrauen ziehen? »Sie hat Unzucht getrieben«, brach es schließlich aus ihr heraus. Der Puls brauste in ihren Ohren. Doch als Eleonora nur nickte, fuhr sie fort: »Sie war schon immer ein leichtfertiges Ding. Ständig habe ich sie ermahnt, die jungen Böcke nicht zu reizen, aber sie wollte ja nicht hören, und nun ist es passiert. Sie ist schwanger, Eleonora, und sie weiß noch nicht mal, von wem das Kind ist.« Klaras Augen schwammen in Tränen. Eleonora schaute sie nur an und wartete, dass sie fortfuhr. Die Ruhe, die sie verströmte, war Balsam für Klaras Seele und löste ihre Zunge. »Sebastian will sie nach Saratow bringen. Dort gibt es eine Frau, die schwangeren Frauen hilft.«

»Will Luise das so?«, fragte Eleonora.

Klara nickte. »Ja, sie will das alles am liebsten ungeschehen machen. Aber sie wird sich im Dorf nicht mehr blicken lassen können. So eine Sache kann man nicht unter Verschluss halten. Die Kerle, die ihr das angetan haben, werden bestimmt nicht schweigen. Luise wird zum Gespött der Leute. Niemals wird sie hier einen Mann finden. Ich frage mich, ob du und Matthias, ob ihr vielleicht helfen könnt, ihr in Saratow eine Anstellung als Hausmädchen zu besorgen. Sie ist tüchtig und begreift schnell, und sie hätte die Gelegenheit, noch einmal von vorn anzufangen.«

Eleonoras Züge wurden weich. In ihre Augen trat ein Ausdruck von Mitgefühl. Gleichzeitig erkannte Klara aber auch, dass ihre Lider schwer wurden. Das Gespräch strengte die Kranke an, sie wehrte sich nur tapfer gegen den Schlaf. »Selbstverständlich vermittle ich Luise an einen unserer Geschäftsfreunde in Saratow. Das ist kein Problem. Durch meinen Literaturkreis kenne ich zahlreiche einflussreiche Leute. Die meisten haben leibeigene Russen als Bedienstete. Um Luise werden sie sich reißen, schon weil sie ihre Sprache spricht.«

»Oh, Eleonora!« Klara schmiegte ihre Wange in ihre Handfläche. »Wie sehr mich das erleichtert! Ich danke dir von Herzen.«

»Aber Klara, das ist doch das Mindeste, was wir tun können. Ich habe oft genug ein schlechtes Gewissen, weil du mir so viel von deiner kostbaren Zeit opferst. Ich freue mich, wenn ich etwas gutmachen kann. Ich werde gleich heute Abend mit Matthias darüber reden, wenn er heimkehrt. Er wird sich um alles kümmern. Er kann Sebastian und Luise nach Saratow begleiten.«

Klara erhob sich und beugte sich über Eleonora. Sie küsste sie auf die Stirn und streichelte ihre Wange. »Jetzt schlaf, Schwesterchen. Ich sehe doch, dass du kaum noch die Augen offen halten kannst.«

Eleonora nickte, senkte die Lider, und Sekunden später ging ihr Atem gleichmäßig. Auf leisen Sohlen tappte Klara aus dem Krankenzimmer. Sie fühlte sich, als wäre ihr eine bleierne Last von den Schultern genommen.

13

Herbst 1805, auf dem Weg von St. Petersburg nach Waidbach

»Wie dieses Gerumpel an meinen Nerven zerrt!« Christina ruckelte auf dem gepolsterten Sitz und zupfte an ihrem grauseidenen Reisekleid.

Sophia, die ihr in der Kutsche gegenübersaß, legte ihre Stickarbeit neben sich auf die mit rotem Samt überzogene Bank. Ein ums andere Mal hatte sie sich durch das Schwanken des Gefährts in die Finger gestochen, nun war sie es leid. »Nur noch wenige Stunden, Tante, dann haben wir es geschafft.«

»Dem Himmel sei Dank«, entfuhr es Christina.

»Bereust du es, dass du dich auf den Weg zu deinen Schwestern gemacht hast?«

»Ach, woher denn«, winkte Christina mit gerunzelter Stirn ab. »Aber ich wünschte, hier im Süden wären die Straßen ebenso breit und glatt wie vor Moskau. Es ist eine einzige Qual.« Sie musterte ihre Nichte, die beide Hände über die leichte Wölbung ihres Bauchs gefaltet hatte. So strapaziös die Reise von St. Petersburg nach Waidbach auch war, Sophia behielt ihre freundliche Miene, als zehrte sie von einer mysteriösen Kraft. »Wie fühlst du dich, Sophia?«

Sophia streichelte ihren Bauch. »Es strampelt« sagte sie. »Ein wundervolles Gefühl, wie das Leben in mir heranwächst.«

»Mich wundert, dass dir gar nicht schlecht wird bei dem Geratter.«

»Die ersten Monate habe ich mich oft übergeben müssen, aber jetzt fühle ich mich blendend. Schwanger zu sein ist herrlich. Ich kann es kaum erwarten, das Kind im Arm zu halten.«

Christina lächelte säuerlich und wandte den Blick nach draußen zu den Stoppelfeldern, auf denen einige Bauern gebückt arbeiteten. Hin und wieder stand eine Kate zwischen den Feldern, Krähen zogen ihre Kreise und krächzten laut.

Ihre eigene Schwangerschaft gehörte zu den schlimmsten Erinnerungen ihres Lebens. Sie ahnte zwar, wie es sein konnte, aber sie selbst hatte dieses Glück niemals erlebt. Von Anfang an war ihr das Kind, das in ihr gewachsen war, wie ein Stachel im Fleisch gewesen. Es hatte sie behindert, damals bei der monatelangen Reise nach Russland. Und geboren hatte sie es in eine Kuhle mitten in der Steppe, weil es noch keine Häuser gab und sie gerade erst begonnen hatten, Erdhöhlen für den Winter auszugraben. Es schüttelte Christina bei der Erinnerung daran, wie sie die ersten Monate in der Kolonie verbracht hatten. Zum Glück hatte es genügend Frauen gegeben, die ihr die Arbeit mit dem Säugling abnahmen und in Entzückungsschreie ausbrachen, wann immer sie die Kleine hätscheln und füttern durften.

Vielleicht wäre die Mutterliebe im Lauf der Jahre gewachsen, wenn sie ein so bezauberndes Wesen wie ihre Nichte Sophia geboren hätte. Christina musterte sie verstohlen von der Seite, während sich Sophia wieder über ihren Stickrahmen beugte. Sie hatte das schwarz glänzende Haar ihrer Mutter geerbt und die himmelblauen Augen, die wie zwei Nachtsterne leuchteten. Ihre Haut erinnerte an weißes Porzellan, und wenn sie lächelte, flogen ihr alle Herzen zu. Sie war zierlich und feingliedrig wie eine Tänzerin und trug gleichzeitig eine Kraft in sich, die man einem so zarten Wesen nicht zutraute. Das Beste aber war, dass sich Sophia niemals nur auf ihre Schönheit verließ. Sie war ihren Weg gegangen, erst als eine der wenigen jungen Frauen unter den Studierenden an der Petersburger Akademie der Künste, später als Dozentin. Und sie liebte ihren Jiri, den begnadeten Künstler, dessen Bilder zu Höchstpreisen weit über Russlands Grenzen hinaus verkauft wurden. Sophia war ein vom Schicksal verwöhntes Goldstück. Und ihre eigene Tochter? Christina drehte sich der Magen um, wenn sie begann, Alexandra mit Sophia zu vergleichen. Das sollte sie lieber lassen.

»Wie hat Jiri es aufgenommen, dass er zum Militärdienst eingezogen wurde?«, fragte Christina aus ihren Gedanken heraus.

Ein Schatten flog über Sophias Gesicht; der Glanz in ihren Augen verschwand. Sie sortierte die Handarbeit auf ihrem Schoß und sog zitternd die Luft ein. »Er hat keinen Widerstand geleistet. Er weiß, wie wichtig jeder einzelne Mann jetzt ist im Kampf gegen die Franzosen. Ich mag ihn mir aber gar nicht auf dem Schlachtfeld vorstellen. Er gehört da nicht hin, weißt du?«

»Keiner gehört dahin«, erwiderte Christina mit verkniffenem Mund. »Aber wenn das Vaterland ruft, muss ein Mann seine Pflicht tun.«

»Ich hoffe nur, dass er unversehrt heimkehrt«, flüsterte Sophia.

»Die russische Armee wird leichtes Spiel mit den napoleonischen Truppen haben«, behauptete Christina. »Auf ihrem Marsch gen Osten verausgabten sie sich in unzähligen Schlachten mit den Österreichern, und wenn unsere Truppen mit frischer Kraft dazustoßen, werden sie wie die Kaninchen flüchten.«

Sophia seufzte. »Ich wünschte, du hättest recht, Tante. Ich zähle die Tage, bis er daheim ist.« Ein leichtes Lächeln erhellte ihr Gesicht. »Bis dahin lenke ich mich bei meiner lieben Mama ab. Ich freue mich so sehr, sie wiederzusehen. Hoffentlich erholt sie sich bald.«

Christina nickte und wandte das Gesicht wieder zum Fenster. Der Weg führt in Sichtweite der Wolga durch einen Laubwald. Die Herbststürme hatten die Blätter bereits von den Ästen gerissen. Sie bedeckten den Boden und den Pfad und knisterten unter den rollenden Kutschenrädern. Ein Duft nach Moos und feuchtem Farn drang durch die Fensterritzen. Auf der anderen Seite des Flusses blitzten zwischen hohen Nadelbäumen goldene, blaue und rote Kuppeln hervor. Eine kleine Stadt, und Christina wünschte, sie würden bei ihrer nächsten Übernachtung auf eine Ansiedlung mit einem standesgemäßen Wirtshaus treffen. Je weiter sie nach Süden kamen, desto ärmlicher wirkten die Herbergen und Poststellen, an denen der Kutscher die Pferde austauschte.

Die nächste Gaststätte entpuppte sich denn auch als ein Albtraum. Nachdem der Kutscher die Pferde zum Halten gebracht und den Damen die Tür geöffnet hatte, presste sich Christina sofort ein Seidentuch an Nase und Mund, bevor sie einen Schritt auf den festgetretenen Lehmboden vor dem Holzhaus setzte. Zu der wackeligen Hütte gehörten ein windschiefer Anbau und eine nur halb gedeckte Scheune.

Ein zahnloses altes Mütterchen mit grauem Kopftuch und einem sackartigen Gewand trat auf Filzpantoffeln auf sie zu und hieß sie auf Russisch willkommen. Sophia erwiderte auf ihre charmante Art ein paar höfliche Floskeln, während es Christina vorzog, lieber den Mund zu halten. Wie sollte sie diese Nacht überstehen?

»Hätten wir nicht weiterfahren können?«, raunzte sie den Kutscher an. »Wie weit ist es denn noch bis zu den Kolonien?«

»Morgen Abend werden wir ankommen. Wir können nicht weiterreisen, die Nacht wird stockdunkel, und auf den Straßen treibt sich Gesindel herum.«

Christina stieß einen Fluch aus, als die Alte sofort abkassieren wollte. Offenbar hatte sie schlechte Erfahrungen mit Durchreisenden gemacht und beabsichtigte nicht, sich ein weiteres Mal von Zechprellern übers Ohr hauen zu lassen. Mit einem Kopfrucken wies Christina den Kutscher an, der Alten die Münzen auszuhändigen.

Sophia betrat das Haus, Christina folgte ihr. Sie bekreuzigten sich im Eingang, wie es bei den Russen Sitte war, und verbeugten sich vor den Ikonen. Diese nahmen die dem Eingang gegenüberliegende Wand der Stube ein. Kerzen leuchteten davor. Jeder Besucher sollte zunächst den Heiligen die Ehre erweisen, wenn er dieses Haus betrat. In der Mitte des Raums stand ein großer Tisch, an den Seiten lagen Felle als Schlafstätten auf dem Boden. Den größten Platz in der Stube beanspruchte der Ofen. Obwohl die Temperaturen noch herbstlich waren, bullerte er und verströmte Rauch. Christina hüstelte. Sie wechselte einen Blick mit Sophia, die an ihrem Lächeln festhielt. Christina würde lieber in der Kutsche schlafen als sich hier auf den Boden einzurollen wie ein Tier. Sie beugte den Kopf und hielt nach Ohrenkneifern und Wanzen Ausschau – man hörte ja das Schlimmste über die russischen Behausungen –, aber die Alte schien reinlicher zu sein, als es auf den ersten Eindruck erschien.

Zu ihrer Erleichterung führte die Wirtin sie in eine niedrige Kammer, in der Pritschen standen. Die blauen Leinendecken darauf wirkten sogar ungewöhnlich sauber.

»Das ist in Ordnung«, sagte Sophia erfreut und ließ sich auf dem linken Bett nieder. »Hier werden wir uns gut ausruhen können und Kraft sammeln für unsere letzte Etappe.«

»Gibt es nicht wenigstens Heu als Unterlage?«, erkundigte sich Christina auf Russisch.

Doch die Wirtin schlug die Hände über dem Kopf zusammen. Das Heu habe der Herrgott als Futter für die Tiere bestimmt. Christina verdrehte die Augen.

»Ich mache drei Kreuze, wenn ich endlich in der Kolonie bin!«, presste Christina hervor.

In der Nacht jagte ein Sturm um die Wirtschaft. Sobald er abflaute, vernahm man aus den angrenzenden Wäldern Wolfsgeheul. Das Vieh in der Scheune trappelte unruhig, ein paar Ziegen meckerten, die Hühner flatterten. Immer wieder wachte Christina auf, linste durch das winzige Fenster nach draußen und sehnte den Sonnenaufgang herbei, wenn es endlich weitergehen würde. Eine Ahnung des nahenden Winters lag in dieser Nacht. Bald würde die Wolga zufrieren und die Welt unter einer weißen Decke verschwinden. Christina graute es jetzt schon vor der Rückfahrt; sie fragte sich, ob sie nicht ein zu großes Opfer für ihre Schwester brachte. In jüngeren Jahren hätte sie diese Reise mit mehr Leichtigkeit und Gelassenheit bewältigt, aber sie war keine zwanzig mehr und spürte in dieser Nacht jeden einzelnen Knochen und Muskel, während sie auf dem nur mit einer Decke belegten Brett eine Schlafposition suchte. Immer wieder starrte sie neidvoll zu Sophia, die mit entspannter Miene und leicht geöffnetem Mund selig schlummerte.

Am nächsten Morgen schmerzte Christinas Rücken höllisch,

sie konnte kaum aufrecht gehen. Sie verweigerte die warme *Kascha*, die das Herbergsmütterchen zum Frühstück anbot. Die Stube war eingeräuchert, es roch nach Schweiß und altem Fett, und Christina fragte sich, wie die schwangere Sophia das alles ertragen konnte. Aber ihre Nichte und der Kutscher, der auf einem der Felle genächtigt hatte, aßen mit gutem Appetit und tranken heiße Ziegenmilch in kleinen Schlucken.

Christina atmete auf, als es endlich weiterging.

Zur linken Hand passierten sie Saratow. Die Dächer und Kirchtürme ragten in der Ferne auf, dahinter das Bergland mit der Kosakenstadt. Diesseits der Wolga befand sich die Wiesenseite, auf der die Kolonie Waidbach errichtet war.

Nur noch wenige Stunden, dann hätten sie es geschafft.

In Christina wuchs zu ihrer eigenen Überraschung die Aufregung bei dem Gedanken daran, die Kolonie, die sie vor vielen Jahren hinter sich gelassen hatte, wieder zu betreten.

Was mochten die Menschen in der Zwischenzeit geschaffen haben? Wie mochten sie sich verändert haben? Würde man sie erkennen?

Ein feines Lächeln umspielte ihre Züge. Sie ahnte, wie beeindruckt die Kolonisten sein würden, wenn sie mit der edlen, reich verzierten Kutsche in der Dorfmitte vorfuhr. Und wenn sie ausstieg und die Menschen sich um sie versammeln würden, um ihr modisches Reisekleid zu bestaunen, die teuren Schuhe und die Kisten mit ihrem Reisegepäck. Ja, sie hatte es wirklich zu etwas gebracht, die kleine Christina Weber aus dem Hessischen. Die Vorfreude beflügelte sie und besserte ihre Laune. Sie richtete sich auf und griff nach Sophias Händen. »Bald ist es geschafft, Täubchen.«

Sophia nickte. »Ich kann es kaum noch ...«

Ein Schuss ertönte. Die Kutsche schwankte wie ein Schiff auf hoher See, als die Pferde hochstiegen. Ein zweiter Schuss peitschte über sie hinweg. Christina und Sophia schrien gleichzeitig auf. Sophia presste sich die Hände auf die Ohren, Christina griff sich unter den linken Busen. Ihr Puls brauste so stürmisch, dass sie glaubte, ihr würde das Herz aus der Brust springen. »Du lieber Himmel, was ist das?«, presste sie hervor. Die Kutsche kam zum Stillstand, Pferdegetrappel erklang. Die beiden Frauen wechselten einen bangen Blick.

Christina beugte sich vor, um die Tür zu öffnen. Sophia hielt sie zurück. »Sie schießen«, flüsterte sie.

»Ich muss sehen, was da los ist«, erwiderte Christina und wollte an Sophia vorbei den Riegel zurückschieben, doch da wurde die Tür bereits von außen aufgerissen.

Die beiden Frauen starrten in die Augen zweier mit Schals vermummter Männer. Sie trugen dicke Mützen, nur ihre Augen lugten hervor. Rotblonde Locken kringelten sich bei dem hinteren Mann um die Stirn, die grauen Augen waren hart wie Kieselsteine und ohne jede Regung. Beide hatten sie Gewehre geschultert. Christina bemerkte aus dem Augenwinkel, dass ein dritter Mann den Kutscher in Schach hielt. Es war unheimlich, dass die Räuber kein Wort sprachen. Sie starrten nur, und der vordere sprang mit einem Satz in die Kutsche. Sophia hielt sich die Hände schützend vor den Bauch. »Bitte, ich bin schwanger«, sagte sie und lehnte sich in der Bank so weit zurück, wie es ihr möglich war.

Der Mann musterte sie und riss dann erst ihre goldene Kette mit dem rubinbesetzten Anhänger von ihrer Brust. Dann zog er ihr die ebenfalls rubinbesetzten Ohrringe ab. Er fasste nach Sophias Hand und streifte ihre Ringe ab. »Bitte, nicht den Ehering«, flüsterte Sophia, und wie durch ein Wunder schien der Mann zu verstehen, wie wichtig ihr dieses Zeichen ihrer Liebe war, und ließ ihn ihr.

Dann wandte er sich Christina zu und entwendete auch ihren gesamten Schmuck. Sein Blick fiel auf den Pompadour, der neben ihr lag. Er riss die Beuteltasche auf und steckte sich die Rubel in die Jackentasche. Dies alles geschah innerhalb weniger Sekunden.

Kaum hatte sich der Mann die Taschen vollgepackt, sprang er schon wieder hinaus und gab seinen Kumpanen ein Zeichen.

Christina starrte ihm aus dem Fenster hinterher. In der nächsten Sekunde kippte sie nach vorn. Sophia reagierte geistesgegenwärtig und fing sie auf, bevor sie sich beim Aufprall auf dem Kutschenboden verletzen konnte.

»Tante Christina! Bist du verletzt?«, kreischte sie auf.

Da kam der Kutscher heran, das Gesicht fahl unter der Mütze, dunkle Ringe unter den Augen. Seine Lippen waren spröde wie Papier. »Ich konnte nichts tun, ich konnte nichts tun«, sagte er ein ums andere Mal mit rauer Stimme.

»Beruhige dich, sie wollten nur unseren Schmuck. Es hätte schlimmer kommen können«, sagte Sophia, aber ihre Hände zitterten, während sie ihre Tante hielt. »Hilf mir, wir müssen sie nach draußen tragen.«

Der Kutscher hob Christina kurzerhand auf die Arme und brachte sie an den Waldrand zu einem Blätterhaufen, auf den er sie vorsichtig bettete. Sophia beugte sich über sie und lockerte ihr Mieder, fächelte ihr Luft zu. »Hol Wasser, schnell!«, wies sie den Kutscher an.

Als das kühle Getränk aus dem ledernen Beutel Christinas Lippen berührte, schlug sie die Augen auf. Wieder glitt ihre Hand zu ihren Rippen. Ihre Blicke irrten umher, bis sie sich orientiert hatte. »Da war auf einmal so ein heftiger Stich in der linken Brust. Ich dachte, ein Messer hätte mich getroffen.«

»Ein Schwächeanfall, Tante. Verständlich bei der Aufregung«, sagte Sophia und streichelte Christinas bleiche Wange.

»Diese Lumpen!«, zischte Christina, als sie sich aufrappelte. »Dieses elende Gesindel!« Einen Moment lang hatte es den Anschein, als wollte sie zu Fuß die Verfolgung aufnehmen. Aber der Kutscher und Sophia beruhigten sie, und eine Viertelstunde später nahmen sie die Fahrt wieder auf.

»Treibt die Pferde an!«, befahl Christina. »Ich will keine Stunde länger als nötig unterwegs sein.«

Sie wusste, dass sie glimpflich davongekommen waren. Es hätte viel schlimmer ausgehen können. Allmählich ließ auch der Druck in ihrer Brust nach.

14

Herbst 1805, Waidbach

In der kalten Stube roch es nach den angebrannten Zwiebeln vom Vortag. Es grummelte in Claudius' Magen vor Hunger und Zorn, weil seine Frau offenbar nicht imstande war, ihm ein behagliches Heim zu schaffen. Nicht einmal das. Im Bett drehte sie ihm nur noch den Rücken zu, und wenn er begehrlich über ihren Körper streichelte, dann legte sie sich auf den Rücken, ließ ihn über sich und wartete, dass es vorbeiging.

So vieles hatte sich geändert in der Ehe von Claudius und Mathilda, und es schien kein Zurück mehr zu geben.

Claudius wusch sich draußen am Brunnen Gesicht und Hände und streifte die schweren Lederschuhe und die Jacke ab. Nicht einmal zur Begrüßung stand Mathilda auf. Sie hockte am Küchentisch und starrte ihm entgegen.

Claudius breitete beide Hände aus, blickte über den leeren Tisch und zu der kalten Feuerstelle. »Willst du mich ins Wirtshaus treiben, oder was? Warum steht kein Essen auf dem Tisch?« Er hatte seit den frühen Morgenstunden bis zum Sonnenuntergang in seiner Schmiede gearbeitet, er freute sich auf einen ruhigen Abend und eine anständige Fleischsuppe, aber er wurde auch diesmal enttäuscht.

Wieder einmal schien es, als sei Amelia seine einzige Freude. Seit jenem Tag, als sie ihm ihre Liebe gestanden hatte, besuchte sie ihn jeden Mittag. Es genügte ihr, bei ihm zu sitzen, ihn anzuschauen, ein paar Worte mit ihm zu wechseln, zu scherzen und seine Hand zu streicheln. Ob sie ahnte, wie viel Beherrschung es Claudius kostete, sie nicht an sich zu reißen, zu küssen und zu liebkosen, bis ihr Hören und Sehen verging? Seine eigene Frau ließ ihn am ausgestreckten Arm verhungern, und Amelia bot sich ihm auf eine Weise an, die sein Blut zum Kochen brachte. Aber er war ein Mann, für den Ehe und Moral nicht nur leere Worthülsen waren. Sein Wille, die eigene Ehe zu retten und seiner Frau treu zu sein, stand felsenfest. Wenn er sah, dass sie noch immer Tag für Tag das Schmuckstück trug, dass er ihr als junger Bursche aus Kopeken gefertigt hatte, dann ging ihm durch den Sinn, dass er seiner Frau doch nicht gleichgültig sein konnte. Sie mussten nur einen neuen Weg finden, sich mehr miteinander beschäftigen, die Zärtlichkeit neu entdecken. Aber sie mussten beide Anstrengungen dafür unternehmen, und heute machte es wieder den Anschein, als sei Mathilda alles egal.

Mathilda erhob sich. Ein scharfer Zug hatte sich zwischen ihren Lippen und ihrer Nase gebildet. Die Kinderlosigkeit und die Lieblosigkeit ihrer Ehe setzten auch ihr zu. Einen Moment lang überkam ihn so etwas wie Mitgefühl. Er widerstand dem Impuls, sie in die Arme zu nehmen und ihr über die Haare zu streicheln, in die sich bereits einzelne silbergraue Strähnen mischten. »Klara hat uns heute zu sich eingeladen«, sagte sie tonlos. »Ich dachte, du würdest dich vielleicht freuen.«

Claudius zog die Brauen hoch. »Klara? Hat die nicht genug mit ihrer Familie und ihrer kranken Schwester zu tun? Wie kommt's?«

Mathilda senkte einen Moment lang den Kopf und blickte auf die Dielen.

Als sie das Kinn hob, blitzten ihre Augen. »Ich habe Klara um ein Gespräch gebeten. Sie hat uns eingeladen. Beim Abendessen redet es sich leichter.«

Claudius hob die Arme und ließ sie sinken. »Was willst du von ihr, was sich nicht bei einem Schwatz zwischen Tür und Angel regeln lässt? Dich zieht doch sonst nichts in ihr Haus!«

Claudius wusste, dass seine Frau mit Grausen an ihre Zeit in Klaras Obhut zurückdachte. Ganz hatte Mathilda ihren Kummer über die Lieblosigkeit ihrer Kindheit und Jugend nie abgeschüttelt. Sie trug es Klara nach, wusste Claudius. Aber vielleicht wollte Mathilda genau diese Last begraben, und vielleicht würde es ihr helfen, wieder mehr Lebensfreude zu empfinden, wenn sie sich mit ihr aussöhnte?

»Also gut, dann lass uns aufbrechen. Hoffentlich hat sie reichlich aufgedeckt. Mir knurrt der Magen wie ein Wolf.«

Das Dorf lag im Dämmerlicht des ausgehenden Tages, als Mathilda und Claudius ans andere Ende der Kolonie spazierten. Bleigraue Wolken zogen über den Himmel und gaben eine Ahnung vom nahenden Winter. Der Wind strich um diese Tageszeit schon frostig um die Häuser, die Temperaturen würden in den nächsten Tagen weiter sinken, bis der erste Schnee fiel und alles bedeckte.

Claudius hasste die langen Wochen, in denen das Leben in der Kolonie stillzustehen schien. Kaum ein Kunde stapfte bei Schnee in seine Schmiede, jeder verkroch sich in seiner Hütte, alle warteten sie auf die wärmeren Tage. Er hoffte, dass ihnen dieses Jahr ein milder Winter bevorstand, der erst kurz vor Weihnachten begann und möglichst schon im Februar mit Tauwetter endete. Aber in manchen Jahren hatte sich die kalte Jahreszeit von Oktober bis April gezogen.

Ihre Hände berührten sich, als sie nebeneinander stapften, Claudius in seiner gefütterten Leinenjacke, Mathilda mit ihrem wollenen Umhang, der ihr über Kopf und Schultern bis zur Taille reichte. Sie zuckten zusammen, als hätten sie sich verbrannt. Mathilda verschränkte die Arme vor der Brust, Claudius steckte die Hände in die Jackentaschen. Die Zeiten, in denen sie Hand in Hand über die Wiesen gesprungen waren, waren lange vorbei.

Vielleicht gab es Hoffnung, wenn Mathilda den Zwist mit Klara jetzt endlich klärte? Vielleicht würde sie ihm gegenüber dann zugänglicher?

»Es ist gut, dass wir mit den Mais zusammensitzen«, brummte Claudius. »Wir wohnen alle zu dicht beieinander, als dass man bei einer Missstimmung dem anderen aus dem Weg gehen könnte.«

Mathilda wandte ihm ihr Gesicht zu, während sie die Kirche,

das Gemeindehaus, die Schule und die Kinderstube der Kolonie passierten.

Pastor Ruppelin fegte mit einem Reisigbesen die abgefallenen Blätter seines Obstgartens von dem Weg, der zu seinem Haus führte. Er trug einen Schal um den Hals und hatte die Mütze in die Stirn gezogen. Claudius und Mathilda hoben gleichzeitig die Hand zum Gruß. Der Geistliche nickte ihnen hoheitsvoll zu. Er genoss sein Ansehen in der Kolonie, galt als oberste moralische Instanz und scheute sich nicht, in Familienangelegenheiten mitzumischen, wenn er die christlichen Grundsätze in Gefahr sah. Claudius hatte großen Respekt vor ihm, er war für ihn wie ein Übervater, der über die Vergebung der Sünden entschied. Der Gedanke, ihn eines fernen Tages zu bitten, ihn und Mathilda voneinander zu scheiden und die Ehe aufzulösen, nagte wie eine Ratte an seinem Gewissen. Er würde sich in Grund und Boden schämen.

Er musterte Mathilda verstohlen von der Seite. Ob sie die gleichen Gedanken beim Anblick des Pfarrers hatte wie er? Ihre Miene wirkte verschlossen, er vermochte nicht darin zu lesen.

»Ja«, sagte sie, »es ist wichtig, dass wir hier alle in Frieden leben. Aber wir dürfen andere nicht ausschließen. Das steht uns nicht zu.«

Claudius stutzte. »Wen schließen wir aus?«, fragte er erstaunt.
»Frannek. Er lebt mit dem Kainsmal eines Verstoßenen.«
Rechter Hand befand sich das Wirtshaus, aus dem Stimmengewirr heraufdrang. Gleich gegenüber wohnte im größten Haus der Kolonie Dorfschulze Bernhard Röhrich mit seiner Frau. Bernhard saß, ein Pfeifchen rauchend, einen dampfenden Becher Tee neben sich, auf der Bank vor seinem Haus, die Beine in eine Decke gewickelt, den Kragen seiner Jacke hochgeschlagen. Wölkchen dampften aus seiner Pfeife. »Noch ein bisschen die Beine vertreten vor dem Schlafengehen?«, rief er den beiden zu.

»Wir gehen Klara besuchen«, rief Claudius zurück.
»Oh, bestellt schöne Grüße von uns! Wird Zeit für einen geselligen Abend, jetzt, wo die Tage kürzer werden.«

Als sie außer Hörweite waren, nahm Claudius den Faden wieder auf. »Es geht dir um Frannek? Deswegen willst du mit Klara reden?«

Mathilda nickte. »Sein Herz findet keine Ruhe, solange er weiß, dass ihm die Menschen aus der Kolonie grollen. Klara muss endlich erfahren, dass er noch lebt und dass er sich Versöhnung wünscht.«

»Weiß sie denn gar nichts von ihm?«

Mathilda hob die Schultern. »Ich glaube nicht. Sie hat nie mehr von ihm gesprochen. Sie wird sich auch nicht nach ihm erkundigt haben.«

»Frannek hat alles erreicht, was ein Mann nur schaffen kann. Du warst letztes Jahr erst bei seiner Hochzeit. Ist er nicht inzwischen Offizier in der Armee?«

Für eine Woche war Mathilda im letzten Jahr im späten Sommer nach Saratow zu Franneks Hochzeit gereist, wieder allein, weil Claudius seine Schmiede so lange nicht geschlossen halten wollte und sie das Geld brauchten.

Frannek hatte nicht standesgemäß geheiratet. Mathilda hatte Schwierigkeiten gehabt, einen Zugang zu ihrer Schwägerin zu finden. Es war ihr nicht geglückt, und Mathilda litt darunter, dass Frannek sich von ihr entfernte. Diese Inna hatte eine Kälte und Herrschsucht ausgestrahlt, die jeden, der mit ihr in Berührung kam, frieren ließ. Aber Frannek liebte sie und hatte sich über alle Maßen gefreut, dass Valentina und der Major diese Frau akzeptierten, trotz ihrer zwielichtigen Vergangenheit, über die die wildesten Gerüchte kursierten. Es hieß, sie habe als Hure im Hafenviertel von Saratow gearbeitet.

Claudius hatte mit Mathilda gestritten. Seiner Meinung nach war es ganz und gar zweitrangig, ob die Familie die neue Frau an Franneks Seite billige oder nicht.

Im vergangenen Monat war Post aus Saratow gekommen – die Geburtsanzeige von Franneks und Innas erstem Sohn Anatolij. Mathilda hatte weinend über dem Brief gesessen, und Claudius wusste nicht, ob aus Trauer oder aus Freude.

»Ich hätte so gern früher davon erfahren, dass Frannek Vater wird«, sagte sie nun, da das Haus der Mais in Sichtweite kam. Dahinter zogen sich die endlosen Steppenfelder, die im Abendlicht leise raschelten, wenn eine Brise darüberstrich. »Wir waren stets enge Vertraute, und nun, da diese Frau in sein Leben getreten ist, gebärden wir uns wie entfernte Bekannte. Es macht mich traurig, dass ich meinen Bruder verliere«, sagte sie.

Claudius legte für einen Moment den Arm auf ihre Schulter, zog ihn aber sofort zurück, als sie auf Abstand zu ihm ging. »Und deswegen willst du den Frieden zwischen ihm und Waidbach wieder herstellen?«

Mathilda nickte. »Ja, es wäre mir wichtig. Ich will, dass sie mich hier besuchen können. Ich will meinen Neffen sehen, ich will ihn im Garten herumtollen sehen und mollig eingepackt auf dem Schlitten ziehen. Ich will mit meinem Bruder abends traut beieinander sitzen und Erinnerungen über frühere Zeiten austauschen. Ich will nicht, dass wir den Kontakt zueinander verlieren.«

»Der Weg zu ihm führt über Inna«, erwiderte Claudius.

»Und über Klara«, gab Mathilda zurück und stapfte sich die Füße vor der Haustür ab, bevor sie klopfte.

Claudius biss sich auf die Lippen. *Ich will, dass sie mich hier besuchen.* Ihre Worte hallten in ihm nach und ließen einen bitteren Geschmack auf seiner Zunge zurück. In ihren Reden schloss Mathilda ihn bereits aus. Hatte sie in ihrem Herzen ihre Ehe bereits aufgegeben?

Klara liebte es, das Haus voller Gäste zu haben. Sie brauchte keinen Grund zum Feiern, doch diesmal gab es sogar einen: Vor zwei Tagen war Sebastian aus Saratow zurückgekehrt. Klara hatte ihm sofort angesehen, dass er gute Nachrichten brachte. Sie war ihm um den Hals gefallen und hatte ihn abgeküsst, noch bevor er erzählen konnte. Luise hatte den Eingriff bei der heilkundigen Frau überraschend gut überstanden. Sie hatte zwar über starke Schmerzen geklagt und lag zwei Tage im Bett in der Herberge, in der Sebastian ein Zimmer gemietet hatte, aber danach konnte er ihr praktisch bei der Genesung zusehen. Eine Woche nach dem Eingriff begleitete Sebastian seine Tochter, als sie sich bei Ilja Kaminskowitsch vorstellte, einem ranghohen Beamten im Gouvernement von Saratow. Seine Frau Walburga war Deutsche und gut bekannt mit Eleonora. Das Empfehlungsschreiben von Klaras todkranker Schwester öffnete Vater und Tochter Tür und Tor. Walburga freute sich darüber, ein deutsches Hausmädchen zu bekommen, und zog Luise gleich an ihre Brust. Sebastian hatte seiner Tochter eingeschärft, sie solle sich anstellig verhalten und sich nichts zuschulden kommen lassen. Dies sei ihre große Chance, doch noch den richtigen Weg einzuschlagen, und sie sollte es nicht durch eigene Dummheit verderben. Luise hatte ihrem Vater in die Hand versprochen, von nun an eine ehrenwerte junge Frau zu sein, und ihn dankbar geküsst.

Als Sebastian ihr das alles geschildert hatte, kullerten Klara Tränen der Erleichterung über die faltigen Wangen. Sie rang die Hände und hob sie in den Himmel, um dem Herrgott zu danken, dass er ihre leichtlebige Tochter nicht bestrafte, sondern sie auf den rechten Weg führte. Sebastian erwiderte zwar, dass hier weniger der Herrgott als Eleonora die Hände im Spiel gehabt hatte, aber er schmunzelte dabei und führte danach mit seiner Frau ein Tänzchen in der Küche auf. Manchmal war das Leben so leicht, als würde man auf Wolken schweben. War das nicht ein Grund, sich das Haus voller Gäste einzuladen?

Und als wäre dies nicht genug, erwartete Klara jeden Tag die Ankunft ihrer Schwester Christina aus St. Petersburg in Begleitung ihrer Nichte Sophia. Von den beiden war letzte Woche Post eingetroffen.

Wann immer sich Klara vorstellte, wie Eleonoras Gesicht auf ihrem Krankenlager erstrahlen würde, sobald sie Christina und Sophia sah, wurde es ihr warm ums Herz. Sie freute sich unbändig darauf, der Kranken diese Freude zu bereiten, obwohl Matthias geschimpft hatte, als er hörte, dass sie die Verwandten in St. Petersburg in Aufruhr versetzt hatte.

»Eleonora wird gesund. Ich sehe doch, wie es ihr jeden Tag besser geht! Warte ab, im Frühjahr ist sie so weit, dann kann sie wieder auf Reisen gehen.«

Klara fragte sich, ob Matthias selbst glaubte, was er ihr da einzureden versuchte. Wenn ja, würde es für ihn ein immenser Schock sein, wenn er sich tatsächlich von seiner Frau verabschieden musste. Klara ahnte, dass Eleonoras Tage gezählt waren, aber Matthias wollte davon nach wie vor nichts hören. Trotzdem freute er sich darauf, seine Stieftochter Sophia zu sehen. Christina würden sie schon für ein paar Tage ertragen, erklärte er lachend. Klara stimmte in sein Lachen ein.

Sie riss schwungvoll die Tür auf, als sie das Klopfen hörte, und breitete die Arme aus, um Mathilda und Claudius willkommen zu heißen.

Hinter ihr lärmten die anderen Gäste an der langen Tafel, die sich unter den Schüsseln fast bog. Die Stube war erfüllt von dem Duft nach gebratenem Fleisch und Eierteig, Klara hatte Berge von *Blinnsies* gebacken, dazu gab es gefüllte Fleischtaschen, sauer eingelegte Gurken und Melonen, knuspriges Roggenbrot, frische Butter, Ziegenkäse und Quark. Die Gläser der Gäste klirrten, als sie sich mit Wodka und Kwass zuprosteten.

Sie lachte, als sie sah, dass sich Claudius über die Lippen leckte und die Hände rieb. »Greif zu, Claudius, es ist genug für alle da!«, rief sie.

Die anderen rückten auf den Bänken enger zusammen, und Sebastian zog zwei weitere Stühle heran. Ihm gegenüber saßen sein Sohn Martin und dessen Frau Hilda. Ihr fünfjähriger Sohn Simon spielte auf dem Boden unter dem Tisch mit zwei Holzpferden, die ihm sein Vater geschnitzt hatte. Neben Martin unterhielt sich Henny gerade mit ihrem Onkel Matthias. Die beiden wechselten sich ab, um alle halbe Stunde nach Eleonora zu schauen, die im Haus nebenan schlief. Amelia hatte sich entschuldigt. Sie lag mit Kopfschmerzen hinten in ihrer Kammer und schaute nicht einmal raus, um die Gäste zu begrüßen. Klara hatte auf sie eingeredet, wie gut es ihr täte, unter Menschen zu sein, aber sie lehnte ab. Nach allem, was Klara wusste, vermutete sie, dass es an Claudius und Mathilda lag, dass Amelia nicht an dem gemeinsamen Essen teilnehmen wollte. Ach, sie wünschte, sie könnte ihrer liebeskranken Tochter helfen. Aber Amelias Kummer wog schwer, und sie ließ keinen an sich heran.

Auch Philipp war nicht da. Bei dem Gedanken an ihren jüngsten Sohn bildete sich eine Zornesfalte auf Klaras Stirn, während sie weitere Gläser und Löffel auf dem Tisch verteilte. Der Achtzehnjährige hatte sich seit drei Tagen nicht zu Hause blicken lassen. Gut, die Ernte war eingefahren, auf den Feldern gab es dieser Tage nichts zu tun, aber am Haus war immer etwas zu reparieren, und Holz für den Winter musste auch jemand hacken. Sebastian mit seinem verkrüppelten Arm schaffte das nicht allein, und es wurmte Klara, dass Philipp so gar kein Verantwortungsgefühl zeigte und rücksichtslos das tat, wonach ihm der Sinn stand. Wenn sie bloß wüsste, was er da draußen mit seinen Freunden trieb! Aus dem Jungen war nichts herauszubekommen, und insgeheim fürchtete Klara, dass Philipp nach Luise der nächste sein würde, der ihr Kummer machen würde. *Nicht jetzt daran denken*, schalt sie sich selbst. *Lass dir die gute Stimmung nicht verderben.* Sie strich den Rock glatt und ließ sich neben Sebastian nieder. Lächelnd hob sie ihr Glas, und alle stießen an.

Sie tauschten die neuesten Geschichten aus dem Dorf aus, lachten miteinander, scherzten und prosteten sich zu. Dass Mathilda ungewöhnlich schweigsam war, fiel nur Klara auf. Sie ermunterte sie zum Mittrinken, aber sie lehnte ab. »Du wolltest mit mir reden?«, flüsterte Klara ihr zu.

Mathilda nickte. »Später. Lass uns erst mal essen.« Sie nickte in Richtung Claudius. »Mein Mann hat Angst, dass er vom Fleische fällt.«

Wie stets in solchen Runden kamen die Männer schon bald auf die Politik zu sprechen. »Was meinst du, Matthias, wo wird Zar Alexander Napoleon aufhalten können?«

Matthias, der sich über das aktuelle Geschehen auf der Weltbühne nach wie vor auf dem Laufenden hielt, wiegte den Kopf.

»Das wird kein leichtes Unterfangen«, sagte er. »Er ist ja quasi schon Herr des Westens und wird nun nach dem Orient, nach Konstantinopel, Georgien, Indien und Persien greifen. Der Mann ist unersättlich.«

»Auf eine Mäßigung Napoleons zu warten hat keinen Sinn«, warf Claudius ein. »Wir müssen ihm zeigen, dass wir ihn stellen können. Gegen ein Bündnis aus Preußen, Russen, Engländern und Österreichern kommt er nicht an.«

Matthias kniff ein Auge zu. »Du täuschst dich, wenn du glaubst, die Preußen sind auf unserer Seite. Entweder sind sie neutral, oder sie schließen sich den französischen Truppen an. Alexander hat bereits sein Reisebett verladen und Truppen Richtung Austerlitz geschickt; dort wird sich zeigen, wie stark das Bündnis ist und ob wir in der Lage sind, Napoleon seine Grenzen zu zeigen. Er ist ein gewiefter Taktiker, und er ist schnell.«

»Wie es wohl wäre, wenn wir in Hessen geblieben wären?«, sann Klara. »Hätten wir uns dann Napoleon angeschlossen? Ich kann es mir kaum vorstellen. Mir ist alles Französische so verhasst.«

»Es ist müßig, darüber zu spekulieren«, erwiderte Matthias. »Tatsache ist, dass Russland unsere neue Heimat ist, und selbstverständlich sind wir auf Seiten des Zaren.«

Klara schrak zusammen und starrte Matthias an. »Aber die Männer bleiben von der Wehrpflicht befreit, oder? Sie werden nicht unsere Söhne und Ehemänner einziehen?«

»Keine Sorge«, beschwichtigte Matthias sie. »Wir Kolonisten bleiben von der Rekrutierung verschont.«

»Es sei denn, man tritt freiwillig in die Armee ein«, sagte Mathilda, und Schweigen senkte sich über die Gesellschaft. Alle starrten die junge Frau an, die zum ersten Mal an diesem Abend den Mund aufgemacht hatte.

Claudius wischte sich die fettigen Hände an seiner Hose ab und lehnte sich in seinem Stuhl zurück.

Klara stierte zwischen beiden hin und her. Was meinte Mathilda bloß? »Ich kenne keinen, der freiwillig zur Waffe greift, um ein erbärmliches Soldatenleben zu fristen und als Kanonenfutter zu enden.«

Auf Mathildas Wangen zeichneten sich rot-violette Flecke ab. Sie richtete sich auf und straffte die Schultern. »Mein Bruder Frannek ist beim Militär und kämpft auf der Seite der Russen. Offizier ist er geworden.«

Wie eine Granate schlug diese Nachricht in der Runde ein. Henny schrie auf, nachdem sie die Worte von Mathildas Lippen gelesen hatte. Klara sog geräuschvoll die Luft ein. Die Männer brummelten entrüstet. Martin wechselte einen Blick mit seiner Frau, die die Lippen zu einem Strich aufeinanderpresste.

»Frannek lebt?«, fragte Klara schließlich und beugte sich vor, um Mathilda in die Augen schauen zu können. Eine pochende Ader an ihrer Schläfe verursachte ihr hämmernde Kopfschmerzen. Wie ein Blitz schossen die Erinnerungen durch ihren Verstand. Wie Frannek als kümmerliches Häufchen Elend in ihr Haus gekommen war. Verstockt und verschlossen war er von Anfang an gewesen. Anders als seine Schwester Mathilda, die um die Liebe der Pflegeeltern buhlte, war ihnen Frannek von Anfang an nur mit Grimm und Argwohn begegnet. Er hatte neben ihnen her gelebt, und Klara hatte das Mitleid, das sich dann und wann in ihr Herz geschlichen hatte, beiseitegeschoben. Tränen hatte sie vergossen, als sie erfuhr, warum Frannek so unzugänglich geworden war. Als der Dorflehrer herausfand, dass Frannek von seinem eigenen Vater missbraucht worden war. Das wünschte man keinem Kind, aber andererseits war es keine Entschuldigung dafür, dass er später anfing zu zündeln und fast das Gemeindehaus abgefackelt hätte. Am schlimmsten aber wog, dass er beim Zündeln den kleinen Martin in Brand gesetzt hatte. Klara hatte noch die Schreie ihres damals fünfjährigen Sohnes in den Ohren und Sebastians wütendes Brüllen, als er herausfand, was geschehen war. Bei Nacht und Nebel hatte sich Frannek damals mit sechzehn Jahren aus dem Dorf geschlichen, und seitdem hatten sie nichts mehr von ihm gehört. Manchmal hatte Klara darüber nachgedacht, was wohl aus dem Jungen geworden war, und manchmal hatte sie sich sogar gefragt, ob sie nicht zu hart zu Frannek gewesen waren. Ob sie nicht eine Mitschuld daran trugen, dass Frannek zum Ausgestoßenen geworden war. Klara hatte gefürchtet, dass er von den Wölfen der Steppe zerrissen worden war. Im besten Fall hatte er vielleicht eine Anstellung als Hilfsarbeiter im Hafen von Saratow gefunden. Und Mathilda erzählte ihnen, dass er einen hohen Rang im Militär bekleidete?

Im Raum war es mäuschenstill. Man hörte nur das Krachen der Holzscheite im Ofen und ein Knarzen in den Wänden, als Mathilda mit leiser Stimme berichtete, wie es ihrem Bruder ergangen war. Sie erzählte von der gütigen Maman Valentina und dass sie ihr Herz öffnete für alle vom Schicksal benachteiligten Geschöpfe. Sie erzählte davon, dass Frannek in seinem hoch angesehenen Pflegevater ein Vorbild gefunden hatte und wie seine Liebe zum Militär erwacht war. Sie schilderte, wie aus dem sonderbaren Jungen ein junger Mann geworden war, der seinen Platz im Leben fand. Und nun sei er verheiratet und habe einen Sohn. Mathilda lugte zu Martin, der mit unbewegter Miene zugehört hatte. Seine dunkelblonden Haare fielen ihm in die Stirn, in seinen grauen Augen lag ein eigenartiger Glanz. »Er bereut so sehr, was er dir damals angetan hat, Martin. Es ist wie ein Geschwür in seinem Fleisch, dass er aus der Kolonie verschwinden musste und niemals mehr zurückkehren kann. Sein Leben könnte erfüllt sein, wenn nur der Frieden zwischen ihm und euch hergestellt werden könnte.«

Claudius räusperte sich. »Das ist deine Auslegung, Mathilda«, sagte er. »Du weißt nicht, ob es ihm wirklich wichtig ist.«

Mathilda fuhr zu ihrem Mann herum und schoss ihm einen feurigen Blick zu. »Ich weiß es! Er ist mein Bruder! Ich habe all die Jahre die Verbindung zu ihm gehalten, und ich weiß, wie sehr er darunter leidet, dass Klara, Sebastian, Martin, die ganze Familie und alle Freunde ihm grollen. Es würde ihm das Leben leichter machen, wenn er wüsste, dass die Waidbacher ihm verzeihen. Besonders jetzt, da er selbst einen Sohn hat.«

Klara hatte mit rasendem Herzschlag gelauscht. Jetzt horchte sie in sich hinein, forschte nach dem Zorn der vergangenen Jahre und fand ihn nicht. Es war alles so lange her. Sie wandte sich Martin zu, hob fragend die Brauen. Auch die anderen richteten ihre Aufmerksamkeit auf den jungen Mann, an dessen Beinen die Narben der Brandverletzung bis heute zu sehen waren. »Ich habe kaum noch Erinnerung an damals«, sagte Martin.

»O doch, das hast du«, fuhr seine Frau Hilda dazwischen, so schrill, dass der kleine Simon unter dem Tisch hervorkroch und sie ängstlich anschaute. Hilda zog ihn auf ihren Schoß, als müsste sie ihn beschützen. »Meinst du, ich sehe nicht, wie deine Hände heute noch zittern, wenn du den Ofen anwirfst? Wie ängstlich du Simon wegzerrst, sobald er sich auf drei Meter dem Feuer nähert?«

Martins Ohren erglühten. Er presste die Lippen aufeinander. »Ja, ich fürchte das Feuer«, gab er gepresst zu. »Aber ich bringe das nicht mehr mit Frannek in Verbindung. Ich weiß gar nicht mehr, wie er ausgesehen hat. Ich würde ihn wahrscheinlich auf der Straße nicht erkennen, wenn ich ihm begegnen würde. Nein, Hilda, ich zürne dem Sechzehnjährigen von damals nicht. Es war ein Versehen. Er hat mich nicht absichtlich angezündet.«

Hilda musterte ihn voller Liebe. »Ich will nur nicht, dass dich eine Begegnung mit dem Mann aus der Fassung bringt. Er hat Schuld auf sich geladen, und du warst das Opfer.«

Martin schüttelte den Kopf. »Ich bin bereit, Frannek willkommen zu heißen«, sagte er. »Wenn er nach Waidbach kommen möchte, steht ihm unser Haus offen.«

Mathildas Gesicht leuchtete auf. »Ich danke dir so sehr, Martin.« Ihr Blick glitt zu Klara.

Die hatte sich flüsternd mit Sebastian ausgetauscht. Nun nickte sie. »Die Vergangenheit soll man ruhen lassen. Sag Frannek, wir zürnen ihm nicht mehr. Wir würden uns freuen, wenn er mit seiner Familie ins Dorf käme.«

Mathilda sprang auf, lief um den Tisch herum und umschlang erst Sebastian, dann Klara. Sebastian erwiderte ihre Umarmung innig, Klara tätschelte ihr den Rücken.

In dem Moment erklangen von draußen Pferdegetrappel, ein Schnaufen und ein Wiehern. Räder rollten ratternd über die Dorfstraße. Klara löste sich von Mathilda und war mit zwei Schritten am Fenster. Sie musste die Hände seitlich an die Schläfen halten, um aus der vom Kerzenschein erhellten Stube nach draußen in die Dunkelheit zu stieren. Die mit Gold verzierte Karosserie der Kutsche spiegelte den Widerschein des Stubenlichts. Klaras Herz machte einen Satz. »Da sind sie!«, rief sie. »Christina und Sophia sind angekommen!«

15

»Jetzt hetz doch nicht so!« Claudius eilte hinter Mathilda her, aber die marschierte mit ausholenden Schritten ihm voran, die Hände zu Fäusten geballt, den Kopf erhoben. »Du hast dein Ziel erreicht. Warum bist du so verschnupft?«, rief er ihr hinterher.

Mathilda fuhr zu ihm herum, das Gesicht vor Ärger verzogen. Für einen Moment meinte Claudius einer Fremden gegenüberzustehen. Dieser harte Glanz in ihren Augen, der verkniffene Mund, die Zornesfalte zwischen den Brauen. »Wie konntest du mir so in den Rücken fallen! Du hast versucht, es darzustellen, als litte ich unter einem Hirngespinst und Frannek sei es gar nicht wichtig, ob er in Waidbach herzlich aufgenommen wird oder nicht.«

Claudius hob hilflos die Schultern. »Für mich sieht es so aus, als wolltest du den Frieden viel mehr als er.«

»Da hast du den falschen Eindruck«, fuhr sie ihn an und stieß die Haustür auf. »Und du hättest gut daran getan, ihn für dich zu behalten.«

»Ich werde ja wohl noch meine Meinung sagen dürfen«, brummelte Claudius und folgte ihr in die Stube. Er warf seine Jacke auf eine Stuhllehne und setzte sich an den Tisch, um sich die Schuhe abzustreifen. Schon wieder ein Streit. Gab es denn inzwischen keinen Abend mehr, an dem sie ohne Zwistigkeit zu Bett gingen? Er war es so satt.

Während er seinen Hemdkragen löste und die Füße von sich streckte, stellte Mathilda den Korb mit Resten des Abendessens, den ihr Klara in aller Eile mitgegeben hatte, in den Vorratsschrank. Sie trug noch Wollumhang und Schuhe.

Wie die anderen Gäste waren Claudius und Mathilda nach draußen geeilt, um die Ankommenden zu begrüßen. Die Familie hatte sich geherzt und geküsst, und Claudius und Mathilda hatten sich ein bisschen abseits gehalten. Sie kannten die beiden Frauen nicht, aber Claudius hatte sie staunend betrachtet. Obwohl sie mitgenommen von der langen Reise waren, strahlten sie eine Schönheit und Eleganz aus, wie man sie hier in Waidbach selten zu Gesicht bekam. Christina Haber war eine Dame, die auf dem Weltparkett bestehen konnte, von Kopf bis Fuß, und die schwarzhaarige Sophia verströmte einen Zauber wie eine Göttin. Ihr Bauch hatte sich unter dem Reisemantel gewölbt, aber die Schwangerschaft konnte ihre atemberaubende Schönheit nicht beeinträchtigen.

Nachdem Klara ihnen mit fliegenden Händen den Korb gepackt hatte, hatten sie sich verabschiedet, weil sie spürten, dass sie nicht mehr dazugehörten. Die Familie feierte ihr Wiedersehen, und dabei störten Claudius und Mathilda nur.

Dennoch war es für Mathilda ein rundum erfolgreicher Abend gewesen. Claudius fragte sich missmutig, warum sie ihm einen Strick aus seinen wenigen Bemerkungen drehte. Warum gab sie nicht Ruhe und freute sich darüber, dass sie ihrem Bruder eine gute Botschaft überbringen konnte?

Mathilda stapfte an ihm vorbei zur Tür. Am Ellbogen trug sie den Korb, in dem sich noch eine Holzschüssel mit Fleischpasteten befand, die sie offenbar nicht zu den eigenen Vorräten gepackt hatte.

»Gehst du noch mal weg?«, fragte er tonlos.

»Ja.« Sie öffnete die Haustür, und der kalte Wind von draußen zog durch die Stube. Dann wackelten die Wände, als sie die Tür mit Schwung zuwarf.

Claudius zuckte zusammen und ballte in hilfloser Wut die Fäuste. Er mahlte mit dem Kiefer, während hinter seiner Stirn Feuerblitze schossen. So sollte ein Eheweib nicht mit dem eigenen Mann umgehen. Das stand ihr nicht zu.

Viele Waidbacher brachten Essensreste, Gartenobst, Gemüse und Eier zum Pfarrer oder Dorflehrer, aber Claudius war sicher, dass Mathildas Weg sie weder zu Laurentius Ruppelin noch zu Anton von Kersen führte.

Er fluchte, als er aufsprang und wieder in seine Schuhe schlüpfte. Nachlässig warf er sich die Jacke über und verließ das Haus. Die Dorfstraße lag verlassen da, der Kerzenschein in den Fenstern der Nachbarn war das einzige Licht. Der Mond verbarg sich hinter schnell ziehenden dunklen Wolken. Aus den Häusern drangen Stimmen und Gelächter, manche sangen und musizierten gemeinsam. Claudius schlug den Kragen hoch und marschierte ans Südende der Kolonie. Von Weitem entdeckte er bereits das Haus von Johannes Schaffhausen. Er verlangsamte den Schritt, als er beobachtete, wie Mathilda, von einem Bein aufs andere tretend, vor der Tür auf Einlass wartete. In diesem Moment ging die Tür auf, Arme schlangen sich um seine Frau, zogen sie ins Innere.

Claudius biss die Zähne zusammen, dann fiel er in den Laufschritt. Er keuchte, als er Schaffhausens Hütte erreichte. Vor den Fenstern hingen keine Vorhänge, innen glommen mehrere Kerzen und das Feuer im Ofen. Licht und Schatten flogen über die Gesichter der beiden Menschen in der Stube.

Die Wände waren dünn, Claudius brauchte nicht einmal das Ohr an die hölzerne Außenwand zu drücken, um mitzubekommen, was die beiden sprachen.

Johannes bedankte sich überschwänglich für die Pasteten. Er kostete gleich eine und ließ Mathilda abbeißen. Dann hörte Claudius sie erzählen: »Stell dir vor, Johannes, Klara, Martin und Sebastian haben versichert, dass Frannek wieder willkommen in Waidbach ist. Ist das nicht himmlisch?« In ihrer Stimme schwang überbordende Freude mit. Claudius lugte durch das Fenster und sah, wie Johannes Mathilda um die Taille packte und sie im Kreis herumwirbelte. Sie umschlang seinen Hals.

»Ich freue mich so sehr für dich, Tilda. Und ich kann es kaum erwarten, deinen Bruder kennenzulernen.«

Mathilda lachte ihn an, ihre Augen sprühten Funken, und da beugte sich Johannes herab und küsste sie auf den Mund. Vielleicht sollte es nur ein freundschaftlicher Kuss werden, aber Claudius sah, wie Mathilda sich an Johannes presste, wie sie sein

Begehren entfachte. Johannes vergrub seine Hände in ihren Haaren, und sie schmiegte sich mit dem ganzen Leib, auf Zehenspitzen stehend, an ihn. Ihre Hände begannen zu wandern, während sie nicht aufhörten, sich zu küssen und zwischendurch lächelnd die Stirn aneinander zu legen.

Claudius schmeckte einen Geschmack wie von Galle auf seiner Zunge. Er wartete darauf, dass der Jähzorn in ihm auflodertete, der ihn dazu bringen würde, mit einem kräftigen Tritt die Tür einzuschlagen und die beiden Menschen, die ihn hintergingen, zur Rede zu stellen.

Stattdessen stieg in ihm eine bleierne Müdigkeit auf. Er fühlte sich ermattet wie nach einer verlorenen Schlacht, und eine Traurigkeit breitete sich wie grauer Dunst in ihm aus. Er senkte den Kopf, lauschte noch einen Moment dem Lachen und den zärtlichen Worten, die die beiden in der behaglichen Stube austauschten. Schließlich wandte er sich um und trottete mit gesenktem Kopf zu seinem eigenen Haus zurück. Der Mond blitzte durch eine Lücke in der Wolkendecke und erhellte den Pfad mit einem gespenstischen Licht.

In der Stube streifte sich Claudius mit klammen Fingern die Kleidung vom Leib, schlüpfte in sein Nachtgewand und legte sich auf seine Seite des Ehebettes. Das silberne Mondlicht fiel durch die Ritzen der Vorhänge und tauchte den Raum in ein mattes Licht. Claudius zog die Decke bis zur Brust und starrte an die Decke. Er horchte in sich hinein, versuchte die Gefühle wachzurufen, die Mathilda in früheren Jahren mit ihrer Leidenschaft und ihrer bedingungslosen Liebe in ihm ausgelöst hatte, versuchte, sich an die Zeiten zu erinnern, als es noch gemütlich und liebevoll in seinem Haus zuging, bevor die Kälte durch alle Ritzen hereingekrochen war. Er fühlte sich leer und ausgebrannt und auf eine befremdliche Art erleichtert.

Dies war also das Ende, ging es ihm durch den Kopf. Sein Herz schlug dabei gleichmäßig und kräftig gegen seinen Brustkorb.

Er wusste nicht, wie viel Zeit vergangen war, als er draußen schließlich Schritte vernahm. Mathilda öffnete behutsam die Tür. Offenbar wollte sie sichergehen, ihn nicht zu wecken. Dabei würde er in dieser Nacht vermutlich kein Auge zu tun.

Er schloss die Lider, das Gesicht unbewegt, als Mathilda aus ihrem Kleid stieg und ihr Nachthemd über den Kopf streifte. Sie versuchte, kein Geräusch zu machen, aber er sah sie vor sich, obwohl er die Augen geschlossen hielt.

Vorsichtig kroch sie unter die Bettdecke, drehte ihm den Rücken zu. An ihrem Atem erkannte er, wie aufgewühlt sie noch war. Ob sie diese Nacht von Schaffhausen träumen würde?

»Ich will die Scheidung«, sagte er in die silberne Dunkelheit hinein.

Sekunden vergingen, in denen Claudius nur seinen eigenen Herzschlag und Mathildas Atmen hörte.

»Gut«, sagte sie mit rauer Stimme. Mehr nicht.

Er unterdrückte ein Seufzen, blieb weiter reglos liegen, während hinter seiner Stirn Bilder aus der Vergangenheit aufstiegen. Ihr erster Kuss in der Senke am Waldrand. Ihr Liebesnest in der alten Hütte des Viehhüters. Ihre glücklichen Augen, als er ihr das Armband mit den Kopeken überreichte, zum Zeichen ihrer immerwährenden Liebe. Alles vorbei, aber nicht vergessen. Diese Erinnerungen gehörten zu ihm und würden sein Leben auch in Zukunft bestimmen. Mit Mathilda an seiner Seite war er zu dem Mann geworden, der er heute war. Weniger wild, weniger jähzornig, bedachter und gelassener und vielleicht ein bisschen weiser. Er bereute nichts, aber nun würde eine andere Zeit beginnen. Er war frei für ein neues Leben. Ohne Mathilda.

Später hörte er, wie Mathilda ins Kissen schluchzte. Er sah, wie ihre Schultern unter der Bettdecke bebten. Sie ließ den Tränen freien Lauf, wohl weil sie annahm, er schliefe und würde es nicht mitbekommen. Einen kurzen Moment war er versucht, zu ihr hinüberzugreifen und ihre Schulter zu streicheln, um sie zu trösten. Aber er ließ es. Er wusste, sie weinte nicht um ihn. Sie weinte aus Angst vor der Veränderung, die die Zukunft bringen würde. Und um verlorene Träume.

Die Kirchturmuhr schlug zur Mitternacht. Der Glockenklang hallte über das Dorf und in Eleonoras Krankenzimmer. Für Eleonora gab es schon lange keinen Unterschied mehr zwischen Tag und Nacht. Sie schlief, wann immer ihr die Lider schwer wurden, und wachte auf, wenn Durst sie quälte oder ein Hustenanfall sie schüttelte. Jeder ihrer Atemzüge wurde begleitet von einem Pfeifen in ihrer Brust. Manchmal versengte die Luft ihre Lungen wie heißer Rauch. Am schlimmsten aber war der Schüttelfrost, der sie bei Fieber überfiel. Dann klapperten ihre Zähne, der Schweiß rann ihr über Gesicht und Hals. Dennoch hatte Dr. Frangen ihr geraten, so oft wie möglich an die frische Luft zu gehen, selbstverständlich dick eingepackt. In den letzten Wochen kam Eleonora diesem Rat immer seltener nach, weil sie glaubte, ihre Füße würden sie nicht mehr tragen. Sie war dankbar für die Menschen, die rund um die Uhr nach ihr schauten. Es war so tröstlich, von ihren Verwandten und Freunden umgeben zu sein – und natürlich von Matthias. Wären sie in Saratow geblieben, dann läge sie jetzt schon unter der Erde. Die Freude an den Menschen hier in Waidbach hielt sie am Leben.

Als sie zu dieser späten Stunde die Augen öffnete, glitt ein Lächeln über ihr Gesicht, weil sie glaubte, sie sei in einem zauberhaften Traum gefangen. Ein Gesicht beugte sich über sie, das schönste Antlitz, das Eleonora kannte. Das Gesicht ihrer Tochter.

»Sophia«, hauchte sie und wollte die Hand heben, um ihr über die Wange zu streicheln, obwohl es nur ein Trugbild sein konnte, eine Fieberhalluzination. Aber da fühlte sie Sophias Hände, die nach ihren griffen. Sie berührte mit der Stirn ihre Finger, küsste ihre Handinnenflächen. Tränen liefen über ihre schneeweißen Wangen. »Mama«, flüsterte sie.

»Du bist wirklich gekommen«, sagte Eleonora.

»Ich musste dich doch sehen.«

Eleonora seufzte glücklich. »Das ist wunderbar, Sophia.« Sie wollte sich aufrichten, aber Sophia drückte sie in die Kissen zurück.

»Bleib liegen, Mama. Schone dich.«
»Wie spät ist es?«, fragte Eleonora.
»Mitternacht.« Sophia lächelte sie an. »Keine gute Zeit für einen Krankenbesuch. Wir sind gerade angekommen, und ich wollte dich so gern sehen. Ich hatte gehofft, wir würden dich nicht wecken.«
»Wir?«
Sophia schmunzelte. »Ich bin nicht allein gekommen. Schau, wer dich unbedingt besuchen wollte.« Sie wandte sich um und wies auf Christina, die hinter ihr wartete.

Eleonora versuchte, ihren Blick auszurichten, und aus dem schwammigen Nebel schälte sich ihre Schwester hervor. Die silbergrauen Haare hatte sie zu einer Hochfrisur gesteckt. Allerdings fielen ein paar Strähnen heraus. Ihr Gesicht war straff und schön, doch unter den Augen lagen dunkle Ringe.

Mit zwei schnellen Schritten trat Christina an das Bett. Sie sank auf die Knie, ungeachtet ihres in sorgfältige Falten gelegten vornehmen Reisekleids, das gar nicht so recht nicht in die Kolonie passen wollte. Christina ergriff ihre Hände, Eleonora fühlte den vertrauten Druck ihrer Finger. »Was machst du für Sachen, Eleonora. Sieh nur zu, dass du bald auf die Beine kommst. Ich will lange Spaziergänge mit dir durch die Steppe unternehmen.«

Eleonora lachte auf und hustete im gleichen Atemzug. Das konnte ihr Christina nicht erzählen, dass sie sich nach Wanderungen durch das Wiesenland an der Wolga sehnte. Aber sie begriff, dass ihre Schwester ihr auf ihre Art Mut zusprechen wollte und dass sie dafür sogar bereit war, über ihren eigenen Schatten zu springen. Das war bei Christina keine Selbstverständlichkeit. Ihr Leben lang hatte sie sich durch ihre Rücksichtslosigkeit ausgezeichnet. Aber hatten sie sich nicht alle verändert?

»Ach, Christina.« Sie sah die fächerartigen Fältchen an den Augenrändern, die Kerben zwischen Nase und Mundwinkeln. Das Leben hatte seine Spuren hinterlassen, aber Christina war immer noch eine schöne Frau. Wie oft hatte sie sich über ihre Schwester geärgert, hatte sie verflucht wegen ihrer Selbstsucht und Raffinesse, aber auf einmal erschien all dies nachrangig. Sie waren Schwestern, durch ein unsichtbares Band miteinander verbunden.

Eleonora wandte den Kopf, als sich Klara auf die Bettkante setzte. Im direkten Vergleich zu Christina hätte niemand die beiden für Schwestern gehalten. Klaras Gesichtshaut war vom Wetter gegerbt, die Wangen durchblutet und von Äderchen durchzogen. Die Brauen wuchsen dicht über ihren müden Augen. Ihre Wangen waren rund, und ihr Kleid – sicherlich eines ihrer schönsten – war die Festtagstracht einer Bäuerin.

Aus dem Augenwinkel bemerkte Eleonora Matthias und Sebastian, die sich im Hintergrund hielten. Matthias küsste seine Fingerspitzen und winkte ihr damit zu. Eleonora nickte lächelnd. Die beiden Männer spürten, dass sie vom trauten Beisammensein der Schwestern ausgeschlossen waren. Auf leisen Sohlen verließen sie das Krankenzimmer.

Wie damals bei Mutter, ging es Eleonora auf einmal durch den Sinn. »Wisst ihr noch, wie wir am Totenbett unserer Mutter gesessen haben?«

Sophia sog die Luft ein. »Red nicht so, Mama. Du wirst noch lange leben!«

Klara nickte und presste für einen Moment die Lippen zu einem schmalen Strich zusammen. »Ich habe noch Christinas Schwur im Ohr, dass wir die Weberei übernehmen. In diesem Glauben ist Mutter gestorben.«

Christina musterte sie. »Man muss das Glück beim Schopfe packen, wenn es sich ergibt. Mutter hätte nicht gewollt, dass wir in Hessen verhungern. Und hat es dir geschadet, nach Russland ausgewandert zu sein?«

Klara lächelte versöhnlich. Auch sie hat sich verändert, ging es Eleonora durch den Sinn. Was war sie für ein bockbeiniges junges Ding gewesen. Weggelaufen war sie von zu Hause, weil es ihr so zuwiderlief, die Heimat zu verlassen. »Nein, am Ende hat sich alles gefügt«, sagte sie.

Sophia erhob sich, um für einen Moment das Kreuz durchzudrücken. Sie stemmte die Hände in Seiten und seufzte leise. Eleonora betrachtete sie mit wachsendem Staunen. »Du ... du bist schwanger?«, flüsterte sie ergriffen.

Sophia nickte. »Das Kind soll im Februar zur Welt kommen.«

»Oh, was gäbe ich darum, mein Enkelkind noch im Arm halten zu können.« Tränen sammelten sich in Eleonoras Augen.

»Das wirst du, Eleonora, das wirst du«, beschwichtigte Christina sie sofort.

»Wo ist Jiri? Warum ist er nicht mitbekommen?«

Ein Schatten fiel über Sophias Gesicht. »Sie haben ihn zum Militär geholt. Er ist mit seiner Kompanie auf dem Weg nach Westen in Richtung Austerlitz. Der Zar braucht jeden Mann im Kampf gegen die Franzosen. Einerlei, ob er kampferprobt ist oder nicht«, fügte sie bitter hinzu. »Ich bete jeden Abend, dass er bald zu uns zurückkehrt.« Sophia streichelte ihren Bauch.

»Diese verdammten Kriege«, zischte Klara. »Gott sei Dank bleiben wir hier davon verschont.«

Christina wiegte den Kopf. »Ob das immer so bleiben wird? Wenn Napoleon Russland erobern will, wird er vor den Kolonien hier nicht Halt machen.«

»Mal den Teufel nicht an die Wand«, erwiderte Klara mit finsterer Miene und rang die Hände in ihrem Schoß.

»Wie lange könnt ihr bleiben?« Eleonora schaute abwechselnd von ihrer Tochter zu ihrer Schwester.

Christina und Sophia wechselten einen Blick. Dann war es Christina, die sprach: »Wir bleiben so lange, wie du uns brauchst«, versprach sie.

Eleonoras Lider wurden schwer, sie strengte sich an, sie offen zu halten. »Das ist gut«, sagte sie schwach. Als sie die Augen schloss, war in ihre Wangen die Farbe zurückgekehrt.

Ihre Schwestern und Sophia verließen auf Zehenspitzen das Krankenzimmer. Vielleicht wird doch noch alles gut, war Eleonoras letzter Gedanke, bevor sie in einen traumlosen Schlaf fiel.

Klaras Haus war weitläufig genug, um Christina und Sophia zu beherbergen, aber Sophia erklärte, dass sie gleich am nächsten Tag zu ihrer Mutter ziehen würde. Vielleicht konnte man in der Stube am Ofen eine Pritsche aufstellen. Am Abend ihrer Ankunft wollte sie allerdings nicht unnötig Unruhe aufkommen lassen und zog sich gleich nach dem Besuch bei ihrer Mutter in die Kammer zurück, die Klara ihr hergerichtet hatte. Sebastian war bereits zu Bett gegangen, Matthias lag inzwischen neben seiner kranken Frau.

Klara und Christina hockten in der Küche an der Tafel zusammen. Alle Schüsseln und Löffel waren abgeräumt, der Tisch geputzt und die Vorräte verstaut. Eine Kerze brannte zwischen ihnen, während sie heiße Milch aus Bechern tranken. Das Licht erhellte den Raum nur schemenhaft und warf Schatten auf die Gesichter der Schwestern.

Christina betrachtete Klara verstohlen und bemühte sich, ihrer Miene nicht anmerken zu lassen, wie sehr sie der Anblick ihrer jüngeren Schwester entsetzte. In ihren Augen sah Klara aus wie eine uralte Frau. Sie ging gebeugt, den Kopf zwischen die Schultern gezogen, und ihrem Kleid sah man an, dass sie schon mehrmals die Nähte geöffnet hatte, um es zu erweitern. Ihr Hüftspeck dehnte den Stoff. Und was trug sie da an den Füßen? Filzpantoffeln?

Klara verzog spöttisch den Mund. »Normalerweise verbringst du deine Abende in vornehmerer Gesellschaft, nicht wahr?«

Christina erschrak. Hatte man ihr die Gedanken so deutlich angesehen? »Um Himmels willen, Klara, ich möchte nirgendwo anders sein als hier bei dir und in Eleonoras Nähe.«

»Wie laufen die Geschäfte in St. Petersburg?« Klara musterte sie betont gleichmütig. »Ich möchte meinen, du hast keinen Grund zur Klage.«

Christina wiegte den Kopf und nippte mit spitzen Lippen am Milchbecher. »Ich bin da, wo ich immer hinwollte. Mein Modehaus ist das angesehenste in St. Petersburg. Daran kann die Konkurrenz nicht rütteln«, erklärte sie mit erhobener Nase.

»Man munkelt, deine Tochter sei deine schärfste Rivalin«, sagte Klara.

Christina stieß die Luft durch die Nase aus. »Das wäre sie gern. Aber die Wahrheit ist, dass sie mir das Wasser nicht reichen kann. Ihre Kreationen werden niemals die Klasse und den Stil haben, die meine Modelle auszeichnen. Ich kleide Italienerinnen und Französinnen ein. Und selbstverständlich die meisten Damen aus der Zarengesellschaft.«

»Darin liegt dein Lebensglück, nicht wahr?«, sagte Klara versonnen. Sie war nicht so beeindruckt, wie Christina gehofft hatte.

Christina zuckte die Schultern. »Es ist ein wunderbares Gefühl, sich alles leisten zu können, was man begehrt. Ich habe ein traumhaftes Stadthaus, mehrere Bedienstete, ich kann mir den schönsten Schmuck aussuchen …« Ihre Augen verdunkelten sich, als sie an ihr Dekolletee griff.

Klara zog die Brauen hoch.

Der Zorn auf die dreisten Räuber stieg erneut in Christina auf. Dieses verfluchte Pack! Wie unverfroren sie sich ihrer Besitztümer bemächtigt hatten! Mit einem geladenen Gewehr hätte sie keine Skrupel gekannt, die Kerle kurzerhand niederzustrecken.

»Wir sind überfallen worden auf dem Weg hierher«, presste sie zwischen zusammengebissenen Zähnen hervor.

Klara schlug die Hand vor den Mund. »O mein Gott, wie fürchterlich! Und das sagst du jetzt erst?«

»Es war so viel Trubel bei unserer Ankunft und die Freude, euch zu sehen.«

»Haben sie euch etwas angetan?«, fragte Klara mit dünner Stimme.

Christina winkte ab. »Ach, das waren hohlköpfige Jungen. Die wollten nur den Schmuck, den wir am Leib trugen. Aber das war schlimm genug! Sophia in ihrem Zustand – du glaubst nicht, welche Ängste ich ausgestanden habe, dass sie ihr Kind vor Aufregung verliert!«

Klara barg für einen Moment das Gesicht in den Händen.

»Du lieber Himmel, ich mag mir gar nicht ausmalen, was alles hätte geschehen können. Wo ist es passiert?«

»Nicht weit von hier. Wir waren schon im Steppenland.«

»Ach herrje. Irgendwelche russischen Bauernjungen. Oder etwa Nomaden?«

»Nein, sie gehörten mit Sicherheit nicht zu den Steppenvölkern.«

»Du musst das zur Anzeige bringen beim Gouvernement von Saratow!«, erklärte Klara.

Christina nickte. »Das werde ich, darauf kannst du dich verlassen. Die sollen nicht ungeschoren ...«

Vor der Haustür erklangen Schritte. Jemand stampfte sich draußen den Dreck von den Stiefeln, dann ging die Tür knarrend auf. Ein kräftiger junger Mann mit zerlumpten Beinkleidern und einer Flickenjacke, deren Kragen er bis zu den Ohren hochgezogen hatte, trat in die Stube. Klara sprang auf, das Gesicht vor plötzlichem Zorn rot erglüht. Ihre Augen schossen Blitze. Sie eilte auf den Jungen zu und hob die Hand, um ihn zu ohrfeigen. Der Junge fing sie am Handgelenk ab und rang seine Mutter mit Blicken nieder.

Atemlos beobachtete Christina die Szene, schaute zwischen dem Neuankömmling und ihrer Schwester hin und her. Die Kerze auf dem Tisch flackerte und warf nur ein schwaches gelbes Licht.

»Philipp, zum Teufel noch mal!«, fluchte Klara. »Wo hast du dich die letzten Tage herumgetrieben? Ich bin fast krank geworden vor Sorge um dich!«

»Ich versuche, ein paar Rubel zu verdienen, Mütterchen. Ist das verboten?« Die Stimme des Jungen troff vor Hohn.

»Vermutlich ist es verboten!«, gab Klara zurück. »Wie ich dich kenne, geht das gewiss nicht mit rechten Dingen zu. Lass mir nicht zu Ohren kommen, dass du in Schmuggelgeschäfte verwickelt bist.«

Der Junge lachte auf. Christina fragte sich, ob er es für abwegig hielt, in halbseidene Geschäfte verwickelt zu sein, oder ob es ihn belustigte, dass seine Mutter annahm, sie würde davon erfahren. Auf jeden Fall ließ er es seiner Mutter gegenüber deutlich an Respekt mangeln. Das hatte Klara nicht verdient, fand Christina. Sie richtete sich auf, doch bevor sie den Mund öffnete, um ein paar scharfe Worte an den ungezogenen Kerl zu richten, trat dieser in den Schein der Kerze, und Christinas Gesicht erstarrte zu einer Maske, wie aus hartem Holz geschnitzt. Sie blickte dem Jungen in die Augen und erkannte in der gleichen Sekunde, dass auch er sofort wusste, wem er da gegenüberstand. Die Kälte dieser grauen Augen und die störrischen rotblonden Locken würde sie bis an ihr Lebensende nicht vergessen. Das also war Philipp, Klaras Sohn und ihr Neffe?

Klara bemerkte das eisige Schweigen, während Christina und Philipp sich ein stummes Gefecht lieferten.

»Ihr ... ihr kennt euch?«, fragte sie, plötzlich verunsichert. Christina sah aus den Augenwinkeln, dass sie den Kopf zwischen die Schultern zog und ihre Hände zu zittern begannen.

In Philipps Blick ging eine Veränderung vor. Gerade hatte er sie noch angriffslustig angefunkelt, nun trat ein flehender Ausdruck in seine Augen. Er biss sich auf die Unterlippe und strich sich verlegen mit der Hand über den flaumweichen Bart. Er wusste, dass Christina diesen Kampf gewonnen hatte. Sein Schicksal lag in ihrer Hand.

Hinter Christinas Stirn überschlugen sich die Gedanken. Im ersten Impuls wollte sie mit dem Finger auf ihn zeigen und laut auszurufen: »Das ist er! Das ist einer der Stinkstiefel, die Sophia und mich ausgeraubt haben!« Aber sie beherrschte sich – warum, das wusste sie selbst nicht genau. Vielleicht lag es an Klara, die auf einmal so klein und zerbrechlich wirkte, trotz ihrer Pfunde und ihrer kräftigen Hände. Klara hatte in diesen Tagen eine gewaltige Last zu tragen. Nicht nur, dass sie hingebungsvoll die todkranke Eleonora umsorgte, ihre eigenen Kinder machten ihr das Herz schwer. Sollte Christina da Öl in die Flammen schütten und ihr Leid noch vergrößern?

Sie hob das Kinn, sodass sie hoheitsvoll auf Philipp herabschauen konnte. Er senkte den Kopf und lugte zu ihr hinauf. Die Mütze hatte er abgenommen und knetete sie in den Händen.

»Ganz erstaunlich, wie ähnlich dir dein Sohn sieht, Klara«, sagte sie. »Er hat die gleiche Haarfarbe wie du in deiner Jugend, und wenn ich in seine Augen blicke, meine ich, dich von damals vor mir zu haben. Aber nein«, sie schürzte für einen Moment die Lippen. »Nein, wir kennen uns nicht.« Sie trat einen Schritt vor und reichte Philipp die Hand, sodass er sich darüber beugen konnte. »Ich bin deine Tante Christina«, sagte sie dabei, und ein feines Lächeln glitt über ihren Mund, als Philipp hölzern den Kopf senkte und die Lippen an ihre Hand führte.

16

Spätherbst 1805, Bayern und Österreich

Bis ein Soldat der *Grande Armée* zum ersten Mal in eine Schlacht zog, konnte es mehrere Jahre dauern. Christian Walter glaubte sich vom Glück begünstigt, weil seine Kompanie kurz nach seinem Eintritt bereits in Richtung Ulm marschierte, um gegen die Österreicher anzutreten. Es galt, die Donauarmee zurückzudrängen, die bereits den Inn überschritten hatte. In Eilmärschen drangen die napoleonischen Kompanien nach Süddeutschland vor.

Bei Wertingen erlebte Christian die Feuertaufe.

Am Vorabend reinigten sie ihre Musketen, manche beteten vor dem Kampf. Christian gehörte nicht dazu und witzelte über seinen Kameraden Gernot, der mit einer Patrone das Kreuzzeichen machte. Die Anspannung vibrierte in ihm, er zählte die Stunden, bis endlich bei Sonnenaufgang die ersten Kanonenschüsse fielen – das Signal für den Beginn des Kampfes.

Die Männer jubelten, und Christian stimmte ein, brüllte aus voller Kehle und fühlte sich, als verließe sein altes Dasein seinen Körper. Ja, jetzt war er ein Kämpfer, ein treuer Diener Napoleons. Die Zeit des Ausharrens war vorbei. Zwar rechnete keiner damit, dass sie die Österreicher und die hinzugeeilten Russen in einer einzigen Schlacht vernichtend schlagen konnten, aber sie waren stark, sie waren ausdauernd, und sie hatten den gewieftesten Anführer, den es auf der Erde gab.

Christian verschwendete keinen Gedanken daran, ob er diesen Kampf überleben würde oder nicht, genauso wenig, wie er sich darum scherte, wer von seinen Kameraden nach der Schlacht noch auf zwei Beinen stehen würde. Er hatte gute Gründe, sich mit den anderen nicht zu verbrüdern. Je besser man sich kannte, desto größer wurden die Skrupel und die seelische Not, wenn man Tote beklagen musste.

Eine Ausnahme machte Gernot, der als Sohn eines Pastors den Kriegsdienst lieber verweigert hätte. Ein zäher Bursche mit weizenblonden Haaren und einem Milchgesicht, das der blonde Bart nicht männlicher wirken ließ. Der Achtzehnjährige hing ihm an den Rockschößen wie eine Klette. Seine fast hündische Ergebenheit rührte Christian, und so hörte er irgendwann auf, ihn anzuraunzen und zu vertreiben. Es schmeichelte ihm, wie sehr der jüngere ihn bewunderte. Es war Gernot eine Lust, am Abend Christians Gewehr zu polieren, und wenn Christian ihn dafür lobte, glühten seine Ohren.

Christian beschloss, sein Dasein als Einzelgänger aufzugeben, als er merkte, dass ihm Gernot tatsächlich lieb wurde wie ein jüngerer Bruder, den er nie gehabt hatte.

Gernot stammte ebenfalls aus Ellwangen – ein guter Grund, ihn sich als Vertrauten zu suchen. So taten es alle: Pfälzer vertrugen sich mit Pfälzern, Elsässer mit Elsässern, Württemberger mit Württembergern.

In Gernot die Kriegslust zu entflammen gelang Christian nicht. Dieser Funke sprang nicht über. Christians wilder hungriger Geist blieb dem Jungen fremd und faszinierend zugleich. Vielleicht hinderte ihn das Heimweh daran, sich mit Haut und Haaren dem Krieg zu verschreiben, und die Sehnsucht nach seiner Verlobten Hedwig, deren Ring er an einer silbernen Kette um den Hals trug. Beim nächsten Heimaturlaub wollte er sie zum Traualtar führen, erzählte er Christian, der daraufhin nur grunzte. Ein Weib zu Hause lenkte einen nur von der Pflichterfüllung ab, dachte er, aber er sprach es nicht aus.

Die ersten Schüsse aus Christians Gewehr, als die Schlacht im Morgengrauen begann, verfehlten ihr Ziel. Als er endlich einen Österreicher traf und der Mann wie ein gefällter Baum zu Boden stürzte, erstarrte Christian für ein paar Sekunden und stierte auf die Lücke, die er gerissen hatte. Leise vernahm er sein Gewissen, wie es ihm zuraunte, dass er soeben den Sohn einer Mutter, vielleicht einen Ehemann, den fürsorglichen Vater einer Kinderschar getötet hatte, aber die Stimme war schwach.

Er riss den Mund auf und verzerrte sein Gesicht zu einer Fratze. Jetzt war nicht die Zeit für Mitleid, jetzt war die Zeit, die Österreicher in ihre Schranken zu verweisen. Trotzdem wusste er in einem Teil seines Verstandes, dass er diesen Moment, da er zum ersten Mal einen Menschen getötet hatte, niemals vergessen würde. Es war, als hätte er damit eine Grenze in eine neue Existenz überschritten, ein Leben, in dem die Regeln der Wirklichkeit außer Kraft gesetzt waren und in dem es nur darum ging, so viele Männer zu vernichten, wie es ihm möglich war, ohne selbst verwundet zu werden.

Erregung durchflutete ihn, als er sein Gewehr nachlud. Sein Blut brauste, ein Freudenrausch strömte durch seine Adern. Das Donnern der Kanonen klang in seinen Ohren wie die schönste Musik, die Sonne vergoldete die Schwaden aus Pulverdampf.

»Steh auf, Gernot!«, schrie er seinem Kameraden zu, umgeben von einem wilden Getümmel aus Freund und Feind. Der junge Mann beugte sich zwischen den Beinen der Kämpfenden über einen Kameraden, dessen Bauch von einem Bajonett zerfetzt worden war. Die Gedärme quollen heraus, doch der Verletzte lebte noch und schrie um Hilfe wie ein Tier. Gernot wollte ihn unter den Achseln fassen und wegziehen, doch Christian verpasste ihm einen Schubs. »Der hat es hinter sich!«, schrie er den Jüngeren an. »Kämpfe, Gernot, kämpfe!«

In der nächsten Sekunde wich Christian einem Gewehrkolben aus, der auf ihn zuzurasen schien. Christian hob sein Gewehr und rammte dem Feind das Bajonett in den Hals, sodass er wie ein Sack zusammenbrach. Eisige Schauer liefen dabei über Christians Rücken, aber er beachtete sie nicht, wischte die blutige Klinge an der Uniform des Toten ab, bevor ihn das Gefecht weiterriss. Alles feuerte, schlug auf den Feind los mit wilder Raserei. Christian wusste nicht mehr, wo er stand – vorn, inmitten oder hinter der Armee. Er triumphierte, weil er jeden Zweikampf gewann und es niemandem gelang, ihm eine Verletzung zuzufügen.

Zum ersten Mal in seinem Leben fühlte sich Christian unbesiegbar. Wenn er vor und zurück schnellte, wenn er schoss, wenn er mit den Fäusten und seinem Gewehr kämpfte, gab es in ihm keinen Platz für Furcht. Der graue Rauch um ihn herum, der Lärm der Kanonen, die Schreie der Kameraden und Feinde – all das machte ihn trunken.

Das Feuer der Kriegslust brannte auch bei den weiteren Schlachten in Elchingen und Ulm hell in Christian, obwohl neben ihm Kameraden starben, obwohl er selbst mit dem Gesicht im Staub lag, während der Kanonendonner über ihn hinweghallte.

Keine Sekunde mehr dachte er zurück an seine alte Heimat. Hier wurde er gebraucht, hier stand er seinen Mann. In den Nächten, wenn er in den Gräben schlief, kamen ihm manchmal Bilder von seiner verstorbenen Frau und dem Kind, das nicht leben durfte, in den Sinn. Aber am Morgen, wenn die Sonne den Nebel über dem Schlachtfeld zum Glühen brachte, wenn die ersten Schüsse peitschten und sie vorrückten, um Meter um Meter den Österreichern abzutrotzen und sie zu umzingeln, dann zersprangen die Erinnerungen wie dünnes Glas. Er war Soldat mit Leib und Seele und konnte inzwischen die Männer nicht mehr zählen, die er erschossen oder mit der aufgesetzten Spitze seines Gewehrs erstochen hatte.

Sie marschierten auf Wien zu, Christian mit geschwellter Brust, das Gewehr geschultert. Die Wege waren weit, die Füße schmerzten, aber was waren diese Widrigkeiten gegen die Aussicht, die österreichische Hauptstadt einzunehmen? Dass sie sie überrollen würden, stand für Christian genauso außer Frage wie für Gernot.

Gernot hielt sich an seiner Seite, die Hände an den Riemen seines Rucksacks, den Körper gebeugt. An diesem Tag, als sie durch Felder und Wiesen unter strömendem Regen in Richtung Donau marschierten, wirkte sein Gesicht käsig, als hätte er die Gelbsucht. »Na, was ist? Hat dir das Essen nicht geschmeckt?«, erkundigte sich Christian jovial und grinste ihn von der Seite an.

Gernots Stirn lag in Falten. »Ich denke an die toten Frauen und Kinder und Pferde, die in Ulm auf den Straßen lagen. Ich frage mich, warum man nicht verhindern kann, dass Unschuldige zwischen die Fronten geraten. Reicht es nicht, wenn wir Soldaten unser Leben aufs Spiel setzen?«

»Nun werd mir nicht weibisch«, raunzte ihn Christian an und marschierte voran, sodass Gernot ihm nur mit Mühe folgen konnte.

Auf den Kampf um Wien bereiteten sich die Soldaten vergeblich vor – die österreichische Hauptstadt fiel den Franzosen kampflos in die Hände. Drei französische Marschälle marschierten mit weißen Fahnen über die Taborbrücke und überzeugten die Österreicher, dass der Krieg verloren sei. In der Zwischenzeit drang die Armee in die Stadt ein. Die Wiener begrüßten die Soldaten eher neugierig als ablehnend.

Christian genoss die Hochachtung, die ihm und den anderen Männern der *Grande Armée* entgegengebracht wurde. Während sich Napoleon im Schloss Schönbrunn einquartierte, vergnügten sich die Soldaten in der Stadt. Viele schäkerten mit den hübschen Österreicherinnen, aber Christian stand der Sinn danach genauso wenig wie dem treuen Gernot. In seinem Quartier in der Stadtmitte pflegte er seine Ausrüstung und verband die Blasen an den Füßen, während Gernot die Ruhepause nutzte, um einen Brief an seine Hedwig zu schreiben.

Wenige Tage später brachen sie auf, um die 160 Kilometer von Wien bis nach Austerlitz zu bewältigen. Jeweils um die Mittagszeit pausierten sie eine Stunde, stärkten sich mit Brot und Schinken, das sie sich von den umliegenden Bauernhäusern holten, da die Versorgungskolonnen mit der Truppe nicht Schritt halten konnten.

Besonders strapaziös waren die Nachtmärsche. Manche Soldaten schliefen fast im Stehen ein, und einzig ein Stimmungsmacher hielt die anderen wach, indem er Lieder sang, in deren Refrain die Soldaten murmelnd einfielen.

Im Lauf der vergangenen Monate hatte Christian gelernt, wie man am sichersten im Freien übernachtete. Wichtig war, nicht direkt auf dem Boden zu liegen, sondern eine Schicht aus Laub und Zweigen zusammenzutragen, auf die dann die Decke gelegt wurde, die jeder Soldat mit sich trug. Christian nutzte seinen Mantel als Schlafsack, indem er seine Beine in die Ärmel steckte und sich einrollte. Als Kopfkissen diente der Tornister. Im Sommer war es ein Abenteuer, aber im Winter war es eine Tortur.

Gernot erkundigte sich, warum man sie nicht in warme Häuser einquartierte, und bekam von einem übel gelaunten Gascogner die Antwort: »Was denkst du dir, du Hänfling, wie schnell wir dann die Einheit bei einem Überraschungsangriff zusammentrommeln könnten?«

Während des Feldzugs übernachteten sie mal in Biwaks, mal in komfortableren Lagern. Diese bestanden aus Baracken, gebaut aus Stroh und Holz, das man aus den umliegenden Dörfern zusammentrug. Zelte gab es nicht, weil das Mitschleppen den Tross zu sehr belastet hätte.

Im Lager kurz vor Austerlitz schlugen die Marketenderinnen ihre Buden auf und boten Kurzweil beim Plaudern, Spielen, Rauchen und Trinken. Obwohl Christian wenig Wert auf Geselligkeit legte und den Schlachten entgegenfieberte, genoss er diese Abwechslung. Die Kameraden schrieben Briefe in die Heimat und erhielten Post. Christian jedoch hatte jeden Kontakt nach Ellwangen abgebrochen. Es interessierte ihn nicht, wie es seiner Schwester ging. Er hatte die Enge und Spießigkeit seines Heimatortes verlassen, um die Welt zu erobern, nicht, um sich im Gestern zu vergraben.

Bier und Schnaps flossen in Strömen, die Stimmung im Lager heizte sich immer mehr auf. Morgen würden sie die alles entscheidende Schlacht schlagen, und sie würden triumphieren.

Der Jubel der Soldaten erklang durch die Nacht, als wäre der Sieg bereits gewiss. Sie schrien aus voller Kehle, rissen die Mäuler auf und hieben sich gegenseitig auf die Schultern. Christian linste zu Gernot, der auf seiner Decke lag. Der junge Kerl hatte heute noch nichts gegessen und beteiligte sich nicht an dem Saufgelage. »He, was ist dir?«, rief Christian ihm zu. Als er nicht einmal den Kopf hob, ging Christian vor ihm in die Knie. »Fühlst du dich nicht gut?« Seine Worte kamen harsch, so als sei es Gernots Verschulden, wenn er nicht auf die Füße kam.

»Ich sehe ständig die Massen von toten Männern und Pferden vor mir«, erwiderte der Junge. »Ich habe Angst vor morgen. Wir können nicht immer Glück haben, Christian. Bisher haben wir das Gemetzel überlebt, aber was, wenn es uns morgen erwischt?«

»Ach, red keinen Unfug«, erwiderte Christian. Er wollte solche Zweifel nicht an sich heranlassen. Hier war er im Krieg, hier brauchte es einen starken Willen und Heldenmut. Dennoch ließ ihn Gernots Kummer nicht unberührt.

Im Morgengrauen ging es wieder los. Zunächst lagen sie in den Gräben und zielten auf die Feinde, doch als die gegnerischen Regimenter vorrückten, sprangen sie aus der Deckung und stürzten sich ins Gefecht. Das Klappern und Rasseln der Säbel, das Peitschen der Schüsse, die gellenden Schreie, das Wiehern der Pferde in Todesangst – für Christian war dies alles bereits vertraut. Der Geruch nach verbranntem Fleisch und menschlichen Ausscheidungen, vermischt mit dem metallenen Geschmack nach Blut und Mutterboden berauschte seine Sinne. Seine Blicke zuckten nach hierhin und dorthin, immer einen Wimpernschlag schneller als der Feind.

Er hieb und stach, schoss und rammte seine Ellbogen in weiches Fleisch und auf harte Knochen. Ein Pferd ging vor ihm hoch, strampelte mit den Vorderfüßen, die Augen panisch verdreht, das Maul verzogen. Christian duckte sich weg, sprang den nächsten Gegner von hinten an, um ihm mit einem Messer die Kehle durchzuschneiden.

Ein paar Schritte entfernt schrie ein Kamerad gellend auf, die Stimme vertraut. Christian ruckte herum und verfluchte sich dafür, sich nicht an seine eiserne Regel gehalten zu haben, sich mit niemandem zu befreunden. Während er den Schrei hörte, versuchte er herauszufinden, wo Gernot war, sah ihn aber nirgends.

Eine Gewehrsalve nach der nächsten lud er, obwohl er wegen des Pulverdampfes kaum noch etwas sah.

Dann fühlte er auf einmal eine Hand wie eine Eisenklammer an seinem Unterschenkel, wirbelte herum und senkte den Gewehrkolben, bereit zum Schlag, aber da erkannte er Gernot, der blutüberströmt vor ihm lag. Die Uniform war zerfetzt, aus seinem Bein lugten Knochen und Muskelgewebe hervor, sein Gesicht war eine bis zur Unkenntlichkeit verzerrte Fratze.

Christian lief es heiß und kalt den Rücken herunter, ein schmerzroter Schleier vernebelte seine Sicht. »Mich hat's erwischt«, flüsterte Gernot. Seine klaren Augen in dem von Ruß und Blut bedeckten Gesicht sahen auf einmal aus wie die eines Schuljungen, der große Schmerzen litt.

Christian zögerte nur eine Sekunde. »Verdammt«, stieß er hervor, beugte sich herab, packte den Jungen und zog ihn im Kugelregen und Granathagel hinter die Frontlinie in den Schützengraben. Gernot schrie wie von Sinnen, aber darauf konnte Christian keine Rücksicht nehmen. Dicht neben ihm schlug eine Granate ein, sein Gesicht fiel in die schlammige Erde. Er schmeckte Dreck auf den Lippen. Als er auftauchte, hatte Gernot aufgehört zu schreien. Christian zerrte weiter an ihm und erreichte nach wenigen Metern den Graben. Er ließ den Körper seines Freundes hineingleiten und beugte sich über ihn.

Gernots Augen waren unbewegt in den geschwärzten Himmel gerichtet, seine Züge im Tod von Schmerzen verzerrt. An seinem Mundwinkel trocknete ein Rinnsal dunkelroten Bluts.

Christian starrte den Kameraden an, fuhr ihm mit der flachen Hand über die Augen, sodass sich seine Lider senkten. Er riss die Kette von Gernots Hals, an der der Verlobungsring baumelte, und griff in seine Tasche, wo er den letzten Brief fand, den Gernot an die Liebste geschrieben hatte. Er würde diese Schlacht überleben, und er würde Gernots Verlobte wissen lassen, dass ihr Geliebter als Held gestorben war. Das war er ihm schuldig.

Die Luft zum Atmen wurde Christian knapp, als drückte ihm der Feind von hinten die Kehle zu. Sein Brustkorb hob und senkte sich in einem viel zu schnellen Rhythmus, und auf einmal breitete sich beim Anblick des leblosen Freundes eine Todesfurcht in ihm aus, die ihn fast in den Wahnsinn trieb. Er glaubte, sein Herz müsste zerspringen, so kräftig pochte es gegen seine Rippen. Hinter seiner Stirn stieg Schwindel auf, Feuerfunken explodierten vor seinen Augen. Schweißperlen rannen ihm die Schläfen hinab, während sein Atem keuchend ging. Mit einem Ruck wandte er den Kopf Richtung Schlachtfeld, wo die Soldaten rangen und schrien und ein all umfassender Qualm sie einhüllte wie in einer Vision der Hölle. Der Geruch von Schweiß und Verzweiflung war zum Schneiden dick. Christian fletschte die Zähne. Ein Schrei wie von einem wilden Tier entfuhr ihm, ein Brüllen, solange sein Atem hielt. Gleichzeitig richtete er sich auf und stapfte zu den Kämpfenden. Die Todesfurcht in ihm wandelte er in Raserei. Er schwang den Degen nach links und nach rechts, durchschnitt Fleisch und stach zu, wo immer sich ihm der Feind in den Weg stellte. Blut spritzte, die Pferde brüllten, Verwundete kreischten, und das Donnern ließ nicht nach. Sie würden die Österreicher und Russen niedermetzeln, bis nichts mehr von ihnen übrigblieb. Am Ende wartete der Sieg.

Den Schatten von links nahm Christian nur aus dem Augenwinkel wahr. Er war zu sehr damit beschäftigt, die Gegner vor ihm auf Abstand zu halten und unschädlich zu machen. Ein Teil seines wachen Verstandes war bei dem toten Freund zurückgeblieben. In der nächsten Sekunde spürte er einen dumpfen Aufprall und einen Schmerz, der wie ein Feuerstrahl durch den Kopf raste. Dann nichts mehr.

17

Dezember 1805, Waidbach

»Was hast du mit dem Schmuck angestellt?«, zischte Christina ihren Neffen an.

Philipps Stirn lief feuerrot an. Er schluckte und bemühte sich dann um eine gelassene Haltung. »Verzeihung, Tante, wovon redest du?« Er schaufelte eine Fuhre Heu in das Gehege der Ziegen.

Christina hatte diesen Moment abgepasst, da sie ihren Neffen allein in der Scheune neben dem Maienhof antreffen würde. So leicht würde sie ihn nicht davonkommen lassen.

Sie machte ein paar Schritte auf Philipp zu, ohne Rücksicht auf den Bodenmatsch, der ihre Schnürstiefel verklebte. Ohnehin war es kein Wetter mehr, um in hübschen Schuhen herumzustolzieren. In der Nacht hatte es geschneit. Der Schnee lag einen halben Meter hoch im Dorf und in der Steppe. Eine weiße Winterlandschaft, in der man besser mit Fellschuhen unterwegs war als in Pantöffelchen. Sie sollte es wie Klara und die anderen Frauen im Dorf halten und an der Tür ein halbes Dutzend Schuhe für jeden Ort abstellen: für den Stall, die Scheune, den Garten, die Stube ... Der Winter kam spät dieses Jahr, fast hatte Christina gehofft, sie würden diesmal vielleicht davonkommen, aber einen schneelosen Dezember hatte es hier noch nicht gegeben, hatte Klara ihr erzählt, und wenn sie Pech hatten, blieben die frostigen Temperaturen bis Ende April.

Christina hob das Kinn, als sie dicht vor Philipp zum Stehen kam. Obwohl sie zu dem jungen Mann aufsehen musste, da er sie um einen halben Kopf überragte, schaffte sie es, in ihren Blick etwas Majestätisches zu legen. Und Entschlossenheit. »Spiel nicht den Unschuldigen«, sagte sie mit einer Stimme wie klirrende Eiswürfel. »Damit verschlimmerst du nur deine Lage.«

Mit ruckartigen Bewegungen fuhr Philipp fort, das Heu vor die Tiere zu schaufeln. Sein Unterkiefer mahlte. Wie ein Wurm trat eine Ader an seiner Schläfe hervor.

»Ich hätte nicht mitgemacht, wenn ich gewusst hätte, dass du meine Tante bist«, presste er schließlich hervor.

Christina unterdrückte ein erleichtertes Aufatmen. Damit gestand er ein, dass er tatsächlich zu den Räubern gehörte, die sie auf dem Weg nach Waidbach überfallen hatten. Sie wusste, dass sie sich nicht getäuscht hatte, aber es war wichtig, dass Philipp aufhörte, Theater zu spielen.

»Ein Unglück, dass es ausgerechnet mich treffen musste«, erwiderte Christina spöttisch. »Aber sonst hätte es andere Unschuldige erwischt. Wenn es euch gepasst hätte, hättet ihr sie umgebracht, oder?«

Philipp sah auf. In seinen Augen blitzte eine fast jungenhafte Angst auf. »Niemals«, erwiderte er tonlos. »Wir haben noch nie jemanden verletzt. Die Leute geben uns freiwillig, was sie haben.«

»Und eure Waffen tragt ihr nur zur Dekoration, oder wie?«, ätzte Christina.

Philipp zuckte mit den Schultern, und Christina erkannte in seiner Miene eine Spur von Hochmut darüber, dass sie bisher immer zu ihrem Ziel gelangt und noch niemals zur Rechenschaft gezogen worden waren. Eine Woge von Zorn rumorte in ihrem Magen. Dieses selbstgerechte, verantwortungslose Bürschchen! »Wir brauchen sie, um die Leute einzuschüchtern. Meine Kumpel geben manchmal ein paar Schüsse zur Warnung ab und zum Zeichen, dass mit uns nicht zu spaßen ist. Das hat bislang immer gereicht.«

»Und was macht ihr mit der Beute?«, erkundigte sich Christina und verschränkte die Arme vor der Brust.

»Wir verteilen sie, und jeder versucht auf sich allein gestellt, das Zeug zu Geld zu machen. Kein Problem in manchen Gegenden von Saratow oder in der Kosakenstadt.« In seinen Zügen lag immer noch ein Anflug von Triumph, als glaubte er, er könne die Tante mit seinen Heldenstückchen beeindrucken.

»Jetzt hör mir gut zu, du Gernegroß«, zischte sie, trat einen Schritt vor und tippte dem Jungen mit dem Zeigefinger auf die Brust. »Du wirst sämtlichen Schmuck, den ihr mir und Sophia abgenommen hat, zurückholen. Jeden einzelnen Ring, jedes Armband, jede Haarspange. Bis Ende nächster Woche sind die Sachen wieder in unserem Besitz.«

Philipp wich einen Meter zurück und hob die Hände. »Wie soll ich das schaffen, Tante, das geht nicht.«

»Dir wird schon etwas einfallen«, erwiderte Christina genüsslich. Endlich hatte sie diesen jungen Wilden am Schlafittchen.

Philipp kniff ein Auge zu. »Und was, wenn nicht?«

Christina schürzte die Lippen. »Dann werden nicht nur deine Eltern erfahren, was du in deinen freien Stunden treibst, sondern das ganze Dorf. Dein Ruf wird für alle Zeiten ruiniert sein. Wenn du Pech hast, bringt der Dorfschulze dich zur Anzeige, und dann sitzt du morgen im Tross nach Sibirien.«

»Du willst mich nicht wirklich ans Messer liefern.« Philipp schüttelte ungläubig den Kopf. »Ich bin dein Neffe. Du würdest meiner Mutter das Herz brechen«, fügte er bauernschlau hinzu. »Willst du deiner Schwester so viel Kummer wirklich antun?«

Christina lachte auf. »Man merkt, wie wenig du mich kennst, Philipp. Verlass dich drauf, dass ich meine Drohung in die Tat umsetze. Wenn hier einer meiner Schwester Kummer bereitet, dann bist du das. Was meinst du, wie viel schlaflose Nächte dein Mütterchen wegen dir hat? Wie sehr sie darunter leidet, dass du lieber auf der faulen Haut liegst, als dich nützlich zu machen.«

Ein Schatten flog über Philipps Gesicht. »Ach, die kümmern sich doch nicht um mich. Die haben genug mit Henny, Amelia, Martin und Luise zu tun. So war es immer schon. Bei fünf Kindern können die Eltern schon mal eines vergessen.« Seine Miene verzog sich grimmig.

Christina stieß ein Hohngelächter aus und stemmte die Hände in die Hüften. »Du buhlst jetzt nicht etwa um Mitleid, Philipp Mai, oder? Lass es sein, das ist deiner nicht würdig. Jeder ist seines Glückes Schmied, und du scheinst zu glauben, dein Glück liege in der Gesellschaft der Straßenräuber. Das ist allein deine Entscheidung, niemand hat dich zu diesem Pack getrieben. Und was deine Eltern angeht: Du bist derjenige, um den Klara sich am allermeisten sorgt. Du wirst sie noch ins Grab bringen mit deinen Eskapaden.«

Philipp sah erschrocken auf. »Mutter ist kerngesund.«

»Das glaubst du, weil du nämlich derjenige bist, der nur nach dem eigenen Wohl trachtet. Aber jetzt bin ich da, und ich werde nicht länger zusehen, wie sich meine Schwester deinetwegen die Nerven ruiniert. Du wirst von jetzt an Tag für Tag deine Pflichten erfüllen. Als erstes wirst du, statt hier im Stall das Heu von links nach rechts zu schieben, draußen die Wege freischaufeln. Für deinen Vater mit seiner verkrüppelten Hand bedeutet diese Arbeit ein Martyrium, und dein Bruder Martin hat genug vor seinem eigenen Haus zu kehren.«

Philipp musterte seine Tante. »Du willst mich zum Sklaven machen, wenn ich nicht nach deiner Pfeife tanze?«

Christina lachte hell auf. »Wenn du es so nennen willst, mir soll es recht sein. Von jetzt an werde ich jeden deiner Schritte überwachen, bis ich sicher sein kann, dass du auf den rechten Pfad zurückgekehrt bist. Du wirst meine Schwester nicht ins Grab bringen. Du wirst ihr von jetzt an das Leben leichter machen und deinen Vater unterstützen, wann immer er dich braucht.«

Philipp ballte die Hände zu Fäusten, seine Augen schossen Blitze. »Und wenn nicht?«, fauchte er.

Christina wandte sich mit einem Achselzucken um. »Probier es aus«, sagte sie nur. Sie grinste, als sie den Stall verließ.

»Henny kann bleiben. Sie ist mit all meinen Angelegenheiten vertraut. Davon abgesehen, hört sie nicht gut.« Pfarrer Laurentius ächzte, als er sich in den Stuhl hinter seinem Arbeitstisch fallen ließ. Er war ein bisschen kurzatmig in der letzten Zeit, und manchmal war sein Gesicht so rot, dass Henny glaubte, ihm platze der Kopf.

Er täuschte sich, wenn er vermutete, dass Henny nichts mitbekam. Sie verstand dunkle Männerstimmen besser als schrille Frauen und kreischende Kinder. Sie hörte das dunkle Knurren eines Hundes eher als das Zwitschern der Vögel im Frühjahr. Außerdem hatte sie ihre Fähigkeit, von den Lippen zu lesen, aufs Äußerste verfeinert. Sie brauchte die Menschen nur aus dem Augenwinkel zu beobachten, um ihre Mundbewegungen aufzuschlüsseln. Gut zu verstehen war es auch, wenn nur wenige Leuten sprachen oder der Pastor ein Einzelgespräch führte. In einer großen Gruppe, bei Festen oder in der Dorfschenke verlor sie jedoch den Überblick.

Henny hatte sich mit ihrer Hörbehinderung arrangiert. Das Schicksal hätte es viel übler mit ihr treiben und ihr etwa den Verstand vorenthalten können wie dem kleinen Kalle bei Wächters am Dorfrand, der nur sabbernd und kichernd durchs Dorf humpelte. Aber an ihrem Intellekt gab es nichts auszusetzen. Im Gegenteil, manchmal vermutete Henny, sie hätte als Ausgleich für ihre schlechten Ohren eine besonders großzügige Portion Verstand abbekommen.

Aber das behielt sie lieber für sich. Sie würde sowieso nur Gelächter ernten, denn ihre Taubheit verwechselten alle im Dorf mit geistiger Beschränktheit. Kaum einer machte sich die Mühe, die junge Frau näher kennenzulernen. Sie war eben die taube Henny, und dass kein Mann nach ihr schaute oder um sie warb, fand keiner verwunderlich, obwohl sie durchaus ihre Reize hatte mit ihrem gertenschlanken Körper und den dichten blonden Haaren, die sie meist zu einer Flechtfrisur um ihr schmales Gesicht gebunden trug. Wer mochte sich schon mit einer Ehefrau abgeben, die womöglich nur Krüppel zur Welt brachte?

Auch mit ihrem Leben am Rande der Dorfgemeinschaft hatte sie sich abgefunden. Vor größeren Schwierigkeiten schützte sie ihre Familie, die ihr treu zur Seite stand, und ihre tägliche Arbeit beim Pfarrer befriedigte sie und bereitete ihr Freude. Der Pfarrer ahnte wohl, dass Henny über eine schnellere Auffassungsgabe verfügte als die meisten jungen Frauen in ihrem Alter. Auf jeden

Fall sparte er nicht mit Lob, wenn sie ordentlich die Listen mit den Trauerfällen und Taufen führte und wenn sie seine Predigten in fein säuberlicher Schrift kopierte. Manches Mal machte sie den Geistlichen auf einen Widerspruch oder einen falschen Zusammenhang aufmerksam, änderte es dann dementsprechend und war sich seiner Anerkennung sicher.

Ein Leben mit einer schönen Aufgabe und der Geborgenheit einer Familie – was brauchte man mehr? Waidbach war ihre Heimat, hier fühlte sie sich sicher, hier kannte sie die Menschen von Kindesbeinen an. So würde Henny mit etwas Glück die nächsten fünfzig Jahre verbringen können, wenn da nicht die Ahnung wäre, das etwas Entscheidendes in ihrem Leben fehlte.

Sie musterte Mathilda und Claudius, als die beiden sich umständlich auf den geflochtenen Besucherstühlen niederließen.

Mathilda verwickelte ihre Finger ineinander und starrte in den Schoß, Claudius streifte seine Kappe ab und knetete sie zwischen den Händen. Aus seiner Hemdtasche lugte die Spitze einer Pfeife hervor. Mit ihm war ein Schwall Tabakgeruch in das Pfarrzimmer gekommen und der Duft des Schnees, der das Dorf mit einer weißen Schicht wie Zuckerguss überzogen hatte. Unter Claudius' Stiefeln bildete sich eine Pfütze, während der Schnee an seinen Sohlen schmolz.

»Danke, Herr Pastor, dass Ihr uns empfangt«, begann Claudius, räusperte sich und blickte rasch zu seiner Frau, als erhoffte er sich Hilfe von ihr. Aber Mathildas Gesichtsausdruck wirkte wie versteinert. Ihre Lippen waren blutleer und zu einem Strich zusammengepresst.

Was mochten die beiden hier wollen? Es hieß, sie litten darunter, dass sie keine Kinder bekamen. Ob sie den Pastor bitten wollten, für sie zu beten?

Henny beugte sich an ihrem Katzentisch, der seitlich neben dem des Pastors stand, über die Papiere und tunkte die Feder in die Tinte, um mit der Abschrift der Predigt fortzufahren. Ruppelin mochte es am liebsten, wenn sie sich unauffällig verhielt und gleichzeitig klaglos alle anfallenden Arbeiten verrichtete.

»Was führt euch zu mir?« Ruppelin lehnte sich in seinem Stuhl weit zurück. Mit Wohlwollen betrachtete er seine beiden Schäfchen. Er kannte die beiden seit ihrer Jugend, er wusste, welch harte Zeiten sie mitgemacht hatten, als Claudius in die Sklaverei verschleppt worden war. Ihre Hochzeit war eine der schönsten in Waidbach gewesen, manche schwärmten heute noch davon, wie sie bis in die frühen Morgenstunden getanzt, gesungen und getrunken hatten.

Claudius hustete erneut. Ein Schweißfilm bildete sich auf seiner Stirn. »Nun, Mathilda und ich, wir ... wir wollen unsere Ehe auflösen.« Er sackte auf seinem Stuhl zusammen, als hätte ein unsichtbarer Puppenspieler die Fäden gelockert. Die Erleichterung, es endlich ausgesprochen zu haben, malte sich in seiner Miene ab. Er versuchte sogar ein Lächeln. Mit dem Handrücken wischte er sich über die Stirn.

Mathilda blieb unbewegt, aber eine Ader an ihrem Hals trat blau hervor und pulsierte. Sie verstand es besser, ihre Aufregung zu verbergen.

In Ruppelins Augen glomm ein Feuer, das Henny nur zu gut kannte. Wann immer er sich aufregte – und das passierte häufig genug –, loderten diese Flammen in seinem Blick und alles Blut stieg ihm zu Kopfe. »Ihr wollt euch versündigen? Ihr wollt den heiligen Bund der Ehe zerreißen und euch den Zorn des Herrgotts zuziehen?«

Mathilda hob den Kopf. »Der Herrgott wird verstehen, warum wir uns trennen müssen. Wir beide gemeinsam, Claudius und ich, sind nicht imstande, eine Familie zu gründen. Und ist nicht das Zeugen von Nachwuchs die heilige Pflicht aller Ehegemeinschaften? Claudius und ich passen nicht zueinander, deshalb bleibt uns ein Sohn oder eine Tochter vorenthalten. Ich bin noch jung genug, um mit einem neuen Ehemann mein Glück zu versuchen, und Claudius sowieso. Liegt Euch nicht auch daran, dass das Dorf sich vergrößert und die nächste Generation sich um die Alten kümmern kann? Wir beide können dazu keinen Beitrag leisten, und das hat uns voneinander entfremdet. Wir möchten in Zukunft getrennt von Tisch und Bett in Waidbach leben, und wir brauchen dafür offiziell Eure Zustimmung, Herr Pastor. Bitte, stellt Euch nicht zwischen uns und einen neuen Anfang.«

Mathilda sprach mit ruhiger, klarer Stimme. Henny sah von ihren Papieren auf. Der Pastor fuhr sich mit zwei Fingern in den Kragen, um ihn zu lockern. Das Dunkelrot seines Gesichts war einem Ferkelrosa gewichen, das einen bemerkenswerten Kontrast zu seinem schlohweißen Haarkranz bildete. Mathildas besonnene Art hatte ihn offenbar besänftigt, wie Henny mit Erleichterung feststellte.

Ruppelin ließ die Worte der Besucherin auf sich einwirken. Gleichzeitig langte Claudius zu Mathilda hinüber und wollte nach ihrer Hand greifen, um sie dankbar zu drücken. Sie entzog ihm ihre Finger sofort. Wochen, Monate, vielleicht Jahre mochten hinter den beiden liegen, in denen sie sich gestritten und gegenseitig beschuldigt hatten. Hier saßen zwei Menschen, die ihren Traum von der immerwährenden Liebe offiziell beerdigen wollten.

Henny fühlte Stiche wie von Nadeln in ihrem Herzen. Wie bedrückend war es, mitzuerleben, wie eine Ehe in die Brüche ging, die auf Felsen gebaut zu sein schien. Offenbar hatte keiner im Dorf mitbekommen, wie es um die beiden bestellt war. Man hatte angenommen, sie hätten sich trotz der bedauerlichen Kinderlosigkeit lieb genug, um das Leben gemeinsam zu meistern. Für die Dorfgemeinschaft hatten die beiden eine Fassade aufrechterhalten. Doch nun, in der Stube des Pastors, brach alles zusammen.

Vielleicht war es kein schöner Traum, auf die große Liebe zu hoffen, wenn sie auf diese Art endete.

Dennoch musste sich Henny eingestehen, dass sie sich an das Abenteuer wagen würde, wenn ihr nur der richtige Mann über den Weg liefe. Einer, der hinter ihre kühle Miene blickte und das gutmütige Wesen dahinter erkannte. Gleichzeitig wusste Henny, dass sie nur Zeit verschwendete mit solchen Überlegungen. In

Waidbach kannte jeder jeden. Für sie war keiner dabei, der sie zum Traualtar führen würde. Seit vielen Jahren waren keine neuen Siedler aus den deutschen Landen zu ihnen gekommen. Sie lebten hier für sich. Wer unter den Dörflern niemanden fand, der zu ihm passte, der hatte eben Pech gehabt. Henny seufzte unterdrückt und wandte sich wieder der Schreibarbeit zu.

»Wo soll es hinführen, wenn alle, die mal nicht einer Meinung sind, die Scheidung wünschen? Wollen wir in Waidbach ein Sodom und Gomorra haben?« Henny hörte am Klang seiner Stimme, dass seine Wut verraucht war. Mathilda hatte ihn mit ihrer Rede überzeugt. Aber er musste das Gesicht wahren und einen letzten Versuch unternehmen, das Paar zum Zusammenbleiben zu überreden. Vor gar nicht allzu langer Zeit war es noch üblich, Ehepaare, die sich scheiden lassen wollten, zunächst einmal öffentlich auspeitschen zu lassen. Diese Sitte gehörte zum Glück der Vergangenheit an, aber für Henny machten Claudius und Mathilda den Eindruck, als würden sie selbst eine solche Strafe auf sich nehmen.

»Es gibt wenige, denen es so ergangen ist wie uns«, erwiderte Mathilda. »Manche haben sich an ihre Kinderlosigkeit gewöhnt, und andere bescheren der Gemeinde jedes Jahr ein neues Mitglied. Ich bitte Euch, Pastor Ruppelin, habt ein Einsehen und entlasst uns in eine bessere Zukunft.«

Claudius holte ein zugeschnürtes Säcklein hervor, in dem es klimperte. »Es soll der Schaden der Kirche nicht sein. Und spracht Ihr nicht beim letzten Gottesdienst davon, dass das Dach neu gedeckt werden müsste?« Er legte den Beutel auf den Tisch und schob ihn mit beiden Händen zum Pastor. Das Leuchten in den Augen des Gottesmannes hatte diesmal weniger mit Zorn als mit irdischer Gier zu tun. Henny verbarg ein Schmunzeln, indem sie den Kopf über die Papiere beugte.

Wenige Minuten später hatten die beiden die Erlaubnis, sich scheiden zu lassen. Mit gesenkten Köpfen verließen sie das Pastorat. Henny konnte sich vorstellen, dass sie draußen erst einmal einen Freudentanz aufführten. Vielleicht sogar gemeinsam?

»Ach, Henny, was wird nur aus den Menschen.« Der Pastor kam um den Tisch herum, stellte sich vor seine Helferin, umfing ihr Gesicht mit den Händen und küsste sie auf den Scheitel. Henny roch seinen vertrauten Duft nach Kernseife und Wein. »Manchmal möchte ich verzweifeln an der Leichtlebigkeit all dieser Sünder. Ich bin froh, jemanden wie dich bei mir zu haben. Du bist eins von Gottes Lieblingskindern.«

Henny schloss für einen Moment die Augen, versuchte sich am Lob des Pastors zu freuen, aber was sie spürte, war nur wieder diese innere Leere, die sie oft an ihrem Lebensweg zweifeln ließ.

Ein Druck wie von einem Mehlsack lastete auf Claudius' Brust, als er sich zwei Tage später in seinem Haus umsah. Gestern schon war Mathilda ausgezogen. Obwohl sie keine Möbel mitgenommen hatte, spürte er überdeutlich, dass sie fehlte. Ihr Duft nach Margeriten, der zu ihr gehörte, seit Claudius sie kannte, war verschwunden. Es roch nach Holz und Ruß und kaltem Tee. Die tönerne Blumenvase auf der Kommode fehlte, ein Ölgemälde der im Frühling blühenden Steppe, das Mathilda immer besonders gern angeschaut hatte. Von der Ofenbank hatte sie zwei Kissen mitgenommen, die sie selbst genäht und bestickt hatte. Mit ihren wenigen persönlichen Gegenständen war Mathilda zu Johannes Schaffhausen gezogen. Es hatte ihr gar nicht schnell genug gehen können. Claudius hatte ihr hinterhergeblickt, als sie die Straße hinaufgelaufen war, das Bündel auf dem Rücken, mit fliegendem Rock.

Johannes gegenüber empfand er keinen Hass. Nicht an dem anderen Mann lag es, dass Mathildas Liebe zu ihm gestorben war. Es war allein Mathildas Wille gewesen, künftig mit ihm zusammen leben zu wollen. *Eine Entscheidung des Herzens*, wie sie ihm erklärt hatte, ohne zu merken, dass genau diese Umschreibung wie ein sich drehendes Messer in seinen Eingeweiden schmerzte. Er hatte geglaubt, ein lebenslanges Anrecht auf Mathildas Liebe zu haben. Er hatte sich getäuscht.

Auf dem Tisch in der Mitte der Küche lagen das Kopekenarmband und der Ring. Beides hatte sie sich achtlos von der Hand gestreift. Es hatte keinen Wert mehr für sie.

Claudius ließ das Armband durch seine Finger gleiten. Es war immer das Zeichen ihrer Verbundenheit gewesen, mehr als der Ehering.

Als er in sich hineinhorchte, fühlte er weder Trauer noch Schmerz, weder Erleichterung noch Freude. Sein Inneres schien wie ausgebrannt. Wenigstens war mit dem Pastor alles geklärt.

Nun war also alles vorbei. Eine große Liebe, die sich im Lauf der Jahre abgenutzt hatte, bis nichts mehr von ihr übriggeblieben war.

Hier stand er mit seinen siebenunddreißig Jahren allein in seinem Haus und fragte sich, woher er die Kraft für einen Neuanfang nehmen sollte. In der ersten Zeit hing der Himmel voller Geigen und am Ende blieb nichts als Überdruss. War es nicht besser, allein zu bleiben und sein Herz zu verschließen, damit es kein zweites Mal verletzt werden konnte?

Ein sanftes Pochen an der Tür riss ihn aus seinen Gedanken. Er wandte den Kopf. Noch bevor er hereinbat, flog die Tür auf. Kalte Winterluft und Schneegeruch strömten mit Amelia herein. Ihre Wangen hatten die Farbe der Morgenröte, ihre Augen blitzten. Sie warf sich das wollende Tuch von Kopf und Schultern, stürmte in ihren Schneestiefeln auf Claudius zu und flog ihm um den Hals. Er umschlang sie, legte die Nase an ihre kühle Wangenhaut, drückte sie an sich.

»Du bist frei, Claudius! Endlich bist du frei!«, flüsterte sie dicht an seinem Ohr. Ihr Atem roch nach Milch.

Er bewegte den Kopf, sodass sich ihre Lippen leicht berührten, doch bevor ihn Amelias Verlangen überrollen konnte, schob er sie ein Stück von sich, betrachtete ihre hoffnungsvolle Miene und senkte dann den Kopf.

»Ja, ich bin frei. Mathilda und ich sind geschieden.«

»Das hat sich im Dorf schon herumgesprochen!«, rief Amelia. »Warum hast du mir nicht gesagt, dass diese Woche das Treffen bei Ruppelin ist?«

Claudius zuckte die Schultern. »Ich fand, das ging erst einmal nur mich und Mathilda etwas an. Ich wollte allein damit zurechtkommen.«

Das Strahlen verschwand aus Amelias Miene. Er sah, dass sie die Stirn runzelte. Ein Schatten flog über ihre Augen. »Wir haben diesen Tag lange herbeigesehnt, Claudius«, sagte sie leise. »Hat sich zwischen uns etwas verändert?« Ihre Stimme klang zittrig, als fürchtete sie seine Antwort.

Er streichelte ihre Wange und blickte ihr zärtlich in die Augen. »Ich bin froh, dass es dich gibt, Amelia. Ohne dich wäre ich verloren.«

Die Falten an ihrer Stirn vertieften sich. Sie trat einen Schritt zurück, um Abstand zwischen sich und ihn zu bringen. Sie ging zur Tür, um sie zu schließen, bevor sie sich den Umhang abnahm. »Claudius, ich hatte nicht an die Rolle der Trösterin gedacht, als ich glaubte, wir zwei gehörten nun zusammen.«

Ein Schreck fuhr Claudius durch die Glieder. »Nein, so habe ich das nicht gemeint, Ammi. Es ist nur so … neu für mich, auf einmal ungebunden zu sein. Ich weiß nicht, ob ich schon bereit bin für einen Neuanfang.«

»Liebst du Mathilda noch?«, fragte sie mit brüchiger Stimme. »Trauerst du ihr nach?«

Claudius biss sich auf die Lippen, aber er zögerte keinen Herzschlag lang. »Nein, Amelia, du bist diejenige, die ich liebe und begehre. Aber ich kann die Jahre mit Mathilda nicht mit einem Fingerschnippen vergessen und so tun, als wäre da nie etwas gewesen.« Zu seinem eigenen Entsetzen stiegen ihm Tränen in die Augen. Bloß jetzt nicht heulen! Das würde Amelias Bild von ihm ins Wanken bringen. Gerade wegen seiner Stärke und seiner Unerschütterlichkeit begehrte sie ihn. Tränen passten nicht dazu. Er wusste selbst nicht, warum ihn diese plötzliche Traurigkeit überfiel.

Mathilda zu Schaffhausen überlaufen zu sehen war ein Verlust gewesen, das Eingeständnis, als Ehemann versagt zu haben. Wer gab ihm die Gewissheit, dass es mit einer anderen Frau besser gehen würde? War er noch fähig, seine Manneskraft unter Beweis zu stellen? Würde nicht bei jeder Zärtlichkeit, jedem geflüsterten Wort Mathildas Bild vor ihm auftauchen?

Amelia schluckte, und Claudius sah ihr an, wie sehr sie sich um Verständnis bemühte. Aber er erkannte auch die Zuneigung in ihrem Blick. Während er sie anschaute, schien er von innen heraus aufzutauen, als hätte jemand ein wärmendes Feuer entzündet.

»Ich habe immer nur dich geliebt«, sagte sie nun. »Ich weiß nicht, wie es sich anfühlt, eine Liebe verloren zu haben. Ich weiß nur, wie es sich anfühlt, über viele Jahre auf den Mann zu warten, dem mein Herz gehört.«

Er streckte die Hand nach ihr aus. Sie kam zwei Schritte näher und hob den Kopf, um ihn anschauen zu können. Ihr vertrautes liebes Gesicht. Claudius streichelte ein paar Strähnen aus ihrer Stirn und hob schließlich ihr Kinn an, um ihre Lippen zu berühren. Ihre Münder lagen aufeinander. Claudius schloss die Augen, um den Moment auszukosten.

Da löste sie sich von ihm und begann, die Schnüre ihre Bluse aufzubinden und die Träger ihres Kleides abzustreifen. Unverwandt sah sie ihn dabei an. Sie entblößte ihre runden cremeweißen Schultern und schließlich ihre Brüste, die sich ihm entgegenreckten. Brüste, die nie ein Mann zuvor gesehen und liebkost hatte. Obwohl Amelia Ende zwanzig war, erschien ihm ihr Körper wie der eines jungen Mädchens. Ihre Brüste standen lockend wie Knospen, ihre Taille war puppenschlank, und als sie das Kleid zu Boden fallen ließ und nackt vor ihm stand, wurde ihm der Hals trocken. Er glaubte, nie einen schöneren und begehrenswerteren Frauenkörper gesehen zu haben, und auf einmal überfielen ihn Sehnsucht und eine Begierde, die wie heiße Lava durch seine Adern floss. Mit fliegenden Händen zog er sein Hemd über den Kopf, streifte die Beinlinge ab. Einen Herzschlag später lagen sie sich in den Armen, küssten sich mit dem Hunger der vergangenen Jahre und erkundeten mit den Händen den Körper des anderen.

Falls er angenommen hatte, er würde Amelia wie eine überzeugte Jungfrau verführen müssen, so sah er sich getäuscht. Amelia gebärdete sich wie eine Wildkatze, die gierig das verschlang, was sie erbeutet hatte. Ihre Lippen und ihre Hände waren überall. Kurzerhand beugte er sich herab und nahm Amelia auf. Sie küsste ihn weiter, wand sich hingebungsvoll in seinem Griff, seufzte und stöhnte leise. Er warf sie auf das Bett, das er all die Jahre mit Mathilda geteilt hatte und auf dem nun seine Bettdecke wie ein Überbleibsel lag.

Er spreizte Amelias Beine und drang behutsam in sie ein, während sie sich gleichzeitig küssten. Mit heißem Atem stieß sie ein Stöhnen aus, bog den Kopf zurück. Sie war so bereit für ihn, dass sie von ihrer Entjungferung kaum etwas merkte. Es war die reine Lust, die Erfüllung, die ihre Miene zeichnete. »Oh, Claudius, ich habe mich so sehr danach gesehnt«, flüsterte sie und fiel in seinen Rhythmus ein.

Sie liebten sich ein ums andere Mal, merkten nicht, wie die Nacht hereinbrach, spürten weder Hunger noch Durst, nur die grenzenlose Freude aneinander und das überwältigende Gefühl, endlich angekommen zu sein.

Irgendwann lagen sie sich Seite an Seite gegenüber, schauten sich in die Augen, und Claudius dachte, dass sie es schaffen konnten. Er war bereit, noch einmal so zu lieben wie beim ersten Mal. Amelia war die Frau, mit der er den Rest seines Lebens teilen wollte.

»Ich liebe dich, Claudius, schon immer«, flüsterte sie.

»Ich liebe dich auch, Amelia«, antwortete er, bevor er sich über sie beugte und erneut ihre Leidenschaft weckte.

18

Waidbach, Weihnachten 1805

Weihnachten gehörte für die Siedler wie im fernen Hessen auch in der russischen Steppe zu den höchsten Feiertagen. Am 24. Dezember putzten und schmückten alle Waidbacher ihre Häuser, schaufelten die Wege frei und stellten Kerzen in die Fenster.
Verwurzelt in der eigenen Tradition, bewahrten die Wolgadeutschen die Bräuche aus der alten Heimat. Die Jüngeren übernahmen die Rituale von den Alten und gaben sie an die eigenen Kinder weiter. Die russischen Feiertage, wie etwa der 6. Januar, die Wasserweihe, bei der die Anhänger der russisch-orthodoxen Religion der Taufe Jesu im Jordan mit Andacht und Pomp gedachten, berührten die Wolgadeutschen nicht.
Einen Tannenbaum zu bekommen war unmöglich in der Steppe, deswegen halfen sich die meisten Waidbacher mit Kirschbaumzweigen, die sie rechtzeitig ins Warme holten, damit sie pünktlich zum 24. Dezember blühten.
Sophia bastelte gemeinsam mit Luise, die über Weihnachten aus Saratow nach Hause hatte reisen dürfen, und dem kleinen Simon Sterne aus Stroh und flocht Girlanden aus bunten Stoffresten. Beim Imker hatte sie die teuren Bienenwachskerzen besorgt und sie im Haus verteilt. Sie verströmten einen honigsüßen Duft, der sich mit dem Geruch von Lammbraten und Wurzelgemüse, Butterkuchen und Backkartoffeln mischte.
Dennoch stellte sich keine rechte Freude ein. Eleonoras Fieber stieg seit drei Tagen stetig an, sie glühte und schüttelte sich gleichzeitig vor innerlichem Frost. Die meiste Zeit befand sie sich in einem Zwischenreich von Schlafen und Wachen, manchmal drangen wirre Worte über ihre rissigen, aufgesprungenen Lippen.

Immer wieder eilte Sophia zu ihr und strich mit ihrem kleinen Finger einen Tupfer Fettcreme auf die Lippen ihre Mutter, kühlte ihre Stirn mit einem Tuch und zog ihr die Bettdecke bis zum Hals. Ihr Herz flatterte in der Brust wie ein Vogel in Todesangst, wann immer sie das fahle Gesicht ihrer Mutter betrachtete. Ihre erschlafften Züge, die blutleeren Lippen, die spitze Nase.

Dr. Frangen hatte erklärt, sein medizinisches Wissen sei ausgeschöpft. Ohnehin sei es ein Wunder, dass Eleonora so lange am Leben geblieben sei. Er hätte ihr nach ihrer Ankunft nicht mehr als zwei Wochen gegeben, doch nun waren es zwei Jahre geworden. Alle, die ihr nahestanden, sollten sich darauf vorbereiten, von ihr Abschied zu nehmen.

Sophias Magen zog sich vor Mitleid zusammen, als ihr Stiefvater Matthias bei dieser Nachricht zusammenbrach. Wie eine Marionette, der man die Fäden durchtrennt hatte, sank er auf dem Stuhl in der Wohnstube in sich, stützte die Ellbogen auf die Oberschenkel und barg das Gesicht in den Händen. Seine Schultern bebten, trockenes Schluchzen erfüllte den Raum.

Sophia litt nicht weniger als er, aber anders als er hatte sie gleich bei der Ankunft gespürt, dass Eleonora im Sterben lag. Matthias dagegen hatte sich bemüht, gute Laune und Optimismus zu verbreiten, wohl weil er sich selbst nicht eingestehen wollte, dass seine Frau von ihm gehen würde.

Nun, wo er sich der Wahrheit stellen musste, ließ er Eleonora keine Minute allein. Tag und Nacht blieb er an ihrer Seite, schlief eng an sie geschmiegt, hielt sie, um sie zu wärmen, und flüsterte ihr liebe Worte ins Ohr, wenn sie bei Bewusstsein war. Er rief die Erinnerungen an ihre gemeinsame Vergangenheit in ihr wach, malte mit Worten das Bild von dem Sternenhimmel über der Ostsee, von der weiten Steppe, von den glanzvollen Empfängen in Saratow, von ausgedehnten Spaziergängen an der Wolga und dem Toben der Jungen im Schnee. Er fütterte sie tagsüber und benetzte ihre Lippen mit Wasser, wenn sie durstig war.

Sophia, Klara und Christina hatten nach längeren Diskussionen verabredet, dass sie Weihnachten im neugebauten Haus der

Eheleute Lorenz verbringen wollten. Christina hatte zunächst angeregt, dass sie alle Festivitäten an Eleonoras Krankenbett verlegten, aber die anderen beiden hielten dagegen, dass dies zu aufwühlend für die Kranke wäre. Klara schlug vor, ihre Tafel zur Verfügung zu stellen und Eleonora abwechselnd zu besuchen, aber Sophia überzeugte die beiden schließlich, dass sie im Haus ihrer Eltern am besten feiern konnten. Eleonora würde die weihnachtliche Stimmung miterleben, sie würde die Lieder hören, die sie gemeinsam sangen, und sie wäre praktisch mit dabei, wenn sie die Tür zu ihrem Krankenzimmer offen ließen. Matthias wich ohnehin nicht von ihrer Seite.

So verbrachten Christina, Klara mit ihrer Familie und Sophia den Heiligabend in der Stube des Lorenz-Hauses. Klara kochte und buk und ließ sich von keinem helfen. Die Küche war ihr ureigenes Revier, keiner machte den Braten knuspriger, den Butterkuchen saftiger. Die Stube war eigentlich zu klein für die vielen Menschen: Henny, die sich zu diesem Anlass in einem weinroten Samtkleid präsentierte und alle durch ihre Anmut erstaunte; Luise, die nicht minder reizend in ihrem moosgrünen Rock aussah und die allen ihren blitzenden Verlobungsring zeigte; Philipp, der mit dem Hals zuckte, weil ihm der Kragen zu eng war, der aber seit einigen Wochen wie ausgewechselt war und sich auch an diesem Abend von seiner besten Seite zeigte. Der Junge hatte den in der Nacht gefallenen Schnee vor beiden Häusern weggeschaufelt, das Vieh versorgt und mehrere Stühle aus dem Maienhaus ins Nachbargebäude getragen. Nun schenkte er Wein und Wodka aus und achtete darauf, dass alle Gläser stets gefüllt waren.

»Ich kann nicht glauben, wie sehr sich Philipp verändert hat«, raunte Klara Sophia zu, als diese ihr in der Küche zur Hand gehen wollte und das Gemüsewasser abgoss.

Sophia streichelte über ihren Bauch, wo sich das Ungeborene gerade rekelte. »Es sind immer nur ein paar Jahre, in denen junge Männer rebellisch sind. Vielleicht ist er einfach erwachsen geworden?«

Ihr Blick fiel auf Christina, die gerade an ihrem Weinglas nippte und mit zwei Fingern liebevoll über das Geschmeide an ihrem Dekolleté strich. Ihr Lächeln wirkte hintergründig, und Sophia fragte sich, was ihre Tante wohl zu verbergen hatte. Sie wusste, wie raffiniert sie sein konnte, wie hartnäckig, wenn es darum ging, ihre eigenen Interessen durchzusetzen. Erstaunt hatte Sophia vor wenigen Wochen ihren Schmuck entgegengenommen, den ihr auf dem Weg nach Waidbach die Räuber entwendet hatten. Er war in ein schmutziges Leinentuch gewickelt, aber unversehrt. Andächtig hatte Sophia Kette und Ohrringe auf ihrer Handflächen betrachtet. »Wie absolut unglaublich, Tante«, hatte sie geflüstert. »Wo hast du das her? Wie hast du das geschafft?«

Christina hatte triumphierend gegrinst, der Nichte zugezwinkert und ihr sanft in die Wange gekniffen. »Das bleibt bis auf Weiteres mein Geheimnis. Freu dich, dass sich die Dinge zum Guten gewendet haben.«

Und genau das tat Sophia, obwohl ihre Tante ihr mitunter arg seltsam vorkam. Aber solange diese Heimlichkeiten dazu führten, dass sie ihren Lieblingsschmuck wieder anlegen konnte, würde sie nicht weiter in sie dringen.

»Ich mache drei Kreuze, wenn Philipp tatsächlich vernünftig geworden ist«, seufzte Klara und drückte Sophia Holzbesteck in die Hände, damit sie den Tisch decken konnte. »Und ich bin heilfroh, dass unsere Männer keinen Wehrdienst leisten müssen. Dieser Napoleon wird von Monat zu Monat dreister! Hast du gehört, wie er die Österreicher überrollt hat? Da konnten unsere Männer nichts ausrichten. Der Zar hat wohl gewettert, weil sich so wenige Freiwillige für den Kampf gegen die Franzosen gemeldet haben. Natürlich müssen die gestoppt werden! Wo soll das hinführen?«

Sophia nickte mit steinschwerem Herz. Sie dachte oft an Jiri, der mit seiner Kompanie in Richtung Österreich und Süddeutschland aufgebrochen war. Ihr feinfühliger, hoch empfindsamer lieber Mann mit seinen Künstlerhänden. Sie hätte Stein und Bein geschworen, dass er niemals einen anderen Menschen töten konnte. Oder veränderte der Umgang mit anderen Soldaten die Männer? Würde sie einen anderen in den Armen halten, wenn er heimkehrte? Sie zählte die Tage, bis sie endlich Nachricht von ihm erhielt, und hoffte sehr, er würde noch vor der Geburt ihres gemeinsamen Kindes wieder daheim sein. Ach, das Leben war hart in diesen Zeiten. Nicht nur, dass sie um ihre Mutter bangen musste, sie musste auch jeden Tag mit schlechten Nachrichten von der Front rechnen.

Ein Lächeln erhellte Klaras Züge. Sie war in Gedanken bei ihren eigenen Kindern. Kein Wunder, fand Sophia. Jeder machte sich die größten Sorgen um die Liebsten in seinem Leben. Klaras oft müde erscheinende Augen blitzten für einen Moment auf. »Bei Luise bin ich mir sicher, dass sie kein unreifes Früchtchen mehr ist. Ich kann es kaum erwarten, ihren Verlobten kennenzulernen! Er soll ein anständiger junger Mann sein, ein Tuchhändler aus Saratow. Matthias kennt seinen Vater gut und hat uns den jungen Mann wärmstens empfohlen. Ich vertraue der Einschätzung deines Stiefvaters, Sophia, und ich sehe Luise an, dass sie glücklich ist. Und ruhiger. Ach, wer hätte das in den letzten Jahren noch zu hoffen gewagt.«

»Auch Amelia scheint das Glück beim Schopfe gepackt zu haben«, fügte Sophia hinzu und musterte ihre Tante aufmerksam. Es war dorfbekannt, dass Amelia und Claudius zusammenlebten, obwohl sie nicht verheiratet waren. Sophia fand, dies sollte man den beiden überlassen, aber in der Kolonie wurde getratscht. Manch einer mutmaßte, Amelia habe den Claudius der Mathilda ausgespannt.

Klara wiegte den Kopf. »Ich wünschte, die Leute würden aufhören zu tuscheln. Ich bin es leid, jedem beim Gang durchs Dorf zu erzählen, dass schon bald die Hochzeitsglocken für die beiden läuten werden und der Pastor seinen Segen geben wird.«

»Ach, gräm dich nicht, Tante Klara. Das Wichtigste ist, dass deine Tochter glücklich ist. Sollen sich die Leute ihre Mäuler zerreißen. Das schert uns nicht, oder?«

Klara streichelte ihr einmal kurz über den Rücken. »Du bist eine so liebenswerte junge Frau Sophia. Deine Mutter kann stolz auf dich sein.«

Sophia schluckte. Für ein paar Minuten hatte sie tatsächlich die Sorge um ihre Mama vergessen. Sie drehte sich um, verteilte das Besteck auf dem Tisch und eilte ins Krankenzimmer.

Ihr erster Blick in dem nach Kamille, Minze und Seife riechenden Zimmer fiel auf ihren Stiefvater. Matthias saß auf der Bettkante und sah aus, als wäre er in den letzten Minuten um zehn Jahre gealtert. Sein Gesicht war so grau wie seine Haare, die Augen lagen tief in den Höhlen. Um seinen Mund hatte sich ein harter Zug eingegraben. Er hob den Kopf. »Schließ die Tür, Sophia«, flüsterte er.

Sophias Pulsschlag beschleunigte sich. Gleichzeitig schien eine Eisenkralle ihr Herz zu umspannen. Ihre Knie waren weich wie Grieß, als sie zögernd zum Bett ging. Sie starrte auf ihre Mutter hinab, deren Lider flatterten, bevor sie sie hob. Mehr als alles andere war es dieser friedliche Ausdruck in ihren Augen, der Sophia die Gewissheit gab, dass es zu Ende ging.

Sie ließ sich auf der anderen Seite des Bettes nieder, beugte sich zu ihrer Mutter und küsste sie auf die Wange. »Mama«, flüsterte sie. Tränen liefen ihr über die Wangen, das Ungeborene in ihrem Leib trat um sich.

Ein Lächeln erhellte Eleonoras Züge. »Ich bin so froh, dass du gekommen bist, Sophia. Ihr seid das Wichtigste in meinem Leben.« Sie schaute abwechselnd von ihrem Mann zu ihrer Tochter. »Sagt Justus und Stephan und den Kindern, wie sehr ich sie liebe.«

Ein Ruck ging durch Sophia. »Das wirst du ihnen selbst sagen, wenn sie morgen kommen. Sie wollen den ersten Weihnachtsfeiertag hier bei uns feiern und dich besuchen.«

Eleonora nickte. »Ja, mein Liebling. Mein Leben war von Höhen und Tiefen geprägt, ich habe Verluste erlitten und Abschied nehmen müssen, aber die Liebe zu euch hat mir geholfen, alles zu ertragen. Jeder Moment mit euch lebt weiter.«

»Wir werden noch viele schöne Momente haben.« Matthias' Stimme war nur ein raues Krächzen. Er wischte sich mit der Handfläche über die Stirn und schluckte trocken. Sophia sah seinen Adamsapfel hüpfen.

Eleonora streichelte mit ihrer Hand, deren Haut knitterig wie Pergament war, über seine, umfing mit einem liebevollen Blick sein Gesicht. »Es ist Zeit zu gehen, Lieber. Seid nicht traurig, seid dankbar für die Zeit, die wir miteinander hatten. Mit euch war mein Leben schön.«

Links und rechts legten Sophia und Matthias die Stirn auf Eleonoras Hände. Sophia hörte ihren Stiefvater leise schluchzen. Ihre eigene Trauer fing sich in den lautlos rollenden Tränen.

»Nun lasst mich ein paar Minuten schlafen. Ich bin so müde«, flüsterte Eleonora. Ihre Augen waren bereits zugefallen, ihr Mund stand leicht geöffnet. Sie atmete flach, aber ruhig und gleichmäßig.

Auf Zehenspitzen verließen Matthias und Sophia das Krankenzimmer. An der Tür wischten sie sich über die Gesichter, aber dass sie geweint hatten, konnten sie nicht verbergen.

In der Stube schauten alle auf, als sie hereinkamen. Keiner hatte zu essen begonnen, ein bleiernes Schweigen lastete auf der Weihnachtsgesellschaft.

»Sie schläft jetzt«, sagte Sophia leise und setzte sich an den Tisch neben Christina, die ihr über die Schulter strich. Matthias nahm ihr gegenüber neben Sebastian Platz. Wie auf eine geheime Absprache beugten sie die Köpfe und falteten die Hände. Sebastian sprach das Tischgebet. Er wich von dem üblichen Text ab und bat Gott, Eleonora zu schützen. Mehrere Gäste schnieften und putzten sich die Nasen.

Sophia glaubte, dass sie keinen Bissen von dem köstlich duftenden Braten herunterbekommen würde, aber als Klara ihr dann einen gefüllten Teller hinstellte und ihr das würzige Aroma in die Nase stieg, merkte sie, dass sie an diesem Tag viel zu wenig gegessen hatte. Sie musste widerstandsfähig bleiben, schließlich forderte das Kind in ihrem Leib sein Recht. Die anderen um sie herum langten kräftig zu. Nur Matthias stocherte genau wie sie appetitlos in den Karotten und Kartoffeln.

Ein heftiges Klopfen an der Tür ließ sie alle zusammenfahren. Klara verschluckte sich und bekam einen Hustenanfall, Luise schrie auf, als erwartete sie die himmlischen Heerscharen vor der Tür. Sebastian schob seinen Stuhl zurück, nickte dem Hausherrn Matthias zu, der in kummervolle Gedanken versunken war, und stapfte zur Tür. Energisch zog er sie auf. Wer mochte sie am Heiligabend stören?

Vor ihm stand mit einer Pelzmütze und einem wollenen Mantel, einem zerrissenen Schal und dünnen Handschuhen der kleine Jakob Hanser, der zehnjährige Sohn einer Kolonistenfamilie, die erst in späteren Jahren nach Waidbach gekommen war. Jakob war ein pfiffiges Kerlchen und hatte dem Dorfschulzen angeboten, für ihn die Post auszutragen, sobald sie mit der Kutsche aus Saratow bei ihm eintraf. Tatsächlich hielt er einen braunen Umschlag in den Händen.

»Verzeiht die Störung am Heiligen Abend, Onkel Mai.« Viele Kinder nannten die Erwachsenen in der Kolonie grundsätzlich Tante, Onkel oder Vetter, ganz gleich, ob sie miteinander verwandt waren oder nicht. »Der Postkutscher war unterwegs im Schnee stecken geblieben und kam erst heute Abend beim Dorfschulzen an. Der meinte aber, die Post müsse gleich ausgetragen werden, die Leute warteten darauf.« Er hielt ihm den Umschlag hin.

»Schon recht, Jakob. Danke für deine Mühe. Grüß dein Mütterchen schön.«

Klara hinter ihm war aufgesprungen, klapperte in der Küche herum und kam mit einem in ein Stück Papier eingewickeltem Stück Butterkuchen und einem Apfel dazu.

»Bist ein Braver, Jaköbchen«, sagte sie und drückte dem Jungen die Leckereien in die Hand. Ein spitzbübisches Grinsen flog über Jakobs sommersprossiges Gesicht. Seine Augen leuchteten beim Ausblick auf das süße Mahl. Er flitzte davon in die schneeweiße Nacht.

Alle starrten Sebastian an, während er die Anschrift entzifferte. »Für dich, Sophia«, sagte er schließlich, als er den Kopf hob.

Sophias Hände begannen zu zittern. Sofort übertrug sich ihre Aufregung auf das Kind, das wild zu strampeln begann. Schützend umfing sie mit beiden Händen ihren Leib. Wer schrieb ihr nach Waidbach? War etwas mit Jiri?

Sie erkannte die Schrift auf dem Umschlag sofort, obwohl sie ungelenk und zittrig wirkte. Jiri selbst hatte ihr geschrieben. Dem Herrn im Himmel sei Dank, dann konnte es nicht die schlechteste aller Nachrichten sein. Jiri lebte!

Alle starrten sie an, im Raum war nichts als das Knistern des Papiers zu hören. Alle hatten ihr Besteck abgelegt und ließen keinen Blick von Sophia. Henny erhob sich und stellte sich hinter sie, um mitlesen zu können.

Als sie aufsah, trudelte Schwindel hinter ihrer Stirn, und für einen Moment wurde es tintenschwarz vor ihren Augen. Sie klammerte sich an die Tischkante, um nicht umzukippen, und spürte Hennys Hände auf ihren Schultern.

Tief sog sie die Luft ein, dann hatte sie sich wieder gefasst. Sie lächelte zaghaft in die Runde. »Jiri lebt«, sagte sie. »Aber er ist verwundet. Bei Austerlitz hat es ihn erwischt. Eine Kugel ist in seinen Oberschenkel eingedrungen, aber dem Feldarzt gelang es, sie herauszuoperieren. So konnten sie das Bein retten. Sie haben ihn jetzt erst einmal in ein Krankenhaus nach Moskau gebracht. Sobald er genesen ist, kehrt er heim nach St. Petersburg und wartet da auf mich und unser Kind.« Sophias Augen schwammen in Tränen. Sie mochte sich nicht vorstellen, welche Schmerzen ihr Mann erlitten hatte, erst bei der Verwundung und später bei der Operation. Aber nichts zählte mehr, als dass er zurückgekehrt war. Alles in ihr zog sie zu ihm. Einen Moment lang schoss ihr durch den Kopf, ihre Koffer noch diese Nacht zu packen und nach Moskau zu reisen, ihren Mann zu streicheln und zu umhegen und ihm zuzuflüstern, dass alles gut würde. Aber das wäre Wahnsinn, und ihre Mutter konnte sie jetzt auch nicht allein lassen.

»Wenn Jiri nicht mehr an der Front ist, ist er in Sicherheit«, sagte Matthias und nickte Sophia zu. Henny hatte sie von hinten umschlungen, Klara neben ihr streichelte unablässig über ihren Arm.

Sophia schluckte. Die Sachlichkeit ihres Stiefvaters tat gut in dem Gefühlschaos, das durch ihre Brust jagte. »Danke, ja, du hast recht.«

»Bleib hier, solange dich deine Mutter braucht. Dann reist du zu ihm«, riet Matthias.

Sophia nickte. »Ja, so mache ich es. Er schreibt, dass er bald damit anfangen kann, das Bein zu bewegen, damit es nicht steif bleibt. Zwischen den Zeilen lese ich jedoch heraus, wie unglücklich er ist. Er braucht mich.«

Matthias beugte sich vor. »Ja, er braucht dich, aber er braucht auch Zeit, um das Erlebte zu verarbeiten. Er wird unzählige Gräuel miterlebt haben, wimmernde, schreiende, sterbende Kameraden. Vertrau darauf, dass er bei den Ärzten in Moskau gut aufgehoben ist. Sie kennen sich aus mit Versehrten.«

Sophia schniefte. »Ich will es versuchen.« Sie erhob sich, um zu ihrer Mutter zu gehen, aber Christina hielt sie zurück. »Bleib sitzen, Sophia, iss erst mal und versuch dich von deinem Kummer abzulenken. Ich sehe jetzt nach Eleonora. Klara, begleitest du mich?«

Klara nickte, streifte die Schürze ab und zog ihren Rock glatt. Als die beiden Schwestern das Weihnachtszimmer verließen, um nach Eleonora zu schauen, stimmte Luise leise an. »*Vom Himmel hoch, da komm ich her ...*« Die anderen am Tisch fielen erst zögernd, dann mit kräftigen Stimmen ein. Alle wussten, dass diese Weihnachtsnacht für immer in ihrem Gedächtnis bleiben würde.

19

Waidbach, Ende Dezember 1805

Eleonora Lorenz, geborene Weber, starb in der Nacht zum ersten Weihnachtstag, geborgen an der Seite ihres Mannes. Friedlich an ihn geschmiegt, das Gesicht entspannt, die Lippen zu einem kaum wahrnehmbaren Lächeln geschwungen, schlief sie ein und wachte nicht mehr auf.

Christina wusste nicht, wie lange es her war, dass sie geweint hatte, aber im Angesicht des Todes ihrer Schwester liefen ihr die Tränen über die Wangen. Einerseits aus Trauer um Eleonora, die ihr immer die Liebste in ihrer Familie gewesen war. Andererseits aber auch, weil es sie rührte und gleichzeitig bekümmerte, von wie viel Liebe umgeben Eleonora aus dem Leben schied.

Konnte es einen schöneren Tod geben, als in den Armen des geliebten Mannes einzuschlafen? Gut, sie war schwerkrank gewesen, manchmal war ihr die Luft knapp geworden bei ihren Hustenanfällen, und die Fieberschübe erschöpften sie zusehends. Aber am Ende sah ihr Gesicht aus wie das einer Schlafenden. Christina erkannte in ihren Zügen die Schönheit der Jugend, um die sie so viele beneidet hatten und die den Männern damals in Hessen den Kopf verdreht hatte. Mit Wehmut erinnerte sie sich daran, dass man sie damals nur die »schönen Weber-Schwestern« genannt hatte. Sie selbst ein blonder Wildfang, der sich einen Spaß daraus machte, die Kerle an der Nase herumzuführen, und die stille Eleonora, die mit ihren schwarzen Haaren und den saphirblauen Augen eine Aura verströmte, die die Männer anlockte wie der Honigtopf die Fliegen. Stets geradlinig war Eleonora durchs Leben gegangen, bis zu ihrem Tod. Ihre Jugendliebe hatte sie im Siebenjährigen Krieg verloren, Sophia war ihr zum Andenken an ihn geblieben. Und danach hatte es immer nur

Matthias für sie gegeben und die Liebe zu den beiden gemeinsamen Söhnen Stephan und Justus.

Die beiden hatten nicht mehr Abschied nehmen können und waren am Totenbett der Mutter weinend zusammengebrochen, als sie am ersten Feiertag anreisten. Aber es war ihnen ein Trost, dass der Vater sie in den letzten Stunden im Arm gehalten hatte und dass Sophia in ihrer Nähe gewesen war.

Die Beerdigung fand zwischen Weihnachten und Neujahr statt. Das ganze Dorf war auf den Beinen. Diejenigen, die 1766 mit Eleonora von Hessen nach Russland gereist waren, hatten verweinte Gesichter. Dorfschulze Bernhard und seine Frau Anja, Lehrer Anton von Kersen und seine Frau Veronica, Helmine Röhrich, die ein einsames, aber gut situiertes Leben als Herrin über ihre Maulbeerplantage führte. Sie weinten um eine der Ihren.

Gleich nach der Trauerfeier verabschiedete Sophia sich aus Waidbach und fuhr mit dem Schlitten nach Saratow. Ihre Nase trat spitz aus ihrem Gesicht hervor, die Wangen waren fahl. Die Trauer um die Mutter setzte ihr sehr zu. Immer wieder glitt ihre Hand zu ihrem Leib, als wollte sie das ungeborene Kind trösten und wiegen.

Matthias würde sie begleiten. Von Saratow aus wurde sie mit der Postkutsche nach Moskau reisen. Mathilda und ihr zweiter Ehemann Johannes schlossen sich den beiden an. »Ich freue mich so sehr darauf, endlich meinen kleinen Neffen Anatolij zu sehen«, sagte Mathilda, bevor sie in die Kutsche stieg.

»War dein Bruder nicht auch in Austerlitz?«, erkundigte sich Matthias, der Sophia beim Einsteigen half.

Mathilda nickte. »Ja, aber er ist mit seinem Stiefvater unversehrt heimgekehrt, obwohl die Franzosen so siegreich waren. Ich hoffe, dass ich ihn überreden kann, im nächsten Frühjahr nach Waidbach zu kommen.«

Christina stand daneben und hüllte sich in den wollenen Umhang, den Klara ihr geliehen hatte. Er passte besser hierher als ihr pelzbesetzter Mantel aus feinstem Tuch. Mit ihrer eigenen Garderobe erregte sie ständig Aufmerksamkeit und Getuschel. Christina war es leid; dennoch zog es sie noch nicht nach Hause.

»Bist du sicher, dass du später allein nachreisen willst, Tante Christina?« Sophia lehnte sich aus dem Fenster und streckte ihr eine Hand entgegen.

Christina nahm sie und streichelte darüber. »Ganz sicher, mein Täubchen. Ich werde hier noch gebraucht«, sagte sie.

Christina winkte genau wie die anderen, die sich zum Abschied versammelten, dem Schlitten hinterher, als Matthias mit der schnalzenden Peitsche die Pferde antrieb. Sie sah ihnen nach, wie sie über die schnurgerade Dorfstraße bis zum Ortsrand glitten und wie sie dann – klein und kleiner werdend – in der verschneiten Steppe verschwanden.

Christina zuckte zusammen und unterdrückte einen Schrei. Sie fasste sich an die Brust. Da war er wieder, der vertraute Schmerz, der immer so überraschend auftrat und den sie inzwischen zu fürchten gelernt hatte. Es brannte an ihren Rippen, als hielte jemand eine glühende Lunte unter ihre Haut. Sie biss die Zähne zusammen, während sie sich zusammenkrümmte und wartete, dass es aufhörte. Dann folgte sie den anderen, die sich in Klaras Haus versammelten. Zum Glück hatte keiner ihren Anfall bemerkt. Sie hatte keine Lust auf Erklärungen, zumal sie selbst nicht wusste, woher dieses Ziehen und Brennen rührte. Ob sie vielleicht doch mal einen Arzt aufsuchen sollte? Zu dem Feld-, Wald- und Wiesenarzt Cornelius Frangen hatte sie kein Vertrauen, aber später, in St. Petersburg, würde sie einen Doktor finden und sich untersuchen lassen. Es konnte nichts schaden, obwohl Christina Schwäche hasste und sich am liebsten unerschütterlich gab.

»Schön, dass du noch bleiben kannst«, empfing Klara sie, als sie die Stube betrat. Während Christinas Besuch waren sich die beiden Frauen allmählich nähergekommen, obwohl sie äußerlich so verschieden waren wie Tag und Nacht. Die Bäuerin aus der Kolonie und die vornehme Geschäftsfrau aus der Weltstadt. Aber Christina empfand in mancher Stunde eine Vertrautheit, die sie von innen heraus wärmte. Es tat gut, mit ihrer jüngsten Schwester zusammen zu sein, jetzt, wo Eleonora nicht mehr unter ihnen weilte. Nichts zog sie nach St. Petersburg, zumal ihre Geschäftsführerin Marija Tomasi ihr in einem ausführlichen Brief geschrieben hatte, wie gut die Geschäfte trotz des Handelsverbots mit England liefen. Es gab Schleichwege, auf denen die Kontinentalsperre Napoleons unterlaufen wurde, und das *Modehaus Haber* verfügte über die besten Kontakte in alle Gesellschaftsschichten.

Nein, Christina war nicht daran gelegen, so schnell wie möglich wieder selbst die Fäden in die Hand zu nehmen. Vielleicht war dies ihr letztes Zusammensein mit Klara, und warum sollte sie den Abschied nicht so lange hinauszögern, bis die Tage wärmer wurden und der Schnee schmolz?

Sie spürte Klaras Verwunderung darüber, dass sie keine Anstalten zur Abreise machte, aber die Schwester verkniff sich jeden Kommentar. Vielleicht genoss sie ihr Zusammensein auch? Christina hoffte es.

Sie tranken heißen Tee miteinander, dann machte sich Christina auf den Weg ins Nachbarhaus. Sie hatte Matthias – zu seinem Erstaunen – versprochen, das Haus zu putzen und aufzuräumen. In den letzten Tagen war viel liegengeblieben.

Ob Matthias in Waidbach bleiben würde? Es war allein auf Eleonora zurückzuführen, dass das Ehepaar die letzten zwei Jahre in der Kolonie verbracht hatte. Matthias hatte nur widerwillig Justus die Geschäftsleitung übergeben. Würde er jetzt, als Witwer, nach Saratow zurückkehren? Oder würde er allein in dem Häuschen wohnen bleiben?

Christina betrat die Stube und blickte sich um. Die Kirschbaumzweige waren verblüht, die Kerzen heruntergebrannt, in der Küche stapelte sich das Geschirr. Dennoch strahlte dieses Haus eine Behaglichkeit aus, die Christina seufzen ließ. Sie knotete sich eine Schürze um die Taille, bevor sie aus einem Krug Wasser in eine Schüssel füllte. Ein Glucksen stieg in ihr hoch, als sie sich vorstellte, was ihre Geschäftsfreunde und Kunden aus St.

Petersburg denken würden, wenn sie die »Modezarin« in dieser Aufmachung beim Putzen sehen würden. Dabei war sie früher, als junge Frau in Hessen, bekannt gewesen für ihre Tüchtigkeit in allen Belangen um den Haushalt. Und sie hatte trotz der vielen Jahre, in denen sie keinen Handschlag tun brauchte, nichts verlernt.

Ihr Tatendrang beflügelte sie. Sie freute sich jetzt schon auf Matthias' Heimkehr. Gewiss traute er ihr nicht zu, für ein gemütliches Heim zu sorgen. Aber es gehörte zu Christinas hervorstechenden Fähigkeiten, die Menschen in ihrem Umfeld immer wieder zu überraschen.

20

Moskau, Januar 1806

»Kommen Sie, ich führe Sie zu Ihrem Mann.« Die junge Krankenschwester mit dem ebenholzschwarzen Haar und den schräg stehenden Augen nickte Sophia zu. »Es wird seine Genesung vorantreiben, wenn Sie bei ihm sind. Er hat oft im Schlaf nach Ihnen gerufen.«

Sophia nickte der Schwester dankbar zu, während sie sich über den langen Gang im Golizyn-Krankenhaus quälte. Ein Geruch von Desinfektionsmitteln und Schmierseife umwehte sie. Jeder Schritt verursachte ihr Schmerzen, ihr Rücken brannte höllisch, die Beine fühlten sich an wie mit Blei gefüllt. Auf der Fahrt von Saratow hierher hatte sie manche Stunde lang gemeint, es nicht mehr auszuhalten. Die Postkutsche war in einem atemraubenden Tempo über die Wege geholpert und hatte sie auf ihrer Bank hin und her geschaukelt. Viele Male hatte sie die Augen geschlossen und gebetet, dass endlich die Zwiebeltürme hinter den Wäldern auftauchen und sie die Tore von Moskau passieren möchten. Nur die Sehnsucht nach Jiri ließ sie die Unannehmlichkeiten ertragen und die Zähne zusammenbeißen.

Die erste Teilstrecke war Sophia lediglich mit einer schweigsamen älteren Dame gereist, aber später stiegen zwei junge Frauen und ein Bursche zu. Die Plaudereien, das Kichern, das kokette Gelächter gingen ihr auf die Nerven und verstärkten ihr Unwohlsein.

Sie stieß einen Seufzer der Erleichterung aus, als die Kutsche endlich vor dem Krankenhaus hielt. Immerhin war der Kutscher so freundlich, sie genau hier abzusetzen, und ließ sie nicht von der Poststelle aus zu Fuß zum Hospital laufen.

Sophia würde sich bei einer älteren Witwe in der Nähe des

Krankenhauses einquartieren, die man ihr empfohlen hatte. Aber ihr erster Weg führte sie zu ihrem Mann. Ihr Gepäck durfte sie am Empfang lassen, wo eine ältere Schwester es beaufsichtigen würde.

Endlich erreichten sie das Krankenzimmer, vor dem die junge Schwester stehenblieb. Sie öffnete behutsam und ließ Sophia an sich vorbei eintreten. Abgestandene Luft empfing sie, die Ausdünstungen von einem Dutzend kranker Männer. Die Fenster waren verschlossen.

Sie entdeckte ihn sofort. Jiris Bett stand am Fenster. Sophia hatte keinen Blick für die anderen Männer, von denen manche leise stöhnten, andere schnarchten. Sie schienen alle auf dem Weg der Genesung zu sein.

Sie eilte auf das Bett zu und blieb atemlos davor stehen, schaute hinab auf das im Schlaf entspannte Gesicht ihres Mannes. Seine Wangen waren eingefallen, ein Streifen Verbandstoff um seine Stirn gewickelt. Offenbar hatte er außer der Beinverletzung auch eine Wunde an der rechten Schläfe. Seine Arme ruhten auf der Wolldecke, seine langen Künstlerfinger wirkten dünn wie kahle Zweige. Sophia liefen die Tränen über die Wangen, während sie ihn betrachtete. Er war aus dem Krieg zurückgekehrt, er lebte, aber der Himmel mochte wissen, welch Schrecken und Schmerzen er erlitten hatte. Als sie sich zu ihm beugte, um ihn erst auf die Stirn, dann auf Nase und Wangen, schließlich auf den Mund zu küssen, schlug er die Augen auf. Innerhalb eines Herzschlags verwandelte sich sein Blick von dem eines sterbensmüden Mannes zu einem Glitzern, das von innen heraus zu kommen schien. »Sophia«, flüsterte er.

Sie nahm seine Hände, streichelte darüber. »Ich bin bei dir. Ich liebe dich, Jiri.« Die Tränen hörten nicht auf zu laufen. In ihrem Inneren löste sich etwas. Die Trauer um die Mutter, die Schreckensnachricht an Weihnachten, die qualvolle Fahrt hierher und nun endlich die Freude, dass sie vereint waren. Hier gehörte sie hin, an die Seite ihres Mannes, des wichtigsten Menschen auf der Welt für sie.

»Ich liebe dich auch, Sophia. Ich habe dich so sehr vermisst.« Seine Stimme klang rau, seine Lippen wirkten spröde. Sophia griff nach dem Becher Wasser, der auf dem Holztisch neben ihm stand, und führte ihn an seine Lippen. Jiri trank gierig und schaute sie über den Becherrand an.

»Wie geht es deiner Mutter?«

Sie hatte gehofft, sie würden nicht sofort darauf zu sprechen kommen, aber selbstverständlich war Jiri in Sorge um die Schwiegermama. Sie drückte seine Hände, sah ihm in die Augen und schüttelte den Kopf.

Jiri hob die Hand, fasste ihr in den Nacken und zog sie zu sich heran. Aber Sophia behinderte die Rundung ihres Bauchs. Sie setzte sich seitlich, zog die Beine an und legte sich so neben Jiri, dass sie sich in die Augen schauen konnten. Ihre Blicke versanken ineinander, während er ihr Gesicht und ihre Haare streichelte. »Es tut mir leid«, flüsterte er.

»Sie ist friedlich eingeschlafen, von ihren Lieben umgeben.«

»Du bist zur richtigen Zeit da gewesen, Sophia.«

»Ich hätte sie viel öfter besuchen müssen.« Die Tränen flossen heftiger. »Ich habe viel zu wenig Zeit mit ihr verbracht.«

»Mach dir keine Vorwürfe«, murmelte er. »Du warst die beste Tochter, die sich Eleonora wünschen konnte. Sie hat dich sehr geliebt.« Seine Hand glitt zu ihrem Bauch. Er streichelte über den Wollstoff ihres Rocks, fühlte, wie das Kind durch die Bauchdecke boxte. »Es ist wach«, sagte er leise.

Ein zittriges Lächeln umspielte Sophias Mund. »Ja, noch wenige Wochen, dann halten wir es in den Armen.«

»Wenn es ein Mädchen wird, nennen wir es Eleonora«, sagte Jiri.

Sophias Herz machte einen Hüpfer. »Das ist eine wundervolle Idee«, sagte sie. »Und wenn es ein Junge wird, soll er Andreas heißen.«

Jiri zog fragend die Brauen hoch.

»Das ist der Name meines leiblichen Vaters, die Jugendliebe meiner Mutter.«

»Ja, so machen wir es«, sagte Jiri zärtlich, bevor sich sein Gesichtsausdruck verdüsterte. »Alles, alles zerstört der Krieg. Die Beziehungen unter den Menschen, den Glauben an Gerechtigkeit, die Menschlichkeit … Alles verliert an Bedeutung: Tapferkeit, Ruhm, Ehre. Pah, nichts als Worthülsen. Was Krieg wirklich bedeutet, kann ich dir sagen: Tod, Verzweiflung und blankes Entsetzen. Weißt du, ich mache dem Zaren keinen Vorwurf. Napoleon lässt ihm keine Wahl – Alexander muss seine Armee in den Kampf schicken, wenn uns dieser Wahnsinnige nicht überwältigen soll. Wir müssen ihm Einhalt gebieten, bevor er sich die ganze Welt untertan macht. Und ich verspreche dir: An uns Russen wird er sich die Zähne ausbeißen. Dass wir in Austerlitz geschlagen wurden, ist deprimierend, denn es wird ihn antreiben, noch weiter nach Osten vorzudringen. Aber warte es ab, wenn er versucht, unser weites Reich zu durchqueren, dann wird ihm schneller der Atem ausgehen als einem fußkranken Gaul. Der Tag wird kommen, an dem wir gegenüber Napoleon triumphieren werden. Es ist unvorstellbar, wie viele Menschen er auf dem Gewissen hat, Sophia.« Jiri sog zitternd die Luft ein. Sophia ahnte, als er den Blick in die Ferne richtete, dass Schreckensbilder vor seinem inneren Auge aufblitzten. »Es ist ein so unvorstellbar grauenvolles Gemetzel. Die verzerrten Grimassen der Soldaten, das viele Blut, das Schreien der Verwundeten, die verrenkten Gliedmaßen der Toten. Ich weiß nicht, wie ich diese Bilder je aus meinem Verstand vertreiben soll. Fast fühle ich mich schuldig, weil ich mit einer so geringen Verletzung davongekommen bin. So viele, die an meiner Seite gekämpft haben, sind auf den Schlachtfeldern zurückgeblieben.«

Sophia hörte mit angehaltenem Atem zu, streichelte seine Wange, küsste ihn. »Du hattest einen Schutzengel. Dem Himmel sei Dank, dass wir gemeinsam unser Kind aufwachsen sehen werden.«

Jiri knirschte mit den Zähnen. »Ich hoffe nur, dass unser Kind nicht in einen Krieg hineingeboren wird, der immer näher und näher rückt, bis es kein Entrinnen mehr gibt. Ich sehne mich nach unserem Alltag, Sophia. Ich sehne mich nach der Universität und noch mehr nach meinen Leinwänden, Pinseln und Farben. Ich kann es kaum erwarten, wieder zu malen.«

»Alles wird gut«, versprach Sophia, obwohl sie selbst nicht die geringste Ahnung hatte, wann sie auf Frieden hoffen durften. »Dein Bein …« Sie setzte sich auf und glitt von der Bettkante. »Darf ich es sehen?«

Er warf die graue Decke zur Seite. Sein rechtes Bein war in einen dicken Verband gepackt. Von der Schusswunde war nichts zu sehen, aber es lag steif da. »Ich hoffe, dass ich es wieder voll bewegen kann. Der Arzt meinte, ein Knochen sei zerstört, aber er würde zusammenwachsen, wenn ich das Bein ruhig halte.«

Sophia biss sich auf die Lippe, weil plötzlich ein Reißen von den Lenden ihre Wirbelsäule hinaufzog. Sie rang um Luft und musste sich mit beiden Händen am Bett abstützen. Einen Atemzug später lief etwas Feuchtes ihre Beine entlang, und als sie auf ihre Füße starrte, sah sie eine sich ausbreitende Lache. Sie schrie auf. Jiri rappelte sich hoch. »Was ist passiert, Liebes?«

Sophia atmete heftig aus und ein. In der nächsten Sekunde raubte ihr eine weitere Wehe den Atem. Das ging viel zu schnell, schoss es ihr durch den Kopf, und es ist zu früh. Das Kind sollte erst in vier Wochen kommen. O Himmel, lass es gesund sein und die Geburt überleben, betete sie innerlich. Mit aufgerissenen Augen sah sie ihren Mann an. Die Aufmerksamkeit der anderen Verwundeten richtete sich auf sie. »Ich glaube, es geht los, Jiri«, flüsterte sie. »Unser Kind drängt auf die Welt.«

Die hinzugerufene Hebamme behauptete hinterher, sie hätte selten eine so schöne erste Geburt miterlebt. Sophia konnte darüber nur den Kopf schütteln. Die sechs Stunden, die sie in den Wehen lag, würde sie in ihren Leben nicht vergessen. Aber ihre innere Ruhe erleichterte ihr den Geburtsschmerz. Sie war in Jiris Nähe. Die schwarzhaarige junge Schwester hatte ihr sofort nachdem Jiri nach ihr geklingelt hatte, ein Bett in einer Kammer bereitgestellt. Und sie hatte nach der Hebamme geschickt.

Ein Arzt untersuchte das Neugeborene. Obwohl es sehr zart war und nur knapp fünf Pfund wog, wirkte es kerngesund und schrie so kräftig, dass es vielleicht sogar Jiri in seinem Krankenbett hörte.

Sophias Herz schmolz, als sie ihr das Kind reichten. Ein Mädchen mit schwarzen dichten Haaren und tiefblauen Augen, die sie suchend anblickten. *Eleonora.* Die Kleine bewegte die Lippen, suchte nach der nährenden Mutterbrust und begann kräftig zu saugen, als Sophia sie anlegte.

Voller Liebe betrachtete sie das winzige Wesen, für das sie nun die Verantwortung trug. »Ich lasse dich niemals allein, kleine Eleonora. Ich passe auf dich auf, solange du mich brauchst. Genau wie dein Vater«, sagte sie zärtlich. In diesem Moment waren all die Schrecken um sie herum, der Krieg und der Tod, weit entfernt. Das Glück hatte einen Sieg errungen.

21

Waidbach, Januar 1806

Matthias brauchte Zeit zum Trauern. Das wusste Christina, und sie drängte ihn nicht zu mehr Geselligkeit, obwohl sie selbst von Tag zu Tag ungeduldiger wurde.

Matthias ging gebeugt und schlurfend wie ein alter Mann. Der Verlust seiner Frau lastete schwer auf seinen Schultern. Die Wochenenden verbrachte Matthias in seinem Haus in Waidbach, aber von Montag bis Freitag hielt er sich in Saratow auf. Christina wusste, dass er sich mit der Arbeit von seinem Schmerz abzulenken versuchte.

Obwohl Christina sich hin und wieder langweilte, zog sie nach wie vor nichts nach St. Petersburg zurück. In Klaras Haus war immer etwas los, und es strahlte eine Behaglichkeit und Wärme aus, die Christina zu schätzen wusste. Sie sah gern zu, wenn Klara mit ihrem Enkelkind spielte, und sie freute sich daran, dass sich der rebellische Philipp offenbar in die Rolle des braven Sohns eingefügt hatte. Oft warf er ihr Seitenblicke zu und grinste, wenn sie anerkennend nickte oder die Brauen hochzog. Es machte ihm Spaß, der Tante zu gefallen, und Christina beglückwünschte sich selbst zu diesem Bravourstückchen.

Klara war eine gute Hausfrau, Mutter und Bäuerin, sie hatte es nicht verdient, dass eines ihrer Kinder querschoss. Es erfüllte Christina mit Zufriedenheit, dass sie Einfluss auf ihren Neffen hatte nehmen können. Der hing dafür mit umso tieferer Zuneigung an ihr. Vielleicht genoss er es auch, dass ihm endlich mal jemand die volle Aufmerksamkeit zukommen ließ?

An diesem Tag verkündete Philipp, dass er um eine Lehre bei Claudius Schmied angefragt habe. Das Ackerfurchen und Ernten erfülle ihn nicht mit Befriedigung, aber Eisen zu hauen erschien ihm spannend, und er war überzeugt, Talent dafür zu haben. Klara umfing sein Gesicht mit den Händen und fixierte ihn. Sie musste dabei den Kopf weit in den Nacken legen: »Das ist eine gute Idee, Philipp. Vielleicht die beste, die du je gehabt hast.«

Philipp küsste sie auf die Wange. »Danke, Mütterchen. Ich gebe mein Bestes. Versprochen.«

Auch sein Vater war einverstanden mit der Entscheidung, und Claudius nahm Amelias jüngeren Bruder gern als Lehrling an.

Luise war inzwischen nach Saratow zurückgekehrt. Wöchentlich kamen Briefe, die Klara und Christina gemeinsam lasen. Im Frühjahr wollten sie Luises Hochzeit feiern. Klara wischte sich über die Augen. »Meine jüngste Tochter – und die erste, die eine Ehe eingeht.« Ihre Tränen rührten sowohl von der Freude als auch von der Enttäuschung her. So sehr Klara Luise das Glück gönnte, sie wünschte sich auch, Amelia und Henny würden sich vermählen.

»Jetzt lass mal die Amelia«, sagte Christina. »Sie ist so gut wie verheiratet, sie lebt schließlich mit ihrem Claudius zusammen. Es ist die Entscheidung der jungen Leute, wenn sie sich nicht gleich wieder Treue bis ans Lebensende schwören.«

»Mathilda und Johannes haben das auch gemacht!«, widersprach Klara. »Keine große Hochzeit, aber wenigstens haben sie den Segen des Pastors. Das ist schon viel wert.«

Christina zuckte nur mit den Schultern. »Die Leute haben sich spannendere Themen zum Tratschen gesucht und lassen Amelia und Claudius in Ruhe. Warum nicht du, Klara?«

»Ich bin eben keine Großstädterin wie du«, zischte Klara. »Bei uns hier geht alles seinen gewohnten Gang, von Generation zu Generation.«

»Ich weiß«, antwortete Christina ruhig. »Das heißt aber doch nicht, dass man die Leute nicht so leben lässt, wie sie glücklich sind.«

Klara schluckte und räumte den Frühstückstisch ab. Sebastian war in der Scheune, um ein paar morsche Bretter auszutauschen.

Sie würde sich jetzt daranmachen, das Haus zu putzen und das Essen für den Abend vorzubereiten. Christina nahm sich eine Handarbeit und leistete Klara am Küchentisch Gesellschaft. Vielleicht würde sie später noch ein paar Besuche machen. Bei Bernhard und Anja gab es immer Tee und Gebäck für sie und einen Schwatz über vergangene Zeiten. Die früheren Meinungsverschiedenheiten waren vergessen. Die Zeiten hatten sich geändert. Sie alle waren reifer und ruhiger geworden, und die gemeinsamen Erinnerungen wogen schwerer als jeder vergangene Zwist. Auch bei Helmine Röhrich schaute Christina manchmal vorbei und konnte nur staunen, was diese kleine, zähe Frau hier aufgebaut hatte. Die Rohseide, die sie nach Saratow lieferte, war von erstklassiger Qualität. Aber alles an ihrem Kopf schien zu hängen: die dünnen Haare, die Augenlider, die Nasenspitze, die Mundwinkel. Es sah aus, als tropfte ihr das Gesicht weg. Christina schauderte, wenn sie sie ansah. Kein Zweifel, Helmine war stolz auf das, was sie geleistet hatte, aber war sie darüber glücklich geworden? Helmine hatte einiges an Schicksalsschlägen hinnehmen müssen. Ihr Vater, an den Christina die gruseligsten Erinnerungen hatte, war kurz vor der Ausreise von einer Mistgabel durchbohrt worden, ihre alkoholkranke Mutter war im Kampf gegen die Kirgisen tödlich verletzt worden und ihr schwachsinniger Bruder Alfons hatte sie kurz vor seinem eigenen Tod auf ungeheuerliche Weise bedroht. Sie hatte später einen leichtlebigen Kerl geheiratet, der jedem Rock hinterherscharwenzelt war und sich dem Rebellen Pugatschoff angeschlossen hatte. Darüber war Helmine selbst dem Alkohol verfallen, bis sie in ihrer Maulbeerplantage die Aufgabe ihres Lebens fand. Eine Aufgabe, die ihr Rubel und Ruhm brachte, aber was war mit ihren Sehnsüchten? Hatte sie nach ihrem ersten Mann noch einmal die Liebe erleben dürfen? Eher unwahrscheinlich. Mit ihren herabgezogenen Mundwinkeln und den Zornesfalten zwischen den Brauen sah sie nicht aus wie eine Frau, die die Leidenschaft in ihr Leben gelassen hatte.

Unwillkürlich zog Christina den Vergleich zu sich selbst. Waren sie sich nicht auf gewisse Weise ähnlich? Hatten sie nicht beide ihr Heil in der Anhäufung von immer mehr Reichtum und Anerkennung gesehen? Nun, sie selbst hatte dafür André als den Mann an ihrer Seite akzeptieren müssen, auch wenn es ihr zuwider gewesen war. Aber zum Ausgleich hatte sie mit Daniel unvergessliche Nächte voller Zärtlichkeit und Hingabe erlebt. Er war der Mann in ihrem Leben gewesen, der ihr Wärme geschenkt hatte. Und nun war er um den halben Erdball verschwunden, suchte nach neuen Herausforderungen im fernen Amerika. Im Grunde war sie in St. Petersburg nicht weniger allein als Helmine hier in der Kolonie, gestand sich Christina ein, aber hier in Waidbach hatte sie, Christina, immerhin Familie. Zeit ihres Lebens waren ihr die Verwandten gleichgültig gewesen. Vielleicht brachte es die Weisheit des Alters mit sich, dass sie auf einmal eine Veränderung in sich spürte, ein Zugehörigkeitsgefühl, das Bedürfnis, näher aneinanderzurücken, sich gegenseitig Halt zu geben.

Sie wusste, dass Klara sich wunderte, warum Christina Wochen nach Eleonoras Begräbnis immer noch keine Anstalten machte, ihre Sachen auf den Schlitten zu packen und sich zu verabschieden. Christina hatte noch nicht die richtigen Worte und den passenden Zeitpunkt gefunden, um ihre Schwester in ihre Gedanken einzuweihen.

Ihr schwebte nicht vor, Klara in ihrem Haus auf Dauer zur Last zu fallen. Nein, sie wollte schon auf eigenen Füßen stehen, wenn möglich mit einem respektablen Mann an ihrer Seite. Ob es ihr in ihrem Alter noch gelang, einen Kerl zu verführen? Nicht irgendwen und nicht für eine Bettgeschichte. Nein, es ging ihr weniger um Liebeslust als darum, jetzt im Alter einen Gefährten an ihrer Seite zu haben, der mit ihr durch dick und dünn ging. Der im Sterbebett ihre Hand halten und um sie trauern würde. Und dafür kam nur einer in Frage.

Am Freitagabend ließ Christina das Fenster nicht aus den Augen. Die kalte Sonne blitzte auf der schneebedeckten Dorfstaße. Endlich wies das Trappeln von Pferdehufen darauf hin, dass jemand vorbeifuhr. Das »Brrr« des Kutschers klang bis in die Wohnstube im Maienhaus. Sie sprang auf.

»Warum bist du so unruhig, Christina?«, erkundigte sich Klara, die im Kerzenschein einen Flicken auf Sebastians Mantel nähte.

Christina antwortete nicht, stellte sich ans Fenster und lugte hinaus. Ja, tatsächlich, es war Matthias, wie sie erwartet hatte.

»Willst du noch zum Schwager?«, bohrte Klara nach.

Endlich bemerkte Christina, dass die Schwester mit ihr sprach. »Hm? Ja, ich dachte, ich gehe für ein Plauderstündchen zu ihm.«

Sie wartete ein paar Minuten, bis Matthias sein Haus betreten hatte, dann streifte sie sich Stiefel und Mantel über, griff nach Fellmütze und Muff und stapfte los. Klaras Misstrauen brannte in ihrem Rücken. Mochte sie denken, was sie wollte. Christina verfolgte einen Plan. Zug um Zug würde sie ihn in die Tat umsetzen.

»Oh, Christina, welche Überraschung.« Matthias hatte die Tür geöffnet. Seine Wangen waren von der Fahrt noch gerötet, seine Haare ungekämmt, aber er trug bereits Filzpantoffeln und hatte den Mantel ausgezogen. Sein Gepäck hatte er neben der Tür abgestellt. Der Geruch von brennendem Holz drang Christina in der Nase, aber die Stube war noch nicht von Wärme erfüllt. Ein paar Rauchschwaden zogen an ihr vorbei. Sie wedelte mit der Hand, um sie zu vertreiben.

Er nickte, machte jedoch keine Anstalten, die Tür weiter zu öffnen, um sie hereinzubitten. Seine Augen wirkten müde und verhangen. Das Silbergrau seiner Haare und seines Bartschattens stand ihm gut zu Gesicht. Und die zahlreichen Fältchen schadeten seiner Attraktivität nicht. Im Gegenteil, sie gaben ihm eine Aura von Reife und Weisheit.

»Willst du mich nicht hereinbitten?«, fragte sie und schenkte ihm ein strahlendes Lächeln. Ihre Forschheit fühlte sich auf irgendeine Art verkehrt an hier an diesem frühen Winterabend in Waidbach.

»Also …« Matthias schaute neben und hinter sich. »Ich bin gar nicht auf Besuch vorbereitet, weißt du. Ich bin gerade erst aus Saratow heimgekehrt.«

»Genau darüber wollte ich mit dir reden«, erklärte Christina, setzte einen Fuß vor und schob sich an ihm vorbei.

Matthias seufzte ergeben. »Ich bin der schlechteste Gastgeber der Welt«, behauptete er.

»Das weiß ich.« Christina lachte ihn an. »Es geht mir nicht um deine Gastfreundschaft.«

Er machte eine einladende Geste zu einem Stuhl, auf den sich Christina fallen ließ. »Tut mir leid, die Stube ist noch nicht mal warm. Behalte am besten deinen Mantel an, damit du dich nicht erkältest.« Dann suchte er in den Schränken und Regalen der Küche nach Wodka. Mit einer Flasche und zwei Bechern kehrte er zurück und schenkte ihnen beiden ein. Sie prosteten sich zu und kippten den scharfen Schnaps in einem Zug hinunter. Er brannte in Christinas Kehle, wärmte sie aber in ihrem Inneren. Sie sah sich in der Stube um, die gerahmten Ölbilder an den Wänden, die schmiedeeisernen Kerzenhalter, das aus rohem Holz gefertigte Bücherregal mit den unzähligen Bänden. Durch die offene Tür konnte sie ins Schlafzimmer spähen, wo die Decken ungeordnet auf dem Bett lagen. Auf einem Stuhl, der auf einem persischen Teppich stand, stapelte sich hingeworfene Kleidung.

Matthias zuckte die Schultern. »Ich habe dir gesagt, dass ich nicht auf Besuch eingerichtet bin.«

»Ich finde es behaglich bei dir«, erwiderte Christina und nickte, als er sie mit der Flasche in der Hand fragend anschaute.

»Mir fällt hier die Decke auf den Kopf«, gestand Matthias mit rauer Stimme. »Eleonora fehlt mir so. Jeden Tag, jede Stunde, jede Minute.« Er senkte den Kopf und starrte einen Moment auf seine Hände.

Christina beugte sich vor und legte ihre Finger auf seine Hand. Unter ihrer Berührung verkrampfte er sich. Es verletzte sie, als er die Hände wegzog, aber entmutigen ließ sie sich nicht.

»Uns allen fehlt sie«, sagte sie. »Es tut gut, sich im Kreis der Familie zu trösten.«

Matthias sah auf. Er musterte Christina und kniff ein Auge zu. »Das sind ja ganz neue Töne von dir, Christina. Seit wann interessiert dich der Familienzusammenhalt?«

»Menschen ändern sich«, sagte sie nur, lehnte sich im Stuhl zurück und öffnete die Knöpfe ihres Mantels, weil der Raum sich inzwischen aufheizte. »Ich weiß es zu schätzen, euch in meiner Nähe zu haben.«

Matthias schüttelte ungläubig den Kopf. »Das passt gar nicht zu dir. Du warst immer die Einzelkämpferin, die zielstrebig und rücksichtslos ihren Weg geht.«

»Ich habe alles erreicht, was ich in meinem Leben erreichen konnte. Aber du täuschst dich – ich war nie allein. Ich war verheiratet.«

Matthias stieß ein Schnauben aus. »Was man von deiner Ehe hört, lässt nicht den Schluss zu, dass dir André ein Rückhalt war.«

Sie zuckte die Schultern. »Er war auf seine Art wichtig für mich. Und für alles andere hatte ich Daniel.« Die Erinnerung an den Geliebten verursachte ihr Magendrücken, und kurz fuhr der vertraute Schmerz durch die Brust. Sie krümmte sich, hatte sich aber sofort wieder unter Kontrolle.

»Du leidest darunter, dass er nach Amerika ausgewandert ist.« Matthias betrachtete ihre Miene, in der sich Schmerz spiegelte.

Christina lächelte bitter. »Du traust mir keine tiefen Gefühle zu, stimmt's?«

»Nun, ehrlich gesagt, sind *tiefe Gefühle* nicht das erste, was ich mit dir in Verbindung bringe. Ich kenne dich nur als eine Frau, die auf ihren eigenen Vorteil bedacht über Leichen geht.«

Christinas Blutdruck sackte ab. An ihrer Schläfe pochte eine Ader. Das Gespräch lief in die falsche Richtung, eindeutig. »Vielleicht erinnerst du dich daran, dass ich dich in deinen Anfangsjahren mit der Tuchfabrik unterstützt habe. Über viele Monate war ich deine kaufkräftigste Kundin. Meinst du, ich hätte Vorteile davon gehabt?«

»Gewiss hattest du Vorteile. Meine Stoffe waren und sind von höchster Qualität, und du hast sie zu Sonderkonditionen erhalten. Warum solltest du da nicht zugreifen, solange mein Geschäft noch als Geheimtipp galt?«

»So siehst du das also!«, entfuhr es ihr etwas zu schrill, aber sie mahnte sich zur Ruhe. Dieses Gespräch sollte nicht auf einen Disput hinauslaufen, auf ein Aufrechnen aller Gefälligkeiten. Sie legte ein Bitten in ihre Stimme. »Lass uns das Vergangene vergessen, Matthias.«

Er erwiderte ihren Blick, ohne eine Miene zu verziehen. Sie ahnte, dass ihm all die Szenen aus ihren jungen Jahren in den Sinn kamen. Bevor Matthias erkannt hatte, dass Eleonora und er zusammengehörten, hatte er eine Scheinehe mit Christina geführt.

Christina hatte Matthias vor ihrer Ausreise nach Russland dazu überredet. Die Zarin bevorzugte in ihrer Einladung Ehepaare, die gewillt waren, eine Familie zu gründen, weil sie sich von Paaren mehr Sesshaftigkeit erhoffte als von Alleinreisenden. Der Pfarrer in Hessen brachte damals drei Dutzend Trauungen täglich hinter sich, weil es unter den jungen Leuten ein wildes Gerangel gab. Jeder wollte einen Gefährten, um seine Chance auf die Ausreisegenehmigung zu erhöhen.

Im Nachhinein erkannte Christina, dass sie mit Matthias den falschesten Mann gewählt hatte, den sie nur bekommen konnte. Sie hatte ihn für jemanden gehalten, der Wachs in ihren Händen sein würde, aber Matthias hatte sich als ausgesprochen stur und hartnäckig erwiesen. Es waren keine schönen Erinnerungen, die jetzt hinter ihrer Stirn aufblitzten, und sie wusste, dass auch Matthias nicht gern an diese Zweckehe zurückdachte. Ihr Verhältnis hatte sich erst gebessert, als Christina nach St. Petersburg gegangen war. Aus der Ferne und weil sie in derselben Branche tätig waren, ließ es sich besser miteinander umgehen. Viel dazu beigetragen hatte Eleonora mit ihrer diplomatischen Art, die Menschen miteinander zu versöhnen.

»Erzähl mir von Saratow. Wie laufen die Geschäfte für Justus?«, sagte sie, um sich und ihn von den Gedanken an die unglücklichen Jahre abzulenken.

Matthias presste die Lippen aufeinander und nickte ein paar Mal. »Tja, zu meinem Leidwesen muss ich eingestehen, dass sich Justus unglaublich überzeugend eingearbeitet hat. Er hat alle alten Kunden gehalten, neue hinzugewonnen und plant einen Ausbau der Firma. Seine Finanzierung hat Hand und Fuß.«

Christina lächelte.

»Das klingt doch hervorragend.«

»Außerdem ist er seit einem halben Jahr mit derselben Frau zusammen. Er hat mir verraten, dass er sich mit Isabella verlobt hat. Im Frühsommer wollen sie heiraten. Eine tüchtige junge Deutsche, deren Vater im Export tätig ist. Sie hat viel von ihm gelernt und steht Justus treu zur Seite.«

»Konntest du ihm wertvolle Ratschläge geben?«

Matthias seufzte und wischte sich über die Stirn. »Ich fühle mich bei jedem Besuch in Saratow überflüssiger. Justus gibt sich zwar höflich und aufmerksam, aber ich weiß, dass ich den Jungen laufen lassen muss. Er ist clever und vorausschauend und lässt sich von niemandem übers Ohr hauen. Ich werde in Zukunft seltener in die Stadt fahren.«

»Du willst hier in Waidbach bleiben?« Christinas Herz pochte schmerzhaft.

Matthias wiegte den Kopf. Dann machte er eine Geste, die das Haus umspannte. »Ohne Eleonora ist das Haus kalt. Sie war es, die unserem Zuhause Leben eingehaucht hat, selbst als sie sterbenskrank war.« Ein Glitzern trat in seine Augen, als er mit einem Schmunzeln aufschaute. »Stephan hat mir bereits angeboten, zu ihm und zu seiner Familie zu ziehen. Sie haben da ein Zimmer für mich, und ich wäre wenigstens mit einem meiner Söhne zusammen.«

Christina zog die Lippen nach innen. »Du willst den jungen Leuten zur Last fallen?«

Matthias sah auf. Seine Züge verhärteten sich. »Ich bin mir sicher, Stephan hat diese Angelegenheit sorgfältig mit seiner Frau besprochen. Er hätte mir das Angebot nicht gemacht, wenn er mich als Last empfinden würde.«

»Sie werden dich bekochen und verhätscheln, als wärst du bereits gebrechlich. Man kennt das doch von den jungen Leuten. Sie blühen erst richtig auf, wenn sie die alten Eltern endlich unter ihrer Fuchtel haben oder das zumindest glauben. Sie werden dir den letzten Rest Selbstständigkeit nehmen, und du wirst schneller zum Greis, als du es dir vorstellen kannst.«

Matthias starrte sie einen Moment lang sprachlos an. Dann brach er in Lachen aus. »So kenne ich dich, Christina. Den anderen immer nur das Schlechteste zutrauen und sich auf keinen anderen als auf sich selbst verlassen.«

Sie hob die Schultern und betrachtete ihre sorgfältig manikürten Fingernägel. Die Altersflecken auf der Haut und die hervortretenden Adern minderten die Schönheit ihrer Hände. »Ich bin damit gut gefahren«, erwiderte sie. »Nicht immer ist die erste Möglichkeit, die sich einem bietet, auch die beste. Manchmal lohnt es sich zu warten, ob sich nicht etwas Besseres findet.«

»Du redest in Rätseln, Christina. Ich kenne meine Möglichkeiten, und ich habe mich entschieden, zu Stephan zu gehen. Ich freue mich auf die Zeit mit meiner Familie. Dort ist es, als würde Eleonora noch unter uns weilen. Ich höre sie in Stephans Lachen, ich sehe sie in den Augen meiner Enkelkinder.«

»Bei allem Respekt für deine Trauer, Matthias, Sentimentalität hat noch nie zu etwas Gutem geführt.«

»Ich brauche mich vor dir nicht zu rechtfertigen«, erwiderte er hart.

Sie erhob sich, ihre Züge wurden weich, als sie auf ihn hinabschaute. »Selbstverständlich nicht, Matthias. Ich habe dich immer schon sehr gemocht. Obwohl unsere Ehe damals ein Desaster war, habe ich im Nachhinein erkannt, welche Fehler ich selbst begangen habe. Wir haben uns alle verändert, Matthias. Ich bin heute gern in deiner Nähe.«

Matthias zog die Brauen zusammen, während Christina den Mantel zuknöpfte und die Mütze über die Ohren stülpte. Sie kam um den Tisch herum und küsste ihn links und rechts neben die Wangen. »Gemeinsam werden wir die Zeit der Trauer durchstehen und gemeinsam werden wir uns neue Ziele stecken. Das Leben geht weiter, Matthias, und wir sind zu jung, um uns aufs Altenteil schieben zu lassen.«

Matthias schwieg, als er aufstand, um sie zur Tür zu begleiten. Sie fragte sich, was hinter seiner Stirn vor sich gehen mochte. Auf jeden Fall hatte sie ihm Stoff zum Nachdenken gegeben. Genau dies hatte sie mit diesem Besuch bezweckt. Sie wollte nicht mit der Tür ins Haus fallen, weil sie wusste, dass Spontaneität nicht gerade zu Matthias' Stärken gehörte. Er betrachtete die Dinge lieber in Ruhe von allen Seiten, bevor er einen Entschluss fasste. Sie freute sich jetzt schon auf das nächste Treffen mit ihm. Dann würde sie konkreter werden, ohne ihn zu drängen.

Ein kühler Wind zog herein, als Matthias die Tür öffnete. Er streckte den Kopf hinaus und blickte in den Himmel. Weißgraue Wolkenberge schoben sich ineinander. Am Horizont nahmen sie eine rosa Färbung an, dort, wo die Sonne versank. »Sieht so aus, als würden wir diese Nacht Neuschnee bekommen.«

»Hoffentlich nicht. Ich kann das Frühjahr kaum erwarten«, erwiderte Christina.

Er wandte den Kopf. »Wirst du dann noch hier sein?«, fragte er, und auf einmal vibrierte eine Spannung zwischen ihnen, die Christinas Hände zittern ließen. Sie richtete ihre Mütze, steckte die Finger in den Muff und schaffte es, Matthias unverfänglich anzulächeln. »Würdest du das wollen?«

Sie wartete seine Antwort nicht ab, stiefelte über den Pfad bis zur Dorfstraße und hob, ohne sich umzudrehen, die Rechte, um ihm zu winken. Sie wusste, dass er ihr nachschaute und dass ihm ein Dutzend Fragen auf der Seele brannten.

Der Abend war zu schön, um sich gleich zu Klara in die aufgeheizte Stube zu gesellen. Christina sog die kühle Luft ein, die gemischt war mit dem Rauch aus den Schornsteinen, der in Säulen aus vielen Häusern aufstieg. Sie war dick genug eingepackt, um noch einen Spaziergang durch das Dorf zu unternehmen. Der Schnee auf der Dorfstraße war inzwischen so plattgetreten, dass man nicht mehr einsackte, und ihre aufgerauten Sohlen verhinderten, dass sie ins Rutschen geriet.

Unglaublich, was die Menschen hier geschaffen hatten. Und nicht nur die Waidbacher. Christina wusste, dass es allein hier an der Wolga über einhundert solcher Kolonien gab. Wer hätte das geglaubt in ihrem ersten Jahr?

Mit Schaudern erinnerte sie sich an die ersten Tage und Wochen in der Steppe. Wie sie zuerst in der Wagenburg gehaust hatten und später von den Russen lernten, wie man Erdhöhlen baute. Maulwürfen gleich waren sie untergeschlüpft, um den Winter zu überstehen.

Und jetzt? Zur Kolonie gehörte eine schmucke weiße Kirche, deren Glockenklang weit über die Felder reichte. Ein Gemeindehaus, das Schulzenamt, ein Wirtshaus, eine Schmiede, ein Einkaufsladen, die Käserei und so viele hübsche Häuser, verbunden durch eine Hauptstraße, von der verschiedene Pfade abzweigten. Die Frauen trafen sich immer noch zum gemeinsamen Brotbacken am Gemeindeofen oder zum Wäschewaschen am Brunnen. Sie hielten sich nach wie vor Gemeinschaftsvieh, eine Herde von Ziegen und Schafen, die im Frühjahr ein Hirte beaufsichtigte. Christina stieß ein unfrohes Lachen aus, als sie an Franz Lorenz dachte, der in den ersten Jahren das Vieh gehütet hatte. Ihn hatte der Verlust der Heimat um den Verstand gebracht, darin waren sich alle einig. Er lag genau wie Eleonora und die anderen Toten auf dem Friedhof hinter der Kirche.

Die Menschen, die mit ihr gemeinsam hierhergezogen waren und noch lebten, konnte Christina inzwischen an den Fingern einer Hand abzählen. Die meisten Gesichter waren ihr fremd, aber irgendetwas verband auch alle Kolonisten. Ein Ausdruck von Trotz und Zähigkeit in den Mienen, die geballten Fäuste der Männer, die sich von den wilden Steppenvölkern nicht ein weiteres Mal alles in Schutt und Asche legen lassen wollten. Der harte Zug um den Mund der Frauen, die sich dafür abplagten, dass ihre Kinder trotz aller erlittenen Hungersnöte, Seuchen und Überfälle bis zum Erwachsenenleben durchkamen.

Nein, das Leben in Waidbach war nicht nur idyllisch. Die Leute hier mussten schwer schuften, um zu überleben und ein bisschen Wohlstand zu erlangen. Viele zahlten noch die Kredite ab, die die Zarin ihnen zu Beginn ihres Abenteuers gewährt hatte.

Dennoch empfand sie Waidbach besonders im Vergleich zu ihrem Domizil am Newski-Prospekt als einen friedlichen, warmen Ort. Sicher, sie konnte sich von ihrem Geld einen herrschaftlichen Landsitz außerhalb der Stadt leisten und ihn nach ihren Vorstellungen gestalten. Sie konnte das Jagdhaus beziehen, das sie von André geerbt hatte. Aber was sollte sie allein in einem solchen Gemäuer, vielleicht umgeben von einem Dutzend Leibeigenen, die ihr zu Diensten waren? Christina hatte sich schon vor geraumer Zeit eingestanden, dass die Einsamkeit sie jetzt im Alter mehr und mehr in die Melancholie trieb. Daniel hatte eine Lücke in ihr Leben gerissen, die niemand zu schließen vermochte. Da gab es zwar ihre Tochter Alexandra, aber … Herr im Himmel, lieber vor Einsamkeit irr werden als in Gesellschaft ihrer missratenen Tochter! Christina bedauerte an manchen Tagen, dass sie nur dieses eine Kind bekommen hatte. Wer wusste schon, ob nicht ein zweites ein Engel wie Sophia geworden wäre oder ein aufrechter junger Mann wie Justus? Aber so war sie eben mit dieser Tochter geschlagen. Ihre Nackenhaare richteten sich auf, sobald das feiste Gesicht vor ihrem inneren Auge erschien.

Ob Alexandra in St. Petersburg triumphierte, weil die Chefin des Konkurrenzunternehmens die Fäden aus der Hand gegeben hatte? Christina horchte in sich hinein, aber zu ihrem eigenen Erstaunen spürte sie nicht die geringsten Anzeichen des Ehrgeizes, der Zeit ihres Lebens ihr Handeln beeinflusst hatte. Kein Fieber, kein Brennen, keine geballten Fäuste. Sollte sich Alexandra verausgaben und sich abstrampeln, um die eigene Mutter abzuhängen – Christina war am Ziel ihrer Träume. Eine Alexandra konnte daran nicht mehr ändern.

Christina lächelte. Der Kampf ist vorbei, dachte sie. Noch während die Worte durch ihren Verstand flogen, entspannten sich all ihre Muskeln, und Frieden breitete sich in ihr aus. *Der Kampf ist vorbei.*

Sie umrundete die Kirche, spähte von Zeit zu Zeit von der Straße aus in die Häuser, wo die Menschen um den Ofen hockten bei ihren Handarbeiten, beim Kartenspiel, beim Musizieren, beim Wodka. Manche hielten Bücher in den Händen. Auch in diesen Häusern lebte Eleonora weiter. Sie hatte in den vergangenen beiden Jahren viel Mühe darauf verwendet, den Waidbachern das Lesen und die Literatur nahezubringen. Bei einigen waren ihre Worte auf fruchtbaren Boden gefallen. Gute Eleonora.

Was Eleonora wohl davon hielte, wenn nach ihrem Tod ihre Schwester und ihr Mann zusammenfänden? Eleonora würde es gutheißen, entschied Christina. Besser die eigene Schwester als irgendein Weib, das ihrem Matthias den Kopf verdrehte und sie schneller in Vergessenheit geraten ließ als ihr lieb sein konnte. Sie und Matthias, sie würden das Andenken an Eleonora hochhalten. In ihm hätte sie einen Gefährten auf Augenhöhe, einen gebildeten, humorvollen Mann, mit dem sie entspannte Abende verbringen konnte. Ob sie das Bett miteinander teilen würden – nun, das würde sich zeigen. Christinas wilde Jahre gehörten der Vergangenheit an. Aber gut, wenn Matthias sie drängte und sie zu verführen versuchte … Sie schmunzelte. Verlernt hatte sie nichts von dem, was Männern Lust bereitete.

Gemeinsam konnten sie dann und wann nach Saratow fahren, um in der Firma nach dem Rechten zu sehen, und vielleicht würde er sie begleiten, wenn sie im Frühjahr und im Herbst nach St. Petersburg reiste, um nach den eigenen Geschäften zu schauen. Ach, sie stellte es sich herrlich vor, nur noch die Früchte zu ernten und ansonsten im Schoße der Familie glücklich und umhegt zu altern. Fern von Alexandra und allen Belastungen.

Sie durfte nicht vergessen, ihr Testament aufzusetzen. Bei aller Gelassenheit war ihr der Gedanke unerträglich, Alexandra könnte irgendwann, wenn Christina das Zeitliche segnete, als rechtmäßige Alleinerbin von der Firma und dem mütterlichen Reichtum profitieren. Nein, sie würde in den nächsten Wochen ein Schreiben aufsetzen und diejenigen Menschen bedenken, die ihr etwas bedeuteten. Justus würde einen kräftigen Zuschuss für sein Geschäft erhalten, Klara natürlich, damit Sebastian und sie im Alter nicht mehr aufs Feld mussten, Sophia, die für einen Hungerlohn als Dozentin arbeitete; vielleicht würde sie einen Teil der Gemeinde Waidbach spenden, sodass sie sie in bestem Andenken halten würden. Der Gedanke gefiel Christina. Im Geiste sah sie eine Gedenktafel an der neu verputzten Kirche: *Wir danken unserer Gönnerin Christina Haber.*

Ein Lächeln umspielte ihren Mund, als sie ans Dorfende gelangte. Von dort aus glitt der Blick frei über die Steppe. Die Schneedecke zog sich bis zum Horizont. In wenigen Minuten würde die Sonne versinken, und die Nacht würde das Dorf in Dunkelheit tauchen. Zeit, sich auf den Heimweg zu begeben.

Sie verharrte im Schritt, als sie das letzte Haus am Dorfrand erreichte. Es war eines der ersten, die erbaut worden waren. Inzwischen war es vielfach vergrößert und renoviert worden. Hier in der Nähe musste die Kuhle sein, in der sie sich vor fast vierzig Jahren im Geburtsschmerz gewunden hatte. Bei dem Gedanken daran spürte Christina einen Druck in der Brust. Sie zog die Schultern zusammen. Wie von selbst stapften ihre Füße um das Haus herum. Tatsächlich, die Schneedecke war niedrig genug, dass man selbst jetzt noch die Einbuchtung erkennen konnte, um die ein paar Büsche gewachsen waren.

Die ersten Flocken fielen, als Christina am Rand der Kuhle stehenblieb und die Bilder hervorrief, wie sie damals das Kind geboren hatte. Die Schmerzen, die Ängste, der Zorn auf den leiblichen Vater, den alten Röhrich. Nichts als Ärger hatte ihr dieses Kind gebracht. Die Dörfler hatten sie verachtet, weil sie nicht die Spur von Mutterliebe für sie aufbringen konnte, und später war sie ihr nach St. Petersburg gefolgt. Nie würde Christina den Moment vergessen, als sie triumphierend die Briefe auf den Tisch warf, mit denen sie ihre Mutter zwingen konnte, sie an ihrem Leben teilnehmen zu lassen. Das siegessichere Grinsen in Alexandras Gesicht hatte sich für alle Zeit in Christinas Gedächtnis eingebrannt.

Der Schnee fiel dichter, schmolz auf ihren Mantelaufschlägen und dem Muff. Ein paar Flocken flogen ihr ins Gesicht, rannen als Tropfen ihre Wangen hinab.

Zu gerne hätte Christina gesehen, ob Alexandra noch so spöttisch lächelte, wenn irgendwann das Testament eröffnet wurde. Der Gedanke an diese späte Rache erfüllte Christina mit prickelnder Vorfreude.

Doch einen Wimpernschlag später zog der Schmerz wie ein Feuerschwert durch ihre Brust. Sie beugte sich vor, zog die Hände aus dem Muff, presste sie gegen ihre Rippen. Sie stöhnte auf, stieß ein Wimmern auf, sank schwer atmend in die Knie. Todesangst erfüllte sie, ließ sie zittern. Auf ihrer Stirn bildete sich ein Schweißfilm, während sie stoßweise Luft holte. Dann stieg Schwärze hinter ihrer Stirn auf und ein Schwindel, der sie vergessen ließ, wo oben und unten war. Sie spürte den Aufprall, als sie in die vom Schnee gepolsterte Kuhle fiel, und sie zog die Knie bis an ihr Kinn, als ihr Herz zu platzen schien. Sie flehte flüsternd um Hilfe, weil sie nicht mehr die Kraft hatte zu schreien. Dann hüllte Dunkelheit sie ein. Sie empfand keinen Schmerz mehr, keine Kälte.

Der Schnee fiel wie ein weißer Vorhang. Die ersten Flocken schmolzen noch auf ihrem Mantel, bevor sie Schicht für Schicht Christinas Körper zudeckten.

Die Nacht von Christinas Tod war die schneereichste in diesem Winter. Als die Waidbacher am Morgen aus ihren Betten krochen, bekamen sie die Haustüren nicht auf, weil der Schnee meterhoch gefallen war. Sie heizten kräftig ihre Stuben und wärmten sich auf, bevor sie gegen Mittag die Zuwege freischaufelten. Zwar horteten die meisten Dörfler Vorräte für ein paar Tage im Haus, aber es war nicht zu erwarten, dass der Schnee bald schmolz.

Klara in ihrem Haus wetterte über ihre Schwester Christina, die offenbar die Nacht bei ihrem Schwager verbracht hatte. Sie fühlte einen unbändigen Zorn auf sie, weil sie heute als alternde Frau nicht weniger leichtlebig war als in ihrer Jugend. Klara zweifelte nicht daran, dass Christina den trauernden Witwer um den Finger gewickelt hatte.

Erst drei Tage später, als man in Waidbach wieder Kontakt zum Nachbarn aufnehmen konnte, erfuhr sie von Matthias, dass Christina ihn an jenem Abend früh verlassen hatte. Matthias fragte sich nicht weniger als Klara, wo Christina abgeblieben war. Sie spekulierten, ob sie sich vielleicht spontan mit einer Schlittenkutsche oder einem Pferd auf den Weg nach Saratow gemacht hatte, um von dort aus so schnell wie möglich nach St. Petersburg zurückzureisen. Aber das traute ihr im Grunde keiner zu. Wenn sie es gewagt hatte, standen die Chancen schlecht, dass sie Saratow erreicht hatte.

Klara fühlte eine Beklemmung in sich, die sie den ganzen Winter über im Griff hielt. Sie erkundigten sich in den folgenden Tagen bei allen Dorfbewohnern, ob Christina vielleicht bei ihnen untergekommen war, aber die Menschen schüttelten bedauernd den Kopf.

Erst im April zur Schneeschmelze öffnete sich Christinas kaltes Grab. Der kleine Jakob fand sie bei seinem ersten Streifzug durch die erwachende Natur. Eine Krähe hatte sich auf ihre Schulter gesetzt und krächzte, als wollte sie ihren Fund melden. Jakob trat näher, der Vogel glitt flatternd in den Himmel. Mit widerwilliger Faszination betrachtete er die Tote mit der Pelzmütze und in dem dicken Mantel zwischen schmutzigen Schneeresten und kahlen Büschen. Ihr Gesicht war weiß und von Schmerz verzerrt, ihre Haltung verkrümmt.

Er verlor keine Sekunde und flitzte die schlammigen Wege entlang, hüpfte über die Pfützen, die sich gebildet hatten, bis zu Bernhard Röhrich, dem alten Dorfschulzen. Er würde wissen, was zu tun war, und Jakob genoss es, eine so wichtige Meldung verbreiten zu können.

Eine halbe Stunde später eilten die Waidbacher aus allen Richtungen herbei. Die Nachricht von dem Leichenfund verbreitete sich wie ein Lauffeuer. Klara, Sebastian und Matthias standen in der ersten Reihe und starrten schweigend auf den toten Körper.

»Was für ein einsames Grab«, murmelte Klara.

Die Beerdigung fand bereits am nächsten Tag statt. Zwei Wochen lang lieferte der Fund den Waidbachern noch Stoff zum Spekulieren und Tratschen. Danach verblasste das Interesse. Christina Haber, geborene Weber, geriet in Vergessenheit.

DRITTES BUCH

Heimkehr
1811–1813

22

Saratow, Februar 1811

»Ich weiß wirklich nicht, was wir in diesem Kaff sollen. Ich werde mich zu Tode langweilen.« Vor der Frisierkommode rückte Inna näher an den Spiegel heran, um sich die Lippen in einem dunklen Rot nachzuzeichnen. Sie wirkten wie eine Wunde mitten im Gesicht.

Frannek starrte ihr Spiegelbild an und rang die Erregung nieder, die ihn unweigerlich überfiel, wenn seine Frau sich so aufreizend schminkte. Er wünschte nur, sie würde die Maskerade den Zeiten vorbehalten, in denen sie sich in ihrem Schlafzimmer miteinander vergnügten.

Zu seinem Leidwesen wählte Inna auch in der Öffentlichkeit einen Aufsehen erregenden Putz, der überdeutlich darauf hinwies, aus welchem Milieu sie stammte. Nach Franneks Einschätzung stach seine Gattin selbst unter den Russinnen noch als besonders aufreizend hervor. Er hasste die lüsternen Blicke der Männer nicht weniger als die bissigen Kommentare und die Verachtung der anderen Frauen.

Als Franneks Pflegeeltern noch lebten, hatte Inna sich mit einer Bescheidenheit getarnt, die den alten Leutchen imponierte. Mit ihrem Tod – der Major war vor drei Jahren während eines Feldzugs in Finnland gefallen, seine Frau Valentina starb ein halbes Jahr später an Herzversagen – hatte Inna jegliche Tarnung abgelegt und war zu ihrem alten Selbst zurückgekehrt.

Frannek konnte sich nicht erinnern, wann er in seinem Leben jemals geweint hatte. Selbst als er vom Tod seines Pflegevaters hörte, schluckte er nur trocken und vergrub seine Trauer in sich selbst. Als Valentina jedoch zu Grabe getragen wurde, flossen ihm die Tränen über die Wangen, und er schämte sich nicht dafür. Sie war die Frau gewesen, die seinem Leben die entscheidende Wende gegeben hatte. Der Mensch, dem er bedingungslos zu vertrauen gelernt hatte.

Frannek war Alleinerbe des herrschaftlichen Hauses in Saratow; sämtliche Zöglinge von Valentina erhielten eine jährliche Apanage aus einem Fundus, für den Valentina noch zu Lebzeiten gesorgt hatte. Durch die Erbschaft stieg Frannek zu einem der reichsten Bürger Saratows aus, und es lebten viele sehr gut situierte Geschäftsleute hier. Mit ihm erklomm seine Frau Inna auf der gesellschaftlichen Leiter mehrere Stufen.

Er erinnerte sich, wie unfassbar einfühlsam seine Pflegemutter reagiert hatte, als er ihr Inna als seine Verlobte vorstellte. Von Anfang an hatte Valentina ihm das Gefühl gegeben, dass jede Frau, die er liebte, bei ihnen jederzeit willkommen sein würde. Valentina hatte versucht, ein freundschaftliches Verhältnis zu Inna aufzubauen, war allerdings gescheitert. Inna war nicht der Typ, der sich Vertraute suchte.

Anders als seine Pflegeeltern reagierte allerdings die Saratower Gesellschaft. Anfangs lud man sie als Ehepaar zu gesellschaftlichen Empfängen, aber die Leute waren nur neugierig auf diese Frau, die aus der Halbwelt stammte und sich einen der begehrtesten Junggesellen der Stadt geangelt hatte. Hinter ihrem Rücken tuschelten sie und verspritzten Gift, und irgendwann blieben die Einladungen aus.

Frannek selbst war das einerlei, aber Inna traf es in ihrem Innersten, obwohl sie sich nach außen hin stachelig und überheblich gab. Er wollte, dass es ihr gut ging neben ihm, dass sie nie auf die Idee kam, ihn zu verlassen. Denn er war überzeugt, dass er das nicht überleben würde. Inna befriedigte auf ihre unnachahmliche Art seine geheimsten Sehnsüchte. In den sieben Jahren ihrer Ehe war das Fieber nur noch heißer geworden. In manchen Nächten drohte er vor Lust zu verglühen. Frannek war dieser Frau hoffnungslos verfallen. Ohne sie wäre sein Leben sinnlos, trotz aller militärischen Erfolge, die er vorzuweisen hatte. Nach dem Frieden von Tilsit zwischen Russland und den Franzosen war er in den Krieg gegen die Schweden gezogen. Gegen die Türken kämpften sie seit 1806.

Die Sehnsucht nach Inna und seinem sechsjährigen Sohn Anatolij hatte Frannek für wenige Wochen in die Heimat zurückgezogen. Seitdem er zum Major ernannt worden war, brauchte er niemandem mehr Rechenschaft abzulegen, wenn er beurlaubt werden wollte. Und er tat weiß Gott genug für dieses Land und den Zaren, dass ihm eine Atempause zustand. Zudem fürchtete er, dass der Frieden zwischen Zar Alexander und Napoleon Bonaparte brüchig war. Bonaparte ließ seine Truppen bereits wieder mit den Säbeln rasseln, was Zar Alexander dazu gebracht hatte, die russischen Divisionen an der Grenze zu Polen zu verstärken.

Im Friedensvertrag von Tilsit hatte Zar Alexander Napoleon Deutschland, Spanien und Portugal überlassen. Im Gegenzug ließ Napoleon die Russen in Schweden und die Türkei einziehen. Die Weltherrschaft schien ausgewogen aufgeteilt zwischen den Russen und den Franzosen. Doch Napoleon hatte von jeher einen Hang zum Übermut gehabt, wusste Frannek, und nun, da er Russland als Verbündeten nicht mehr zu brauchen schien, strebte er die Alleinherrschaft an. Alles sah nach einem großen Krieg auf russischem Boden aus, den die Welt so schnell nicht vergessen würde. Frannek war bereit, sich dem Feind entgegenzustellen. Das Heimatland zu verteidigen gegen die Schlagkraft der *Grande Armée* erschien ihm wichtiger als weitere Eroberungsschlachten. Nach seinem Urlaub würde er den Befehl über Truppen an der polnischen Grenze übernehmen.

»Musst du das rote Kleid anziehen, Innotschka? Wir wollen doch nur einen Spaziergang über den Fluss machen.« Die Wolga war seit Dezember zugefroren und lockte an den Sonntagen viele Ausflügler an.

Sie lachte hell auf. »Man wird es nicht sehen, ich trage ja meinen Mantel darüber.« Sie trat näher an ihn heran, stellte sich auf Zehenspitzen und flüsterte in sein Ohr. Ihr heißer Atem verursachte ihm ein Prickeln im Nacken. »Du darfst es mir nachher ausziehen, wenn wir allein sind. Gefällt dir nicht die Vorstellung, dass dir allein gehört, was sich unter meinem Mantel verbirgt?«

Franneks Atem ging schneller. Am liebsten hätte er seine Frau gleich in das Schlafgemach gezogen, aber Anatolij rollte auf dem Boden Holzkugeln und ließ geschnitzte Pferde und bunt bemalte Kutschen über das Parkett rattern. Mit runden braunen Augen sah er zu ihnen auf. Der Junge war das Ebenbild seiner Mutter. Frannek unterdrückte die Gier nach seiner Frau, ging in die Knie und nahm den Jungen hoch. »Wann gehen wir, Vater?«, fragte der Kleine.

»Jetzt, mein Junge. Lauf und hol deinen Mantel und die dicken Stiefel. Wir nehmen den Schlitten mit.«

Anatolij klatschte in die Hände. »Machen wir beim Rennen mit?«

Frannek lachte. »Nein, wir schauen nur zu und wetten auf den Besten.«

Im Winter versammelten sich die Saratower an den Wochenenden auf der Wolga, um Rennen zu veranstalten. Die schmalen Schlitten, auf denen gerade eine Person Platz fand, wurden von den schönsten Pferden gezogen, die nur im Trab laufen durften. Sobald eines in den Galopp fiel, war die Wette verloren. Begleitet wurden die Fahrer vom Jubel und Applaus der Umstehenden, und an jeder Ecke reichte man heiße Getränke und warmes Gebäck. Frannek hatte seinem Sohn versprochen, dass sie heute zu einem dieser Volksfeste gehen würden, und der Kleine war außer sich vor Aufregung.

Als sie das Haus verließen und den Jungen auf der Straße in den Schlitten packten, eingewickelt in warmen Fellen, griff Frannek das Gespräch wieder auf, das sie vor dem Frisiertisch geführt hatten. Es lag ihm schwer im Magen, dass Inna ihn überreden wollte, auf den Besuch in Waidbach zu verzichten.

»Wir würden nicht lange bleiben«, sagte er, während er den Holzschlitten hinter sich herzog und einer Droschke auswich, die an diesem Sonntag zahlreich unterwegs waren. »Vielleicht zwei, drei Tage. Wir können bei meiner Schwester wohnen, sie hat ein Zimmer für uns. Verstehst du, sie bittet mich seit vielen Jahren, endlich nach Waidbach zurückzukehren und mich mit den Menschen dort auszusöhnen. Es ist wirklich ein Herzenswunsch von ihr, und wenn ich ehrlich bin, bin ich auch neugierig, meine frühere Pflegefamilie wiederzutreffen und zu sehen, wie sich das Dorf entwickelt hat. Ich kann mir keinen besseren Anlass dafür vorstellen als die Taufe der kleinen Susanna. Mathilda hat so viele Jahre vergeblich auf ein Kind gewartet. Sie dachte schon, es sei ihr nicht vergönnt, Mutter zu werden, aber mit ihrem neuen Mann hat es endlich geklappt. Ich möchte meine Nichte gerne sehen, bevor ich an die polnische Grenze ziehe.«

»Ist deine Schwester nicht zu alt fürs Muttersein? Erstaunlich, dass sie die Schwangerschaft überstanden hat«, erwiderte Inna hartherzig.

Frannek schluckte. Manchmal wünschte er sich, Inna würde mehr Einfühlsamkeit zeigen. Ihre Kälte zog ihn einerseits an, aber in solchen Momenten stieß sie ihn ab. »Sie ist dreiundvierzig. Gewiss ist das spät, aber sie hat sich die Schwangerschaft über geschont, und bei der Geburt war nicht nur die Hebamme dabei, sondern auch der Dorfarzt. Die Kleine scheint kerngesund, und es gibt wahrscheinlich in den deutschen Kolonien keine glücklichere Mutter als Mathilda.« Er lächelte bei der Vorstellung, wie seine Schwester das Kind herzte und hätschelte.

Inna verdrehte die Augen und band sich den weißen Fuchspelz enger um den Hals. Aus ihrem Mund wehten Wölkchen, ihre Nasenspitze rötete sich bereits nach diesem kurzen Weg. »Ich mag einfach nicht in einer verrußten Kolonistenhütte hausen, nicht einmal für zwei Tage. Und dann noch mit einem schreienden Säugling! Außerdem sehen alle Neugeborenen gleich aus.« Auf einmal hielt sie inne, ein Schmunzeln glitt über ihre Züge, das ihnen für eine Sekunde die Härte nahm. »Mein Lieber, warum fährst du nicht allein? Du hast doch ohnehin ständig etwas an meiner Garderobe und meinem Putz auszusetzen. So besteht nicht die Gefahr, dass ich dich blamiere.«

Frannek zog die Brauen zusammen. »Du weißt genau, dass ich mich niemals wegen dir schämen würde. Ich bin stolz auf dich und unseren Sohn.«

»Dann nimm Anatolij mit.«

Sie passierten den Basar und die Handelshäuser und erreichten bald darauf das Haus des Gouverneurs, das direkt am Ufer der Wolga lag. Sie wählten den Pfad außen herum, bis sie den zugefrorenen Fluss erreichten. Auf dem Eis tummelten sich bereits Menschentrauben, überall wurde gelacht und getrunken. Die Schlittenfahrer formierten sich an der Startlinie und beruhigten die nervös trippelnden Pferde, die mit den Köpfen wackelten und weißen Dampf aus den Nüstern stießen. Der Himmel war wolkenlos und von einem eisigen Blau. Die Sonne ließ die Eiskristalle glitzern und funkeln wie tausend Diamanten. Der Duft von fruchtigem Punsch mischte sich in die Frostkälte.

Vielleicht war es wirklich das Beste, wenn er allein reiste, ging es Frannek durch den Kopf. Eine missgelaunte Frau neben sich konnte ihm den Aufenthalt in Waidbach verleiden. Mathilda hatte sämtliche Dorfbewohner in das Wirtshaus eingeladen, weil sie ihr Glück mit allen teilen wollte. Selbstverständlich gehörte ihr Bruder dazu.

»Also gut«, sagte Frannek, als sie sich ins Publikum drängelten und sich einen Platz mit gutem Ausblick suchten. »Dann fahre ich allein. Mit Anatolij. Ich denke, wir werden nicht länger als vier, fünf Tage weg sein.« Es graute ihm jetzt schon davor, so viele Nächte auf das Zusammensein mit Inna zu verzichten. Aber er würde alles nachholen, bevor er an die Front zog.

Inna lächelte mit gespitzten Lippen und schenkte ihm einen verführerischen Augenaufschlag. »Braver Junge«, sagte sie.

23

Waidbach, Februar 1811

Vielleicht würde dies der schönste Tag ihres Lebens. Nicht nur, dass sie heute das Tauffest ihrer Tochter feierten, sondern auch ihr Bruder hatte endlich sein Kommen zugesagt! Endlich würde es Frieden zwischen ihm und den Waidbachern geben, davon war Mathilda überzeugt.

Das Wirtshaus war mit bunten Tüchern festlich geschmückt. Dorfbewohner mit Balalaikas, Flöten und Harmonikas sorgten für unterhaltsame Töne, alle Tische waren besetzt. Überall lachten und plauderten die Menschen, stießen auf die Taufe des so sehnlich erwünschten Kindes an.

Vergessen war die Skepsis, als die Waidbacher erfuhren, dass die immerhin schon dreiundvierzig Jahre alte Mathilda schwanger ging. Viele hatten ihr ein schlimmes Ende prophezeit und dem Kind keinerlei Überlebenschance zugetraut. Jüngere und kräftigere Frauen waren schon im Kindbett gestorben. Wie sollte es da ein mageres Wesen wie Mathilda schaffen, in deren Gesicht sich schon die ersten Falten zeigten?

Mathilda hatte sich durch das Geschwätz der Kolonisten nicht verunsichern lassen. All die Jahre in ihrer Ehe mit Claudius hatte sie angenommen, sie könne nach der Sturzgeburt, die sie als junges Mädchen, vom eigenen Vater geschwängert, erlitten hatte, keine Kinder mehr bekommen. Sie hatte insgeheim nur sich selbst die Schuld daran gegeben, dass ihnen Nachwuchs verwehrt blieb, obwohl sie in mancher hitzigen Auseinandersetzung Claudius angeklagt hatte. Ihre Befürchtungen hatten sich in den ersten gemeinsamen Jahren mit Johannes bestätigt. Auch mit ihm wurde sie nicht schwanger, während Amelia – die neue Frau an Claudius' Seite – bereits nach wenigen Monaten mit dickem

Bauch herumstolzierte. Drei Kinder tollten inzwischen um die beiden herum. Mathilda hatte es ins Herz geschnitten, wann immer sie an dem Haus vorbeikam und Kindergeschrei, Lachen und Plappern aus den Fenstern drang.

Und dann, als Mathilda bereits mit ihrem Kinderwunsch abgeschlossen hatte, blieb ihre Blutung aus. Sie erinnerte sich an die Liebesnacht mit Johannes, in der sie sich besonders innig einander zugetan gefühlt hatten. In anderen Nächten war die körperliche Liebe nicht das Beherrschende in ihrer Ehe. Sie waren eher gute Freunde als ein heißblütiges Liebespaar. Aber in jener Nacht hatten sie sich auf eine Art und Weise geliebt, die Mathilda zutiefst beglückte. Sie hatte die Geborgenheit und die Treue gespürt, die Johannes ihr zu bieten hatte, sie hatte seine Zuneigung erlebt und das unausgesprochene Versprechen, sie niemals zu verlassen. Mathilda war sich sicher, dass in jener Nacht die kleine Susanna entstanden war, die jetzt in ein weißes, fein besticktes Leinenkleidchen gewickelt war und die sie auf ihrem Arm herumtrug. Sie ging an jeden Tisch, damit die Gäste die Kleine betrachten konnten, und erfreute sich an den Kommentaren, wie hübsch sie sei und wie hellwach sie in die Welt luge. Mathilda glühte vor Stolz und warf Johannes liebevolle Blicke zu, während er dafür sorgte, dass Bier und Wein nicht versiegten. Die Frauen hatten Butterkuchen und Honigplätzchen, Kartoffeln und Würzquark mitgebracht, krosses Brot und Schweineschmalz. Die Taufgäste griffen hungrig zu. Mitten unter ihnen saß Pastor Ruppelin, beglückt, dass das Tauffest endlich einmal wieder einen würdigen Rahmen fand. Kinder wurden reichlich in der Kolonie geboren, aber die meisten Familien wollten weder Zeit noch Geld opfern, um die Taufe mit dem ganzen Dorf zu feiern.

Wen wunderte es. Unter manchem Dach quengelte fast ein Dutzend Kinder nach Brot, und man jammerte eher, wenn ein weiteres Mäulchen zu stopfen war.

Nicht so bei Mathilda und Johannes. Alle wussten, dass dieses Kind auf Händen getragen und wie ein Goldschatz behütet wurde. Und allen war der Anlass recht, gemeinsam die Gläser klingen zu lassen.

Keinem fiel auf, dass Mathilda in all dem Trubel ständig zur Tür spähte. Zwar waren alle Tische gut besetzt, aber der wichtigste Gast fehlte noch. Sie konnte es kaum erwarten, dass Frannek eintraf. Außer Johannes hatte sie niemandem verraten, dass sie ihren Bruder erwartete. Ob die anderen ihn erkennen und willkommen heißen würden? Dass er nicht länger ein Ausgestoßener war, hatte sich Mathilda von Klara, Sebastian und Martin versichern lassen. Auch Claudius hatte bekundet, dass er sein Einverständnis geben würde, wenn Frannek Waidbach einen Besuch abstatten würde. Mathilda blickte zu ihrem ehemaligen Ehemann, der mit Amelia und seinen Kindern am Ende eines Tisches in der Nähe des bullernden Ofens saß. Die Kinder ließen sich das Gebäck schmecken und liefen mit verschmierten Mündern zwischen den Tischen hin und her. Claudius war grau geworden in den letzten Jahren, sein Bauch fülliger. Aber seine Augen blitzten vor Lebenslust, das Kinn hielt er hoch gereckt, die Brust breit. Seit der alte, gebrechliche Bernhard Röhrich das Amt des Dorfschulzen an Claudius Schmied übertragen hatte, strahlte dieser eine Wichtigkeit und Würde aus, die ihm gut zu Gesicht stand. Amelia sah man an, wie sehr sie es genoss, die Frau des ersten Mannes im Dorf zu sein. Mathilda konnte die beiden ohne einen Funken Neid betrachten, vor allem jetzt, da ihr selbst Mutterglück beschieden war. Auch sie hatte wundervolle Jahre mit Johannes verbracht. Frieder hatte sich zu einem umsichtigen, fleißigen jungen Mann entwickelt. Obwohl die Trennung von Claudius ein harter Einschnitt in ihrem Leben gewesen war – im Nachhinein war alles genau richtig, wie es sich entwickelt hatte. Sowohl für Claudius als auch für sie. Über die Köpfe der Menschen hinweg trafen sich ihre Blicke. Sie schauten sich ein paar Sekunden an, für einen Moment flackerten die Bilder aus ihrer Jugend vor ihrem inneren Auge auf, wie er sie zum ersten Mal liebkost hatte, wie er sie übermütig im Kreis geschwenkt hatte, als sie ihm die Treue versprach. Aber es tat nicht weh. Das Vergangene war vergangen, die Zukunft waren Johannes, Frieder und Susanna. Sie lächelte und nickte ihm zu. Er hob sein Glas, um ihr aus der Entfernung zuzuprosten.

Ein kalter Lufthauch von der Tür her ließ Mathilda herumfahren. Ihr Herz machte einen Satz, als Frannek im Türrahmen erschien. Das Klopfen seiner Stiefel auf der Matte erregte die Aufmerksamkeit aller. Die Musiker ließen die fröhliche Melodie mit ein paar schrägen Tönen verklingen, während sie genau wie alle anderen auf den großgewachsenen Mann in der russischen Uniform starrten. Seinen langen Mantel hatte er geöffnet, die goldenen Knöpfe an seiner Jacke blitzten im Schein der Kerzen mit den Orden und Rangabzeichen an seiner Brust um die Wette. Sein Gesicht war im Gegensatz zu denen der Kolonisten bartlos. Ein Russe? Das Merkwürdigste an diesem Mann aber war der kleine Junge, den er an der Hand hielt. Genau wie er selbst trug der Kleine einen Mantel, Stiefel und eine Pelzmütze, die er bis auf die Brauen heruntergezogen hatte. Mit großen Augen schaute der Junge zu dem Uniformierten auf, der ihn kurzerhand auf die Arme hob, weil sich das Kind in dieser fremden Gesellschaft offensichtlich fürchtete.

»Gott zum Gruße«, sagte Frannek in das Schweigen hinein mit tiefer Stimme. Als Mathilda das Taufkind ihrem Mann an die Brust drückte und auf ihn zustürzte, begriffen auch die letzten, dass es sich keineswegs um einen Russen handelte.

»Frannek! Da bist du ja endlich! Wie schön, dass du kommen konntest!« Mathilda fiel ihm um den Hals und drückte ihn und seinen Sohn an sich. Sie küsste Frannek stürmisch, bevor sie sich an seine Seite stellte und den Arm um seine Taille legte. »Liebe Waidbacher, manch einer von euch kennt ihn bereits, für andere ist er ein Fremder, der hoffentlich bald ein Freund sein wird. Ich bin überglücklich, dass mein Bruder Frannek trotz seiner militärischen Verpflichtungen aus Saratow zu Besuch gekommen ist. Bitte heißt ihn in unserer Mitte herzlich willkommen!«

Allgemeines Murmeln kam auf, manche klopften zur Begrüßung mit den Knöcheln auf die Tische. Die Musiker griffen die

Melodie wieder auf, die Leute wandten sich den Speisen und Getränken zu.

Mathilda warf einen Blick zu Klara und Sebastian, die in der Nähe der Tür saßen, umgeben von ihren erwachsenen Kindern. Klara musterte Frannek, aber Mathilda entdeckte in ihrer Miene keine Abneigung, nur Verwunderung darüber, was aus dem unerzogenen, widerspenstigen Burschen geworden war, auf den keiner eine Kopeke gesetzt hätte, nachdem er bei Nacht und Nebel Reißaus genommen hatte.

Auch Sebastian konnte den Blick gar nicht von ihm lösen. Er nickte gedankenverloren, während er die imposante Erscheinung betrachtete.

»Wie lange kannst du bleiben?«, fragte Mathilda und strahlte ihren Bruder an. Sie nahm ihm den Mantel ab und hängte ihn im Eingangsbereich an einen Haken, bevor sie sich zu Anatolij hinabbeugte und ihm aus der Winterkleidung half.

»Nur wenige Tage, leider. Aber wir werden die Zeit genießen, nicht wahr?«

Mathilda nickte strahlend. »Wo ist Inna? Ich habe mich auf sie gefreut.« Das stimmte nur halb. Natürlich gehörte Franneks Frau zu ihm, aber vertraut geworden war Mathilda nie mit ihr. Sie fand sie herrschsüchtig und launenhaft und hatte sich immer gefragt, wie Frannek es mit ihr aushielt. Aber wenn sie in sein Gesicht blickte, dann sah sie die Liebe zu dieser Frau in seinen Zügen, und das war es, was zählte. Sonst nichts.

»Sie fühlte sich nicht gut«, sagte Frannek bedauernd. »Ich soll dich schön grüßen und deiner Tochter die besten Wünsche überbringen.« Er schaute sich um. »Wo ist sie denn? Ich bin neugierig auf die kleine Dame.«

Mathilda winkte Johannes heran, der sofort mit dem Bündel auf den Armen herankam. Frannek herzte das Mädchen und bestätigte Mathilda, dass sie das hübscheste Wesen in ganz Russland sein musste.

»Aber du bist weit gereist. Du wirst hungrig sein und dich ausruhen wollen. Wo ist Anatolij?« Mathilda schaute sich um. Der

Junge hatte sich im Handumdrehen mit den anderen Kindern der Kolonisten angefreundet und tollte mit ihnen herum. Mathilda lächelte. »Wo willst du sitzen?«

Franneks Blick ging zur Familie Mai, und Mathilda nickte. Sie holte einen Stuhl aus einem Nebenraum und stellte ihn so, dass Frannek inmitten der Großfamilie saß. Sie hoffte inständig, dass nicht alte Wunden aufbrachen und es zum Eklat käme.

Klara fiel es schwer, diesen Respekt einflößenden Major mit dem jugendlichen Frannek in Verbindung zu bringen. Sie horchte in sich hinein. Sie empfand nichts, keinen lange schwelenden Zorn, keine Missgunst, aber auch keine Zuneigung.

Sebastian nickte Frannek zu. Genau wie er bemühte sich Klara um eine freundliche Willkommensmiene. »Du hast dich lange nicht mehr blicken lassen«, begann er das Gespräch.

»Ich wusste nicht, ob ich willkommen sein würde«, gestand Frannek geradeheraus. »Ich schäme mich noch heute für das, was damals geschehen ist.« Er wandte sich an den Maiensohn. »Gott zum Gruße, Martin«, sagte Frannek. Er klang kleinlaut, was einen merkwürdigen Gegensatz zu seinem beeindruckenden Äußeren bildete.

»Frannek, ich hätte dich niemals erkannt«, sagte Martin.

Frannek grinste ihn an. »Du warst ein Kleinkind damals.«

»An das Feuer erinnere ich mich«, sagte Martin. Klara sah, dass seine Frau Hilda ihm die Hand auf die Schulter legte. Über Martins Gesicht flog ein Schatten. »Ich bekomme heute noch das Zittern, wenn es irgendwo brennt«, fügte er hinzu.

»Es tut mir leid, was ich damals getan habe, Martin. Ich hoffe sehr, dass du mir verzeihen kannst.«

Martin nickte. »Da gibt es nichts zu verzeihen. Wir waren dumme Jungen und haben uns den Mist selbst eingebrockt.«

»Ich war der Ältere«, erwiderte Frannek.

»Du warst schwerer verletzt als alle anderen Kinder im Dorf«, erwiderte Martin tonlos.

Ein paar Herzschläge lang herrschte Schweigen in der kleinen

Gesellschaft am äußersten Ende der Tafel, während die anderen weiterlachten, sangen und sich zuprosteten.

Dass Frannek vom eigenen Vater vergewaltigt worden war, war im Dorf bekannt. Kein Wunder – seine Verletzungen hatten alle Schüler sehen können, nachdem der Dorflehrer ihn zur Züchtigung angewiesen hatte, die Hosen herunterzulassen. Viele Wochen hatten sich die Leute die Mäuler über das unsägliche Schicksal des Frannek Müllau zerrissen, aber als Entschuldigung ließen sie es nicht gelten, als er das Gemeindehaus fast abfackelte und später im Haus der Mais mit Martin zündelte.

Waren wir zu hart mit ihm?, fragte sich Klara bang und musterte den Mann mit den kantigen Zügen. Sie hob ihren Becher, und Sebastian tat es ihr sofort gleich. »Wollen wir nicht das Gestern endgültig ruhen lassen und miteinander feiern?«

Frannek lächelte ihr zu. Ein Dutzend Becher klirrte aneinander.

»Wie hast du es geschafft, in die Armee einzutreten und einen so hohen Posten zu erringen?« Philipp Mai umfing Franneks Gestalt mit einem Blick. »Du bist Major, oder?« Klara schoss ihrem jüngsten Sohn, der inzwischen vierundzwanzig Jahre alt war, eine funkelnde Warnung zu. Ihr gefiel das Feuer nicht, das in Philipps Augen loderte.

Frannek nickte ihm zu. »Ihr wisst ja, dass ich bei einer Familie untergekommen bin. Mein Pflegevater – Gott hab ihn selig – war selbst Major. Seine Kriegsbegeisterung hat sich schon nach wenigen Wochen auf mich übertragen. Ich konnte mir nichts Ehrenvolleres vorstellen, als für den Zar auf die Schlachtfelder zu ziehen.«

Philipp beugte sich vor und lauschte mit leicht geöffnetem Mund. Neben ihm saß der zwanzigjährige Rudolf von Kersen, jüngster Sohn des Dorflehrers, dessen Aufmerksamkeit ebenfalls geweckt war. Beide jungen Männer hingen an den Lippen des Majors, als er von den Feldzügen gegen die Schweden und die Türken berichtete. Von siegreichen Schlachten, vom Ruhm im Kampf, vom Zusammenhalt unter den Kameraden. Alle am

Tisch merkten, wie sehr sich Frannek dem Militär verpflichtet fühlte. Diese Aufgabe schenkte seinem Leben einen Sinn und verlieh seiner Persönlichkeit eine Aura von Macht. Klara musterte ihn skeptisch, Sebastian hatte die Arme vor der Brust verschränkt, aber die jungen Leute um sie herum konnten nicht genug bekommen von Franneks Kriegsgeschichten. Seine Wangen färbten sich rosig, seine Augen strahlten, während er lebhaft gestikulierte.

»Aber alle Schlachten, die die russische Armee geführt hat, werden verblassen gegen den Krieg, der nun auf uns zukommt«, rief er.

»Gegen die Franzosen«, stellte Philipp fest.

»Gegen Napoleon«, fügte Rudolf von Kersen hinzu.

Frannek nickte und runzelte die Stirn. »Das wird der Krieg der Kriege, ein vaterländischer Krieg, der diesen Wahnsinnigen endgültig in seine Schranken weisen wird.«

»Obwohl Zar Alexander und Napoleon Friedensverträge geschlossen haben«, bemerkte Philipp.

Frannek hob anerkennend die Brauen. »Du bist gut informiert, Philipp. Ich dachte, hier in den Kolonien seid ihr von allem politischen Geschehen weit ab.«

»Sind wir auch«, antwortete Rudolf. »Aber einige von uns reisen regelmäßig nach Saratow, Matthias Lorenz zum Beispiel. Die bringen uns Zeitungen mit, aus denen wir die Neuigkeiten erfahren. Wie es aussieht, scheint Napoleon durch nichts zu stoppen zu sein. Hat er nicht bereits Truppen in Polen stationiert?«

»Ja, hat er. Deshalb werde ich gleich nach meinem Besuch an die Grenze fahren, um unsere Kompanien zu unterstützen.«

»Die *Grande Armée* soll die größte Truppe sein, die die Welt je gesehen hat«, bemerkte Rudolf. »Wie sollen wir die aufhalten?«

Frannek stutzte, bevor er schmunzelte. »Fühlst du dich als Russe oder als Deutscher?«, erkundigte er sich.

Rudolf und Philipp wechselten einen Blick, genau wie Klara und Sebastian. Die Entwicklung, die das Gespräch nahm, gefiel Klara nicht.

Philipp antwortete als Erster: »Als Deutscher mit russischer Heimat. Ich würde unser Land mit allem, was mir zur Verfügung steht, verteidigen.«

Rudolf nickte zustimmend. »Aber uns lässt man nicht. Nicht nur, dass wir von der Wehrpflicht befreit sind. Selbst wenn wir uns freiwillig melden wollten, würden sie anderen den Vorzug geben.«

Frannek runzelte die Stirn. »Das galt vielleicht früher, aber jetzt braucht der Zar jeden Mann. Napoleon hat mit seiner Wirtschaftsblockade gegen England Russland fast in den Kollaps getrieben, wir hätten die Franzosen schon viel früher angreifen sollen! In der verstrichenen Zeit konnten die Franzosen ins Unermessliche aufrüsten. Der Zar war schlecht beraten, als er seine Angriffspläne ad acta legte, nur um in der Welt nicht als Aggressor zu gelten. Schert einen Machthaber wie Napoleon die öffentliche Meinung? Nein, er befiehlt, was er für richtig hält. Es wird allerhöchste Zeit, dass die Russen den Beweis erbringen, dass sie sich niemals diesem Mann unterwerfen werden, der ganz Europa in die Knie zwingen will.«

Rudolf reckte die Faust in die Luft. »Niemals! Nieder mit dem Franzosenpack!«

Auch Philipp fiel in seinen Jubel ein. »Niemals!«

Mit wachsender Sorge beobachtete Klara ihren Jüngsten. Die Wildheit seiner Jugend hatte er nicht abgelegt, erkannte sie nun, obwohl es zeitweise, als Christina noch lebte, so ausgesehen hatte, als kehrte er auf den rechten Pfad zurück. Philipp hatte bislang nicht im Traum daran gedacht, sich eine solide Existenz aufzubauen, mit einer Frau, einem eigenen Hof, einem Acker. Er lebte bei den Eltern, half mal hier halbherzig, mal da, und trieb sich ansonsten in der Steppe herum mit einigen seiner Kumpanen, die eine ähnliche Lebenseinstellung hatten wie er. Als Lehrling bei Claudius Schmied hatte er sich keine Lorbeeren verdient, sondern war vor allem durch Unzuverlässigkeit und Faulheit aufgefallen.

Rudolf von Kersen kannte man bislang nicht als unsteten

Geist, aber er stimmte in das Kriegsgeheul nicht weniger ungestüm ein als ihr Sohn. Sie beugte sich vor, um die Aufmerksamkeit des Dorflehrers zu erregen. Vielleicht bekam sie von Anton von Kersen Schützenhilfe, um das Gemüt der beiden jungen Männer abzukühlen. Doch weit gefehlt. Anton warf sich in die Brust und ragte mit herausgedrücktem Kugelbauch neben seinem Sohn auf. Mit unverhohlenem Wohlwollen lauschte er seinen Worten. Klara erinnerte sich daran, dass Anton damals bei der Ausreise von Lübeck nach St. Petersburg darauf spekuliert hatte, als Offizier in die Dienste von Zarin Katharina eintreten zu dürfen. Es hatte ihn fast zerbrochen, als er erfuhr, dass er genau wie alle anderen zu einem Leben als Bauer im Süden Russlands vorgesehen war und dass die Zarin auf verarmte Adelige wie ihn nicht gewartet hatte. Notgedrungen hatte er sich in die Rolle des Lehrers eingefunden, aber wie sich zeigte, hatte er sich von seiner Begeisterung fürs Militär offenbar niemals lösen können. Dass sein Sohn Feuer und Flamme für den Krieg gegen die Franzosen zu sein schien, erfüllte ihn mit Zufriedenheit, wie es oft bei Vätern und Müttern geschah, deren Kinder die Träume ihrer Eltern verwirklichten. Nun klopfte er seinem Sohn auf die Schulter.

Klara puffte Sebastian in die Seite. »Sag doch auch mal was. Hörst du nicht, welche Reden unser Sohn schwingt? Der bringt es fertig und zieht los, um sich totschießen zu lassen.«

Sebastian beugte sich zu ihr und flüsterte ihr ins Ohr. »Es liegt nicht mehr in unserer Macht, Klara. Philipp ist ein erwachsener Mann. Wir können ihn nicht halten, wenn es ihn fortzieht. Wenn er glaubt, sein Heil in der Armee zu finden, dann müssen wir ihn gehen lassen.«

Klaras schlimmste Befürchtungen bewahrheiteten sich, während sich die Wodkaflaschen leerten und die Reden immer lauter und temperamentvoller wurden. Frannek hatte bereits glasige Augen, aber das Leuchten in seinem Gesicht war geblieben. »Wenn ihr wirklich kämpfen wollt, Männer, dann kommt mit mir. Ich habe genug Einfluss, um euch in den Wehrdienst aufnehmen zu lassen. Für zwei zuverlässige Adjutanten habe ich beste Verwendung.«

Jubel brandete auf, aber die übrigen Gäste bekamen kaum etwas davon mit. Die Stimmung war inzwischen ausgelassen, einige hatten angefangen zu tanzen, andere schwankten mit erhobenen Bechern durch den Saal.

Für Klara entwickelte sich dieser Abend jedoch zu einem Drama. »Du willst uns unsere Söhne rauben, Frannek«, zischte sie dem Major zu, und auf einmal loderte die Flamme des Hasses wieder in ihr auf. Dieser Mann brachte nichts Gutes nach Waidbach!

Frannek lachte nur. »Sie gehen freiwillig, Mutter Klara.« Anatolij kam mit hochroten Wangen und funkelnden Augen zu ihm und sprang auf seinen Schoß, um sich für einen Moment vom wilden Toben mit den anderen Jungen und Mädchen auszuruhen. Frannek drückte ihn an sich und kniff ihm in die Wange.

Klara starrte auf das Kind, dann in Franneks Gesicht, in dem die Züge plötzlich weich wurden. »Was wirst du sagen, wenn dein Sohn in ein paar Jahren zur Waffe greift?«

Frannek hob den Kopf, zog die Brauen hoch, während er Klara musterte. »Ich werde sagen: Diene deinem Vaterland und dem Zaren. Sei ein guter Soldat, mein Sohn.«

Klara sackte in sich zusammen. Sebastian drückte sie einmal kurz. Aber es war kein Trost für sie. Sie würde ihren jüngsten Sohn endgültig verlieren. Nichts würde ihn aufhalten.

24

Polen, März 1812

Nun also Russland.

Die Herrschaft Napoleons und seiner Familie erstreckte sich mittlerweile von Spanien im Westen bis nach Illyrien im Osten, von Holland im Norden bis nach Italien im Süden. Nach all den Jahren empfand es Christian immer noch als Genugtuung, gegen alle Widrigkeiten in ungezählten Schlachten zu Napoleons Ruhm beigetragen zu haben. Aber seine Kriegsbegeisterung hatte einen kräftigen Dämpfer bekommen. Zu oft hatte er im Lazarett vor Schmerzen geschrien, ein Holzstück zwischen den Zähnen, weil kein Morphium zur Verfügung stand, wenn ihm Kugeln aus dem Fleisch herausoperiert und Schnitte genäht wurden. An der Kopfwunde, die er in Austerlitz erlitten hatte, laborierte er viele Monate lang, und noch heute quälten ihn an manchen Tagen bohrende Schmerzen in der rechten Schläfe. Er hatte junge und alte Männer, Frauen und Kinder sterben sehen, mit abgerissenen Gliedmaßen und zersplitterten Knochen.

Obwohl Christian nach wie vor wie ein Fels hinter Napoleon und seinen Zielen stand, war der Geschmack von Ruhm und Ehre verflogen.

Manchmal meinte Christian, alle Gefühle in ihm wären abgetötet. Innerlich ausgebrannt und leer, hatte er sich auch äußerlich verändert. Er war nicht mehr der lang aufgeschossene junge Mann aus Ellwangen, der sich die Sporen verdienen wollte. Er gehörte inzwischen zu den altgedienten Kämpfern mit bulligem Nacken, breiten Schultern und muskulösen Beinen. Er wusste nicht, wie viele Meilen ihn seine Füße inzwischen getragen hatten, die Entfernungen legte er mit stoischer Gelassenheit wie ein Uhrwerk zurück. Er wusste nicht mehr, wie viele Männer er erstochen und erschossen hatte, Mann gegen Mann oder im Schützengraben verborgen.

An diesem späten Nachmittag östlich von Bromberg mitten in Polen, acht Tagesmärsche von Frankfurt an der Oder entfernt, hatte er sich ein paar Schritte vom Lager seiner Kompanie entfernt. Manchmal brauchte er die Abgeschiedenheit in all dem Lärmen. Am Rand eines brachliegenden Feldes ließ er sich auf einem Findling nieder. Die Märzsonne stand hoch, auf dem Acker lagen nur noch vereinzelte Schneeinseln. Die Wege waren matschig, aber die Luft war erfüllt vom Duft nach Kiefern und Erde.

Christian atmete tief ein, als wollte er auf Vorrat Luft schöpfen, die nicht von beißendem Qualm und dem Gestank von verkokeltem Fleisch erfüllt war. Er beugte sich hinab und öffnete die Schnürsenkel. Seine Socken waren fadenscheinig und durchlöchert, seine schwarzen Füße von Wunden und Narben übersät. Sein großer Zeh schimmerte, auf die doppelte Größe angewachsen, rotblau. Vorsichtig bewegte er die Zehen und stöhnte dabei. Beim Marschieren spürte er seine Füße kaum noch, als wären sie aus Holz statt aus menschlichem Fleisch. Aber sobald er zur Ruhe kam, peinigten ihn die Blasen und eitrigen Löcher und er meinte, nicht einen Schritt mehr gehen zu können. Die kühle Luft linderte den Schmerz ein wenig. Nicht weit von ihm, da wo der Wald begann, plätscherte ein Bach, zu dem er auf bloßen Füßen humpelte. Er rutschte auf dem Hintern den Abhang hinab, kauerte sich ans Ufer und streckte die Füße aus. Das kühle Wasser war eine Wohltat und ließ ihn seufzen. Er wusch sich die Füße, so gut es ging, strich über die verhornten Stellen an Ferse und Fußballen. Am Abend würde er sich im Lazarett eine Wundsalbe geben lassen.

Christian hatte sein Lebensziel erreicht, doch jetzt, wenige Tage vor dem Grenzübertritt nach Russland, fragte er sich, ob er nicht einem Hirngespinst nachgelaufen war.

Was war an diesem Leben noch menschenwürdig?

War er noch ein Mensch oder ein tollwütiges Tier, das sich am Blut der Feinde berauschte?

Anders als die anderen Männer in der Division verlangte es ihn nie nach Heimaturlaub. Wohin sollte er gehen? Nach Ellwangen zu seiner Schwester? Es verlangte ihn auch nicht nach den hübschen Polinnen, mit denen seine Kumpane pussierten. Ebenso wenig nach den Näherinnen, Marketenderinnen und Huren, die zum Tross gehörten. Manchmal stahl sich in seinen Verstand das madonnenhafte Gesicht seiner verstorbenen Frau Josefine. Erst in diesen späten Kriegstagen wurde ihm bewusst, was er verloren hatte. Seine Tochter wäre jetzt sieben Jahre, vielleicht hätten sie noch zwei, drei weitere Kinder bekommen.

Ob Josefine das Funkeln in ihren Augen und ihr schimmerndes kastanienbraunes Haar behalten hätte über all die Schwangerschaften hinweg? Bei dem Gedanken lächelte er. Gewiss wäre sie heute noch schöner denn als junge Frau, aber selbst wenn sich erste Falten in ihr Gesicht gegraben hätten, würde er sie nicht weniger inbrünstig lieben und verehren. In seiner Erinnerung war Josefine unsterblich, nicht weil er glaubte, keine mehr lieben zu können wie sie, sondern weil sie ihn als einzige in seinen Gedanken mit den friedlichen Tagen der Vergangenheit verband. Sich eins der leichtfertigen Weiber zu nehmen, die sich den Soldaten Tag und Nacht anboten, kam Christian nicht in den Sinn. Der Gedanke ekelte ihn, mit einer Fremden zusammenzuliegen, über die schon die halbe Kompanie gerutscht war. Vielleicht war es für ihn mit der Liebe vorbei, seit Josefine gestorben war. Vielleicht war es sein Schicksal, sein Leben auf dem Schlachtfeld zu lassen, ohne noch einmal geliebt zu haben.

Der Gedanke verursachte ein Ziehen in seinem Magen. Möglich, dass das Leben für ihn noch weitere Freuden bereithielt – aber nicht, solange er seine Tage auf den Schlachtfeldern im Kugelhagel fristete.

Vielleicht, wenn sie die Russen besiegt und unterworfen hatten ... Vielleicht würde er sich in irgendeinem der Rheinbund-Staaten ein Städtchen suchen, in dem er sich ein bürgerliches Leben aufbauen konnte.

Vielleicht würde ihm doch noch mal eine Frau über den Weg

laufen, deren Anziehungskraft ihn festhielt. Was Christian noch vor wenigen Jahren als erschreckende Vision seiner Zukunft gesehen hatte, gewann auf einmal wieder an Glanz. Warum nicht ein Leben als Schreinermeister führen, von montags bis samstags in der Werkstatt hämmern, sich auf das gemeinsame Abendessen im Kreise der Familie freuen, sonntags mit Frau und Kindern in die Kirche gehen …

»He da!«

Christian fuhr herum. Der Schreck jagte durch seine Glieder, aber sie waren doch weit genug entfernt von der russischen Front! Unwahrscheinlich, dass sich Kosaken als Vorhut bis hierher geschlichen hatten. Er atmete auf, als er Kaspar und Hans erkannte, zwei milchgesichtige Leutnants. Anders als Christian gehörten sie nicht der *Grande Armée* an, sondern einem württembergischen Regiment, das sich Napoleon angeschlossen hatte. Die Deutschen fühlten sich, wo immer sie sich trafen, miteinander verbunden, zumal sie allesamt von den Franzosen nur mit Herablassung behandelt wurden.

Die Männer stiegen zum Bach hinab und setzten sich neben Christian, um ebenfalls die Schuhe abzustreifen und die Füße im Bachwasser zu erfrischen.

»Und? Was glaubt ihr, wie viele Tage wir brauchen, um Russland zu erobern?«, fragte Kaspar, zog eine Pfeife aus seiner Hemdtasche und zündete sie an. Genüsslich sog er den Rauch ein.

Sein Kumpel Hans lachte. »So einen russischen Feldzug mache ich ebenso leicht mit, wie ich ein Butterbrot esse! Wahrscheinlich ist im Herbst alles vergessen und Napoleon kann sich rühmen, nun auch über Russland zu regieren.«

Christian musterte die beiden Heißsporne von der Seite. Auf eigenartige Weise fühlte er sich an sich selbst erinnert, vor sieben Jahren, als er sich noch für unsterblich gehalten hatte und glaubte, die Welt liege ihm zu Füßen. War ich wirklich so dumm wie diese beiden Prahlhanse?, fragte er sich. »Ich werde dich an dieses Butterbrot erinnern«, brummte er.

Einen Moment lang zog Hans den Kopf zwischen die Schultern, dann kehrte sein Selbstbewusstsein zurück. »Schau uns an. So eine schlagkräftige Armee hat die Welt noch nicht gesehen. Was wollen ein paar tausend Russen dagegen ausrichten?«

»Das Verhängnis wird nicht die Stärke der Russen sein, sondern die Weite des Landes«, erwiderte Christian.

»Wir werden bestens versorgt«, widersprach Kaspar. »Und wir sind es gewohnt, zu marschieren. Überall in Polen gibt es Versorgungslager, sogar auf den Flüssen treiben Proviantlastkähne. Es gibt eine Kette von Magazinen mit Mehl und Reis, die ständig aufgefüllt werden. Es besteht wirklich kein Anlass, an unserer Stärke zu zweifeln. Napoleon ist der beste Taktiker, den man sich vorstellen kann. Er sorgt dafür, dass wir bei Kräften bleiben.«

Christian stieß ein unfrohes Lachen aus. »Das hat man in den letzten Nächten gemerkt.«

Auf dem Weg hierher waren sie in den ärmlichsten Bauernhütten untergebracht worden, wo man die Läuse an den Wänden kriechen sehen konnte. Mancherorts gab es nur Kartoffeln und Salz, und die Behausungen glichen eher Schweineställen als menschlichen Unterkünften. Manch einer holte sich Fieber und Durchfall von verdorbenem Fleisch.

»Vor allem«, fuhr Christian fort, »lasst uns darauf hoffen, dass der Krieg bis zum Herbst gewonnen ist. Ich mag mir nicht ausmalen, dass wir bei Schnee und Eis marschieren müssen.«

Am nächsten Morgen bei Sonnenaufgang setzte sich die Truppe in Bewegung. Bis zur russischen Grenze, so hieß es, sollte kein weiteres Lager errichtet werden. Zudem stellte sich heraus, dass die Soldaten tatsächlich selbst dafür sorgen mussten, dass sie satt wurden. Die Magazine waren entweder bereits von anderen Truppen geleert oder die Lebensmittel verdorben. Im Mehl und im Reis wimmelten die weißen Maden. Ab und zu gelang es einem, ein Stück Wild zu schießen. Fanden sie wider Erwarten in einer Versorgungsstation doch genießbares Brot oder Fleisch, mussten vor allem die Deutschen um jedes Stück erbittert ringen. Sie litten unter der Arroganz der französischen Befehlshaber und schimpften darüber, dass sie bei der Essensausgabe benachteiligt wurden. Auf den Schlachtfeldern hingegen wurde ihnen großzügig der Vorrang gewährt, ihr Blut zuerst zu vergießen.

Die Dörfer, die Christians Truppe in den nächsten Wochen passierte, waren zumeist ausgeplündert. Die Bauern waren mit ihrem Vieh und ihren Habseligkeiten in die Wälder geflüchtet.

Der polnische Adel besaß mehr Vorräte als die Bauern. Aber die Damen und Herren hatten alles, was sie selbst benötigten, vergraben und versteckt und weigerten sich, etwas davon herauszugeben. So kam es zu zahlreichen Scharmützeln, obwohl den Truppen Ausplünderungen untersagt waren. Bei jeder Schlacht ums Essen wallte der Zorn in Christian. Er empfand das Recht auf seiner Seite, obwohl es sich falsch anfühlte, unbewaffnete polnische Edelmänner niederzuprügeln statt bewaffneter russischer Feinde.

Neben der desolaten Versorgungslage, noch bevor der Krieg begann, war nach wie vor die Unterbringung eine Katastrophe. Die meisten Soldaten biwakierten lieber im Freien, statt eine weitere Nacht in den Hütten der polnischen Bauern zu verbringen, die mit ihrem schnatternden und quiekenden Vieh unter einem Dach hausten. Die Kinder liefen schmutzig und zerlumpt mit Grind und Läusen herum, die Männer in von Ungeziefer wimmelnden Schafpelzröcken. Nur die Frauen waren vielerorts eine Augenweide. Sie trugen eng anliegende Jacken und Mieder, die die Rundungen hübsch zur Geltung brachten, und waren mit allen Reizen der Weiblichkeit ausgeschmückt. Lange schwarze Zöpfe flogen um ihre Gesichter, in denen lebhafte dunkle Augen funkelten. Obwohl Christian die Bewunderung seiner Gefährten für die jungen Polinnen nachvollziehen konnte, stellten sie für ihn nach wie vor keine Versuchung dar. Er betrachtete sie wie ein Maler ein Kunstwerk, ohne den Wunsch, sie zu berühren und zu besitzen. Christian wunderte sich selbst darüber. Möglicherweise hatten ihn die harten Jahre der Feldzüge und Gemetzel um seine Manneskraft gebracht.

Zum Glück hatte es seit Tagen nicht geregnet, die Temperaturen waren angenehm. Aber die Wiesen waren feucht und morgens mit dickem Reif überzogen. Christians Augenlider schwollen an, die Schuhe waren durchnässt, seine Füße brannten, sobald er den ersten Schritt tat. Aber er biss die Zähne zusammen. Er würde diesen Weg bis zum letzten Atemzug weitergehen. In seinen Gedanken formte sich der Traum von einem friedlichen Dasein als Schreinermeister, und um sich den Mut zu erhalten, malte er sich Bilder von einem flackernden Kamin und einem Topf voll würziger Rindfleischsuppe aus, die ihm eine liebe Ehefrau servierte.

Er würde das hier überleben.

Anders erging es Hans und Kaspar, die Christian hin und wieder traf, wenn sie sich von ihrer eigenen Kompanie zurückfallen ließen oder wenn sie neben ihm biwakierten. Die beiden waren nach nur wenigen Wochen des Marschierens erstaunlich kleinlaut geworden, und Hans zuckte ständig mit den Augen. Kaspar hatte sich einen hässlichen Ausschlag zugezogen, den er sich blutig kratzte. Das Feuer in den Augen der beiden Heißsporne war erloschen. Wie lange würde es dauern, bis sie desertierten oder sich selbst eine Kugel in den Kopf jagten wie so manche Kameraden vor ihnen? Obwohl Christian sie in seinem Innersten verstehen konnte, hatte er doch nur Verachtung für diese Schwächlinge. Was hatten sie denn erwartet? Er selbst hatte damit gerechnet, dass sie bereits bei Erreichen der russischen Grenze zu Tode geschwächt sein würden, und die Grenze markierte nur den Beginn des Krieges. Um Russland zu erobern, müssten sie unendliche Meilen bis ins Mark des Reiches vorstoßen. Christian vertraute darauf, dass seine gestählten Muskeln, seine Erfahrung auf Feldzügen und sein eiserner Wille ihn vorantreiben würden.

Alle, die nicht desertierten oder den Freitod wählten, sehnten inzwischen die erste Schlacht gegen die Russen herbei. Der tägliche Kampf ums Überleben auf dem Weg demoralisierte die Männer und ließ sie in manch dunkler Stunde an dem Zweck des Unterfangens zweifeln.

Im Juni endlich erreichten sie die Ufer des Njemen, der die Grenze Russlands darstellte. Ein riesiges Heerlager entstand, während einige hunderttausend Männer darauf warten, dass drei Brücken über den Fluss errichtet wurden.

Von den Russen auf der gegenüberliegenden Seite sahen sie nichts, nachdem sich eine Vorhut vergewissert hatte, dass in den Büschen keine Scharfschützen lauerten. Lediglich eine Handvoll Husaren näherte sich und gab nach kurzem Wortwechsel ein paar Schüsse ab. Sie galoppierten zu ihren Truppen zurück, um zu melden, dass der Krieg begann.

Am Morgen des 24. Juni marschierte die *Grande Armée* über die Brücken. Christian ging mit erhobenem Haupt, den Schmerz in seinen Füßen und den nagenden Hunger in seinen Eingeweiden ignorierend. In seinem Kopf hämmerte es wie in einem Bergwerk. Am Vorabend hatte es nichts zu essen, nur Branntwein gegeben. Er spähte zu der Anhöhe, von der aus Napoleon die Bewegungen der Kolonnen verfolgte. *Vive l'Empereur,* dachte er und hätte gern in ein Schlachtlied eingestimmt. Aber keiner der Soldaten sang.

Die Grenzstadt Kowno, ein kleines schmutziges Nest, besetzten sie zuerst. Wer jedoch mit einer Schlacht gerechnet hatte, sah sich enttäuscht. Das russische Militär war bereits abgezogen.

Tatsächlich bekamen die Soldaten die Russen auch in den nächsten beiden Wochen nicht zu sehen. Die Gegner zogen sich immer weiter ins Reich zurück, während die *Grande Armée* sie vorantrieb.

Nach dem milden Frühsommer schlug das Wetter heftig um. Der Regen prasselte ohne Unterlass auf sie herunter, die Nächte wurden eisig. Die unterernährten Männer klapperten vor Kälte in ihren aufgeweichten Uniformen.

An einem Morgen sah Christian Tausende von Kavallerie-Pferden mit aufgetriebenen Leibern tot am Boden. Sie hatten nasses Gras gefressen oder das faule Dachstroh der verlassenen Bauernhäuser abgerupft. Er trat aus seiner Reihe und übergab sich ins Gebüsch, aber es kam nichts als bitterer grüner Saft. Er hatte viel Elend und Grausamkeit gesehen, aber das Schreckensbild der krepierten Pferde trieb ihn schier in den Wahnsinn. Auch tote Männer lagen am Wegrand. Auf unheimliche Weise schockierte es ihn kaum noch, als er einen von ihnen erkannte. Kaspar lag mit verrenkten Gliedmaßen und weit offen stehenden Augen im Dreck. Der Ausschlag hatte in den letzten Wochen sein Gesicht erreicht. Christian beugte sich zu ihm, schloss ihm die Lider und schob seine Füße so, dass er in den Graben neben dem Pfad rollte. Mehr gab es nicht zu tun, es ging weiter, immer weiter. Christian machte ein paar schnelle stampfende Schritte, um den Anschluss nicht zu verlieren.

Wie aus Eimern klatschte der Regen auf ihn herab, trübte seine Sicht. In dem aufgeweichten Boden versanken seine Schuhe schmatzend, sodass er sie mühsam herausziehen musste. *Verdammte Russen, verdammte Feiglinge! Stellt euch endlich dem Kampf!*

Wenn die Russen sich nicht bald zeigten und Napoleon zum Angriff rufen konnte, würden die Männer der *Grande Armée* zu geschwächt zum Kämpfen sein. Oder im Morast erstickt. Christian hatte weder die Toten am Wegesrand gezählt noch diejenigen, die auf einmal aus der endlosen Reihe von marschierenden Männern ausbrachen, um quer über die Felder wie die Hasen davonzurennen.

Die Nächte waren nicht weniger zermürbend als die Tage. Liegen oder ausruhen konnte man nicht in dem überall wadentiefen Morast. Stroh gab es nicht, und das Holz der Bäume erwies sich als nutzlos, da bei dem fortdauernden Regen kein Feuer brannte. Nächtelang standen die Männer bis an die Knie im Dreck, dem Regen preisgegeben, ohne die geringste Nahrung.

In diesen Stunden fraß sich der Zweifel in Christians Eingeweide. Wie sollten sie die Russen bezwingen? Die Feinde brauchten nichts zu tun, als sie weiter ins Land zu locken und darauf zu warten, dass sie an den Strapazen des Feldzugs verreckten. Hatte Napoleon geahnt, wie schwierig es werden würde, das Land zu durchqueren? Und hatte er sie dennoch geopfert? Alle Feldzüge, die Christian vorher bestritten hatte, erschienen ihm im Vergleich zu diesem wie ein Spaziergang. Lieber wollte er Kugeln pfeifen hören, als diesen elenden Marsch noch eine Woche länger zu ertragen.

Im Juli stiegen die Temperaturen, und mit der Hitze kam der Durst. Das Wasser in Flüssen und Bächen war nicht trinkbar, weil menschliche Leichen und Tierkadaver es verunreinigten. Sie gruben Löcher, um Grundwasser zu finden, und labten sich an der braunen Jauche, obwohl sich zahlreiche Männer tödliche Infektionen holten.

Die Freude war groß, als sie in einem Dorf einen Brunnen entdeckten, der köstliches klares Wasser mit einem süßen Beigeschmack enthielt. Sorgsam überwachten sie die Quelle, um für eine gerechte Aufteilung zu sorgen. Doch als sie auf den Grund des Bodens kamen, starrten sie auf ein menschliches Bein, am Schenkel abgerissen, das die Russen vermutlich absichtlich in den Brunnen geworfen hatten. Mehrere Männer übergaben sich an Ort und Stelle, aber es schützte sie nicht vor der Ruhr, die den größten Teil der Soldaten in den Tagen darauf befiel. Als Heilmittel bekamen sie Tee, aufgebrüht aus Pfefferminze, Kamille, Melisse und Flieder, aber er linderte nur die Krämpfe, nicht den Durchfall.

Gewarnt von diesem Vorfall näherten sie sich in den nächsten Tagen den Brunnen mit Bedacht, und tatsächlich waren, je weiter sie vorrückten, die meisten Wasserstellen ungenießbar. Totes Vieh trieb im Wasser, ein bestialischer Gestank schlug ihnen oft schon von Weitem entgegen. Der Durst wurde so unerträglich, dass Christian sich am liebsten zu den Kameraden gehockt hätte, die sich auf den Boden warfen, um den Harn der Pferde zu trinken.

Während der qualvollen Gewaltmärsche ritten die russischen Kosaken oft nur ein paar hundert Meter entfernt, aber sobald sich die Armee aus zerlumpten, halb verhungerten und verdursteten Männern näherte, flüchteten sie weiter ins Innere des Landes.

Immer mehr Erkrankte ließen sie zurück, die Reihen der Kämpfer lichteten sich erheblich. Die einfachen Soldaten fielen einfach um. Wenn die Dämmerung hereinbrach, hörte Christian das Heulen der Wölfe, die sich den toten Leibern näherten. Sterbende Offiziere wurden in das in Wilna errichtete Lazarett gebracht, denn die Ärzte der Kompanie fühlten sich machtlos. Sie waren mit Verbandsmull und Operationsbesteck auf Gefechtsverletzungen eingerichtet, nicht auf die Ruhr, Cholera und Typhus.

Christian war inzwischen stark abgemagert, aber alle zwei, drei Tage schaffte er es, an einer Pfütze seinen Durst zu stillen, einen Zwieback oder ein Stück mit dem Bajonett über Flammen geröstetes Kaninchenfleisch zu ergattern. Er fühlte sich sterbenselend, aber der Gedanke an Desertation oder Freitod war ihm fremd.

Inzwischen waren sie viel zu weit von bewohnten Dörfern und Städten entfernt, um als Deserteur überleben zu können. Also konnte er auch weitermarschieren und sich an der Hoffnung aufrichten, dass sie für dieses grausame Spiel der Russen noch Rache nehmen würden.

Die Kleidung faulte Christian am Leib, doch seine Schuhe hielten notdürftig zusammen. Seine Kameraden liefen mittlerweile teilweise barfuß, weil sich das Schuhwerk aufgelöst hatte. Unbeobachtet von den anderen hatte Christian seine Schuhe mit Nadel und Faden geflickt. Er schlief auf seinem Tornister, nicht nur, damit er ihm als Kopfkissen dienen konnte, sondern auch, damit er ihm nicht geraubt wurde. Nadel und Faden war ebenso kostbar wie Knöpfe, Scheren, Messer oder Feuerzeuge. Die Moral in der Truppe war inzwischen so gesunken, dass kaum einer noch davor zurückschreckte, die eigenen Kameraden zu überfallen. Christian war auf der Hut und schlief nur noch mit dem Messer in der Hand, wenn er ein paar Stunden Ruhe fand.

Als die Armee im August den Dnjepr überquerte und Smolensk erreichte, hoffte Christian genau wie die etwa hundertachtzigtausend Soldaten, die bis hierher überlebt hatten, dass es endlich zur Entscheidungsschlacht kommen würde. Die von einer neun Meter hohen Mauer umschlossene Stadt bot den Russen eine hervorragende Deckung, aber die Vorstädte waren schon bald erfüllt von Kriegsgeheul und Kanonendonner und gingen in Flammen auf. Trotz seines desolaten Zustands fühlte sich Christian beflügelt, begeistert von der Vorstellung, dass sie auf das Ende dieser monatelangen Tortur zusteuerten.

Am nächsten Tag stürmten sie die Stadt durch Festungsgräben und wieder hinauf zu den mit Tausenden von Tonnen Salzsäcken verstopften Toren, von der eigenen Stärke berauscht, bereit, bis auf den letzten Mann die Russen zu vernichten. Doch noch während Christian mit seinem Bajonett auf einen Gegner einhieb, um es dann erneut zu laden und auf den nächsten Russen zu zielen, erkannte er, dass sie einer viel zu kleinen Armee gegenüberstanden. Diese Russen hier schienen sich aufzuopfern für Kameraden, die längst geflüchtet waren. Ein Würgen stieg in seiner Kehle auf, als er erkannte, dass die Russen ihre Taktik weitertrieben. Sie ließen ihnen Smolensk, ohne sich geschlagen zu geben.

An allen Ecken und Enden brannte es. Die Straßen waren die reinsten Schmelzöfen. Das Flammenmeer schillerte in allen Farben von in den in Magazinen brennenden Vorräten an Pelzen und lackierten Blechwaren.

Christian drückte sich einen Fetzen seines Hemdes gegen den Mund, um den Qualm nicht einatmen zu müssen, aber ein ums andere Mal schüttelten ihn Hustenanfälle. Aus einer Wunde an seinem linken Arm sickerte Blut, aber was war diese Verletzung gegen all die Toten, die die Straßen säumten, zum Teil schwarz verkohlt mit bizarr verdrehten Gliedmaßen und verbrannten Gesichtern, in denen das gebleckte Gebiss schimmerte.

Als der Kanonendonner nachließ und sich die Nacht über Smolensk senkte, erkannten die Franzosen, dass die Russen alles zerstört und verbrannt hatten, was den ausgehungerten Feinden nützlich sein konnte. Im Licht des nächsten Morgens sah Christian, wie mehrere Tausend Tote aller Nationen die Schlachtfelder rund um die Stadt bedeckten. Die brennende Augustsonne trieb die Verwesung voran.

Christian stieg über die Leichen wie über Lumpensäcke, äußerlich nur leicht verletzt, aber innerlich verwüstet und betäubt, vielleicht für den Rest seines Lebens. Das Blut der Toten mischte sich mit dem Staub, viele Leiber waren plattgefahren von den abziehenden russischen Truppen, die Straßen von Knochen und Fleisch wie mit einem Teppich bedeckt.

Endlich hatten sie kämpfen können, endlich hatten sie das tun dürfen, weswegen sie in dieses Land gekommen waren. Christian und mit ihm mehrere tausend Kameraden hatten überlebt, doch das süße Gefühl des Sieges mochte sich nicht einstellen. Sie hatten ein ehemals blühendes Zentrum für Handel und Industrie erobert und ließen eine verwüstete, nutzlose Ruinenstadt zurück. Und Berge von Leichen, nichts als Leichen.

Der Marsch ging weiter. Die Straße östlich von Smolensk führte Christian und die restlichen Männer der *Grande Armée*, immer den ausweichenden Kosaken auf der Spur, auf direktem Weg in das Zentrum der russischen Macht: nach Moskau.

So hatte sich Philipp Mai den Krieg nicht vorgestellt. Insgeheim fragte er sich, ob er sich nicht vielleicht der falschen Seite angeschlossen hatte, einer Kompanie von Feiglingen, in der es nicht die geringste Chance gab, seinen Mut unter Beweis zu stellen. Diesen Gedanken behielt er aber lieber für sich. Nicht einmal seinem Freund aus Waidbach vertraute er sich an, obwohl er sah, dass auch Rudolf von Kersen an dem Sinn dieser militärischen Aktion und an dem Verstand der Befehlshaber zweifelte.

Während Rudolfs Vater in Hochstimmung geraten war, als sein Sohn mit Frannek und Philipp nach Saratow zog, um sich dem Militär zu verpflichten, hatte Philipp in seinem Elternhaus stundenlanges Lamentieren über sich ergehen lassen müssen. Mit allen Mitteln hatte seine Mutter versucht, ihn zum Bleiben zu überreden. Sie ertrüge die Vorstellung nicht, dass ihr Sohn ein *Ratnik* – ein Soldat – werde. Sie hatte auf Frannek, diesen *schändlichen Kerl*, geschimpft, dass Philipp die Ohren brannten. Sie hatte die Hände gerungen und Tränen vergossen, um ihn von seinem Entschluss abzubringen. Sein Vater setzte dem Theater schließlich ein Ende. »Schluss jetzt, Klara. Du musst ihn ziehen lassen«, hatte er gesagt. »Wenn er bleibt, wird er dir ein Leben lang Vorwürfe machen, dass du ihn von seinem Glück abgehalten hast. Wenn er glaubt, dass der Sinn des Lebens im Krieg liegt, dann muss er diese Erfahrung machen.«

»Er wird nicht zurückkehren!«, schrie Klara. »Er wird blutig auf dem Schlachtfeld liegen bleiben, sein Körper von Krähen zerhackt.«

Sein Vater hatte die Mutter in den Arm genommen, um sie zu beruhigen, und Philipp hatte ihm dankbar zugenickt. Es tat ihm weh, seinem Mütterchen so zuzusetzen, aber seinen Entschluss zu überdenken kam für ihn nicht in Frage. Was sollte er hier in der Kolonie, um die das Weltgeschehen einen weiten Bogen machte? Er war jung und stark und willig, seine Kräfte zu messen – er musste hier raus und teilhaben an den Geschicken der Menschheit.

»Philipp hat im Dorf keinen guten Stand«, sagte sein Vater Sebastian und blickte Klara dabei eindringlich an. »Er hat sich bereits mehr als genug zuschulden kommen lassen. Die Kolonialregierung hat ihn längst ins Auge gefasst und wird bei einem nächsten Vergehen nicht lange fackeln, ihn hart zu bestrafen. An der Front kann er beweisen, dass er diesem Land treu dient, und seine Ehre wiederherstellen.«

Philipps Ohren waren heiß geworden bei den offenen Worten seines Vaters, aber er presste die Lippen zusammen und nickte. »Ich werde unserer Familie keine Schande machen«, versprach er.

Klaras Schluchzen war verebbt, aber in ihren Augen, als sie Philipp hinterherschaute, lag der Schmerz einer Frau, die ihr Kind verlor.

Es blieb wenig Zeit, sich von allen Waidbachern zu verabschieden, aber seine Schwestern Henny und Amelia umarmte Philipp innig. Tränen glitzerten in den Augen der beiden Frauen, aber sie lächelten dem Bruder tapfer zu, wünschten ihm Glück und dass er unversehrt heimkehren würde. Anders als seine Mutter begriffen die Schwestern, dass es nötig war, jeden Mann im Kampf gegen die Invasoren einzusetzen. Sollte Napoleon Russland besiegen, hätte dies auch Auswirkungen auf die Kolonien hier an der Wolga. Wie diese Folgen aussehen würden, mochte sich keine von ihnen ausmalen.

Die Menschen in Saratow und in den Kolonien waren willens, dem Zar zum Sieg zu verhelfen. Bereits vor sechs Jahren hatte es in Saratow eine Sammlung für den Krieg gegeben, bei der die Bürger vierzigtausend Rubel gespendet hatten. In diesen Tagen wiederholten sie die Sammlung, und die Kolonisten mussten in ihre Geldbeutel greifen. Achtzig Kopeken forderten die Beamten von jedem einzelnen ein, aber die Leute gaben es gern. Außerdem verpflichtete man sie, den durchziehenden Soldaten Quartier, Verpflegung und Fuhrwerke zur Verfügung zu stellen, die Wege und Brücken instandzuhalten und die Ladungen von in der Wolga gesunkenen Schiffen zu bergen. Viele junge starke Männer packten mit an, aber Philipp führte genau wie Rudolf diese Hilfsarbeiten mit Verachtung aus. Seiner Meinung nach waren das Aufgaben für alte Weiber, nicht für Kerle wie ihn, denen das Blut in den Adern rauschte vor Lust am Gefecht. Allerdings erlangte eine Gruppe von Kolonisten, der Philipps Bruder Martin angehörte, besondere Ehre, als es ihr gelang, eine Kiste mit hunderttausend Rubel in Silbermünzen zu bergen. Eine weitere zog achtundfünfzig gusseiserne Kanonen aus der Wolga. Selbst Philipp musste einsehen, dass sie damit dem Land und der Armee einen großen Dienst erwiesen hatten. Doch solche Meldungen hielten ihn nicht davon ab, an die Front zu streben, Seite an Seite mit Rudolf, unter dem Befehl von Major Frannek Müllau.

An die Geistlichen des Landes ging die Weisung heraus, durch ihre pastoralen Belehrungen allen Menschen ihre Pflichten gegenüber der Heimat zu erläutern. Russland forderte die Hilfe seiner Söhne. Pastor Laurentius Ruppelin fühlte sich davon nicht angesprochen, die Söhne der Kolonie waren schließlich Deutsche, von der Wehrpflicht befreit, und das war seiner Meinung nach auch gut so. Er tat allerdings auch nichts, um die jungen Männer, die sich freiwillig meldeten, von ihrem Vorhaben abzubringen. Ein Russland unter Napoleons Regime war ihm ebenso unvorstellbar wie den anderen Kolonisten.

In Saratow wimmelte es von Soldaten, die sich entweder gerade bereitmachten, nach Moskau zu ziehen, oder heimkehrten und die Hospitäler überfüllten. Philipp sah abgerissene Gestalten, denen die Uniform in Fetzen vom Leib hing, er sah gebrochene Männer auf Krücken, blutige Verbände und Augen, in denen das Licht erloschen schien. Überall schoben Helfer Karren, um Soldaten mit abgetrennten Gliedmaßen ins Krankenhaus zu transportieren, oder solche, die zu schwach zum Laufen waren. Pferde wieherten hysterisch, als könnten sie Tod und Verderben schon riechen. Aus den Häusern lugten junge Mädchen hervor, manche mit den Augen klimpernd, aber sie kokettierten nur mit den nachrückenden Soldaten, nicht etwa mit den abgerissenen Gestalten, die überlebt hatten.

Philipp streckte die Brust heraus und winkte einer brünetten Russin mit rosenrot geschminkten Lippen zu. Ihr Mieder hob apart ihre Brüste, ihre Haut schimmerte wie Porzellan, während sie sich aus dem Fenster im ersten Stock eines Stadthauses lehnte. Zum ersten Mal in seinem Leben fühlte sich Philipp wie ein ehrbares Mannsbild, und insgeheim keimte die Idee, sich gleich nach seinem Einsatz im vaterländischen Krieg eine adrette Frau zu suchen und eine Familie zu gründen. Er würde ein respektables Familienoberhaupt sein. Eine rassige Russin sollte es sein, keine der jungen Bäuerinnen aus Waidbach. Unter denen war ihm keine gut genug.

Aber den Gedanken an ein Eheweib verbannte Philipp nun, da er sich mit seiner Einheit ein Katz-und-Maus-Spiel mit den Franzosen lieferte, in die hinterste Ecke seines Verstandes. Er brannte für den Tag, an dem es endlich Mann gegen Mann gehen würde. Bei Smolensk hatte es eine große Schlacht gegeben mit ungezählten Toten und Verletzten, aber Philipp war nicht dabei gewesen, sah nur die geschlagenen Soldaten heimwärts ziehen. Man erzählte sich, dass einige russische Gläubige das wundertätige Muttergottesbild aus der Kirche mitgenommen hatten, weil man es nicht dem Feind in die Hände fallen lassen wollte.

»Verdammt, warum bündeln wir nicht all unsere Kräfte und schlagen das Franzosenpack ein für alle Mal nieder?«, stieß er hervor, während er Seite an Seite mit Rudolf durch die matschigen Felder marschierte, auf denen noch das Korn wogte. Er wusste, dass nachfolgende Russen und heranrückende Franzosen auf ihren Pferden die Weizenfelder dem Erdboden gleichmachen würden. Als hätten die Bauern nicht genug Strapazen durch die Schneisen, die die Truppen übers Land zogen, mussten sie jetzt auch noch den Hungertod befürchten. Die Luft roch nach nasser Erde, Harz und altem Schweiß. Das Scheppern der Gewehre und Säbel sowie das Gluckern der Schuhe im Schlamm übertönten jedes andere Geräusch.

In der Ferne sah er die Dächer eines Dorfes. Rauch kringelte sich in den bleigrauen Himmel. Dieses Dorf war ihr Ziel. Sie würden die Einwohner vertreiben und sie anhalten, alles Vieh und alle Nahrungsmittel mitzunehmen. Sie würden die Brunnen vergiften und alles zerstören, was dem Feind irgendwie nützlich sein konnte. Philipp fand dieses Vorgehen schmählich, aber auf einen einfachen Soldaten wie ihn, noch dazu einen Deutschen, hörte ja niemand.

»Die Franzosen sind uns zahlenmäßig haushoch überlegen«, erwiderte Rudolf. Er humpelte und blies sich beim Gehen den Atem gegen die Fäustlinge, die an den Fingerspitzen löchrig und vom Regen aufgeweicht waren, genau wie seine komplette Uniform. Seine Augen lagen unter der Pelzmütze im Schatten. Daraus tröpfelte das Regenwasser wie aus dem Fell einer Katze, die in einen Bach gefallen war. »Wir hätten nicht die geringste Chance, sagt Frannek«, fuhr Rudolf fort. »Die beste Taktik ist das Zermürben. Die Husaren berichten, dass die Franzosen am Ende sind. Je weiter sie ins Reich hineinmarschieren, desto geschwächter werden sie sein.«

Die Husaren umkreisten die russische Armee unablässig wie

Hütehunde eine Schafherde. Ihnen oblag es, voranzureiten, den Feind zu beobachten und darauf zu achten, dass keine Nachzügler zurückblieben.

An manchen Tagen meinte Philipp, es nicht mehr auszuhalten. Dann erschien ihm das Weglaufen über die Felder erfolgversprechender als Werst für Werst voranzuziehen, nur um dann wieder den Rückzug anzutreten, das Kriegsgeheul der Franzosen und verbrannte Erde im Rücken. Rudolf versuchte ihn vom Erfolg dieses Krieges zu überzeugen. Er beschwor ihn, auf die Erfahrung der Offiziere zu vertrauen. Irgendwann würde es zur Entscheidungsschlacht kommen, und dann würde jeder Russe gebraucht.

Auf dem Weg nach Moskau musste das russische Heer an Geschwindigkeit zulegen. Die Franzosen verfolgten sie im Eilschritt. Kaum blieb ihnen Zeit, sich auszuruhen. Oft mussten die Soldaten ihr Mittagessen stehen lassen, um zu fliehen. Wie die Hasen liefen sie davon, befand Philipp und bereute aus tiefstem Herzen seine Entscheidung, in einer solchen Armee dienen zu wollen. Hinter ihnen, so berichteten die Husaren, verbrannten und schändeten die Franzosen ihre Kirchen, verstümmelten die Dorfbewohner, die sie noch antrafen, Kinder oder Greise, ganz gleich, ihre Schläge vernichteten alle. Die Bauern zündeten ihre eigenen Hütten an, um sie nicht dem Feind zu überlassen.

Immer mehr Einwohner schlossen sich den russischen Soldaten auf ihrem Weg nach Moskau an, auf der Flucht vor dem monströsen Feind. Die Soldaten marschierten zwischen Kutschen und Fuhrwerken aller Art, in denen sich der Adel und das Landvolk vor dem vordringenden Feind retteten. Langsam wälzte sich diese Karawane den Tag über vorwärts, um am Abend ein bizarres Biwak für die Nacht zu bilden, wo Weiber und Greise mit hübschen Mädchen und bärtigen Kutschern, Bauern, betrunkenen Bedienten, Versehrten und allerhand Volk in buntem Gewühl den Aufgang der Sonne erwarteten, um die Reise fortzusetzen.

Bei Gridnewo und Schewardino verwickelten die Franzosen

die russische Nachhut in einen blutigen Kampf. Philipp hörte den Kanonendonner, die Schreie, die Kugelsalven und biss die Zähne zusammen, während er dem Befehl nachkam, weiter auf Moskau zuzuhalten. Die Husaren berichteten, dass die Franzosen die russischen Nachzügler geschlagen hätten, und in Philipp loderte der Zorn. Er sehnte nichts mehr herbei, als sich dem Feind zu stellen.

Sein Wunsch erfüllte sich wenige Tage später, am 7. September, 125 Kilometer vor Moskau bei Borodino. Die russischen Armeen vereinigten sich. Die Befehlshaber wandten sich am Vorabend an die Kämpfer, bemüht, den Mut ihrer Männer hochzuhalten und ihre Hoffnung zu wecken: »Denkt an eure Frauen und Kinder, die auf euren Schutz zählen. Denkt an euren Zar, der mit euch ist. Bevor morgen die Sonne untergegangen ist, werdet ihr mit dem Blut des Feindes das Zeugnis eures Glaubens und eurer Vaterlandsliebe auf dieses Feld geschrieben haben.«

Vor allen Regimentern wurde feierlich die Messe gelesen. Das wundertätige Muttergottesbild aus Smolensk trugen Soldaten in einer Prozession durch alle Biwaks. Sie segneten die Truppen und Fahnen ein und besprengten sie mit Weihwasser, und im Lager erklangen Musik und Gesang bis zum Zapfenstreich.

Philipp und Rudolf sangen nicht mit, falteten aber die Hände und beteten still ein Vaterunser, bevor sie sich zur Ruhe betteten, um für den nächsten Tag Kräfte zu sammeln. Trotz seiner Erschöpfung und seiner Blessuren an Füßen und Knien rauschte Philipps Blut wie Wildwasser.

Jetzt war es endlich soweit. Morgen würden sie dem Feind Auge in Auge gegenüberstehen. Er zweifelte keine Sekunde daran, dass die Russen siegreich aus der Schlacht von Borodino hervorgehen würden.

»Philipp?« Rudolf wandte sich auf seinem Lager um, sodass er in der nur vom Mond silbrig beschienenen Dunkelheit seinem Kamerad ins Gesicht schauen konnte.

Philipp grunzte. Er hatte bereits von seinen ersten Gefechten geträumt. »Was?«, murmelte er.

»Ich habe eine Vorahnung«, flüsterte Rudolf. Irgendwo in einem Baumwipfel schrie ein Käuzchen. Sein Ruf mischte sich mit dem Schnarchen der Männer und dem Heulen der Wölfe in den Wäldern, die die Stadt und die Felder umkreisten. »Ich glaube, ich werde den morgigen Tag nicht überleben.«

Philipp schlug die Augen auf und starrte seinen Freund an. »Wenn es unser Los ist, in diesem Krieg getötet zu werden, dann ist das eben so. Ich habe nur den Wunsch, dass ich nicht verstümmelt in meinem Blut liegen gelassen werde, sondern gleich getötet werde.«

Rudolf schluckte. In seinen Augen stand Todesangst. Philipp kehrte ihm den Rücken zu. Sein Herz pumpte und schlug gegen seine Rippen. In die Vorfreude auf den Kampf mischten sich leise Zweifel. Er wünschte, er hätte vorgegeben zu schlafen, statt sich von Rudolfs Panik anstecken zu lassen. »Schlaf jetzt«, raunzte er über die Schulter, aber an Rudolfs schnellem Atmen erkannte er, dass der Kamerad genau wie er lange keine Ruhe fand in dieser Nacht.

In den frühen Morgenstunden lag der Nebel wie ein stiller Schleier über dem Schlachtfeld. Es dämmerte gerade, als die erste Salve auf die Stadtmauern zuflog und das friedliche Bild zerriss.

Philipp und Rudolf halfen mit, die Geschütze in Position zu bringen, während die Kanonenkugeln über ihre Köpfe hinwegflogen. Sie hockten hinter einer der Schanzen, die die Bauern am Vortag aufgeworfen hatten.

Philipp hatte die Franzosen am frühen Morgen singen gehört, begleitet von Musikkapellen, wohl, um die Stimmung für den Kampf zu heben. Aber nun setzte eine ohrenbetäubende Kanonade ein. Philipp jubelte, als die russische Armee eine Salve zurückschoss, die ihm fast das Trommelfell zerriss. Jetzt ging es los! Jetzt würde sich zeigen, wie die Russen die Invasoren vertrieben.

Die russische Kavallerie attackierte die Feindeslinie, das Pferdegetrappel verschmolz zu einem infernalischen Stakkato, das

Kriegsgeschrei der Männer schallte über die Felder, ihre Waffen blitzten im Licht der Morgensonne, die sich durch den Nebel stahl, als wollte sie Zeugin dieser historischen Schlacht werden. Wie Donner und Erdbeben klang es, als die verfeindeten Truppen aufeinandertrafen. Als die Infanterie zum Angriff befohlen wurde, lief Philipp zunächst in einer Formation mit den Kameraden. Sein Gewehr hielt er in beiden Händen, das Bajonett nach vorn gerichtet. Er fletschte die Zähne wie ein tollwütiger Wolf, den Blick starr auf die heranrasenden Franzosen in ihren abgerissenen Uniformen gerichtet. In ihren Gesichtern meinte er seinen eigenen Wahnsinn gespiegelt zu sehen.

Im Nu löste sich die Formation zum Kampf Mann gegen Mann auf. Philipp brüllte, als er schoss und traf. Im Fallen warf der Franzose sein Gewehr in die Luft und die Arme in die Höhe. Philipp verschwendete keine Zeit, zu überprüfen, ob er tödlich verletzt war, lud das Gewehr, setzte zum nächsten Schuss an, schlug mit den Fäusten nach einem Feind, rammte das Bajonett in seinen Leib, als der Gegner zu Boden ging. Innerhalb weniger Stunden verwandelte sich das Schlachtfeld in ein Meer aus Menschenleibern und Pferden mit verdrehten Augen und zersplitterten Gliedmaßen. Blut tränkte den Boden wie eine Flutwelle. Das Kriegsgeheul verebbte, dafür schrien die Verletzten, die Pferde wieherten hell im Todeskampf. Aus den Augenwinkeln sah Philipp seine Kameraden fallen, er sah Rippenknochen wie Elfenbein, abgerissene Beine, zur Unkenntlichkeit geschossene Gesichter. Philipp fühlte sich, als hätte er sein bisheriges Leben nur für diesen Tag gelebt. Er spürte, dass Rudolf an seiner Seite war. Auch er griff mit Fäusten und Gewehr an und ließ einen tief aus der Seele kommenden, langgezogenen Schrei hören. Das Gebrüll der anderen zerbarst in seinen Ohren.

Zahlenmäßig waren die Franzosen nach wie vor weit überlegen. Widerwillig ließ sich Philipp zurückfallen, als die Kavallerie des Feindes näher rückte. Es grenzte an ein Wunder, dass er bislang nur wenige Kratzer und einen Streifschuss am rechten Oberarm abbekommen hatte. Den Schmerz bemerkte er nicht.

Es fühlte sich an, als wäre sein Körper betäubt, während sein Geist hellwach und auf den Kampf konzentriert war. Philipp hatte aufgehört zu zählen, wie viele Franzosen er niedergeschossen hatte. »Verdammt, die rennen unsere Schanzen nieder«, brüllte er. Keine Antwort. Wo war Rudolf?

Philipp rief über das Kampfgetümmel hinweg seinen Namen, wandte sich nach links und rechts. Er konnte seinen Freund nirgends sehen. Panisch suchte er mit den Augen das Feld ab, über das die Männer trampelten. Da entdeckte er Rudolfs Pelzmütze in einer Pfütze, daneben den verdrehten zuckenden Leib seines Freundes. Mit den Händen versuchte Rudolf seine Gedärme in den Bauch zurückzustopfen. In der nächsten Sekunde traf ein Schuss Rudolfs Stirn. Philipp wusste nicht, ob die Kugel von einem barmherzigen Kamerad kam oder vom Feind, aber über seinen Verstand breitete sich eine schwere dunkle Decke, als wäre das, was er hier erlebte, zu viel für einen einzelnen Mann. Er spürte weder Trauer noch Schmerz, er hörte nur über das Kampfgebrüll der Männer hinweg das Zischen einer Eisenkugel, dann die Explosion über ihm. Er hob den Kopf, sah die Splitter auf die Männer herabregnen und stürzte gleichzeitig rücklings zu Boden. Er warf sich beide Arme vor das Gesicht, hörte einen langgezogenen Schrei und erkannte, dass er selbst es war, der schrie. Dann schien sein rechtes Bein von innen heraus zu verbrennen. Der Schmerz war so überwältigend, dass Philipp das Atmen vergaß. Scharfkantige Eisensplitter drangen wie die Reißzähne eines halb verhungerten Raubtiers in Haut und Knochen und rissen sein Bein in Stücke. Die eigenen Arme nahmen ihm die Sicht, er spürte den dumpfen Druck eines Stiefels, der über seinen Leib hinwegstampfte, hörte Hufgetrappel dicht an seinem Ohr. Dann nichts mehr. Die Welt versank in Schwärze und Stille.

25

Saratow, September 1812

In dem heillos überfüllten Krankenhaus in Saratow machten die Nachrichten von der Front die Runde. Durch die Gänge war kaum ein Durchkommen bei all den Betten und den Verletzten, die auf dem Boden kauerten und darauf warteten, dass ihnen ein frei gewordenes Lager zugewiesen wurde. Schwestern und Ärzte eilten im Laufschritt von einem Patienten zum nächsten, die Gesichter grau, die Lider herabhängend vor Erschöpfung und vor Entsetzen über den Anblick all der Verwundeten.

In der Luft mischte sich der Geruch von scharfem Alkohol mit menschlichen Ausscheidungen und Desinfektionsmitteln, überall wimmerten und klagten die Kranken, bellten die Oberschwestern Befehle und riefen Männer und Frauen nach ihren Angehörigen, die sie in dem Gewimmel nicht finden konnten.

Philipp nahm all die Geräusche und Gerüche wie durch eine Glaswand wahr. Seit Tagen tat er nichts anderes, als vor sich hinstarren. Eine Schwester fütterte ihn mit Kascha und Suppe. Wie eine Marionette öffnete Philipp den Mund und schluckte, ohne zu schmecken, was er aß. Wie hieß die Schwester? Sie hatte ihm ihren Namen genannt, aber es war egal.

Moskau brannte, hieß es. Alle Einwohner hatten offenbar die Stadt verlassen, die überlebenden Soldaten des russischen Heers hatten das Herz des russischen Reiches in Flammen gesetzt. Aber Philipp empfand weder Trauer über den Verlust von Moskau noch Befriedigung darüber, dass die Franzosen nicht mehr als einen Scheiterhaufen erobert hatten. Nichts schien ihn mehr zu berühren. Sein Inneres schien im Krieg erfroren zu sein.

Über seinem Körper lag eine kratzige Wolldecke. Philipp würde sie nicht anheben, um darunterzuschauen. Schlimm genug, dass die Schwester täglich kam, um ihn zu waschen und ihm eine Pfanne unter den Hintern zu schieben. Sie war höchstens zwanzig, ihre Augen grün wie Jade und ihre vollen Lippen eine einzige Verheißung. Umso demütigender empfand er ihre Behandlung, jetzt, da er kein Mann mehr war.

Unter der Decke zeichnete sich sein linkes Bein ab, das ihm geblieben war. Das rechte Bein lag irgendwo zerfetzt auf den Schlachtfeldern bei Borodino. Neben seinem Bett standen zwei Holzkrücken, die er sich unter die Achseln klemmen sollte, aber Philipp verspürte keinen Drang, es auszuprobieren. Er wollte lieber sterben. Vielleicht bekam er eine Blutvergiftung mit Fieber, vielleicht gelang es ihm irgendwie, an tödliche Medikamente zu gelangen. Vielleicht fand sich ein barmherziger Freund, der ihn mit einem Kissen erstickte.

Ein Leben als Einbeiniger mochte sich Philipp nicht vorstellen. Eine einzige verdammte Splittergranate hatte seine Heldenträume zunichte gemacht.

Am vergangenen Tag hatte seine Schwester Luise ihn besucht, hochschwanger und mit roten Flecken im weißen Gesicht. In ihren Augen lag all ihr Mitgefühl für den Bruder, aber als ihr Gesicht an seine Brust sank und sie den Tränen freien Lauf ließ, vermochte Philipp nicht mehr zu tun, als ihr mechanisch über den Scheitel zu streicheln, als wäre sie diejenige, die Trost brauchte, nicht er. Er schickte sie bald wieder nach Hause zu ihrem Mann und ihrer Herrschaft, weil er ihr Mitleid nicht ertrug und weil all ihre gut gemeinten Trostworte ihn nicht aufzutauen vermochten.

Wie aus weiter Ferne drang eine Stimme durch den Lärm der anderen zu ihm. »Mein Junge«, erklang es dumpf. Er wandte den Kopf. Er sah seine Mutter, die sich einen Weg durch all die Besucher und Hospitalmitarbeiter bahnte, eine kräftige, resolute Frau, deren Haare wehten und auf deren Wangen zwei kreisrote Flecken schimmerten. Ihre Augen schwammen in Tränen, als sie sich näherte. Hinter ihr erkannte Philipp seinen Vater, dessen Stirn in Falten lag. Er hörte ihn. »Was haben sie dir angetan,

Sohn«, sagte er mit kratziger Stimme, und Philipp vernahm die Worte seiner Mutter: »Ich bin vor Sorge krank.« Aber es schienen nur Worthülsen zu sein, denn alles, was zählte, war, dass seine Mutter ohne zu zögern die Arme um ihn schlang, ihn an ihre Brust drückte und seinen Kopf an ihrem Herzen barg. So hielt sie ihn und wiegte ihn wie einen kleinen Jungen, der sich das Knie aufgeschlagen hatte. Sie lockerte den Griff nicht, als er sich befreien wollte. Schließlich gab Philipp den Widerstand auf, schloss die Augen, roch den Duft nach Hirsebrei und Heu, der zu seiner Mutter gehörte, fühlte ihre Wärme, die sich auf seine Haut übertrug, und hörte ihren Herzschlag. Er ließ sich wiegen, hin und her, hin und her.

Etwas löste sich in ihm. Erst kaum wahrnehmbar, wie ein Kiesel, der aus einer Mauer rollte, dann fiel Stein um Stein, bis eine Lawine in ihm loszubrechen schien. Gleichzeitig wurden die Geräusche um ihn lauter, der Dunst hinter seiner Stirn klärte sich, und der aufwallende Schmerz drohte ihn zu zerreißen. Tränen schossen ihm in die Augen, um dann wie in einem Sturzbach über sein Gesicht zu strömen. Ein Schluchzen entstieg seiner Kehle, und dann geriet sein Körper in ein Beben. Philipp heulte laut wie ein waidwundes Tier. Er spürte das unablässige Streicheln seiner Mutter über sein Haar, fühlte, wie sie ihn stärker wiegte und inniger hielt, und er heulte Rotz und Wasser und ließ all das Grausen aus sich heraus. Er sah nicht die Gesichter der anderen im Krankenzimmer, die sich zu ihm drehten, fühlte nur die Geborgenheit in den Armen seiner Mutter. Es fühlte sich an, als würde er innerlich zerrissen, gleichzeitig aber kräftigte sich sein Herzschlag. Die Klarheit, die er seit der Splittergranate verloren hatte, kehrte zurück.

Er wusste nicht, wie viel Zeit vergangen war, als sein Schluchzen endlich verebbte. Sein Vater reichte ihm ein feuchtes Leinentuch, mit dem er sich über das Gesicht wischte und die Nase schnäuzte, noch immer gehalten von der Mutter.

Die junge Schwester schob sich an Mutter Klara vorbei, setzte ihm einen Becher Wasser an die Lippen. Katarina hieß sie, jetzt wusste er es wieder. Schwester Katarina mit den Jadeaugen. Er befreite sich aus dem Griff seiner Mutter, legte sich auf dem Kissen ab und trank ein paar Schlucke.

»Soll ich einen Arzt suchen?«, fragte Katarina.

Philipp schüttelte den Kopf. »Es geht schon«, sagte er.

Ein Strahlen ging über das Gesicht der jungen Frau. »Wie schön, Ihre Stimme zu hören«, sagte sie. »Sie passt zu Ihnen.«

Philipp lächelte und fühlte erneut, wie sich seine Augen mit Tränen füllten. Aber er unterdrückte sie. Schlimm genug, dass ihn diese schöne Frau so aufgelöst erlebt hatte.

Als Katarina abgezogen war, um sich um die anderen Verwundeten zu kümmern, ergriff Klara Philipps Hände und wärmte sie in ihren eigenen. Gleichzeitig spürte er die Finger seines Vaters auf der Schulter.

»Es ist nicht gut ausgegangen«, sagte Philipp mit gequälter Miene. »Ich wollte als Held zurückkehren, nicht als Krüppel.«

»Du wirst lernen, damit umzugehen«, meldete sich sein Vater zu Wort. »Glaub mir, was dir jetzt aussichtslos und freudlos erscheint, kann wieder zu einem zufriedenen Leben führen. Du darfst den Mut nicht sinken lassen.«

Philipp wandte ihm den Kopf zu, sein Blick fiel auf den Ärmel, aus dem die verkrüppelte Hand hervorlugte. »Ich habe dich immer dafür bewundert, wie tüchtig du trotz dieses verwachsenen Arms bist, Väterchen«, sagte er.

»Es war nicht immer leicht. In ungezählten Nächten habe ich mit meinem Schicksal gehadert. Aber es hat sich gelohnt, den Kopf nicht in den Sand zu stecken. Sonst hätte ich deine Mutter niemals kennen und lieben gelernt, und euch gäbe es nicht. Nimm dein Los an, Sohn, und lass den Mut nicht sinken. Du bist ein Held, denn du hast das Kriegsgrauen überlebt.«

Philipp schluckte. »Auch Rudolf war ein Held«, sagte er, und die Erinnerungen wollten ihn erneut überwältigen. Aber er bezwang die Bilderflut.

»Anton und Veronica sind in großer Trauer um ihren Sohn. Du wirst ihnen alles über Rudolfs letzte Tage erzählen müssen, damit sie ein Andenken an ihn haben und von ihm Abschied nehmen können«, sagte Klara und streichelte seine Hände mit dem Daumen.

Philipp wandte das Gesicht zum Fenster. Die kahlen Äste einer Buche reckten sich schwarz in den Himmel. In den Astgabeln hatte sich Schnee verfangen. »Wenn es ihnen hilft, will ich versuchen, mich zu erinnern«, flüsterte er.

»Es ist nicht gut, wenn du all die Kriegsgräuel in dir vergräbst«, beschwor Klara ihn. »Du musst es teilen, damit die Last dich nicht erdrückt.«

Im Krankenbett nebenan begann ein Mann, der einen dicken Kopfverband trug und dessen Augen aus den Höhlen zu quellen schienen, zu schreien und zu toben und mit den Beinen um sich zu treten. Er brüllte wie unter der Folter, richtete sich auf, doch bevor er durch das Krankenzimmer wüten konnte, waren zwei Pfleger bei ihm, drückten ihn auf sein Bett zurück, fixierten seine Arme und Beine mit Lederbändern und flößten ihm ein Medikament ein, das ihn wenig später eindösen ließ.

Philipp starrte auf die Wolldecke, die seine Verwundung verbarg, und in einem plötzlichen Impuls zog er sie zur Seite. Sein Beinstumpf war sauber umwickelt und lugte unter dem grauen Hemd hervor. Er stieß ein unfrohes Lachen aus. »Ich habe das Gefühl, dass mein kleiner Zeh juckt, und manchmal brennt es in der Wade. Ist das nicht komisch? Ich spüre das Bein, obwohl es nicht mehr da ist.«

Klara und Sebastian starrten auf das Krankenbett. Klara biss sich auf die Unterlippe. »Hast du schon versucht, auf den Holzkrücken zu gehen?«, fragte Sebastian.

Philipp schüttelte den Kopf. »Noch nicht. Aber ich will es versuchen. Jetzt.«

Klara beugte sich zu ihm, legte einen Moment ihre Wange an seine. »Wir holen dich hier raus, Philipp. Wir nehmen dich mit.«

Philipp nickte und schloss die Augen. »Ja, nehmt mich mit. Ich will nach Hause.«

26

Moskau, September 1812

Mit eiserner Entschlossenheit ritt Christian auf dem Weg von Borodino nach Moskau. Eine Wohltat, nach all den Wochen des Marschierens auf dem Rücken eines Pferdes zu sitzen. Die Kavalleriepferde, die nicht auf dem Schlachtfeld getötet worden waren, liefen orientierungslos umher und konnten leicht eingefangen werden. Jeder, der eines Tieres habhaft wurde, dankte dem Himmel für dieses Geschenk.

Die Formierungen hatten sich aufgelöst, Offiziere und Gemeine liefen, stolperten und ritten in ungeordneten Reihen immer weiter nach Osten, beseelt von dem Gedanken, dass die Schlacht bald geschlagen sein würde und sie zum goldenen Mittelpunkt des russischen Reiches vorgedrungen wären.

Christians Denken und Handeln war nur auf diese eine Sache konzentriert: als Sieger aus diesem unsäglichen Feldzug hervorzugehen und dann alles hinter sich zu lassen. Er würde Gewehr und Säbel abgeben und nie mehr in eine Schlacht ziehen. Stattdessen würde er ein friedvolles Leben als ein Bürger von vielen in einer kleinen deutschen Stadt führen. Dieser Gewaltmarsch mit all den Verwundeten, Verhungerten, Verdursteten würde der letzte für ihn sein. Er war am Ende seiner Kräfte, aber zäh und verbissen und bereit zum letzten Schlag gegen die Russen.

Brav trottete das schwarze Pferd den Weg über die Felder und Wiesen und an den Dörfern vorbei. Manchmal legte Christian die Wange an seine Mähne, unendlich müde, zu Tode erschöpft.

Ungeachtet des Rangunterschiedes hatte er sich mit Oberstleutnant Thomas von Ackeren angefreundet, der genau wie er seine Frau im Kindbett verloren hatte. Thomas, dessen Vater Deutscher und dessen Mutter Französin war, war mit ähnlicher

Begeisterung wie Christian in die Schlacht gezogen und mittlerweile aller Illusionen beraubt. Er beabsichtigte genau wie Christian, sich nach diesem Feldzug vom Militär zu verabschieden. Ihr ähnliches Schicksal verband die beiden ungleichen Männer. Christian hoffte zudem, dass ihm die Freundschaft mit einem ranghohen Soldaten von Nutzen sein konnte, und er vermutete, dass der eher schmächtig gebaute Oberst in ihm, dem muskelbepackten Kämpfer, einen Beschützer sah, wenn es Mann gegen Mann ging.

Äußerlich konnten die beiden Männer nicht unterschiedlicher sein. Christians Wangenknochen stachen in seinem abgemagerten Gesicht scharf hervor, sein Kinn und seine leicht vorgeschobene Unterlippe verrieten seinen Kampfeswillen, seine Augen blickten wach in die Welt. Thomas dagegen erinnerte mit seiner gebogenen Nase und den runden Augen an eine Eule. Er schien den Kopf stets zwischen den Schultern zu verbergen, sein Hals war kaum zu sehen. Niemand hätte ihm eine Familie zugetraut, in der die Männer seit Generationen im Militär hohe Ränge bekleideten. Sein familiärer Hintergrund hatte ihm eine zügige Karriere in der Armee ermöglicht.

Christian, Thomas und eine Handvoll Kameraden passierten Schlachtfelder, auf denen nicht nur Tote lagen, sondern auch Verletzte, die wimmerten und klagten. Keiner kümmerte sich um sie, jeder brauchte seine letzte Kraft für sich selbst. Christian verbot sich jedes Mitleid mit diesen Gestalten, die verhungern, verdursten oder erfrieren würden.

Abends rösteten sie sich auf ein Bajonett aufgespießtes Fleisch, das sie aus einem toten Gaul geschnitten hatten, über offenen Flammen, und einmal fanden sie Unterschlupf in einem verlassenen Dorf. Im Garten faulten Reste von Kohl und Kartoffeln, mit denen sie ihren Hunger stillten.

Die vorgerückten französischen Truppen waren bereits in Moskau eingefallen, von Weitem sahen Christian und seine Kameraden die Flammen in den Himmel steigen. Schwarzer Rauch stand über der Hauptstadt.

Sie zogen in die Vorstadt, die zum Peterhof führte, in den sich, wie man munkelte, Napoleon begeben hatte, da er im Kreml wegen der Feuersbrunst nicht bleiben konnte. Sie führten die Pferde in eine Scheune, in der sich die Tiere am eingelagerten Heu gütlich tun konnten, besetzten eines der menschenleeren Häuser, nachdem sie zwei totgeschlagene Russen aus der Tür gezogen hatten. Sie reinigten den Raum mit Wasser und Schwämmen von Blut und Ungeziefer, inspizierten die Möbel und Strohbetten und wunderten sich zunächst darüber, dass diese Russenhäuser offenbar keine Keller besaßen, bis sie herausfanden, dass sie durch eine zugenagelte Luke zu erreichen waren.

In dem Erdkeller entdeckten sie Köstlichkeiten, die sie schwindelig vor Freude machten. Neben Mehl, eingemachten Früchten, getrockneten Fischen und Branntwein fanden sie literweise Wein aus Bordeaux. Christian entkorkte eine Flasche, setzte sie sich an die Lippen und schluckte den köstlichen Rebensaft. Rinnsale liefen an seinem Kinn hinab, als er vor Freude lachte. Er wischte sie mit dem Handrücken ab und reichte die Flasche an Thomas weiter. Hier ließ es sich aushalten. Vor der Feuersbrunst hatten sie nichts zu befürchten, die war weit entfernt im Zentrum der Hauptstadt.

Ein paar Tage lang stärkten sich die Männer und ruhten sich aus. Von ferne erklangen vereinzelte Kanonenschläge und Gewehrschüsse, was darauf hindeutete, dass die Straßen in und um Moskau noch lange nicht sicher waren. Russische Truppen schienen den Feinden aufzulauern.

Was mochte die Russen bewogen haben, ihr Heiligtum Moskau zu opfern? Feigheit vor dem Feind? Oder Berechnung und Klugheit, denn was sollte den zu Tode erschöpften Invasoren eine geräumte, ausgebrannte Stadt nutzen?

Christian drängte es danach, durch die Straßen der Stadt zu streifen und Nachrichten von den anderen Regimentern zu bekommen. Der Informationsfluss in der Vorstadt war dünn, und Christian fühlte sich von allem abgeschnitten, nachdem seine Lebenssäfte wieder flossen. Es gelang ihm, Thomas und drei weitere Kameraden in ihren in Fetzen hängenden Uniformen zu einem Besuch in Moskau zu überreden. Die übrigen Männer ihrer Horde schüttelten die Köpfe. Sie würden nach den langen Monaten des Darbens diese Oase nicht aufgeben. Die Vorräte waren noch lange nicht aufgebraucht, sie hatten ein Dach über dem Kopf und einen Ofen, der von morgens früh bis nachts bullerte. Sollte die Weltgeschichte ohne sie fortgeschrieben werden. Sie hatten ihren Teil beigetragen und sich die Erholung verdient.

Christian und die vier anderen sattelten ihre Pferde an diesem verregneten Herbstmorgen und hielten im Galopp auf die Tore Moskaus zu. Die Pferde waren ausgeruht und gesättigt, die Soldaten von neuem Mut erfüllt.

Vor der Stadt kampierten Regimenter, und die Straßen im Inneren wimmelten von Soldaten. Es roch nach Ruß und Qualm und verbranntem Fleisch. Christian und seine Kameraden lenkten ihre Pferde vorsichtig durch das Gewühl, vorbei an kleinen russischen Leiterwagen, auf denen Lebensmittel transportiert wurden, an Marketenderinnen, bei denen sie sich mit Garn zum Flicken der Uniformen und mit Kämmen versorgten, um die Läuse aus den Haaren zu ziehen. »Passt gut auf euch auf«, raunte die runzelige alte Frau, die auf die Münzen biss, bevor sie sie in ihre Schürzentasche steckte. »Ihr wähnt euch in Sicherheit, aber es gibt genug Russen, für die der Kampf noch nicht beendet ist.«

Christian wechselte einen Blick mit Thomas. Diese Gerüchte gingen überall in der Stadt um, aber sie würden sich bei einem Angriff zu wehren wissen. Ihre Gewehre waren blank poliert, die Säbel rasselten am Geschirr des Pferdesattels.

Die Schönheit und Erhabenheit Moskaus war verloren. Überall zerfielen verkohlte Häuser zu Ruinen, die Straßen waren von ungezählten Soldatenstiefeln matschig getrampelt, die Fenster der Kathedralen geborsten. Wie mochte sich Napoleon angesichts dieser Eroberung fühlen? Ein teuer erkaufter Sieg ohne Triumph.

Christian und seine Kameraden lenkten die Pferde aus dem Getümmel im Zentrum weiter hinaus zu den Vororten und verbrachten eine Nacht in einem zur Feldpoststelle umgerüsteten Haus, in dem sich Soldaten eines württembergischen Regiments aufhielten. Die Poststelle wurde rund um die Uhr wie eine Festung bewacht.

Als sie am nächsten Morgen weiterritten, passierten sie einen gesprengten Munitionswagen, die verstreuten Holzteile noch warm von der Explosion. Wenn es noch eines Beweises bedurft hätte, dass die Russen nach wie vor lauerten, so hätte er eindeutiger nicht sein können.

Sie rasteten in einem Kiefernwald, teilten sich das Brot, das sie im Inneren der Stadt für teures Geld erworben hatten, und ließen eine Weinflasche kreisen. Christian und Thomas verschwanden in die Büsche, um ihre Notdurft zu verrichten, doch sie hatten sich kaum hingehockt, da erklang auf dem Waldpfad näher herankommendes Pferdegetrappel. Dann klirrten Säbel, fielen Schüsse, und brüllend stürzte sich ein Trupp von Husaren und Kosaken auf die Männer, die am Feuer saßen. Schreie wurden laut, als der erste tödlich getroffen zu Boden fiel. Russische Wortbrocken drangen an Christians Ohren, gebellte Befehle, Beschimpfungen. Wieder ein Schrei, diesmal ohne vorangegangenen Schuss. Vermutlich ein Angriff mit Säbel oder Messer.

In Windeseile hatte Christian sich seine Beinlinge zugebunden und wollte aus seinem Versteck nach vorn stürzen, um den Kameraden beizustehen. Thomas, nur wenige Schritte von ihm entfernt, hob die Hand und zischte ihm zu. »Es sind zu viele. Sie werden uns abschlachten, wir haben keine Chance.«

»Willst du fliehen?«, fragte Christian verächtlich. »Niemals!«

Thomas presste die Lippen zu einem schmalen Strich zusammen. »Das wäre ein dummes Manöver. Die kennen sich hier viel besser aus als wir.« Sein Gesicht erstarrte, während er gleichzeitig sehr langsam beide Hände hob.

Christian folgte seinem Blick. Die Männer in den russischen Uniformen und den Pelzmützen hatten sie entdeckt und zielten gleichzeitig mit ihren Gewehren auf sie. Ihre Pferde waren von beeindruckender Schönheit. Sie schlugen mit den Köpfen und trippelten auf der Stelle, sodass ihre glänzenden Mähnen flogen. Christian tat es Thomas nach und hob die Arme. Er hielt das nicht für besonders sinnvoll und rechnete insgeheim damit, dass dies nun also sein Ende sein würde. Erschossen von Husaren in einem russischen Wäldchen bei Moskau. Kein Hahn würde nach ihm, dem gemeinen Soldaten, krähen. Seiner Schwester würde man eine Heldengeschichte auftischen, und sie würde sich vielleicht getröstet fühlen von schöngefärbten Lügen.

Einer der Kosaken stierte mit stechenden Augen von Christian zu Thomas und fragte dann auf Französisch nach Namen und Rang. Christian verstand nur Bruchstücke, obwohl ihm das Französische mittlerweile vertraut war. Thomas hingegen antwortete in gestochener Sprache und nannte ihrer beider Namen und seinen Rang.

Es wäre ein Leichtes für die Angreifer gewesen, kurzen Prozess mit ihnen zu machen, aber sie forderten sie lediglich auf, Säbel, Gewehre und Patronengürtel abzugeben. Dann befahlen sie sie auf ihre Pferde und preschten mit ihnen davon.

Vielleicht wollten sie einen Schauprozess aufführen und sie öffentlich vierteilen? Aber sie ritten lediglich eine Zeitlang über den Pfad und bogen dann ins Holz ab. Auf einer Lichtung tief im Wald befand sich ihr Lager.

Als die Kosaken die beiden Gefangenen ihrem Kommandanten vorstellten, sank Christians Mut restlos. Der Befehlshaber war ein zerlumpter, abgerissener Bauer, der sich ohne Zweifel an ihrem Blut berauschen würde.

Doch weit gefehlt. In den nächsten Stunden stellte sich heraus, dass die Truppe weitere Gefangene gemacht hatte, und der Kommandant sprach mit jedem in seiner Sprache. Er verstand sich auf das Französische genauso wie auf das Italienische und Deutsche.

Würden sie alle nach Sibirien verschickt oder gleich aufgeknüpft? Christian malte sich die schauerlichsten Szenarien aus. »Was haben die mit uns vor?«, zischte er Thomas zu, nachdem sie aufgebrochen waren und im großen Pulk die Straße hinabritten, die aus Moskau Richtung Süden führte.

Thomas hob die Schultern. »Wenn sie uns hätten töten wollen, hätten sie es längst tun können. Solange sie uns gut behandeln, sollten wir uns ruhig verhalten«, meinte er.

Christian nickte. Sein Heldenherz rebellierte zwar, aber er sah ein, dass ein Scharmützel mit einer solchen Übermacht schwer bewaffneter Russen kein gutes Ende nehmen konnte.

»Warum haben sie uns verschont?«, dachte er laut nach.

»Nun, ich vermute, aus Ehrfurcht vor meinem militärischen Rang«, gab Thomas mit einem Schmunzeln zurück. »Dich habe ich als meinen Bediensteten vorgestellt und darum ersucht, dich ebenfalls zu verschonen.«

Christian schnappte nach Luft, fiel dann aber in das Lachen seines Kameraden ein. Ein Gewehrkolben traf ihn seitlich in die Rippen, und er stieß einen Schmerzenslaut aus. Der Russe, der neben ihm ritt, hatte ihm den Hieb verpasst. So gnädig sie ihnen gesinnt sein mochten, Erheiterung schien fehl am Platz zu sein.

Plötzlich wurden sie zur Eile angetrieben, die Pferde fielen in den Galopp. Kosaken verbreiteten die Nachricht, eine französische Truppe verfolge sie. Verkehrte Welt, dachte Christian, auf der Flucht vor den eigenen Kameraden. Er drückte dem Pferd die Sporen in die Seiten.

Nach einer Weile hob der Kommandant an der Spitze der Truppe den Arm, alle stiegen ab und folgten ihm, die Pferde hinter sich herführend, ins Dickicht. Der Geruch nach Moos und Holz umfing Christian, während er Zweige aus dem Weg strich und den Kopf einzog. Nach mehreren Stunden auf diesem abseitigen Pfad erreichten sie ein großes Dorf. Die Bauern arbeiteten auf den Feldern, hackten Holz und versorgten das Vieh, während sich der Trupp näherte. Doch als sie erkannten, dass die Soldaten Kriegsgefangene bei sich führten, schwangen sie ihre Werkzeuge und stürmten auf die Truppe zu.

Die russischen Soldaten hatten alle Hände voll zu tun, das aufgebrachte Völkchen zu beruhigen und zu besänftigen. Die Dorfbewohner hätten die Feinde auf der Stelle in Stücke gehackt. Christian und Thomas blieb nichts anderes übrig, als sich im Schutz der russischen Soldaten zu halten. Christians Kiefer mahlte, während er auf das wütende Pack starrte. Am liebsten hätte er selbst zu seiner Verteidigung beigetragen, aber er hatte keine Waffe mehr. Und vermutlich wäre es seine letzte Stunde, wenn er es auf einen Kampf mit diesen Berserkern ankommen ließe.

Hier sollten sie Quartier beziehen, aber Christian fragte sich, ob sie nicht im Wald sicherer gewesen wären. Die Offiziere unter den Kriegsgefangenen lud der Kommandant in seine geräumige, saubere Unterkunft ein, die gemeinen Soldaten pferchten sie in eine Scheune.

»Ich würde ungern auf meinen Bediensteten verzichten«, rief Thomas dem Kommandanten zu. »Wäre es möglich, dass er mich begleitet?«

Der Kommandant brummte etwas Unverständliches, während er von Thomas zu Christian blickte. Dann nickte er.

Triumph zeichnete sich auf Thomas' Miene ab. Christian hob nur die Brauen. Offensichtlich hingen sein Wohl und Wehe künftig von seinem Freund ab. Christian widerstrebte diese Abhängigkeit, aber im Moment überwogen die Vorteile.

Auch in den nächsten Tagen, in denen sie sich weiter von Moskau entfernten, um das russische Hauptquartier zu erreichen, sahen sich die Kriegsgefangenen in jedem Dorf dem Zorn und Hass der Bauern gegenüber. Sie beschimpften und bespuckten sie und drängten die Soldaten, kurzen Prozess mit ihnen zu machen. Welch ungewöhnliche Wendung, dachte Christian, dass uns ausgerechnet die Soldaten, mit denen wir uns bekriegt haben, eine anständige Behandlung zukommen lassen, während das gemeine Volk rebelliert und die Wut auf die Invasoren kaum zu zügeln weiß.

Christians Befürchtungen darüber, welche Gräuel sie in der Gefangenschaft erwarten mochten, erwiesen sich sämtlich als unhaltbar. Tatsächlich waren Thomas und er selten höflicher und zuvorkommender behandelt worden als im russischen Hauptquartier. Man unterhielt sich durchgängig auf Französisch, es gab Teegesellschaften, luxuriöse Betten, reizende Gattinnen. Nach einigen Tagen durften sie sich frei im Lager bewegen – mit ihrem Ehrenwort, keine Fluchtversuche zu unternehmen.

Ans Ausreißen dachte keiner von ihnen. In der Gefangenschaft erging es ihnen besser als auf der orientierungslosen Suche nach den französischen Regimentern, denen sie sich anschließen konnten.

Der Weg führte sie in den nächsten Tagen und Wochen von Kaluga nach Tula und schließlich nach Woronesch. Immer wieder begegneten sie auf den Wegen durch das weite Reich anderen Truppen mit Kriegsgefangenen.

Ihre Bewacher wechselten, und nicht mit jedem Kommandanten hatten die Kriegsgefangenen Glück. An manchen Tagen wurden sie zu Fürstengesellschaften mit Droschken abgeholt, an anderen mussten sie bei Kascha und Wasser hinter Gittern schlafen. Christian und Thomas nahmen ihr Schicksal stoisch in Kauf und griffen den Vorschlag eines Offiziers auf, sich russische Kleidung und Mützen zu besorgen, damit sie nicht gleich als Feinde erkannt wurden. Denn wohin sie auch kamen, war es stets das einfache Volk, von dem Gefahr ausging.

Ihre Pferde wechselten sie an den russischen Poststellen, und Christian staunte, wie schnell man auf diese Weise unterwegs war. Die Pferde waren ausgeruht und trainiert und trugen ihre Reiter im gestreckten Galopp Richtung Süden.

Immer hatte Christian davon geträumt, Abenteuer zu erleben und die Welt zu sehen. Nun erkannte er, dass der Krieg ein schlechter Begleiter auf seinen Wegen war. Im Kampf hatte er nichts als Waffen und Blut, Tote und Versehrte gesehen; jetzt nahm er sich die Zeit, die Schönheit des Landes, das die Franzosen zu erobern suchten, zu genießen.

In Tula beeindruckten ihn die Fabriken, in denen herrlich gearbeitete Säbel, Pistolen und Flinten feilgeboten wurden. Freilich war es ihm nicht erlaubt, Waffen zu erwerben, aber schon der Anblick ergötzte ihn.

Er bestaunte die zahlreichen Kirchen, die zu jeder Stadt gehörten, mit ihren Türmen und den grün gestrichenen Kuppeln, und die massiven Holzhäuser, die die ungepflasterten Wege säumten. Vielerorts wechselten luxuriöse Bauten mit Elendsbaracken, was man aber erst erkannte, wenn man ins Innere der Stadt vordrang. Aus der Ferne wirkten alle Städte prächtig.

Irgendwann im Laufe seiner Reise erkannte Christian, dass er sich in dieses Land verliebte, je weiter sie ins Innere vordrangen. Der weite Himmel über den glitzernden Kuppeln, die endlosen Wälder und Felder, die majestätischen Flüsse, die sie überquerten ... Ja, es gefiel ihm in Russland, und er genoss die meiste Zeit seiner erzwungenen Reise. Er freute sich über die Herzlichkeit vieler Russen und wünschte andere, die ihn beschimpften, zum Teufel. Aber wo auf der Welt war schon alles nur Schwarz oder Weiß? Es bereitete ihm Genuss, in eleganten Domizilen bei hochrangigen Militärs untergebracht zu werden, und er fluchte, wenn sie einmal mehr in einer der schmutzigen Hütten übernachten mussten, in denen der Rauch so dick stand, dass man kaum Luft bekam.

Welch angenehmer Gedanke, sich in diesem Land ein Häuschen nach eigenem Geschmack zu bauen, ein Leben als Bauer oder Fischer zu führen, sich eines der reizenden russischen Mädchen zur Frau zu nehmen. Wobei ihm noch keine begegnet war, die ihm wirklich gefiel. Sicher, sie waren meistens aufs Entzückendste herausgeputzt, aber für seinen Geschmack benutzten sie die Schminke zu reichlich. Außerdem hatte er ohnehin keinen guten Stand – weder bei der weiblichen Bevölkerung noch bei der männlichen. Alle, die zur französischen Armee gehörten, waren für die Russen der Inbegriff des Bösen, und Christian fragte sich, ob es jemals so etwas wie Verständigung zwischen den Völkern geben würde. Zu seiner eigenen Überraschung erkannte er, dass er es wichtig fand, dass man sich aussöhne. Schluss mit den Machtspielen, Schluss mit den sinnlosen Kriegen, die nur den eitlen Machtanspruch der Kaiser befriedigten und denen so viele unschuldige Seelen auf beiden Seiten geopfert wurden. Die Vorstellung, dass er im Lauf der Schlachten noble Menschen wie den ersten Kommandanten, der sie begrüßt hatte, gemordet hatte, verursachte ihm Magendrücken.

Er forschte in sich nach Heimweh, suchte nach der Sehnsucht, in sein Vaterland zurückzukehren. Seltsamerweise blieb sein Innerstes still, als hätte es nie eine Verbundenheit mit den deutschen Landen gegeben. Ihm fehlte lediglich die Möglichkeit, in seiner Muttersprache drauflos zu reden. Ständig war er von russischem und französischem Palaver umgeben, von dem er nur wenige Brocken verstand. Er sehnte sich nach ausgedehnten Trinkgelagen mit deutschen Freunden, mit Wein und Brot und den alten Liedern. Wenn er mit den anderen Gefangenen und den Bewachern abends die Becher klingen ließ und das Geheimnis des Wodkas erkundete, blieb er meist stumm, lauschte dem Reden und Lachen der anderen und betrank sich, bis er vom Stuhl fiel.

Einmal hatten die Bewacher gefragt, in welcher russischen Stadt sie gern leben würden. Thomas zog die Mundwinkel herunter, Christian zuckte die Schultern. »Wir kennen keine russische Stadt.«

Die Russen lachten. »Dann wartet es ab. Ihr werdet dort bleiben, wo ihr gebraucht werdet.«

Je weiter sie nach Süden kamen, desto zurückhaltender verhielt sich das Volk ihnen gegenüber. Sobald die Leute erfuhren, dass sie Kriegsgefangene waren, bildeten sie Spaliere am Wegesrand und gafften sie an, als wunderten sie sich darüber, dass die Franzosen keine dreiköpfigen Ungeheuer, sondern gewöhnliche Menschen waren.

In Woronesch hielten sich die Gefangenen fünf Wochen lang auf und erlebten mit, wie der eisige Winter übers Land zog und Felder, Straßen und Dächer mit einer dicken Schneeschicht bedeckte. Sie besorgten sich Schafpelze, sibirische Mützen und Pelzhandschuhe gegen die Kälte, und als der Marschbefehl kam, setzten sie den Weg nach Saratow in einer Kibitka fort.

In Wirtshäusern begegneten sie anderen Gefangenentransporten, Nachrichten machten die Runde, Gerüchte verdichteten sich zu Gewissheiten.

Bei 25 Grad Frost waren viele Kameraden der *Grande Armée*, die den Rückzug angetreten hatten, hilflos einem qualvollen Tod preisgegeben. Man hörte davon, dass sie mit erfrorenen Händen und Füßen des Morgens nicht mehr in der Lage waren, aufzustehen, während gleichzeitig noch das Herz pumpte und sie ihr eigenes Sterben miterleben ließ. Manch einer, so hieß es, verlor den Verstand unter diesen Umständen, und das Schimpfwort vom »Moskauer Simpel« machte die Runde.

Der echte russische Winter wehte mit erstarrendem Hauch auf dem Heimweg der Soldaten Napoleons. Müdigkeit, Hunger und Frost lähmten die Männer, und wenn man sich eine Stunde ausgeruht hatte, konnte man sich kaum noch aufrichten.

In Gedenken an die verlorenen Kameraden starrten die Gefangenen in der Gaststube in ihre Becher und dankten der wackeren Wirtsfrau, die ihnen Sauerkraut und geräuchertes Fleisch auf Holzplatten servierte.

Sie selbst waren mit dicken Mänteln und Decken ausgestattet, und wenn der Sturm gar zu eisig blies, verschoben sie die Weiterreise, um noch ein paar Tage lang die Wärme am Ofen zu genießen.

Die Kameraden in der Armee hingegen, so munkelte man, hatten ihre ausgemergelten, von Ungeziefer angefressenen Leiber in Säcke und Strohmatten, Weiberröcke, Lappen, Pferdedecken und frisch geschlachtete Tierhäute gehüllt. Unter Pelzmützen grinsten hohläugige, bleiche, vom Rauch der Biwakfeuer geschwärzte Gesichter hervor. Die Armee, so erzählte man, glich einer Bande von zerlumpten, Abscheu erregender Landflüchtiger.

Zumal Napoleon selbst angeblich schon seit Anfang November nicht mehr bei seinen Soldaten war. Diese Nachricht rief Empörung bei den einen hervor, Verständnis bei den anderen. Einig war man sich, dass seine Abreise vermutlich das Zeichen zur gänzlichen Auflösung der Armee gegeben hatte. Die einen schimpften auf die Kaltschnäuzigkeit des Kaisers, der im Angesicht der verzweifelten Lage nur daran dachte, den eigenen Kopf zu retten. Andere hielten dagegen, so ein Kaiser habe eben Verpflichtungen, zu denen es gehörte, eine neue Armee aus dem Boden zu stampfen, wenn die alte geschlagen war. Eine militärische Neuorganisation sei jedenfalls eher angeraten als das tatenlose Verweilen inmitten von verbrannten Trümmern und fliehenden Soldaten in eisiger Kälte.

Nicht nur das Wetter verdarb Christian und den Kameraden die Lust am Reisen, sondern auch die Ärmlichkeit der Gegend, in die sie nun vordrangen. Christian meinte, in seinem Leben keine elenderen Hütten betreten zu haben als diejenigen, in denen sie auf dem Weg nach Saratow Quartier beziehen mussten. Dagegen waren die polnischen Unterkünfte luxuriös erschienen. Das Ungeziefer fiel über sie her, und sie teilten sich die Bettstatt auf dem Boden mit der kompletten Familie, mit Hühnern, Ferkeln und Lämmern. Alle scharten sich um den großen qualmenden Ofen. Die Fensterläden und die Tür blieben dicht verschlossen, damit nichts von der Warmluft nach draußen drang. Christian plagten heftige Hustenanfälle, die ihn fast zu ersticken drohten. Oft stolperte er nach draußen, um seine Brust mit der klirrend frostigen, aber sauberen Luft zu füllen.

Die sogenannten *Altgläubigen*, die die Hütten bewohnten, entpuppten sich als stures, traditionsverhaftetes Völkchen, das allem Fremden gegenüber misstrauisch war. Zwar trugen die Gefangenen ihr eigenes Kochgeschirr mit sich, mit dem sie in den Hütten ihre Speisen zubereiteten, doch wenn ein Löffel oder ein Teller fehlte und sie etwas aus dem Besitz des Hauseigentümers entleihen wollten, hob die ganze Familie zu einem wilden Geschrei an. *Ungläubigen* war es untersagt, den Besitz der *Altgläubigen* zu berühren. Hatten sie gar in Unkenntnis einen Topf oder einen Holzlöffel benutzt, dann wurde das Geschirr zerbrochen und vergraben, weil es *unrein* geworden war. Nach dem Aufenthalt der Reisenden machte sich die Familie daran, das *unreine* Haus zu putzen und die Böden zu scheuern, was ihnen, wie

Christian bei sich dachte, zumindest für ein paar Tage das Ungeziefer und den Schimmel fernhielt, obwohl das nicht der Zweck der Reinigungsaktion war.

Während sie unendlich weite, öde, schneebedeckte Steppen durchkreuzten, sehnte sich Christian nach den Annehmlichkeiten einer Stadt. Er rang die Hände zum stummen Dankesgebet, als sich endlich entlang der Wolga die Tore von Saratow am Horizont abzeichneten.

Sie machten Rast in einem vorgelegenen Dorf, und ein Husar ritt aus, um dem Gouverneur von Saratow Meldung über die Kriegsgefangenen zu machen. Ein Polizeimeister, der sich aufspielte wie ein hochrangiger Offizier, gleichzeitig aber sturzbetrunken war, geleitete sie in die Stadt und geradewegs ins Zentrum zum Palast des Gouverneurs.

Zu ihrer Erleichterung gehörte der Erste Mann Saratows zu der besonders angenehmen Sorte. Er behandelte sie mit ausgesuchter Höflichkeit und ließ sie wissen, dass sich zahlreiche Kriegsgefangene in und um Saratow befänden.

Sie wurden zu diversen Diensten eingeteilt und erhielten einen Sold. Mit Schrecken las Christian die Nachrichten in der *Deutschen Zeitung*. Unfassbar viele Soldaten waren in Napoleons Feldzug gegen Russland gefallen, auf beiden Seiten. Moskau war praktisch nicht mehr bewohnbar, ein düsterer Ort des Schreckens. Durch den Flächenbrand war die Versorgungslage in der Stadt dermaßen schlecht, dass die gesamte französische Armee zum Rückzug bei Schnee und eisigen Winden gezwungen war, wie ihnen Kameraden in den Wirtstuben bereits geschildert hatten. In Wilna hatte es am 10. Dezember ein Massaker gegeben, als ein Kosakenkorps in die von den überlebenden Franzosen belagerte Stadt eindrang, ein grauenvoller letzter Angriff, in dem sich die Wut der Russen entlud.

Nur wenige Soldaten aus Napoleons Heer kehrten in ihre Heimat zurück. Christian fühlte einen Kloß im Hals und fragte sich, ob ihm vielleicht nichts Besseres hätte passieren können, als in russische Gefangenschaft zu geraten. Vermutlich läge er sonst auf irgendeinem Feld: verhungert, erfroren, von Wölfen angefressen, zu Eis erstarrt, von Kosaken im Schlaf aufgespießt. Ein Schütteln lief durch seinen Körper, die Härchen auf seiner Haut richteten sich auf, und als er in Thomas' bleiches Gesicht schaute, wusste er, dass ähnliche Gefühle auch in ihm stritten. Die Erleichterung, davongekommen zu sein, und die unendliche Trauer über all diese verlorenen Seelen.

Christian und Thomas bezogen Quartier bei einer freundlichen und reinlichen alten Dame, ein winziges Zimmer unter dem Dach, in dem Eisblumen an den Fenstern wuchsen. In diesen Tagen erlebte auch der Süden Russlands einen Kälteeinbruch, bei dem die Temperaturen auf minus 30 Grad sanken. Christian wagte nicht mehr, vor die Tür zu gehen, weil er das Gefühl hatte, sein Atem gefröre ihm in der Kehle. Unter Nasen und Augen setzten sich an der freien Luft sofort Klumpen von Eis an. Spatzen und Krähen fielen im Flug erfroren vom Himmel.

Die ersten Tage und Nächte stand eine Wache vor ihrer Tür, aber später lockerte sich der Umgang mit den Gefangenen, und sie mussten sich nur noch alle acht Tage beim Polizeimeister melden.

In Saratow hörte Christian von den deutschen Kolonien, von denen es mehr als hundert rund um die Stadt an der Wolga entlang gab. Der Sitz der Kolonialverwaltung befand sich in der Stadt.

Eine seltsame Faszination beschlich Christian bei dem Gedanken, dass Landsleute hier, wo die Wolga Asien von Europa trennte, ihren Lebensmittelpunkt gefunden hatten. Er brannte darauf, diese Menschen kennenzulernen, herauszufinden, ob sie die deutsche Sprache noch beherrschten, zu sehen, wie sie sich den russischen Bedingungen angepasst hatten.

Ein großer Teil der Kriegsgefangenen, vornehmlich Polen, wurde in diesem Winter nach Astrachan befohlen, wo sie helfen sollten, die Grenzen gegen die Gebirgsvölker zu verteidigen. Es half kein Jammern und Wehklagen, sie mussten wieder zu den

Waffen greifen und ihren Dienst versehen – diesmal für die Russen. Christian und Thomas machten drei Kreuze, dass sie nicht zu den Unglücklichen gehörten, und blickten dem Abtransport bang hinterher.

Die Großzügigkeit des Gouverneurs zeigte sich ein weiteres Mal, als er einer Gruppe von Deutschen und Franzosen, zu denen Thomas und Christian gehörten, den Besuch der Kolonien gestattete. An jenem Tag hatte sich der Wind gelegt, aber die Luft schien immer noch zu klirren vor Kälte. Schneekristalle glitzerten im Licht der Wintersonne, als sie sich an diesem Vormittag im Januar 1813 auf den Weg machten, um ihre Landsleute zu besuchen.

Lange zog sich der Weg durch die Steppe, während sie in Pelze eingepackt in den Kibitkas kauerten und sich von den Kalmückenponys ziehen ließen. Russische Offiziere ritten vor und hinter ihnen.

So erreichte die Gruppe eine der schönsten und wohlhabendsten Kolonien. Christians Herz klopfte hart gegen seine Rippen. Hier mitten in der russischen Steppe, wo man bei günstigem Wind noch das Rauschen der Wolga hörte, unter dem weiten Himmel des Zarenreichs schien eine Flamme in ihm zu erglühen, und eine Vorfreude breitete sich in ihm aus, als würde er unversehens die Heimat erreichen. Er sah die schmucken Steinhäuschen mit den strohgedeckten Dächern und den Schornsteinen am Wegrand, die soliden Holzhütten dazwischen und drüben in der Dorfmitte die Spitze der weiß getünchten Kirche. Er sah Gardinen und Lichter in den Fenstern und an die Hütten angrenzend Scheunen für das Vieh. Die Hauptstraße war vom Schnee geräumt und schien gepflastert zu sein. Er bemerkte Gesichter, die hinter den Gardinen hervorlugten. Manch einer öffnete sogar einen Spaltbreit die Tür, um zu sehen, wer das Dorf besuchte.

Vor dem Wirtshaus, das direkt gegenüber der Kirche lag, hielten sie an und banden die Pferde fest. Christian und Thomas stiegen aus der Kutsche und sahen sich um, während sie gleichzeitig den Atem gegen ihre Handschuhe bliesen.

Aus der Gaststube drangen muntere Musik, Gelächter und das Klingen von Bechern. In diesem Moment öffnete sich die Tür, und ein alter Mann mit schlohweißem Haar, das er im Nacken mit einem Band zusammengebunden hielt, trat hervor. An seiner Seite hielt sich eine gebeugte schlanke Frau mit wachen Augen und einer Narbe, die die eine Gesichtshälfte verunstaltete.

Christian und Thomas traten ein Stück vor, und Christian glaubte seinen Ohren nicht zu trauen, als der Mann im besten Deutsch mit hessischem Dialekt die Ankömmlinge begrüßte. »Ich bin Bernhard Röhrich, ehemaliger Dorfschulze dieser Kolonie. Dies ist meine Frau Anja«, er deutete auf die Frau neben sich. Mittlerweile waren weitere Männer und Frauen herausgetreten und trampelten auf der Stelle, um sich warm zu halten. Freundliche Mienen mit Neugier in den Augen.

Christians Blick blieb an dem Gesicht einer vielleicht dreißigjährigen Frau hängen, deren Wangen rosig schimmerten und in deren Augen eine Wärme lag, die ihn mehr als alles andere an früher erinnerte. An die Heimat, an Josefine. Nein, diese Frau war ihr nicht ähnlich, aber in ihren Augen lag dieser Ausdruck, den Christian auf der langen Reise immer vermisst hatte.

Bernhard Röhrich breitete die Arme aus. »Willkommen in Waidbach.«

27

Saratow, Januar 1813

Zeit, nach Hause zu kommen. Zeit, die Schmach zu vergessen. Frannek fühlte sich an Leib und Seele gebrochen, als er durch das Stadttor von Saratow ritt. Seine Schultern hingen herab, sein Kopf wackelte im Takt des Pferdeschritts.

Bis zuletzt hatte er dafür gekämpft, Moskau zu halten, aber am Ende hatte er sich dem Beschluss der anderen Befehlshaber anschließen müssen, Moskau den Flammen zu opfern. Ein spärlicher Triumph, dass die Invasoren nichts als eine rußgeschwärzte Geisterstadt erobert hatten, in der niemand mehr leben konnte.

Am Ende hatten beide Seiten nichts als Verluste zu verbuchen. Die *Grande Armée* war nur noch ein kümmerlicher Rest von abgerissenen Gestalten, die Russen hatten ungezählte Soldaten, Städte und Dörfer verloren. Verbranntes Land blieb zurück, und darauf all die toten Seelen dieses Krieges.

Am Ende mochte man es Zar Alexander als Taktik auslegen, wie er die Franzosen genarrt hatte und seine Truppen ein Katz- und Maus-Spiel mit ihnen aufführen ließ. Aber in Wahrheit hatten sie sich von Anfang an der Truppenstärke der Franzosen nicht gewachsen gefühlt und ein Aufeinandertreffen vermieden. Frannek hatte sich die entscheidende Schlacht bei Moskau gewünscht. Hinter den Mauern der Stadt die vorrückenden Franzosen mit allem, was ihnen an Munition zur Verfügung stand, doch noch in die Flucht zu schlagen und ein großes Freudenfest im Kreml zu feiern – das wäre ein würdiger Abschluss dieses vaterländischen Krieges gewesen.

Abgesehen von einem Streifschuss an der Schulter und einigen kleineren Blessuren war Frannek unverletzt geblieben. Er hatte seinen Mann gestanden, aber hätte sein Pflegevater tatsächlich

Grund gehabt, ihn zu loben? Frannek fühlte sich wie einer, der in der größten Schlacht seines Lebens versagt hatte.

Schwerer noch als die Demütigung schmerzte das Wissen, dass er dem Dorf, mit dem er sich doch aussöhnen wollte, zwei Söhne entrissen hatte. Rudolf von Kersen war gefallen, und was aus Philipp Mai geworden war, wusste Frannek nicht. Es hieß, er sei schwer verletzt ins Feldlazarett gekommen. Vermutlich war er an seinen Verwundungen gestorben.

Er und Waidbach – das ging nicht zusammen. Er brachte dieser Kolonie nichts als Unglück. In Zukunft würde er sich erst recht fernhalten von den Bewohnern, ging es ihm durch den Kopf, während er über die harte Schneedecke durch die Stadt ritt. Links und rechts von ihm reihten sich die Holzhäuser aneinander, dazwischen wimmelte es von Bürgern und Soldaten. In der Stadt herrschte eine hektische Betriebsamkeit, obwohl es keinen Grund mehr zur Eile gab. Überall sah er versehrte Männer, die sich mühsam fortbewegten, auf Krücken oder gestützt von ihren Lieben. Vor dem Krankenhaus standen die Menschen Schlange, um eingelassen zu werden und Hilfe zu erhalten.

Ein Anflug von Scham überkam ihn, dass er selbst es geschafft hatte, mit heiler Haut heimzukehren. Man würde es ihm ankreiden, ihn vielleicht einen Feigling schimpfen, der sich vor dem Feind versteckt hatte. Die Soldaten würden ihn nicht mehr als einen von ihnen ansehen, sondern als einen Außenseiter, der Sonderrechte genossen hatte. Mit einem Anflug von Bitterkeit dachte Frannek, dass dies vielleicht sein Schicksal war: abseits zu stehen.

Sein Herz machte einen freudigen Satz, als das Stadthaus, das er mit seiner Familie bewohnte, in Sicht kam. Ob Inna seine Post erhalten hatte? Sie hatte nie zurückgeschrieben. Jedenfalls war keine Nachricht von ihr bis nach Moskau gelangt.

Er glitt aus dem Sattel und führte das Pferd in den Unterstand gleich neben dem Haus, wo es sich, geschützt vor den frostigen Temperaturen, an Heu und Wasser laben konnte.

Der vertraute Duft von Essig und gebackenem Brot umfing

ihn, als er die Eingangshalle des Hauses betrat. Die Leibeigene, die sich um den Haushalt kümmerte, spritzte gern ein wenig Säure in das Putzwasser. Er wollte keinen der Bediensteten sehen, mit aller Macht zog es ihn zu seiner Frau. Er sprang, immer zwei Stufen auf einmal nehmend, in das obere Geschoss.

Er riss die schwere Eichentür auf, und da stand sie: Inna, in einem weich fließenden Kleid, das die weißen Schultern frei ließ, rot wie schwerer Wein. Die schwarzen Haare fielen offen in Wellen mit zahlreichen Kämmen geschmückt auf ihre Schultern. Ihre Lippen schimmerten in der gleichen Farbe wie ihr Gewand und dominierten in ihrem makellosen Gesicht.

»Da bist du«, sagte sie mit kühler, dunkler Stimme und hob das Kinn.

Ein heißes Sehnen flammte durch seinen Körper, während sein Blick ihre Gestalt umfing. Er widerstand dem Impuls, vor ihr auf die Knie zu fallen wie vor einer Kaiserin, trat auf sie zu, umarmte sie und barg das Gesicht in ihrer Halsbeuge. Sie bewegte sich nicht, ließ die Berührung über sich ergehen wie eine Statue. Seine Hände wanderten verlangend über ihren Körper, er bedeckte ihren Hals, ihr Gesicht mit Küssen, bis sie die Hände gegen seine Brust stemmte. Sie wich einen Schritt vor ihm zurück. »Genug« sagte sie.

Frannek glaubte zu vergehen vor Sehnsucht. Wie hatte er ihre Liebe vermisst! Jede Nacht war sie in seine Träume geschlichen.

Er flog herum, als sich in diesem Moment die Tür hinter ihm öffnete. Die kohlschwarzen Augen unter den wuscheligen dunklen Locken des Jungen blitzten auf, als er den Vater erkannte. »Väterchen!«, rief Anatolij und flitzte auf langen Beinen zu ihm.

Frannek fing seinen Sohn auf. Er küsste ihn auf den Schopf und drückte ihn an sich.

»Habt ihr das gottverdammte Franzosenpack in die Flucht geschlagen? Du musst mir alles ganz genau erzählen! Wie viele hast du getötet? Haben sie um Gnade gewinselt?«

Frannek grinste schief und strubbelte durch die Haare des Jungen. »Fürs Erzählen ist noch genug Zeit, mein Sohn«, sagte er. »Jetzt will ich erst einmal zu Hause ankommen, mich aufwärmen und ausruhen.« Der Junge war in den letzten Monaten gewachsen. Den Kleinkindspeck an Bauch und Hüften hatte er verloren, in seinen Armen fühlte er sich knochig an. Es würden nicht mehr allzu viele Jahre vergehen, bis Anatolij selbst in die Armee eintreten würde.

Anatolij verzog den Mund. Frannek erhob sich und legte eine Hand auf seine Schulter. »Lauf zu Nadeshda und bitte sie, den Schlitten für dich bereitzumachen. Heute Abend nehme ich mir Zeit für dich.«

»Versprochen?« Anatolijs Augen glänzten feucht.

Frannek nickte. »Du hast mein Wort.« Er würde die Geschichte umschreiben müssen, um seinen Sohn nicht zu enttäuschen. Er würde von Heldentaten schwärmen, von Angriffen, die den Feind das Fürchten gelehrt hatten. Die tatsächlichen Ereignisse waren zu schmachvoll, um sie mit einem von Kriegsruhm träumenden Achtjährigen zu teilen.

Der Junge verneigte sich und lief aus dem Salon. Die Tür flog hinter ihm ins Schloss. Als Frannek sich umdrehte, sah er am Eingang zu ihrem Schlafgemach nur den Rücken seiner Frau, seidiges Haar, das über ihre Schulterblätter hinab zu ihrer Taille und ihrem Gesäß floss. Unter halb geschlossenen Augen warf sie einen Blick zu ihm und bedeutete ihm mit einer Kopfbewegung, ihr zu folgen.

Frannek seufzte auf. Das Ziehen in seinem Unterleib wurde zur Qual, aber er würde Erlösung finden. Inna würde die Dinge ins Lot bringen, würde ihn leiden lassen für all das, was er war und was er getan hatte. Mit Inna an seiner Seite würde die Welt wieder so werden, wie sie sein sollte. Und er würde bereit sein für alle Schlachten, die noch auf ihn warteten.

28

Waidbach, Januar 1813

In der Wirtsstube war es heimelig warm und es roch nach altem Holz, Branntwein und weißem Brot. Der Rauch zog durch einen Schornstein ab, ein Tisch war mit Speisen gedeckt: eingelegten Gurken, süß und herzhaft gefüllten *Piroggen*, gebuttertem Brot, geräucherten Fischen. Jeder Platz in dem Gasthaus war besetzt, aber für die Neuankömmlinge schafften die Bewohner weitere Holzstühle aus den umliegenden Häusern heran. Dicht gedrängt hockten Christian, Thomas, ihre Kameraden und Bewacher mit den Dorfbewohnern zusammen. Sie langten zu, als wohlgenährte Frauen die Schüsseln füllten, und hoben die Becher, um mit den anderen anzustoßen.

Die Sprache, der Geruch, das Aussehen der Menschen, der Geschmack der Speisen – Christian fühlte sich, als sei er unversehens in die Heimat zurückgekehrt, und als eine Handvoll junger Mädchen deutsche Lieder anstimmte, fiel er in den Gesang ein und schluckte die Tränen hinunter. *Wir haben das Liedchen gesungen, und wer hat es ausgedacht? Das haben wir alle Deutsche aus Deutschland mitgebracht.* Bloß nicht heulen wie ein Waschweib. Sein Blick ging immer wieder zu der Frau mit den seelenvollen Augen, die ihn so sehr an Josefine erinnerte. Irgendetwas an ihr zog ihn unwiderstehlich an. Sie schien allein in dieser Gesellschaft zu sein. Christian beobachtete sie aus den Augenwinkeln, sie unterhielt sich mal nach rechts, mal nach links, und das Herz ging ihm auf, wenn er ihr Lachen hörte. Es klang melodisch wie Silberglocken.

Er versuchte, ihren Blick über die Menschenreihen hinweg festzuhalten, und als es ihm für einen Wimpernschlag gelang, errötete sie und senkte den Kopf. Sie schien ungewöhnlich scheu für eine Frau in diesem Alter. Christian beobachtete, dass die anderen Waidbacherinnen leichtfüßiger die Männer umringten, ob es ihre eigenen oder die Nachbarn waren. Auf Christian wirkte die Fremde wie ein verlorenes Reh, das sich zu schützen versuchte. Es verletzte ihn, dass sie sein Lächeln nicht erwiderte, aber so schnell gab er nicht auf, dies war nur sein erster Versuch gewesen. Als die Kapelle aufspielte, füllte sich die kleine Tanzfläche rasch. Das Trippeln und Trampeln einer Polka hallte in der Gaststube. Die Frauen drehten sich, dass die Röcke flogen, ihre Gesichter gerötet, die Hände in die Seiten gestemmt, die Münder lachend.

Christians Stuhl scharrte, als er ihn zurückschob. Thomas und die anderen waren mit ein paar älteren Waidbachern in hitzige Gespräche über die politische Weltlage vertieft, aber ihn interessierte an diesem Abend diese Frau in diesem Nest mitten in der russischen Steppe tausendmal mehr als alle Kaiser und alle Kriege. Er schritt um die Tischreihen herum, zupfte Hose und Hemd zurecht und hoffte, dass er trotz der Reise hierher nicht einen Duft verströmte wie ein stinkender Bär. Ungelenk verneigte er sich vor der Fremden. »Darf ich um diesen Tanz bitten?«, fragte er artig. In seinen Augen lag ein Flehen, als er ihren Blick erwiderte.

Die Frau blinzelte, sah ihn verständnislos an, drehte dann den Kopf nach rechts und links, als müsse sie sich die Erlaubnis ihrer Bekannten einholen. Tatsächlich knufften und pufften die anderen Weiber sie lachend, aber die Frau schüttelte den Kopf. Als er keine Anstalten machte, sich auf seinen Platz zu begeben, weil er nicht akzeptieren wollte, dass sie ihm einen Korb gab, sprang sie plötzlich auf und eilte an ihm vorbei in die Küche der Wirtsstube, als hätte sie dort etwas Dringendes zu erledigen.

Die zurückgebliebenen Frauen gafften ihn an und hoben die Schultern. »Vielleicht später«, meinte eine mit blonder Flechtfrisur und Vorderzähnen wie ein Murmeltier. »Wir haben hier nicht oft mit Fremden zu tun«, glaubte sie erklären zu müssen.

Christian schluckte und bedankte sich und ging an den Tanzenden vorbei zu seinem Platz zurück. Er starrte in sein Branntweinglas. Ob es Sinn machte, sich heillos zu betrinken? Nein, er entschied sich dagegen. Diese Frau ging ihm nicht aus dem Sinn, und er würde sich seine letzte Chance verbauen, wenn er besoffen zu Boden ging. Er beobachtete sie, als sie wenige Minuten später zurückkehrte. Ihre Augen zuckten unsicher hin und her. Wie sich wohl ihre Stimme anhörte? Er würde sie gern einmal reden hören und fragte sich, ob ihm dieses Vergnügen noch in dieser Nacht vergönnt sein würde. Sie wich seinem Blick aus, wann immer er sie anschaute, aber als sich die ersten Waidbacher – manche torkelnd, andere laut singend – verabschiedeten, kam ihm das Glück zu Hilfe. Der junge Mann, der sich als Claudius Schmied und Dorfschulze vorgestellt hatte, erhob sich, und die Frau an seiner Seite tat es ihm nach. »Waidbacher, wie wollen wir unsere Gäste für die Nacht unterbringen? Die Betten hier im Wirtshaus reichen nicht aus. Wer wäre bereit, ein Zimmer zur Verfügung zu stellen?«

Ein paar Hände schnellten hoch, und gleich scharten sich einige der Kriegsgefangenen um die Gastgeber, mit denen sie zum Teil schon gesprochen, gelacht und getrunken hatten. Die russischen Bewacher beanspruchten mit einem Nicken in Richtung des Wirtes die Pensionsbetten.

Christian und Thomas waren noch nicht untergekommen, aber es gingen keine weiteren Hände hoch.

Da erklang vom Ende einer Tischreihe eine brummige Stimme. »Das Haus vom Pastor steht doch leer! Da können mindestens zwei Gäste nächtigen.«

Aus dem Augenwinkel sah Christian, dass die Fremde sich eine Hand vor den Mund schlug. Ein Schrei entrang sich ihrer Kehle.

Aber der Dorfschulze strahlte. »Gute Idee, Sebastian!« rief er. »Henny, ist das Haus geputzt?« Er hob seine Stimme, als er sich an die Fremde, die Henny hieß, wandte.

Als sie antwortete, fiel Christian auf, wie laut sie selbst sprach und dass die Wörter, die aus ihrem hübschen Mund drangen, teilweise nur schwer verständlich waren. »Ja, das Haus ist bereit für Pastor Ruppelins Nachfolger. Wir erwarten ihn in der nächsten Woche ...«

Claudius winkte ab. »Wer weiß, wann der tatsächlich kommt. Wir warten schon seit mehr als drei Wochen.« Er wandte sich an die Gefangenen. »Unser alter Pastor ist an Weihnachten gestorben. Gott hab ihn selig, er war uns über viele Jahre ein guter Hirte, der unserer Gemeinde Halt und Kraft gegeben hat. Henny«, er nickte in Richtung der Frau, »hat ihm den Haushalt geführt. Sie wohnt in dem Haus nebenan.«

Christian sprang auf. »Wir wären außerordentlich dankbar für dieses Quartier«, sagte er und zog Thomas an der Schulterklappe hoch. Sein Kamerad hatte dem Schnaps reichlich zugesprochen und drohte jeden Moment auf der Tischplatte einzudösen. Es würde ein schönes Stück Arbeit werden, ihn in ein Bett zu schaffen. Christians Blick ging zu Henny, deren Gesicht rot erglühte. Sie senkte den Kopf. Ihr Nicken war kaum wahrnehmbar, aber es erfüllte Christian mit Freude. Dass sie einen Sprachfehler zu haben schien, machte ihm nicht das Mindeste aus. Das Wesentliche war doch, dass das Herz keinen Makel hatte, und durch ihre Augen hindurch meinte er mitten hinein in die reinste Seele zu schauen.

Die Gesellschaft löste sich auf. Als Henny auf ihn zukam und ihn mit einem Kopfnicken anwies, ihr zu folgen, raunte er ihr zu. »Wie im Märchen. Prinzen haben drei Versuche, bevor sie erhört werden.«

Sie wandte ihm verwirrt das Gesicht zu. In ihren Augen schien eine Frage aufzublitzen, aber ihr Mund blieb stumm. Sie machte eine Geste mit dem Zeigefinger an ihrem Ohr. »Ich kann nicht gut hören«, sagte sie. Ihr Blick blieb fragend, als wollte sie herausfinden, ob ihn dies abstieß. Er sog ihren Duft nach Seife ein und fühlte die Wärme ihres Körpers.

»Manchmal sieht man das wirklich Wichtige nicht mit den Augen und hört es nicht mit den Ohren, sondern mit dem Herzen«, sagte er und erkannte, dass sie die Worte von seinen Lippen las. Ihr Lächeln blitzte wie ein Sonnenstrahl hinter Schneewolken hervor.

Henny war über die Maßen verwirrt. Schon als die Gefangenen mit den russischen Soldaten die Wirtstube betreten hatten, war ihr dieser Mann mit dem sandfarbenen Haar aufgefallen. Sein Gesicht war wettergegerbt, sein Körper wirkte in dem Mantel fast verloren. Nur die Schultern füllten den harten Stoff aus, der Rest seines Leibes schien ausgezehrt und abgemagert zu sein. Eindringlich betrachtete sie seine schmalen Lippen, die zu einem Schmunzeln geschwungen schienen, obwohl sich zwischen Nase und Mund Kerben befanden. Ein Mann, der dem Leben einen Rest von Hoffnung abgetrotzt hatte. In seinen Augen meinte sie zu lesen, dass ungezählte Momente entsetzlicher Qual sein Leben in den vergangenen Jahren zur Hölle gemacht hatten. Dennoch waren da dieser lächelnde Mund und dieses kaum wahrnehmbare Funkeln in seinen Augen, die zeigten, mit welcher Leidenschaft er am Leben hing. Ihre Schwerhörigkeit hatte sie gelehrt, auf mehr zu achten als auf das, was die Leute sagten. Sie hatte nicht nur gelernt, die Worte von den Lippen abzulesen, sie konnte in Gesichtern studieren wie in offenen Büchern, und was sie bei diesem Mann entdeckte, stürzte sie in Verwirrung.

Sie spürte ein süßes Flattern in ihrem Leib, das ihr fremd war. Mit ihren vierunddreißig Jahren hatte Henny sich noch nie verliebt – vielleicht aus Selbstschutz, weil sie zu wissen glaubte, dass keiner an ihr je Interesse haben würde. Wer mochte sich schon mit einer Schwerhörigen abgeben, wenn die kerngesunden Mädels mit kokettem Augenaufschlag lockten? All die Jahre hatte Henny ihren Lebenssinn darin gesehen, dem Pastor den Haushalt zu führen. Ihre Welt war zusammengebrochen, als er am ersten Weihnachtsfeiertag beim Gottesdienst wie ein gefällter Baum umgestürzt und nicht mehr aufgestanden war. Seine Zeit war gekommen, und sie hätte es wissen müssen. Die wenigsten Menschen in Waidbach wurden älter als siebzig Jahre, Pastor Ruppelin hingegen war mit biblischen neunzig Jahren noch vor seine

Gemeinde getreten. Henny hatte den Tag gefürchtet, an dem er von ihnen gehen würde. Nicht nur, weil sie an dem knorrigen alten Mann hing, sondern auch, weil sie nicht wusste, wie es mit ihr weitergehen sollte, wenn er starb. Manche Waidbacher hatten vorgeschlagen, Henny könne ihn vertreten. So oft hatte sie dem Pastor seine Gottesdienste vorbereitet – sicher konnte sie das jetzt für ihn übernehmen. Doch Henny hatte lachend abgewinkt. So großherzig das Angebot war – hatte die Welt je eine Pastorin gesehen, und dann noch in ihrer traditionsverhafteten Kolonie? Nein, Claudius meldete der Kolonialdirektion, dass sie einen neuen Gottesmann brauchten. Dessen Ankunft sah Henny in den letzten Wochen bang entgegen. Möglich, dass er seine eigene Haushaltshilfe mitbrachte. Was wurde dann aus ihr?

Und nun dieser Deutsche, der sie anstarrte, der es gar wagte, sie zum Tanzen zu holen! Was dachte er sich bloß! Sie hatte in ihrem ganzen Leben noch nie das Tanzparkett betreten, sie hatte nicht die geringste Ahnung, wie sie die Schritte setzen musste, und gehalten zu werden von einem Mann ging über das hinaus, was sie sich vorstellen mochte.

Und nun hatte dieser ungehobelte Claudius dafür gesorgt, dass er im Haus des Pastors nächtigte! Sie würde kein Auge zutun in der Nacht, solange dieser Deutsche nebenan schlief.

Kurz vor dem Ausgang der Wirtsstube raunte er ihr etwas zu. Henny war sicher, sich verhört zu haben, denn sie verstand etwas von einem Prinzen und einem Märchen, und das konnte wohl nicht passen. Aus reiner Höflichkeit lächelte sie, aber seine Nähe beunruhigte sie. Er strömte einen herben Geruch nach Moschus und Männerschweiß aus. Zu ihrem eigenen Erstaunen stellte sie fest, dass ihr dieser Duft nicht unangenehm war. Im Gegenteil, sie holte noch einmal Luft, als sich ihre Schultern berührten.

Der Wirt löschte alle Kerzen und machte verscheuchende Gesten, um die letzten Gäste aus der Stube zu vertreiben. Er stand selbst nicht mehr sicher auf den Beinen, aber in seinen Augen blitzte es fuchsschlau. Das Geschäft war bestens gelaufen heute.

Draußen empfing sie strenge Kälte. Alle Waidbacher und ihre

Gäste beeilten sich, durch den Schnee in die Hütten zu eilen. Den sternenklaren Himmel schmückte ein silberner Mond, der ihnen den Weg leuchtete. Henny hatte sich ihren Umhang übergeworfen und lief den beiden Deutschen voran. Sie hörte Christian hinter sich ächzen, denn er trug seinen Kameraden, der nur halb so schwer wie er selbst war, über der Schulter.

Rasch entriegelte Henny die Tür zum verwaisten Pastorenhaus. Sie stampfte sich den Schnee von den Fellstiefeln und trat ein. Drinnen war es kaum wärmer als draußen, an den Fenstern hatten sich innen Frostblumen gebildet. Das Wasser in einer Schüssel, neben der ein Krug stand, war gefroren, ihr Atem kam in Wölkchen aus dem Mund. Sie öffnete die Tür zum Schlafzimmer des Pastors und machte eine Geste hinein. »Hier kann euer Kamerad seinen Rausch ausschlafen.« Sie wies auf das einzelne Bett aus massivem Holz mit einem leinenen Baldachin. Der einzige Schmuck an den Wänden war ein Holzkreuz.

Christian warf den besinnungslos betrunkenen Thomas auf die Bettstatt. Das alte Holz knarrte. Er zog die Decke über ihn und sah Henny dann fragend an.

Sie wies mit dem Kinn in die Stube. »Ihr könnt auf dem Diwan nächtigen. Ich bringe Euch noch eine Decke. Holz für den Ofen habe ich nicht mehr, ich brauche die letzten Scheite für meinen eigenen. Aber ich lasse die Tür noch einen Moment auf, damit die Wärme zu Euch herüberziehen kann, bis Ihr eingeschlafen seid. Mein Zimmer grenzt direkt an das Pastorenhaus.« Sie öffnete eine Tür neben einem mit alten Büchern vollgestopften Regal, und Christian erhaschte einen Blick in ein Zimmer wie in einem Puppenhaus. Gardinen, Zweige, gerahmte Ölbilder an den Wänden, sogar Papiertapeten schmückten den heimeligen Raum. Auf dem Bett lag eine aus bunten Flicken und Spitze liebevoll zusammengenähte Decke, an den beiden Frontfenstern hingen Spitzengardinen. Kerzen aus Bienenwachs standen auf einer Kommode, einem Regal und dem Nachttisch. Im Ofen glomm Glut, es duftete nach warmem Holz.

Er schluckte schwer. Einen so gemütlichen Ort hatte er seit einer Ewigkeit nicht mehr gesehen. Oder war das in einem früheren Leben gewesen? Bevor er Henny für alles danken konnte, war sie schon in ihrem Heim verschwunden. Die Tür ließ sie einen Spalt offen. Ob sie sich nun entkleidete?

Unschlüssig stand Christian in dem Pastorenhaus. Er würde wohl im Mantel nächtigen, um die Kälte fernzuhalten. Mit klammen Knochen legte er sich auf das Sofa, winkelte die Beine an und zog die Decke über sich. Sie verströmte ein säuerliches Aroma, mit Tabak gemischt, und kratzte an seinem Kinn.

Verglichen mit den Biwaks in Polen und auf dem Weg nach Moskau sollte er sich eigentlich wie im Himmel wähnen. Doch es wollte ihm nicht gelingen. Was vielleicht daran lag, dass er angespannt auf die Geräusche im Nebenzimmer lauschte und eine Sehnsucht in ihm wuchs, die ihn mit Unruhe erfüllte.

Mit der Zange griff Henny neben dem Ofen nach dem Wackerstein und schob ihn unter die Fußseite ihrer Bettdecke. Sie hatte die restlichen Scheite nachgelegt, sodass das Feuer loderte und das Zimmer mit Wärme füllte. Das Buchenholz knisterte und knackte, die Flammen züngelten und warfen Muster an die Wände. Henny zog die Vorhänge aus doppelt genähtem Leinen zu und schlüpfte aus Strümpfen, Rock und Bluse. Als sie die Schnüre des Mieders löste, bemerkte sie, dass ihre Finger zitterten. Nicht vor Kälte, gewiss nicht vor Kälte. Ihr Blick ging zu der Tür, die immer noch einen Spalt offen stand. Dahinter schlief dieser Deutsche. Kein wirklich schöner Mann, dafür waren seine Züge zu kantig, seine Nase zu lang. Aber in seinen Augen verbarg sich eine Tiefe, in der Henny zu versinken drohte, sobald sie ihn länger als einen Herzschlag lang ansah. Und um seinen Mund lag ein feiner Zug, etwas Weiches, das so gar nicht zu dem kampferprobten Söldner passen wollte.

Rasch warf sie sich das weißleinene Nachthemd über, das ihr bis zu den Füßen reichte, und schnürte es am Hals zu. Mit zwei Sätzen sprang sie ins Bett, legte sich stocksteif auf den Rücken und zog die Bettdecke bis ans Kinn. Im Zimmer war nichts zu hören als das Knistern des Feuers und ihre eigenen schnellen Atemzüge. Das Blut rauschte ihr in den Ohren, während sie sich anstrengte, Geräusche aus dem Pastorenhaus zu vernehmen. Aber sie hörte nur die Stille, wie so oft in ihrem Leben. Deswegen zuckte sie zusammen und stieß einen Schrei aus, als auf einmal Christian in Hemd und Beinlingen in der Tür stand. Seine lange Gestalt reichte bis an den Türpfosten, er musste sich ducken. Die grauweiße Unterwäsche schlotterte an seinem hageren Körper. Er hielt die Arme um seine Brust geschlungen. In seinen Augen lag ein Bitten.

»Ich habe angeklopft«, sagte er laut. Normalerweise hätte er wohl geflüstert, ein Flüstern passte besser in diese Winternacht und in dieses Zimmer, in dem es nach Buchenholz, Bienenwachs und frischer Wäsche duftete. Aber instinktiv schien er zu wissen, wie er sich Henny zu nähern hatte.

Henny hatte die Augen weit aufgerissen. Ihre Finger umklammerten das Ende der Bettdecke so fest, dass die Knöchel weiß hervortraten. Christian machte einen Schritt auf sie zu, und sie wagte es, ihm in die Augen zu sehen. Zum ersten Mal hielt sie ihm stand, las in seinem Gesicht diesen großen Wunsch nach Nähe und Wärme und Menschlichkeit. Ihre Muskeln entspannten sich.

»Es ist so kalt«, sagte Christian. Er stand direkt vor ihrem Bett.

Henny ließ den Blick nicht von seinen Augen. Ohne dass sie vorher überlegt hätte, ob es richtig oder falsch sei, hob sie die Bettdecke an.

Christian setzte sich auf die Bettkante und kroch zu ihr. Er schob den Arm unter ihren Kopf, und sie fühlte die Muskeln an seinen Schultern, als sie sich behutsam an ihn lehnte. Ob sie ihm nicht zu schwer wäre? Nein, er war stark wie ein Bär, und gleichzeitig waren seine Haut weich und seine Hände zärtlich, als er die Decke über sie beide zog. Sie lagen Wange an Wange, ihre Füße berührten sich, ihre Hüften. Sie starrten an die Decke aus roh gezimmerten Baumstämmen.

Henny wagte zunächst kaum zu atmen, doch während er neben ihr seufzte und in eine bequeme seitliche Lage glitt, ohne sie loszulassen, wuchs der Mut in ihr, und sie legte einen Arm um seinen Leib, spreizte die Finger, sodass sie behutsam über seinen Rücken streichen konnte. Ihre Füße hatten sich miteinander verhakt, und sie fühlte die Wärme, die von Christian ausging.

»Weißt du, wie oft ich davon geträumt habe, als wir in eisiger Kälte mitten auf den Feldern schlafen mussten? Der Gedanke, irgendwann mit einer Frau wie dir wieder in einem warmen Bett zu liegen, hat mir viel Kraft gegeben in all den Monaten, die wir durch das russische Reich gezogen sind. Danke, dass du mich zu dir gelassen hast.« Er drückte seine Lippen für einen Moment an ihre Stirn. »Es ist gut, bei dir zu sein. So gut.«

»Ja, es ist gut«, erwiderte Henny und merkte, wie die Scheu von ihr abfiel. Auch sie hatte davon geträumt, von einem Mann in einer frostigen Nacht so gehalten zu werden, aber sie hatte sich nicht vorstellen können, wie es sich anfühlen würde. Sicher, sie hatte oft genug gesehen, wie der Pastor die Kleidung wechselte, und ihre Brüder und ihren Vater hatte sie häufig umarmt. Aber es war nichts im Vergleich zu diesem Prickeln und Glühen, das von ihrem Körper Besitz ergriff. Sie schmiegte sich enger an ihn und schloss die Augen. »Wartet irgendwo eine Frau auf dich?«, fragte sie in die von den Flammen rötlich glühende Dunkelheit hinein.

Er schüttelte den Kopf. »Nein, Josefine ist gestorben, kurz bevor ich mich Napoleons Truppen angeschlossen habe. Das war vor acht Jahren ...«

Henny las von seinen Lippen, während er ihr seine Lebensgeschichte erzählte. Von dem Schmerz über den Verlust seiner Frau und seines Kindes, über den Triumph, in der *Grande Armée* aufgenommen worden zu sein. Von seinen Kameraden, die er sterben gesehen hatte, von den Bergen von Leichen, die seinen Weg gepflastert hatten. Von den anfänglichen Träumen von Heldentum und Ruhm bis zu der Verbitterung, die immer stärker von ihm Besitz ergriffen hatte, je weiter sie den Russen bei ihrem

Rückzug in das Innere des Zarenreiches gefolgt waren. Er beschrieb ihr, wie der Schutzpanzer, der ihn stets umgeben hatte, Stück für Stück zerbrochen war und wie weh es getan hatte, zu erkennen, dass alle Menschlichkeit von ihm abgefallen war. Aber da war es zu spät zur Umkehr gewesen, und dass er den Kosaken in die Hände gefallen war, war vielleicht seine Rettung vor dem Untergang gewesen, seelisch und körperlich.

»Aber der Funke des Lebens, Henny, dieses Glühen, das aus der Mitte des Leibes steigt und dein Innerstes wärmt, das habe ich erst wieder in dem Moment erlebt, als ich dir in die Augen sah. Ich dachte, du müsstest ein Geschenk des Himmels sein, eine Wiedergutmachung für all das, was ich erlitten habe, und ein Zeichen, dass er mir vergibt, was ich selbst getan habe.«

Er sprach dicht an ihrem Ohr, Henny brauchte nicht die geringste Anstrengung, um seine Worte zu verstehen. Aber mehr noch als auf seine Worte achtete sie auf den Klang seiner Stimme und auf seinen Atem, der kitzelnd an ihrem Hals entlangstreifte. Mit jeder Faser ihres Körpers spürte sie, dass sie sich vor diesem Mann nicht zu fürchten brauchte. Er war gekommen, um ihr Schutz zu geben, und sie würde dieses Geschenk annehmen und genießen. Noch näher drängten sich ihre Körper aneinander, bis sich ihre Beine miteinander verschlangen. Draußen tobte der Wintersturm, aber die Flocken, die er gegen die Fensterscheiben wehte, schmolzen sofort und liefen am Glas entlang. Die Decke hüllte Henny und Christian ein, und auch als das Feuer allmählich kleiner wurde und schließlich verglühte, fühlten sie sich geborgen und behütet.

Henny erwachte am nächsten Morgen, als die Wintersonne ein paar silberne Strahlen durch die Ritzen im Vorhang schickte, die sie an der Nase kitzelten. Sie wagte nicht, sich zu bewegen, lauschte auf die gleichmäßigen Atemzüge des Mannes neben ihr. Sie schmiegte ihre Wange an sein stoppeliges Kinn und schloss die Augen.

Sie hatten Zeit. Vielleicht einen Winter, vielleicht einen Sommer lang. Vielleicht auch ein ganzes Leben.

Epilog

Waidbach, April 1813

Es gab keinen Menschen in Waidbach, der den ersten frühlingshaften Tag nach diesem Winter nicht mit einem Lachen und Jubeln begrüßte. Das Tauwetter hatte schon vor ein paar Wochen eingesetzt und die Wege und Felder in Matsch verwandelt, aber nun lugte hinter Wattewolken die Sonne mit einer Ahnung von der Kraft hervor, die in den nächsten Tagen die Natur explodieren lassen würde.

Sebastian war schon seit zwei Wochen regelmäßig zum Acker geritten, um ihn gemeinsam mit anderen Männern des Dorfes umzupflügen und zu furchen. Klara hingegen machte sich an diesem Vormittag mit einem Korb zum ersten Mal zu den Feldern auf, die zur Kolonie gehörten. Sie trug frisch gebackenes schwarzes Brot, Speck und Kwass in einer Feldflasche mit sich, um es ihrem Mann, ihrem Sohn Martin und dem Enkel zu bringen. Der kleine Simon war inzwischen mit seinen dreizehn Jahren schon ein Großer und hatte noch zwei Geschwister bekommen, die Klara am Rockzipfel hingen, wann immer sie sie besuchte. Simon half eifrig bei den Männern mit. Dafür ließ er gerne den Unterricht ausfallen, und Lehrer Anton von Kersen hatte nicht mehr so viel Schwung wie in seinen ersten Jahren in der Dorfschule. Wenn die Kinder den Eltern auf den Feldern helfen wollten, ließ er sie und nannte das die *Schule des Lebens,* obwohl die Jungen und Mädchen erst mit der Konfirmation offiziell vom Unterricht entlassen wurden. Ein erstaunlicher Wandel für einen sturköpfigen Mann wie ihn, aber vielleicht hatte ihn der Verlust seines jüngsten Sohnes Rudolfs milder gestimmt.

Der Krieg hatte seine Spuren hinterlassen, wie nicht anders erwartet. Klara drehte sich immer noch der Magen um, wenn sie daran dachte, wie sie Philipp im Lazarett angetroffen hatte. Sie pflegte ihn mit Hingabe, hatte ihm ein Krankenbett in ihrem Haus eingerichtet und las ihm jeden Wunsch von den Augen ab. In letzter Zeit jedoch lehnte er immer häufiger die Hilfe seiner Mutter ab und übte, auf den Krücken zu laufen. Klara vermutete, dass der Tag nicht mehr weit war, an dem er seine Mutter nicht mehr brauchte. *Du solltest dich darüber freuen, dummes Ding,* schalt sie sich selbst. Ein Geschenk, wenn ein im Krieg Versehrter neuen Lebensmut fasste! Vielleicht hatte sie sich zu lange um ihn gesorgt, um ihn jetzt einfach ziehen zu lassen. Vielleicht fehlte das Vertrauen. Aber mit ihren fünfundfünfzig Jahren war Klara, wie sie fand, noch nicht zu alt zum Lernen.

Wie sie auch akzeptiert hatte, dass Amelia all die Jahre in wilder Ehe mit Claudius gelebt hatte.

Seit Februar war ein neuer Pastor im Dorf, ein junger hagerer Kerl, dessen Vater eine der lutherischen Kirchen in Saratow leitete. Er war mit einem überschäumenden Eifer in die Kolonie gekommen, tausend Ideen für die Gemeindearbeit im Kopf, bis er erkannte, dass in Waidbach die Mühlen langsam mahlten und man hier den Traditionen stärker verhaftet war als anderswo. Wenn er hier bestehen wollte, würde er sich den Kolonisten anpassen müssen. Das war eine nicht so schwierige Aufgabe und hatte schon manch anderem das Glück gebracht.

Klaras Herz machte einen Satz vor Freude, als ihr bei diesem Gedanken Christian in den Sinn kam, der Kriegsgefangene, der ihre Tochter Henny verzaubert hatte. Ach, das hätte sie sich nach all den Jahren nicht mehr träumen lassen, dass ihre taube Tochter doch noch das Glück der Liebe erlebte. Sie vergoss Freudentränen, als Henny und Christian erklärten, sie würden im Frühsommer heiraten.

Für die beiden gab es noch einige Formalitäten zu regeln, aber der Gouverneur von Saratow und der Leiter der Kolonialdirektion waren leicht zu überzeugen, welch ein Gewinn der Gefangene Christian für das Zarenreich und die Wirtschaft in den Kolonien sein konnte. Einen Schreiner hatten sie noch nicht in

Waidbach, bei allen Holzarbeiten rückten stets auswärtige Handwerker an, die andernorts aber auch gebraucht wurden. Matthias, der nach wie vor bestes Ansehen in Saratow genoss, und Dorfschulze Claudius hatten die wärmsten Empfehlungen für Christian ausgesprochen. So waren ein paar Tage nach jener Winternacht, in der sich Christian und Henny kennengelernt hatten, alle russischen Soldaten und Gefangenen, bepackt mit *Piroggen* und eingewecktem Obst aus den Vorräten der Kolonisten, aufgebrochen und ließen Christian zurück, der ihnen Arm in Arm mit Henny in der Tür ihres Häuschens nachwinkte.

Klara wusste, dass ihr angehender Schwiegersohn jetzt, da der Schnee getaut war, keine Zeit vertrödeln würde, um für sich und Henny ein eigenes Haus mit einer Werkstatt zu bauen. Henny mit ihren außergewöhnlichen Fähigkeiten im Lesen und Rechnen würde ihm bei der Buchführung eine unschätzbare Hilfe sein – und ihm hoffentlich mindestens ein Dutzend Kinder schenken.

Ihre Schritte hatten Klara, ohne dass es ihr bewusst geworden wäre, an der Kirche vorbei zum Friedhof geführt. Am Wegesrand reckten sich die ersten grünen Halme, in den kahlen Ästen der Obstbäume, die die meisten Waidbacher in ihre Vorgärten gepflanzt hatten, zwitscherten Sperlinge und begrüßten die Sonne. Ein Schwarm Krähen flog krächzend aus dem nahe gelegenen Wäldchen heran und setzte sich auf die strohgedeckten Dächer der Kolonie.

Klara stapfte in ihren dicken Stiefeln an den Holzkreuzen und den aufgeschütteten Gräbern vorbei. Auf vielen flackerten Lichter oder lagen grüne Zweige, die Angehörigen geschnitten hatten.

Vor den Gräbern ihrer Schwestern Eleonora und Christina blieb sie stehen. Drei Knospen drangen aus der Erde. Tulipane. Vorboten des Frühjahrs. Bald schon würden sie die Steppe in ein Blütenmeer verwandeln.

Klara sprach ein stilles Gebet, erfüllt von Liebe und Dankbarkeit.

Kriege kamen, Kriege gingen, Zaren und Kaiser rangen um

die Macht. Menschen starben, Menschen wurden geboren. Die eine Liebe erstarb, die andere erblühte.

Zu irgendeinem Zeitpunkt musste sich wohl jeder die Frage stellen, was im Leben wirklich zählte.

Aber trotz aller Widrigkeiten, aller persönlichen Leidenswege und Liebesgeschichten hielten sie in ihrer Kolonie an dem fest, was sie hatten: an ihrer Gemeinschaft, ihrer Tradition, ihrem fruchtbaren Land, das sie alle ernährte, und an der Erinnerung an die Anfänge dieses russlanddeutschen Lebens.

Bald würde auch sie hier liegen, vereint mit ihren Schwestern. Der Gedanke gefiel ihr, dass sich die Tulipane auf den Gräbern der Weberschwestern von Jahr zu Jahr vermehrten.

Aber noch war es Zeit zu leben, hier, in ihrer Heimat. Sie wandte sich um, hob das Gesicht für einen Moment mit geschlossenen Augen in die Sonne und fühlte die Wärme auf ihrer Stirn und ihrer Nase. Sie sog den Duft nach feuchter Erde, Moos und erwachendem Leben in sich auf. Dann packte sie den Korb mit beiden Händen und sputete sich. Ihre Familie wartete auf sie.

Nachwort und Dank

Hier also endet die Reise der Weberschwestern. Ich freue mich, dass Sie Eleonora, Christina, Klara und ihre Weggefährten bis zur letzten Seite meiner Trilogie über die Wolgasiedler begleitet haben. Ein ganz besonderes Vergnügen ist es mir, dieses Nachwort während eines Aufenthalts in Russland zu schreiben.

Wie in den Romanen »Weiße Nächte, weites Land« und »Dunkle Wälder, ferne Sehnsucht« habe ich auch in diesem abschließenden Band Fakten und Fiktion miteinander verwoben. Historische Genauigkeit und eine überzeugende Atmosphäre waren mir dabei sehr wichtig, aber mein Interesse galt auch in diesem Roman wieder vor allem der Unterhaltung. Wenn Ihnen die von mir erdachten Figuren am Ende so vertraut wie liebe Bekannte oder Freunde sind, habe ich mein Ziel erreicht.

Abgesehen davon, dass ich selbst mit dem größten Vergnügen auf den Spuren der Wolgasiedler in Russland gewandelt bin, habe ich mich auch für diesen Roman wieder mit den spannendsten Quellen umgeben, sie für meine Figuren genutzt und zum Teil wörtliche Zitate aus Tagebucheinträgen von Zeitzeugen verwendet.

Für ein weitergehendes Interesse an Napoleons Russlandfeldzug aus Sicht der einfachen Leute empfehle ich zum Beispiel »Napoleons Soldaten« von Karl J. Mayer oder auch »Tagebuch eines napoleonischen Fußsoldaten« von Jakob Walter. Einen hervorragenden und sehr spannend zu lesenden Überblick bietet das Sachbuch »Die Verlorenen« von Eckart Kleßmann.

Bei allen Belangen um die Wolgadeutschen, ihr Weg um die Jahrhundertwende, wie sie den Wechsel der Zaren und die Kriegshandlungen erlebten, hat mir auf außergewöhnlich kompetente Art die Historikerin Dr. Barbara Ellermeier geholfen, der mein ganz besonderer Dank gilt.

Sehr herzlicher Dank geht auch an Sergej Marchukov und Anastasija Maschkova von www.petersburg-hautnah.com, die mir einen unvergesslichen Einblick in das imperiale St. Petersburg gegeben haben.

Ich danke dem Team von Weltbild, bei dem ich mich wunderbar aufgehoben fühle, meiner Lektorin Dr. Ulrike Strerath-Bolz und meinem Agenten Michael Meller, der mich stets auf Neue motiviert und inspiriert.

Mein Dank geht wie immer auch an meinen Mann Frank, der mein kritischster und wertvollster Testleser ist, außerdem an Michelle Schmitz, Sabine Strube, Herbert Sahler und all die Leserinnen, die nach den ersten Bänden um die Wolgasiedler nicht müde wurden, mich zu ermuntern, mehr von den Weberschwestern zu erzählen.

Mit diesem Band setze ich nun mit einem lachenden und einem weinenden Auge einen Schlusspunkt unter meine Saga, obwohl die Geschichte der Wolgasiedler ein Jahrhundert später als in diesem Roman eine hochdramatische Wendung nimmt, die es sich zu schildern lohnt. Bleiben Sie mir gewogen und halten Sie sich gerne bei facebook über meine aktuellen Romane auf dem Laufenden, indem Sie mich kontaktieren unter www.facebook.com/martinasahler. Ich freue mich auch stets über Besuche auf meiner Webseite www.martinasahler.de und Einträge ins Gästebuch.

St. Petersburg im Dezember 2015
Martina Sahler